古典文學研究資料彙編

曾鞏資料彙編

下册

李震編

中華書局

四　清代

錢謙益

【湯義仍先生文集序（節録）】　臨川湯義仍文集若干卷，吴人許子洽生以萬曆乙卯謁義仍於玉茗堂，而手鈔之以歸者也。義仍告許生曰：「吾少學爲文，已知訾謷王、李，搰搰然騈枝儷葉，從事於六朝，久而厭之，是亦王、李之朋徒耳。泛濫詞曲，蕩滌放志者數年，始讀鄉先正之書，有志於曾、王之學，而吾年已往，學之而未就也。子歸以吾文眎受之，不蘄其知吾之所就而蘄其知吾所未就也。知吾之所就，所謂王、李之朋徒耳；知知吾之所未就，精思而深造之，古文之道，其有興乎？」余聞義仍之語，退而讀其文，未嘗不喟然太息也。義仍官留都，王弇州豔其名，先往造門，義仍不與相見，盡出其所評抹弇州集，散置几案。弇州信手繙閲，掩卷而去。弇州没，義仍之名益高，海内訾謷王、李者無不望走臨川，而義仍自守泊如也。以義仍之才力，繇前而言之，豈不能與言秦、漢者争爲撏撦割剥？繇後而言之，豈不能與言排秦、漢者争爲叫囂隳突？深心易氣，回翔弭節，退而願學於曾、王，顧又欿然不自有，以其所未就者勗余。嗚呼，此可以知義仍之所存矣。……義仍晚年之文，意象萌茁，根荄屈蟠。其源汩汩然，其質能能然。蓋義仍之於古文可謂變而得正，而於詞可謂已出者也。其學曾、王也，欲然自以爲未就，譬之金丹家，雖未至於九轉大還，然其火候不可謂不力，而鉛汞藥物不可謂不具也。（《牧齋初學集》卷三十一）

【嘉定四君集序（節録）】　熙甫既没，其高第弟子多在嘉定，猶能守其師説，講誦於荒江寂寞之濱。四君生於其鄉，熟聞其師友緒論，相與服習而討論之，如唐與婁，蓋嘗及司寇之門，而親炙其聲華矣。其間學之指歸，則確乎不可拔，有如宋人之瓣香於南豐者。熙甫之流風遺著久而彌著，則四君之力不可誣也。（同上卷三十二）

【讀南豐集】　臨川李塗曰：「曾子固文學劉向。」余每讀子固子文，浩汗演迤，不知其所自來。因塗之言而深思之，乃知西漢文章劉向自爲一宗。以向封事及《烈女傳》觀之，信塗之知言也。及觀王子發《南豐集序》云：「異時齒髮壯，志氣鋭，其文章之慓鷙奔放，雄渾瓌偉，若三軍之朝氣，猛獸之抉怒，江湖之波濤，煙雲之姿狀，一何奇也。方是時，先生自負爲劉向，不知韓愈爲何如耳。」退之《進學解》言太史、相如、子雲，而不及劉向。蓋古人之學問各有原本，深造獨得，如昌歜羊棗之嗜，甘苦自知，非如今之人誇多炫博，而其中茫無所解也。歐陽公曝書得介甫《許氏世譜》，忘其誰作，曰：「當是子固作，介甫未便會如此。」荆公銘子固之母曰：「宋且百年，大江之南，有名世者先焉，是爲夫人之子。」今人或訾謷子固，不知其自視於歐陽公及荆公，果何如也？（同上卷八十三）

【題歸太僕文集（節録）】　熙甫之《李羅村行狀》、《趙汝淵墓誌》，雖韓、歐復生，何以過此？以熙甫追配唐、宋八大家，其於介甫、子由，殆有過之無不及也。士生於斯世，尚能知宋、元大家之文，可以與兩漢同流，不爲俗學所澌滅，熙甫之功，豈不偉哉！……偶拈一帙，得曾子固《書魏鄭公傳後》，挾册朗誦至五十餘過。聽者皆欠申欲卧，熙甫沉吟諷咏，猶有餘味。宗伯每歎先輩好學深思，不可幾及如此。今之君子，有能好熙甫之文如熙甫之於子固者乎？（同上）

【新刻震川先生文集序（節録）】今又承進士君之命，論次斯集，得以懷鉛握槧，效微勞於簡牘，有深幸焉。日月逾邁，老將至，而髦及無以昌明先生淑艾之教，譬諸螢火熠熠，欲流照於須彌之頂，亦自愧其微末已矣，而進士君大雅不群，能表章其家。學南豐之瓣香，不遠求而有托，斯可喜也。（《牧齋有學集》卷十六）

【列朝詩集·震川先生小傳（節録）】熙甫爲文，原本六經，而好《太史公書》，能得其風神脉理。其於八大家，自謂可肩隨歐、曾，臨川則不難抗行。（《震川先生集》卷末）

【湯顯祖文集原序（節録）】義仍少刻畫爲六朝，長而湛思道術，熟於人世情僞，與夫文章之流別。凡序、記、誌、傳之文，出於曾、王者爲多。其手授子洽諸篇是也。嘉、隆之文，稱秦、漢古文詞者争訾謷曾、王，以爲名高。二十年來日益頹敝，説者群起而擊排之。排詆是也，而不思所以返於古。敗者東走，逐者亦東走，古文之復，豈可幾也。義仍有憂之，是故深思易氣，去耆割愛，而歸其指要於曾、王。夫曾、王者，豈足以盡古文哉？其指意猶多原本六經，其議論風旨去漢、唐諸君子猶未遠也。以義仍之才之情，由前而與言秦、漢者争爲撏撦割剥，我知其無前人；由後而與言排秦、漢者争爲叫囂隳突，我知其無巨子。而迴翔弭節，退而自處於曾、王，世之知曾、王者鮮，則知夫義仍者洵寡矣！余君房，世所謂知言君子也。稱義仍之爲六朝，與夫已氏並，夫已氏之擬於義仍，目論之常也，出於君房之口，則滋異。然則知義仍之六朝者亦寡矣，又況其爲曾、王者乎。（《湯顯祖集》附録）

《戰國策目録序》此等文字，唯朱文公學之最近，然易流於板實，苟非理勝不可。（《晚村八家古文精選·曾文精選》引）

《與孫司封書》從韓、柳《張中丞傳後》、《段太尉事狀》脱化出來。（同上）

《閬州張侯廟記》南豐正言神理不可没，而鹿門以爲薄張侯，將無錯會主意。（同上）

賈開宗

【侯朝宗古文遺稿序（節録）】古文自六經而後，《左》、《國》、《莊》、《列》以及《史》、《漢》，及賈誼、楊雄諸文，皆胸有所見，據事直書，如白雲在天，兀然而起，兀然而止，無定法也。至唐之韓愈、柳宗元，始創爲法，以及宋之歐陽修、蘇洵父子、王安石、曾鞏，首尾虛實，不可移易。猶三百年漢、魏之詩，長短疏散，隨意所之。至唐，變爲律，而宫商嚴整，規矩確然，不敢亂也。（《壯悔堂遺稿》卷首）

陳宏緒

徐節孝品行自不必言，詩文獨抒胸臆，絶不寄人籬落。其評騭諸家多有特出之解。嘗謂退之詩、書、記、志各有體，亦至今新奇也。若爲顔子不貳過論，專欲入於規繩，故稍陳俗。又謂孫明復及石徂徠之文，雖不若歐陽之豐富新美，然自嚴毅可喜，皆破的之論。至以簡古，概曾子固尤爲具眼，子固之古人能知之。簡之一字，非節孝不能以此目南豐也。（《寒夜録》卷上）

吴偉業

【陳百史文集序（節録）】三代而下，人材薄，學術廢，草昧之功類不始於儒者，迨乎昇平累葉，文事迺興，用以粉飾鋪張而無所緩急，不得已，借瓌異詭僻之辭以自見。其有卓然越於流俗者，漢賈誼、董仲舒、司馬遷、劉向之屬，皆在高、惠。以後韓、柳，則當唐之既衰。有宋慶曆、嘉祐之間，歐、曾並起。此數君子者，各成一代之文，聲施後禩。（《梅村家藏稿》卷二十七）

金人瑞

《戰國策目録序》精整不懈散之文。〔以下夾批〕「及其後，謀詐用，而仁義之路塞，所以大亂」，引向言。「其説既美矣」，與向。「卒以謂此書，戰國之謀士，度時君之所能行，不得不然」，又引向言。「則所謂惑於流俗，而不篤於自信者也」，譏向。夫孔、孟之時，……二子乃獨明先王之道，以謂不可改者」，斗然提筆，折衷二子。「亦將因其所遇之時，所遭之變，而爲當世之法，使不失乎先王之意而已」，説二子，最精切。「而其爲國家天下之意，本末先後，未嘗不同也」，斗然再提筆。「可謂不惑乎流俗，而篤於自信者也」，説二子最精切。「戰國之游士則不然」，一句判定。「其設心注意，偷爲一切之計而已」，先通判。「有得焉，而不勝其失也」，再細判。「而俗猶莫之寤也」，判畢。「故古之聖賢，未有以此而易彼也」，再繳歸二子所守先王之道。「或曰：『邪説之害正也，宜放而絶之。則此書之不泯，其可乎？』」此難不可少，不然，便不應又與校完。「是以孟子之書，有爲神農之言者，有爲墨子之言者，皆著而非之」，解難畢，是以與之校完也。「至於此書之作，則上繼《春秋》，下至楚、漢之起，二百四十五年之間，載其行事，固不可得而廢也」，又説出一不可不與校完之故。（《金聖嘆全集》(三)《天下才子必讀書》卷之八）

黄宗羲

【高元發三藁類存序（節録）】甬上古文詞，自余君房、屠長卿而學者之論亡矣。君房瓣香劉子威，直欲抹昌黎以下，至謂《詩》、《書》二經，即吾夫子一部文選，此其中更何所有。長卿稍變其節奏，出之曼衍，而謂文至昌黎大壞，歐、蘇、曾、王之文，讀之不欲終篇。所以歸美六經者，僅僅在無纖穠佻巧之態，其本領與君房未嘗不同也。（《南雷文案》卷一）

【李杲堂文鈔序　戊午（節録）】余與杲堂然，約爲讀書窮經，潮河東士稍稍起而應之。杲堂之文具在，故未嘗取某氏而折旋之，亦未嘗取某氏而赤識之。要皆自胸中流出，而無比擬皮毛之跡。當其所至，與歐、曾、《史》、《漢》不期合而自合也。余嘗謂文非學者所務，學者固未有不能文者。今見其脱略門面，與歐、曾、《史》、《漢》不相似，便謂之不文，此正不可與於斯文者也。濂溪、洛下、紫陽、象山、江門、姚江諸君子之文，方可與歐、曾、《史》、《漢》並垂，天壤耳。（同上卷二）

【續師説（節録）】 傳道、受業、解惑，既無所藉，於師則生不爲之憐，死不爲之喪，亦非過也。遂以爲古之師弟子者皆然，而使師之爲道，出於童子、巫醫、樂師、百工之下，則是爲師者之罪也。今世無忌憚相高，代筆門客，張口輒罵歐、曾；兔園蒙師，摇筆即毁朱、陸。古人姓氏，道聽未審，議論其學術文章，已纍幅見於坊書矣。乳兒粉子，輕儇淺躁，動欲越過前人，抗然自命世無孔子，不當在弟子之列。蓋不特耻爲弟子，相率而耻不爲師。吁，其可怪也！（同上卷十）

【文忠歐陽永叔先生脩（節録）】 奬引後進，如恐不及，曾子固、王介甫、蘇洵父子，布衣屏處，未爲人知，先生即游揚聲譽，謂必顯於世。凡經賞識，率爲聞人。（《宋元學案》卷四）

【文定曾南豐先生鞏（節録）】 其文開闔馳騁，應用不窮，然言近旨遠。要其歸，必止於仁義，一時工作文詞者，鮮能過也。（同上）

編者按：此傳參《宋史·曾鞏傳》寫成，故只節録其文字稍異者。

【秘閣焦先生千之（節録）】 焦千之，字伯强，潁州焦陂人也。從歐陽公學，稱上第。其時同門之士如曾南豐、王深父皆以文學名，而先生最有得於躬行。（同上）

【通判李先生撰（節録）】 李撰，字子約，吴縣人，受業南豐，官至通判袁州，以興學校爲先務，有文翁常衮風。（同上）

【少師韓持國先生維（節録）】　曾子固當制，稱其純明亮直。（同上卷十九）

張自烈字爾公，江右人舉國門廣社，而社中與予尤密者，宣城梅朗三、宜興陳定生、廣陵昌辟疆、商邱侯朝宗、無錫顧子方、桐城方密之及爾公，無日不相徵逐也。……余以爲此場屋氣習耳。以制義一途爲聖學之要，則千子之作俑也。其所言極至，以歐、曾之筆墨詮程、朱之名理，夫程、朱之名理必力行自得而後發之爲言，勃窣理窟，亦不過習講章之膚説，塵飯土羹焉有名理？歐、曾之筆墨象心變化，今以八股束其波瀾，承前弔後，焉有文章？無乃罔人昧己之論乎？其間先輩如楊復所等，間有發明其心得，千子批駁，不遺餘力。近溪復所之學，千子何曾夢見？即歐、曾之文章，千子但模倣其一二轉折，以爲歐、曾在是，豈知其爲楊皇苓也？（《思舊録》）

陳子龍，字卧子，華亭人。……卧子少年之文，恃才縱横，艾千子與之論文，極口鄙薄，以爲少年不學，不宜與老學論辯，自取敗缺，海内文章家無不右千字。以余觀之，千子徒有其議論，其摹倣歐、曾與摹倣王、李者，亦唯之與阿。卧子晚亦趨於平淡，未嘗屑屑於摹倣之間，未必爲千子之所及也。（同上）

【婦人誌書子女例】　婦人之志非其所生者不書，臨川誌曾易占子男六人：煜、鞏、牟、宰、布、肇，女九人。其誌夫人吴氏：子男三，鞏、牟、宰，女一。（《金石要例》）

編者按：「煜」，應爲「曅」。

【書孫曾例（節録）】　至宋則皆書孫矣，不特孫也，且及於曾孫矣。廬陵《蘇明允誌》書孫，曾子固誌錢純老書孫，東坡狀温公書孫。子固誌沈率府：子三人，某某；孫八人，某某；曾孫三人，某某。（同上）

作文雖不貴模倣，然要使古今體式無不備於胸中，始不爲大題目所壓倒。有如女紅之花樣成都之錦，自與三村之越異其機軸。今人見歐、曾一二轉折，自詑能文。余嘗見小兒搏泥爲炕，擊之石上，鏗然有聲，泥多者聲宏。若以一丸爲之，總使能響，其聲幾何？此古人所以讀萬卷也。（《論文管見》）

文必本之六經，始有根本。惟劉向、曾鞏多引經語。至於韓、歐，融聖人之意而出之，不必用經，自然經術之文也。近見巨子動將經文填塞，以希經術，去之遠矣。（同上）

作文不可倒却架子，爲二氏之文。須如堂上之人，分別堂下臧否。韓、歐、曾、王，莫不皆然；東坡稍稍放寬；至於宋景濂，其爲《大浮屠塔銘》和身倒入，便非儒家氣象。（同上）

周亮工

艾千子曰："今人謂宋之大家，未能超津筏而上。又謂歐、曾、蘇、王之上，有左氏、司馬氏，不當舍本而求末。夫今人不爲左氏、司馬氏則已，若求其爲左氏、司馬氏，則舍歐、曾諸大家，何所由乎！夫秦、漢去今遠矣，基名物器數，職官地里，方言里俗，皆與今殊。存其文以見於吾文，獨能存其神氣耳；役秦、漢之神氣而御之者，舍歐、韓奚由！……又曰：今人以宋文好新而法亡，好易而失雅；夫文法最嚴，孰過於歐、曾、蘇、王者？荆川有言曰：'漢以前之文，未嘗無法，而未嘗有法；法寓于無法之中，故其爲法也，密而不可窺。唐與宋之文，不能無法，而能毫釐不失乎法；以有法爲法，故其爲法也，嚴而不可犯。'"余嘗三復以爲至言。然余極推宋大家之文，以其有法；而其稍病宋大家之文，亦因其過於尺寸銖兩，毫釐不失乎法。視《史》、《漢》風神，如天衣無縫，爲稍差者，以其法太嚴耳。……又曰：古文一道，自《史記》後，東漢人敗之，六朝人又大敗之；至韓、柳而振，至歐、曾、蘇、王而大振。其不能盡知如《史記》者，勢也；然文至宋而體備，至宋而法嚴，至宋而本末源流遂能與聖賢合。恐太史公復生，不能不撫掌稱快。（《因樹屋書影》卷六）

【託素齋詩序（節録）】　予過臨汀，媿曾則持其詩示予，命予序。予因憶昔蜀人有黎生者，以其文爲里人所迂闊，求南豐一言以解惑於里人。媿曾索序於予，意豈若是哉？予常過汀，汀之人士推許媿曾者，不置自鄉國，以暨四遠又咸翕然稱之。而媿曾復落落不肯苟同於俗，自信者殊堅。吾知其非求解里人之惑者也，然予之人與文且愧，遠不及南豐，無足爲媿曾重，將何以序？媿曾顧南豐之序黎生者曰：「世之迂闊，孰有甚於予乎？」斯言也，殆近似之。予於古文之道，固未及窺，而甚傷乎今人之文之靡，思一返諸古。賴古堂近文一選，務求合於歐、曾諸大家者，以救正之。至於詩，則又不好爲繁豐諧俗之聲，此皆世人所爲迂闊而非笑之者。（《賴古堂集》卷之十四）

【南昌先生四部稿序（節録）】　文章風氣各有盛衰，而近數十年以來，吾豫章之學獨著於天下。溯其源流，自廬陵弘昌黎之教，而臨川、南豐繼之，豫章文章之宗派遂定。至於聲詩一道，晉之靖節筮仕彭澤，流風被境內，後人相與崇尚，遂成風調。廬陵、臨川之屬，亦既獲有兼美，故豫章詩、古文之盛，其來已舊。……余見數年以來，文人競尚八家歎息之音，嗚咽滿幅，層疊之句，反複連篇，自以爲韓、柳復生，曾、蘇再見，而不知不至復入於晚宋。不止亦何以厭！向者，慕效王、李之心，彼趨王、李而斟酌之，去其穠纖，根極典要，著爲沉博絶麗之文，不出數年，必將大勝乎？爲八家者，而八家醇潔簡勁之風反至代受訶，澌滅不可再振。雖詩文異轍，揆其大要，均之不出乎此也！（同上）

魏裔介

【宋文欣賞集序】文至於宋而蕪冗靡弱，有枯萎之色矣。所以然者，由唐以詩賦取士，其高者固能貫穿經史，錯綜百家，而其庸劣之流，揣摩題目，纂成事類，取青媲白，依韻附聲，不復耽精於聖人之學、經世之務，相沿成風，間有一二作者，不過佔畢小材、雕篆末技耳。故宋初無文。迨仁宗之世，涵育已及百年，乃有韓稚圭、范六丈、歐陽永叔、司馬君實出，而曾子固與眉山父子起而羽翼之，雷轟電掣，雲蒸霞變，宋文之盛，至此而極也。然范、韓之篇章既少，君實一生著力全在《通鑑》，其論斷多有可誦，歐公《五代史》固稱佳構，諸作多見秀發。若子固之文頗涉枝蔓，明允之文每雜權術，潁濱之文未至雄渾，惟子瞻瓌奇變化，超騰絶倫，而朱文譏其早拾蘇、張之餘唾，晚醉佛、老之糟粕，要其文以識議見長，以經濟自命，固賈長沙、陸宣公之流亞也，豈可以小疵而而少之哉？南宋卑之無甚高論，胡澹庵、文文山差强人意，然亦吉光片羽，未足飫人枵腹。流覽宋文，終當以歐、蘇爲操觚之標準耳。（《兼濟堂集》卷四）

吴景旭

【半日閒（節録）】 徐興公曰：「李涉《游鶴林寺》云：『終日昏昏醉夢間，忽聞春盡强登生。因過竹園逢僧話，又得浮生半日閒。』曾子固續云：『昔人春盡强登山，只肯逢僧半日閒。何事一尊乘興去，醉中騎馬月中還。』」吴旦生曰：談藪。東坡一日訪佛印於竹寺，印款之。坡因誦涉「竹園」二句。印曰：「學士閒得半日，老僧忙了半日。」相與發了一大笑。（《歷代詩話》卷五十一　庚集六）

【霧淞（節録）】 曾子固《冬夜》詩云：「香消一榻氍毹暖，月淡千門霧淞寒。」吴旦生曰：《墨莊漫録》：東北冬月寒甚，夜氣塞空如霧，著於林木，凝結如珠玉。旦起視之，真薄雪也，見晛乃消釋，因風飄落，齊魯人謂之霧淞。諺云：「霧淞重霧淞，窮漢置飯甕。」蓋歲穰之兆也。子固有《霧淞》詩：「園林初日静無風，霧淞開花處處同。」東坡《送曹仲錫》詩：「斷蓬飛葉落黄沙，衹有千林鬖髿花。」按，「霧淞」音「夢送」，與「鬖淞」同音。《黄氏日鈔》云：「音『夢送』。」顧迴瀾《古雋》云：「音『孟送』，液雨如霧也。」《字林》云：「凍洛也。」楊升庵《詩序》云：「『洛』，音『索』，冰著樹如索也。」一作「霿凇」。曾公衮《戲作冷語》云：「萬山雲雪陰霾空，千林霿凇水摇風。」（同上卷五十七　辛集三）

歸　莊

【簡堂集序（節録）】 余觀《簡堂集》，代名公卿作者十居六七，既笑世俗之人之鄙，而又歎先生之不遇

也。雖退之、永叔、子瞻、子固諸集中代人之作，至今猶傳，然終不多見。（《歸莊集》卷三　序）

【書千佛偈跋（節録）】余素墨守儒家之學，不知佛理，然亦不闢佛，一時善知識多相善；奉先母之命，亦誦《普門品》，其他經藏，全未經目；偶作佛家文字，亦本歐、曾家法，不效柳、蘇也。（同上卷四　跋）

【書朱氏彙録諸文後（節録）】余今以諸君子之爲人而信其文，後之覽者，則以諸君子之文而信君之爲人矣。以此知人之立身不可苟，而文不可妄爲也。曾子固嘗言欲表章先世，必託之蓄道德、能文章者，而後足以傳。若四君子，其死者固日月争光，存者亦能守其志節，其人皆足重，而又或兼長於文，則既足以傳君矣；而余又以已諾之，故不憚其言之重，辭之複，而行節之欲光寵其親，不朽其親之意，亦可以少慰矣！（同上）

【書先太僕全集後（節録）】嗟乎！韓退之文起八代之衰，一時宗仰之者半，非笑之者半。後二百餘年，得歐陽永叔而始大顯；府君之文，一時雖壓異趨，而盛名著至於今，未及百年，而世無不推崇之，比於歐、曾，方之昔賢，不爲不幸矣。（同上）

【上錢牧齋先生書（節録）】曾子固嘗言：「表章先世，必待有道德、能文章者而後足以傳，故以先大夫之墓銘屬之歐陽公。」吾師非今世之歐陽公乎？況先君子與吾師雅有金蘭之契，非若永叔之與曾致堯僅推門牆之誼者也。然則苟不知以文章光寵其親則已，猶知以文章光寵其親，不向吾師而誰告哉？（同上卷五　書）

【答梁公狄（節録）】萬年少行狀，既多瞻顧，復有遺軼，殊未盡其平生，全賴墓誌表章。曾子固所謂蓄

道德而能文章者，今日舍道兄而誰？（同上）

徐作肅

【壯悔堂文集序（節録）】　而在唐、宋，有韓、柳、歐、蘇、曾、王諸公，取其潔者，精者，樸以蒼者，而以合離起伏變化而一乎規矩者拯之，而明乃以其冗者、膚者、媚而棘者，易其潔者，精者，樸以蒼者以壞之。韓、柳、歐、蘇、曾、王諸公拯之，而明乃以其冗者、膚者、媚而棘者，有韓、柳、歐、蘇、曾、王諸公起於六代五季，亦知必有若諸公者起於明。文之統不亡，吾知必有韓、柳、歐、蘇、曾、王諸公起於六代五季；何如也，需之而遇之，其爲咨嗟讚歎而急稱之者，又可知也，則余友侯子其人也。當此之時，而視其人其所關蓺名海内，海内凡在宿儒無不知有侯子，而尚未見侯子之爲古文也。侯子曩以詩與制舉而近乃大毁其向文，求所爲韓、柳、歐、蘇、曾、王諸公以幾於司馬遷者而肆力焉，而其文已竟與韓、柳、歐、蘇、曾、王諸公等。昔司馬遷歷四海周天下名山大川，廣而遇之，故其文奇偉，振耀古今。夫文非徒以辭也，侯子向嘗遊兩都，歷邊塞，浮江淮，盡吴越，觀覽人物之盛，所涉者多，則所得於事與理者益精，理足乎中而充其外，知與古作者發明矣。（《壯悔堂文集》卷首）

徐世溥

【答錢牧齋先生論古文書（節録）】　韓出於《左》，柳出於《國》，永叔出於西漢，明允父子出於戰國，介甫出於注疏諸文，子固出於東漢諸書疏。當其合處，無一筆相似，故韓無一筆似《左》，歐無一筆似史遷。書家所謂書通即變，如李北海不似右軍，顏魯公不似張旭也。（《尺牘新鈔》卷二）

高　晙

【天傭子全集序（節録）】　昔有明之季，時文、古文俱日趨于敝，艾千子先生起而維且挽之，其所選評今文定待二集以遵傳注，返醇樸爲主，一時學者翕然從之，而文體爲之一變，雖同時亦有起而與之角者。然先生之説終不可易。今其書布滿天下經生家，咸稟之以爲矩矱，固不患其傳之不久且遠也。至先生所作古文一洗腐爛之習，固歐、曾之苗裔，而震川、荆川諸先生之高足也。……一時同人知誦習先生者咸捐貲相助刻成，而伯玉請序於予。夫予亦安能序先生哉？先生論文，耑遵歐、曾，以爲適《史》、《漢》者必由是而取經焉。今天下之學者讀先生之書即莫不知詆王、李而趨歐、曾矣。然歐、曾非可不學而能也。倘徒見其文從字順，而遂欲白腹從事，不流爲訓詁，則流爲粗野，僞歐、曾又寧賢於僞秦、漢乎？惟學者耑以通經學古爲能事，庶不負先生啓迪後學之苦心矣。（《天傭子集》卷首）

尤　侗

【梅村詞序（節録）】　詞者，詩之餘也。乃詩人與詞人有不相兼者。如李、杜皆詩人也，然太白《憶秦娥》、《菩薩蠻》爲詞開山，而子美無之也；温、李皆詩人也，然飛卿《玉樓春》、《更漏子》爲詞擅場，而義山無之也；歐、蘇以文章大手，降體爲詞，坡公《大江東去》卓絶千古，而六一婉麗，實妙於蘇；介甫偶一涉筆，而子固無之；眉山一家，老泉、子由無之也；以辛幼安之豪氣而人謂其不當以詩名而以詞名，豈詩與詞若有分量不可得而踰者乎？（《西堂雜組三集》卷三）

編者按：曾鞏有《賞南枝》（暮冬天地閉）詞一首。見《梅苑》卷一，又見唐圭璋編《全宋詞》。

施閏章

【寄魏凝叔（節録）】　見近世所推一二名家，偏矯王、李之失，遽以爲冠一代而抗歐、曾，竊未敢深信，以其清真自放而波瀾不闊，光焰不長也。先生之文原本經傳，動關風教，其間層折頓挫，有古法。讀之，改觀易聽，庶幾懷文抱質，有彬彬之槩。（《施愚山先生文集》卷二十八）

王夫之

填砌最陋。填砌濃詞固惡，填砌虚字愈闌珊可憎。作文無他法，唯勿賤使字耳。王、楊、盧、駱，唯濫故賤。學八大家者，「之」、「而」、「其」、「以」，層累相疊，如刈草茅，無所擇而縛爲一束；又如半死蚓，沓拖不耐，皆賤也。古人修辭立誠，下一字關生死。曾子固、張文潛何足效哉！（《船山遺書》卷六十五《夕堂永日緒論外編》）

賈生《治安策》偶用繳回語，亦緣「痛哭」、「流涕」、「長太息」説得駭人，故須申明以見其實然耳。蘇、曾

效之，便成厭物。（同上）

四大家未立門庭以前，作者不無滯拙，而詞旨溫厚，不徇詞以失意。守溪起，既標格局，抑專以遒勁爲雄，怒張之氣，繇此而濫觴焉。及《文鈔》盛行，周萊峰、王荆石始一以蘇、曾爲衣被，成片抄襲，有文字而無意義；至陳（棟）、傅（夏器）而極矣。（同上）

承嘉靖末蘇、曾泛濫之餘，當萬曆初俚調咿嚘之始，顧涇陽先生獨以博大弘通之才，豎大義，析微言，屹然嶽立，有制藝以來無可匹敵。（同上）

避險用熟，而意不宣，如扣朽木；厭熟用險，而語成棘，如學鳥吟；意止此而以虛浮學蘇、曾，是折腰之蛇；義未盡而以迫促仿時調，如短項之蛙：纔立門庭，即趨魔道，四者之病，其能免乎？（同上）

學蘇明允，猖狂譎躁，如健訟人强辭奪理。學曾子固，如聽村老判事，止此没要緊話，扳今掉古，牽曳不休，令人不耐。學王介甫，如拙子弟效官腔，轉折煩難，而精神不屬。八家中，唯歐陽永叔無此三病，而無能學之者。要之，更有向上一路在。（同上）

抑有反此者，以虛冒籠起，至一二百字始見題面，此從蘇、曾得來，韓、柳、歐陽尚不盡然。然蘇、曾但以施之章、疏、序、記，抒己意者。（同上）

編者按：首句「抑有反此者」，是對「開門見山」而言。

黄與堅

【文説（節録）】 唐宋諸大家文，自茅鹿門選八家，人徇以爲然。究之唐宋，不止八家，八家亦疵類不少。凡學者當有所別擇，然後以材力各造其所至。若學殖未成，即以是榀然者規趨大家，是又以大家一途自便其不學，初學者之大戒也。余沈酣於秦、漢三十餘年，始要歸於唐、宋。凡所爲文，始認菴以爲廬陵，已熊愚齋諸先生以爲南豐，余皆甚愧之。末學無常師，安敢自矜爲定論。（《論學三説》）

林雲銘

《寄歐陽舍人書》 先提明。慚書中所言「世族之次」當「加詳」等語，以古者善人有銘，惡人無銘，分釋「所以與史異」句。後世惡人亦有銘，作銘者又難於核實，有失古人之意。作銘者非其人，則所書者狥而不得其公，惑而不得其是，本不足爲後法警勸，何以取信於人而傳乎？併其義近於史者，亦與史異矣。〔以下末段評語〕 承上感恩圖報，推出一層説，總收上警勸之道，以歐公作此銘，有關係於世，不但義與史近，其爲美更多於作史者，把自己與父祖竝提，以歐公此銘實爲己而作也，文亦淋漓盡致。（《評注唐宋八大家文讀本》卷二十七引）

《先大夫集後序》 諸集是客，詩、賦、書、奏是主。「治亂得失」云云，是大本領。「樂府已下」云云，是大文章。「公所嘗言甚衆」句，加「何必古人」四字，文勢便覺跌宕婉折，一唱三歎有餘音矣。可悟作文

之法。（同上）

《撫州顔魯公祠堂記》　杲卿爲安禄山所殺，公爲李希烈所縊，扯杲卿陪講，伏下文撓禄山之勢，折禄山之鋒，二段來脉皆知。「爲烈」句，爲下文「連斥」、「不悔」處，非人所知，作反炤話頭。何義門云：常山方扼其前也。「天寶之際久不見兵」，已上叙公生平已畢，下文方層層發議。（同上卷二十八）

《先大夫集後序》　集中類次既合詩、賦、書、奏共爲十卷，則序中俱不可遺，但詩、賦不過文而已矣，書、奏關係國家得失及畢生歷官進退大節，胡爲可比？妙在開口把詩、賦輕輕提過，便倒入書、奏，細發挈定，見知於天子，見抑於大臣，二意串講。初叙其立言之指歸，次述其歷官之亨屯，梗概已見，復從書、奏中舉其關係最大者，幸其言之，得盡歸美於天子之見知，讚不置口，又計其在官已行者，惜其止於小試，歸咎於大臣之見抑，意在言外，穿插變换，無不極其自然。此有體有格之文，其落筆布置，曲盡良工苦心矣。（《名家圈點箋注古文辭類纂》卷三引）

汪琬

【文戒示門人（節録）】　嗟乎！人文與天文、地文一也。……今之作者專主於新奇可喜，倘亦曾南豐所謂「亂道」，朱晦翁所謂「文中之妖與文中之賊」是也。（《堯峰文鈔》卷一）

【白石山房稿序（節録）】　在昔有宋之興也，同時以文章名世者，世必推歐、蘇、曾、王四家，而歐陽文忠公、曾文定公、王文公皆出於江右，於是江右之文章衣被海内，遠近莫敢望焉。蓋其名山大川、深林層壑，逶迤旁魄之氣，蓄久而不洩。然後發爲人傑，如歐、曾、王三君子者是也。嗣後人文蔚興，訖於明季，兵燹之餘，文獻漸以衰謝，其巋然以宿德重望，冠冕江右者，莫如侍郎石園李公，今文饒先生則侍郎公之次君也。……蓋先生之在本朝不啻歐、曾、王三君子者之在有宋盛時也。……假令歐、曾、王三君子者復生於今世，俾先生出其翰墨，發舒其所得，以與之馳驅角逐，吾未知其孰先而孰後也。（同上卷二十九）

【答陳靄公書二（節録）】前明二百七十餘年，其文嘗屢變矣，而中間最卓卓知名者，亦無不學於古人而得之。羅圭峰，學退之者也；歸震川，學永叔者也；王遵嚴，學子固者也；方正，學唐荆川、學二蘇者也；其他楊文貞、李文正、王文恪又學永叔、子瞻而未至者也。前賢之學於古人者，非學其詞也，學其開闔呼應、操縱頓挫之法，而加變化焉，以成一家者是也。（同上卷三十二）

高梅亭

《移滄州過闕上殿疏》公爲文章上下馳騁，本原六經，愈出愈工，與一時歐、王、蘇氏並峙，而卓然自成一家。朱子最愛之，以其經術湛深，氣體正雅也。（《評注唐宋八大家文讀本》卷二十七鼇頭評語）

《寄歐陽舍人書》以史形銘，二字一篇綱領。首段論誌銘之體，見其所關者重，正爲秉筆人作地。三段轉入作銘之人，「畜道德能文章」六字神溯歐公。四段方入歐公身上，千迴百折，卸到本位。千里來龍，至此結穴。（同上）

《戰國策目録序》首段虛引，從校書叙入，就向言起駁。摘向疵瘳處起下議論。以孔孟爲標準，以先王爲主腦。次段發正論立案，言先王之道百世不易。孔孟遭末世，説時君不肯移其所守，與向所云戰國謀士度時君所能行，不得不然，其意正相反。三段痛指策士之遺害，見其説不可從。前段是案，此段是駁，後仍引歸正案作收，何等章法！末段明己所以作叙之意，其籍不必滅，正明其説不可從，以此戒世，欲悉實事，不可廢其書以欠考古。此叙專爲劉向所定目録耳，然此外又有高誘注者，篇目不同，其書亦不可全得，故於篇末附見。（同上）

《列女傳目録序》從校書叙起。末就向傳摘其小疵，充類言之，只作餘波，恰與起處相映，成章法。湛深經術，懸爲日月，不刊之作。此發子政立傳意也，然恐子政説不到此。（同上）

《禮閣新儀目録序》首叙校書，「變」字伏。論案「古今之變」二句轉軸。「後世去三代」五句反跌下文。此段編者按：指「以爲人之所既病者」一段。引古人議禮之得以印證之，不必追先王之跡，而能合先王之意，是通篇主意。（同上）

《宜黄縣學記》重提「學」字，起法莊嚴。以規勸作結。「入手學其性」一句，便窺見大原。論學之制，與其所以成就人材處，亦極詳盡。朱子云：「此記好，説得古人教學意出。」（同上卷二十八）

《撫州顔魯公祠堂記》首段叙事。「忤奸」「捍賊」兩層，換次叠叙，「捍賊」略，「忤奸」詳，暗分輕重。次段議論，以捍賊之功作頓挫，忤奸之節作論主。三段歸重忤奸之節，將末後死事作一折，非輕其死也，且就其連斥不悔，抉出信道守死真本領。四段就忤奸連斥意作詠歎法。末段叙立祠之事。（同

上)

《越州趙公救菑記》「前民之未饑」,「而謹其備」二句須着眼。(同上)

《思政堂記》先點題,次叙題,拓開一層。末略贊王君,作餘意收結。(同上)

《墨池記》「臨池」二句伏勉學之緣。揭出學舍,就學者而推廣言之,用意或在題中,或在題外,寄想甚高,結構亦緊。(同上)

《書魏鄭公傳》首段虚引,從諫諍之益引入,轉一句即刺題。次段發論,拈出太宗晚政以見諫諍之益。三段取證,此以善者證,是不掩諫之美;此以不善者證,是掩諫之失。經一層,將諱字挑焚稿,是引史一層,焚稿事,與鄭公付史官對照,故特取以對駁。四段辨駁。(同上)

毛奇齡

【先正小題選叙(節録)】選家無學,稱八比文爲制藝。夫制科取士,皆天子親試於庭,八比試有司,並非制也。又以爲八比始於宋,僞造爲王荆公、曾子固、蘇子瞻、子由諸文,以誣惑斯世。(《西河合集·序》卷三十四)

魏禧

【宗子發文集序(節録)】一日,子發持其文屬予序,論旨原本六經,高者規矩兩漢,與歐陽、蘇、曾相出入。子發持高節，獨行古道，而虚懷善下文。他日所極，吾烏能測其涯涘？故爲述平日所與論議者以弁其端。（《魏叔子文鈔》卷之五）

【八大家文鈔選序（節録）】八大家遠者千餘年，近者數百年，言者備矣。自茅氏《文鈔》出百十年間，天下學者奉爲律令。予生平尊法古人，至其所獨是、獨非，每不能自貶，以徇古今之衆，論列或不盡同茅氏。……退之《潮州謝表》，介甫、子固論揚雄，明允論樊噲，永叔論狄青，既皆有害其生平。（《魏叔子文集》卷八）

唐宋八大家文，退之如崇山大海，孕育靈怪；子厚如幽巖怪壑，鳥叫猿啼；永叔如秋山平遠，春谷倩麗，園亭林沼，悉可圖畫，其奏劄樸健刻切，終帶本色之妙；明允如尊官酷吏，南面發令，雖無理事，誰敢不承；東坡如長江大河，時或疏爲清渠，瀦爲池沼；子由如晴絲裊空，其雄偉者如天半風雨，裊娜而下；介甫如斷岸千尺，又如高士，谿刻不近人情；子固如陂澤春漲，雖漶漫而深厚有氣力，《説苑》等敘，乃特緊嚴。然諸家亦各有病。學古人者，知得古人病處，極力洗刷，方能步趨。否則我自有病，又益以古人之病，便成一幅百醜圖矣。（《魏叔子日録》卷二《雜説》）

或問：學八家而不善，其病何如？曰：學子厚易失之小，學永叔易失之平，學東坡易失之衍，學子固易失之滯，學介甫易失之枯，學子由易失之蔓。惟學昌黎、老泉少病，然昌黎易失之生撰，老泉易失之粗豪，病終愈於他家也。（同上）

王　昊

《送曾鞏秀才序》　朝廷取才，一憑有司之法去取之，自有得而有失也，永叔細細拈出，感嘆之意，雖若送秀才，而譏刺直在朝廷矣。（《山曉閣選宋大家歐陽廬陵全集》評語卷三）

王惟夏

《福州上執政書》　本《風》、《雅》以陳情，温然藹然，使人生感亦復生憐，後世膚詞，去之遠矣。（《山曉閣南豐文選》評語）

《上歐蔡書》　上書大意，是惜歐、蔡之去，恐其忘情，乃引王魏真觀之盛，以及孔孟用世之心，瑣瑣言之，使歐、蔡不敢戞然言去，爲國爲民心何盛也！文勢如長江浩浩，止水澄清，不堪同語。（同上）

《范貫之奏議集序》　評叙范公奏議，雖盛陳其極諫之功，却力頌仁宗納諫之美，且並及同時之士，或引御史合議肆言，或稱七八大臣，隱隱見相成有人，不獨范公奏議之力，而范公効力其間，亦一時之選也。頌揚有體，雖極渾融，而微意自在，大手筆之妙也。（同上）

《贈黎安二生序》　借「迂闊」二字，曲折引人入道。讀之，覺文章聲氣，去聖賢名教不遠。（同上）

《宜黄縣學記》　大學問，説得真至不遠人；小學問，説得精深可入道。既使人不畏難而樂於造就，又使人薄虚名而實有所用。子固可謂善言學矣。（同上）

呂留良

《與孫司封書》 叙事以「言」與「死」兩件爲大綱。此述其平素發明非一時偶然，以塞議者之口，最是一篇要處。（《評注唐宋八大家文讀本》卷二十七引）

《戰國策目録序》 前段言其書之當斥，此却言其書之宜存，是進一步法。（同上）

《列女傳目録序》 上段歸本人主，此却從士大夫説，善於立言。向《傳》大醇，故舉其小疵處。（同上）

《范貫之奏議序》 （首段）叙事。（次段）議論。（末段）此意更深，文章收勒尤緊。（同上）

《送李材叔知柳州序》 泛從往古人情，緩緩説起。（末段）真率。（同上卷二十八）

《宜黄縣學記》 句法錯落。「蓋凡人之起居飲食動作之小事」等句，又作一總挈，而下文勢蜿蜒扶輿。

三代以來，無此議論久矣。（同上）

《書魏鄭公傳》 先言諫諍之美。（同上）

呂葆中

《救災議》 指陳利弊，纖細曲盡，文如層波叠嶂，却自然一氣之朋融結，非南豐無此力量。（《晚村先生八家古文精選·曾文精選》）

《戰國策目録序》 當觀其議論反覆處，及其轉换過接之妙，理致甚深，却不露一毫圭角，宋文中之最高

古者。(同上)

《梁書目録序》　不惟不屑屑攻佛，並不屑屑斥梁之佞佛，此争上流也。(同上)

《新序目録序》　《新序》只是駁雜，故痛抑而後存之。前段歷叙古今，説得原原本本，文亦圓暢。(同上)

《説苑目録序》　向之立志有可取，而其學未精，所以然者，則以其狥物而不爲己。此篇議論都在空中結構，猝讀似不得其要領，紬繹反復，方見其不可易。(同上)

《禮閣新儀目録序》　以後段洗發前段，然其間又有淺深詳略之法，相爲錯綜，故讀之渾然而不覺，否則重沓無味矣。《困學紀聞》云：「《禮閣新序》指新法。」然篇中不見譏切意，恐未必然。(同上)

《范貫之奏議集序》　題目當以范公爲主，文章却以仁宗爲主。故前段叙事，從范公説到仁宗；後段議論，乃專歸美仁宗，而反用范公繳出，此是漢王抵壁奪兵符手段。(同上)

《王子直文集序》　有子直所到之處，有子直所未到之處，而以序其志爲説，則操縱伸縮在我矣。文特遒緊。(同上)

《送周屯田序》　以古義望世，亦以古義自處，讀之覺温厚和平之意，盈溢楮上。此等文字，令東坡爲之，必有多少尖利雋妙語，而意亦衰薄矣。那得如許醇茂，篇中字句烹錬，俱極雅馴。(同上)

《贈黎安二生序》　因人笑黎生之迂闊，而引以爲同病，立言既妙，却又轉進一層，言生特以文不近俗，迂之小者。及其告以無急解里人之惑，言外又隱然見得黎生尚未迂闊在。一步緊一步，此荆川所謂謹密者也。一篇之中，有誘掖，有鍛錬，可爲前修接引後進之法。(同上)

《王無咎字序》　辭義甚古，拗捩處似拙而奇。（同上）

《送李材叔知柳州序》　真率。（同上）

《與孫司封書》　「言」與「死」兩件並舉，而每以能言爲重，得頰毫傳神之法。（同上）

《菜園院佛殿記》　非贊彼，乃傷此也。立説最妙，做他家文字，却不放倒自家架子。（同上）

《筠州學記》　作學記，特標一宗旨，便有弊。此篇將漢時學者與今對勘，各有短長，兩邊説來，道理四平八穩，是南豐學問純粹處。（同上）

《宜黄縣學記》　此篇前段講古人立學之意甚備，其議論體勢太重。一宜黄學收拾不住，故末段就叙事中抽出意思，曲致其歎美期望之意。就小形大，以爲結束，正如高山喬嶽，必有千里坡坨以盡其勢。其體前方後圓，前整後曲，不照應而照應，最是文家妙處。遵巖乃云「後段文字絶去刻畫刀尺，頗覺渾轉勝前段」，是未究全篇局勢，而識作者之用意也。（同上）

《南軒記》　此篇分四段看，第一段境，第二段心，第三段學，第四段守，而逐段意思遞相承接，讀之泯然不覺。（同上）

《閬州張侯廟記》　南豐文嚴於照應之法，然亦往往有着跡處，此篇最活變，而法尤精。（同上）

《唐論》　此等文字，從前未有，公之所創爲也。如善弈者之布勢，寥寥不過數子，而勝局已定，只是所佔分數多，不屑屑争尺寸之利。然非識高而氣健，未易措手。鹿門乃云「文格似弱」，何也？（同上）

《書魏鄭公傳》　按二公（編者按：指韓琦和司馬光）之言，正與南豐意合，而聞修異之，何也？至云委曲分疏，反墮一偏，尤不中二公心事。此篇議論反復，八面都到，識見既正大，而其氣復雍容而不迫，渾厚而不露，咀嚼愈有味，宜乎歸震川誦之，累百十遍而不能釋也。（同上）

黄虞稷

【與馮訥生論讀書（節録）】 宋之議論説事，無過三蘇；簡質平淡，歐、曾所擅，此猶世所稱耳。（《明三百家尺牘》卷十五）

朱彝尊

【與李武曾論文書（節録）】 魏晉以降，學者不本經術，惟浮誇是務，文運之厄數百年。賴昌黎韓氏始倡聖賢之學，而歐陽氏、王氏、曾氏繼之，二劉氏、三蘇氏羽翼之，莫不原本經術，故能横絶一世。（《曝書亭集》卷第三十一）

【與查韜荒弟書（節録）】 夫天之生才，非必千里一賢，百里一士，棋布而星羅之，蓋嘗聚於一境之内。孔門四科，遠者惟言子一人，其餘類皆齊、魯、宋、衛之士，而廬陵、南豐、臨川近在數百里之内，至眉山蘇氏乃萃於一門。（同上）

【報李天生書（節録）】 僕少時爲文，好規倣古人字句，頗類于鱗之體。既而大悔，以爲文章之作，期盡我所欲言而已。我言之不工，必取古人之字句，始可無憾，則字句工拙，古人任之，我何預焉，乃深有契乎韓、歐陽、曾氏之文不自知，其近於道思、應德、熙甫數子也。……僕之深契夫韓、歐陽、曾氏之文者，以其折衷六藝，多近道之言，非謂其文之過於秦漢也。（同上）

【史館上總裁第三書（節録）】司馬遷續其父談之書，以爲《史記》；班固續其父彪之傳，以爲《漢書》；李百藥續其父德林之紀傳，以爲《北齊書》；皆再世而就。至姚思廉《梁》、《陳》書，曾鞏謂其歷三世傳父子數十歲而乃成。（同上卷第三十二）

【書王氏墓銘舉例後（節録）】《墓銘舉例》四卷，長洲王行止仲編。先以唐韓退之、李習之、柳子厚，次以宋歐陽永叔、尹師魯、曾子固、王介甫、蘇子瞻、陳無己、黄魯直、陳瑩中、晁無咎、張文潛、朱元晦、吕伯恭凡一十五家之文，舉以爲例，足以續蒼厓潘氏《金石例》而補其闕矣。（同上卷第五十二）

伯賢（編者按：朱右字伯賢）當日亦以理學文章自命，於《春秋傳》、《國語》則有類編，於戰國先秦兩漢則有《秦漢文衡》，於唐、宋則首定韓、柳、歐陽、曾、王、三蘇文爲《八先生文集》。（《静志居詩話》卷二朱右）

趙士麟

【明文遠序（節録）】唐而下，正大稱歐陽氏之文，老健推蘇明允之文，清新則王臨川之文，宏肆開闔則蘇子瞻、曾子固之文，忠節則文文山之文。之數者，文之雄也。（《讀書堂全集》卷八）

儲欣

【唐宋十大家全集録凡例（節録）】讀古書如治大田，鹵莽而耕之，可不可耶？曾南豐先生卒於元豐，而歸安評《講官議》，以爲爲伊川發，似並南豐史傳及家狀亦未嘗寓目矣，學者所當戒也。（《唐宋十大家全集録》卷首）

曾、王之文，並出經術，而其人則有舜、跖之别焉。即如南豐之於半山，始而交之，舉動一不當，則以書規之，又著議以諷之。規之不從，諷之不喻，然後漸疎漸外，潔吾身而已矣。半山得志，威福在手，南豐奔走外任幾十數年，此必有排而擠之者。南豐守其道弗爲變，然亦不抗章激烈以敗夙昔之交，而貽家門之危，柔外剛中，可云兩得。（同上）

吕申公言曾某行義不如政事，政事不如文章。余謂先生文章尚矣。其行義、政事一如文章，未易軒輊也。自始任齊州即多可紀之績，其後歷任皆然。少時家貧，孝養父母，誨育諸弟，牟、宰、布、肇並成立，往往奔走數百里，干當世，仁者以給其費，其行義又如此。申公之言誠出自申公乎？抑荒唐之詞乎？觀史者察之。（同上）

【南豐先生全集録序】按曾子固先生文曰《元豐類稿》五十卷，《續元豐類稿》四十卷，《外集》十卷，見於弟肇《行狀》及《神道碑》章，彰矣。今世流傳止五十卷，豈其有遺逸與？抑會萃原編，卷約而文自備與？余既卒業，計所繕録如千篇，而爲之序曰：世謂曾文開濂洛之先，或又謂其開南宋文迂冗之弊。斯二説皆非也。譬之者過其實，毀之者失其真。蓋文章流弊，凡由不善學者致然，非作者之過。而自子雲後，昌黎韓氏復言聖人之道，嗣是豪傑之士相與探原於六經，積思於孔孟，流覽於百氏，而著見於文章，甚衆矣！先後接跡，何獨南豐？吾故曰：斯二説皆非也。予惟先生擁萬卷書，過目成誦，然猶貪多務得，俯拾仰取，故其文沈雄典博，鬱鬱乎西京之遺。其至者固已發皇俊偉，崒然聳制，作於賈太傅、劉校尉、韓吏部之間，餘亦稱引故實，無失體裁，雖非其至，然不可廢也。學者於其至而深探之，非其至者亦時觀而得焉，庶乎善取益者矣。（同上《南豐先生全集録》卷首）

《唐論》較唐太宗之得失，而嘆三代以後，人生不復遇極治之時。雖然自漢而來，井田不可復畫，封建不可復行，先生所爲禮樂之具，不可復講，信如太宗有天下之志，有天下之才，有治天下之效，雖法不古，若亦所謂千載一時也。説到孔子之聖，孟子之賢，而不可以得志於太宗之時，爲慨然太息者久之。（同上卷一評語）

《爲人後議》詳核更參歐陽濮議觀之，則中書之受誣益明。明世宗，繼孝宗者也，以非禮尊所生。以所生褻列祖，戮逐天下，士大夫以恣其欲爲，雖朝署一空，弗顧也。凡此皆小人張璁所逢長，而茅鹿門《文鈔》尚稱道之，然則尊祖敬宗之義，至明而絶矣。（同上）

《公族議》闢時人「以服爲斷」之説，而引古采地之傳及於無窮者以折之，當時減省宗禄之議，賢者不免，獨先生所議能如此，賢於人遠矣。薄骨肉之恩者謂服盡則禄位當絶，敦親愛之誼者，服雖盡而恩澤必至於無窮。然不得古者世食采地一節爲案據，何以服澆薄者之心，而杜其口耶？經術之貴，即

此具見。(同上)

《講官議》藥石之言，未審當日見之，怒耶？喜耶？拒耶？受耶？爾時介甫位未高，曾、王之交方密，必子固力阻不從而著議以解其惑者。《文鈔》評此議爲伊川發，余按伊川争坐講在元祐朝，南豐以元豐六年不及見元祐之治以卒，弗合明矣。豈一坐講也，介甫争之於前，伊川又争之於後乎？要當以南豐此議爲正。(同上)

《進太祖皇帝總叙並進狀》宋太祖天錫智勇，盛德大度，于此序亦見一斑，然雄渾深厚，稍遜漢人，而末與漢祖絜長較短處，尤似不必。(同上)

《新序目録序》諸序雅健，曾文上腴。董江都謂今天下户異，説人殊論。愚以爲諸不在六藝之科者，勿使並進云云，此序全倣其意。(同上)

《列女傳目録序》深探經術，懸爲日月，不刊之書。(同上)

《禮閣新儀目録序》禮時爲上，屢變其法，而不必一一「以追先王之迹」，真名言也。荀卿曰：「法後王」。司馬氏釋之曰：「謂其近己，而俗變相類，議卑而易行也。居今而談行井田、行封建，議非不高，亦嘗計及可行否乎？知不可行而言之，不如無言也；不知其不可行而言之，且將作而行之，其僨潰決裂，吾不能測其所至矣。」此序得之。蓋皆曾、王平日往復講究而卓卓有見者。《梁書序》視昌黎《原道》何如？十不及一，徒爲南宋婆舌開先，删之。(同上)

《戰國策目録序》以孔孟抑子政，子政固驩然受之而不辭，而論戰國游士之害尤切中。(同上)

《陳書目録序》　史自陳壽以降，求一才如宋子京者，不可得，況遷、固耶？子固序南齊書，直以二典責蕭子顯，雖至迂至愚亦不出此。要以發其胸中史學而已，讀者不可不知。（同上）

《徐幹中論目録序》　讀其書，考其節，偉長固曹魏之鳳鸞，而子固亦可謂知古人於千百年以下者矣。（同上）

《説苑目録序》　枉己而爲之，得非斥其淮南秘術一事乎？然此是中壘少年事，若其他出處不合乎道者，少矣。一結餘波翻，屬正論，要非曾文之至者。（同上）

《先大夫集後序》　「勇言得失」是主句，先舉大意，後列條件。而仕路齟齬，悉歸咎於大臣；能受盡言，獨歸美於天子。精思極構，曾序第一。（同上）

《范貫之奏議集序》　宋至熙寧而公議廢斥，無一足存，揚厲仁宗，義猶魚藻。（同上）

《序越州鑑湖圖》　盜湖爲田，一强力太守能禁之，譊譊乃爾，信乎？議論多，成功少也。《序》章法筆力極可玩。（同上）

《館閣送錢純老知婺州詩序》　士大夫仕於宋，可謂幸矣。其在館閣之選者，尤幸且榮。此序亦可想見大都矣。（同上）

《齊州雜詩序》　足見公吏治之優，誰謂政事不如文學耶？（同上）

《贈黎安二生序》　辭若發攄憤懣，要其歸，莫非垂世立教之言。升韓吏部之堂而入於室，亦曾文之至者。（同上）

《送江任序》　前面直是兩扇文字。吏治莫盛於漢，而漢法尤合乎人情，以郡人典郡守者，不可勝數也。唐、宋亦然。至明始竊竊焉。以私疑之，越省命官猜防愈深，吏治愈不古矣，奚益耶？（同上）

編者按：《御選唐宋文醇》引用此則。

《送趙宏序》　稱書以諗，亦猶良醫之用，古方也。民蠻變擾，只有撫法，先生見此，至明。（同上）

《上歐陽學士第二書》　此子固已受知歐陽公，復辱於有司，因寫歸途所見所感，以表其義，命自安者如此。（同上卷二）

《上蔡學士書》　與諫官朝夕相親，即説命朝夕納誨之旨，萬世所當法者。君德成就尤在諫官，信如此書所云："不待暮而以言"，"不待越宿而以言"，獻可替否？惟日不足而君德成矣。經筵大率具文終日言，而非有問之者也，惡能成就君德。（同上）

《與孫司封書》　爲孔宗旦訟冤而所陳者，皆天下治亂得失之理，可謂言近而指緬矣。（同上）

《答范資政書》　感謝書問不一語及天下事。（同上）

《謝杜相公書》　施者期於當阨，感者莫可名言。然其誓心圖報，總以天下之義爲歸，何等光明俊偉。（同上）

《寄歐陽舍人書》　層次如累丸，相生不絶，如抽繭絲。渾涵光鋩，其議論也；温柔敦厚，其情文也。曾文至此，豈後人所能沿襲擬議。（同上）

《與王介甫第二書》　子固之於介甫，有因其使歸而諍之者，此書是也；有因其請坐講而著論以解之者，《講官議》是也。其後介甫大用，飾六藝以文奸言，子固知其不可化誨者，早矣。不比焉，以嚴舜、跖之分，亦不激焉，以傷夙昔之雅。其後自以史學受知裕陵，擢官兩制，視介甫若漠不相識然者，子固可謂有道之士矣。(同上)

《福州上執政書》．較劉子政引經乃更精采焕發，後來居上矣。(同上)

《墨池記》　綿邈。(頂批)曾、王每有此，遥情深致，而曾尤深。(同上)

《擬峴臺記》　骨力雄剛，溪山如畫，宋記特勍。(同上)

《撫州顔魯公祠堂記》　不以一死重公，而重公之每起輒仆，卒不自悔，可爲定論。柳河東狀段太尉亦然。不以奮起笏擊賢太尉，而賢太尉之素所樹立，皆具眼也，皆定論也。(同上)

《歸老橋記》　借柳侯以諷當時貪位之人，前段序景可入畫圖，惜詞遜韓、柳。(同上)

《齊州二堂記》　考山川圖記，分别是非，如澠、淄、涇、渭，文定公之長技。(同上)

《越州趙公救菑記》　此政非趙公不能行，亦非子固不能記。倣所記而力行之，天下雖有堯、湯之厄，吾民之委於溝壑者少矣。(同上)

《移滄州過闕上殿劄子》　遵嚴又常曰：「氣厚質醇，曾遠不逮董、劉。」若此篇，恐未可一概而論也，余窺作者之意，直欲點竄二典，塗改《雅》、《頌》，岸然與韓碑頡頏，轉以醇厚，遜韓奇崛耳。(同上)

《議經費劄子》　名言碩畫，設安石進用之初，朝廷大臣有進此議於天子者，天子灼然知國家之富足，以計三十年之通，而用之不窮，則新法之行亦可不必矣。惟無以釋天子患貧之心，而力攻執求富之策，所以百諫而百不入歟？公此議上，神宗曰：「節用爲理財之要。」世之言理財者未有及此也。余是以歎神宗之可與爲善，而惜前此諸君子進説之疎也。（同上）

《明州擬辭高麗送遺狀》 高麗使也，東坡欲絶其來，子固欲優恤之，惟恐其力之不足，以不斷其來。兩先生各有所見，未易議優劣也。質諸先生柔遠之經，則曾議殊勝。（同上）

《祭王平甫文》 文章議論，臨川王氏一門無出其右。（同上）

《蘇明允哀辭》 雄駿，辭如其文。（同上）

【臨川全集録序（節録）】 介甫之人勿具論，論其文。世之品王文者，吾聞其説矣。曰：「幽以遐。」曰：「峭以刻。」此見其委耳。彼其所以致此，有源焉。始介甫與子固相砥以經術之學，取諸心，書諸策。瓌瑋琳瑯，望而欽爲圖史之萃者，子固也。介甫渾渾泯然無復圖史之迹，馳騁自道而經術尤明，其諸熟而化矣乎！蓋介甫有於千古之才，有博於千古之學，又有奇於千古之癖，面垢不洗，衣垢不澣，致志並力以肆其學，而成其才，是以能化也，所謂源也。（同上《臨川先生全集録》卷首）

《答曾子固書》 介甫勸子固未必不欲其讀佛經，因亂俗之譏，而遷就爲之詞耳。然徒讀經不足以知經，是千古篤論。（同上卷二評語）

《祭曾博士易占文》 刻意峻削，矯潔哀宕，此子固所以心傾也。（同上卷三）

《送曾鞏秀才序》 極口稱許，重罪有司，結處以知文自喜，政其深奬曾文處。（《六一居士全集録》卷五評語）

《與曾鞏論氏族書》 南豐博覽古書，於此等不自檢點，倘亦家世習傳，未忍擬議，故與看公辨論，何等

明確。（同上）

《移滄州過闕上殿疏》　前美後戒，奏疏中獨創一格，其深厚逼匡劉，而又廓而大之。　此宋文之極盛，歐、蘇所不能爲也。（《唐宋八大家類選》卷二　奏疏類評語）

《福州上執政書》　與王荆公《上時相書》，同一陳情，同一道古，此則雍容詳愷，樂其言惟恐其盡也。　蓋人材之不同如此。（同上卷九　書狀類評語）

《寄歐陽舍人書》　層累言之，如挹長江之水而注諸海。（同上）

《列女傳目録序》　直本齊家必先修身之理，歸化於人君，得六藝之髓，蔚蔚乎！有先宗儒恐未有此經術。（同上卷十二　序記類評語）

《戰國策目録序》　攻《新序》之瑕，而發爲粹然至正之論，可以羽翼經傳矣。（同上）

《先大夫集後序》　一「言」字縮通篇，闡揚先人處，最得大體。（同上）

《贈黎安二生序》　澹而雋。（同上）

《宜黄縣學記》　經術古茂，是子固本色。（同上）

《撫州顔魯公祠堂記》　從屢斥不變上表魯公之忠，此不易之論。（同上）

《争臣論》　大意本《孟子》，謂蚳鼃章，其理與辭，醇乎醇也，亦如《孟子》。　自後歐、曾、王轉相仿效爲之，議論益相勝矣。（同上卷二　論著類　韓愈文評語）

《表忠觀碑》　無論章法，即句調雅健，斷非班、馬以下所能及。　神宗欲修國史，曾南豐進太祖序，不當

意，量移先生，豈非具眼。（同上卷十三　傳誌類　東坡文評語）

徐乾學

【重刻震川先生全集序（節録）】余獨謂夫文章之遞變非一世之積也。宋之推經術者惟曾南豐氏，然以較於程、朱之旨，不侔矣。（《震川先生集》卷首）

王士禛

《池北偶談》《猗覺寮記》云：陳后山平生尊黄山谷，末年乃云：「向來一瓣香，敬爲曾南豐。」人或疑之，非也。無己少學文於子固，後學詩於魯直，各有師承。是詩（《觀兖文忠公六一堂圖書》）又有句云：「世雖嫡孫行，名在惡子中。」又《與林秀州書》云：「有聞於南豐先生，不敢不勉。」《答晁深之書》云：「始僕以文見南豐，辱賜以教。」云云。又《妾薄命》二篇，至有「殺身以相從」之語，自注「爲曾南豐作」，其推尊至矣。至《答秦觀書》云：「僕於詩初無師法，一見黄豫章，盡焚其藁而學焉。」其自叙源流甚明白。唯於兩蘇公，雖在及門六子之列，而其言殊不然。其《答李端叔書》云：「兩公之門，有客四人：黄魯直、秦少游、晁無咎，長公之客也；張文潛，少公之客也。」言外自寓倔强之意，此則不可解耳。（《帶經堂詩話》卷六　《題識類》）

李泰伯觀文章皆談經濟，其本領尤在《周禮》一書，范文正公薦之，以爲著書立言有孟軻、揚雄之風。在

北宋歐、蘇、曾、王間別成一家。……《蠶尾文》（同上卷十一　《合作類》）

曾子固曾通判吾州，愛其山水，賦詠最多，鮑山、鵲山、華不注山皆有詩，而于西湖尤惓惓焉，如鵲山亭、環波亭、芍藥廳、水香亭、靜化堂、仁風廳、凝香齋、北渚亭、歷山堂、濼源堂、閱武堂、下新渠、舜泉、趵突泉、金絲泉、北池、郡樓、郡齋，皆有作，及遷知襄州，尤不能忘情，離齊州後云：「千里相隨是明月，水西亭上一般明。」又「文犀剡剡穿林筍，翠靨田田出水荷。正是西湖消暑日，卻將離恨寄煙波。」「將家須向習池遊，難忘西湖十頃秋。從此七橋（明湖上有七橋）風與月，夢魂長到木蘭舟。」「荷氣夜凉生枕蓆，水聲秋醉入簾幃。一帆千里空回首，寂寞船牕祇自知。」「西湖一曲舞《霓裳》，勸客花前白玉觴。誰對七橋今夜月，有情千里莫相忘。」按明湖一名濯纓，一名蓮子，今俗稱北湖，而子固謂之西湖，以在城中西北隅也，當從之。《居易録》並録八。

《香祖筆記》環明湖有七橋，曰芙蓉、水西、湖西、北池、百花、濼源、石橋，曾子固詩：「從此七橋風與月，夢魂長到木蘭舟。」附録：《筆記》又云：濟南藩司署後臨明湖，西偏即曾子固集中所謂西湖也。曾守郡日，嘗作名士軒，軒今入署中，明時尚有古竹數竿，芍藥一叢，傳是宋故物。（同上卷十四　《遺蹟類下》）

《居易録》　曾子固以熙寧五年守濟南，其後二十一年，晁無咎繼來爲守，作《北渚亭賦》最著，有《別歷下》二絕句云：「來見芙蕖溢渚香，歸途未變柳梢黄。殷勤趵突溪中水，相送扁舟向汶陽。」「鴛央鸂鷘遶漁梁，摇漾山光與水光。不管使君征棹遠，依然飛下舊池塘。」……吾州於宋得子固、子由、無咎三公，而東坡公過此，亦有「濟南春好雪初晴，行到龍山馬足輕」之詠，足敵唐北海、子美、太白三公

矣。（同上）

娥皇、女英祠在趵突泉，今廢，曾子固詩：「層城齊魯衣冠會，況有娥英詫世人。」《水經注》：濼源亦謂娥英水，以泉上有舜妃娥英廟故也，俗人但知呂仙祠矣。（《香祖筆記》（同上）

編者按：此詩見《曾鞏集》卷第七《趵突泉》。此兩句爲「曾成齊魯封疆會，況託娥英詫世人。」

《墨莊漫録》云：濟南爲郡在歷山之陰，水泉清泠，凡三十餘所，如舜泉、爆流、金線、真珠、孝感、玉環之類皆奇。李格非文叔作《歷下水記》，叙述甚詳，文體有法。曾子固詩爆流作趵突，未知孰是？按文叔《水記》，宋人稱之者不一，而不得與《洛陽名園記》並傳，可恨也。吾郡名泉凡七十二，此云三十餘者，蓋未詳也。（《分甘餘話》（同上）

吴虎臣《漫録》載曾子固《懷友》一首，其曰介卿者，即王介甫少字也。（同上卷十五　氏籍類）

明文士如桑悦、祝允明，皆肆口横議，略無忌憚。悦對丘文莊言：舉天下文章惟悦，其次祝允明。世但嗤其妄人耳。允明作《罪知録》，歷詆韓、歐、蘇、曾六家之文，深文周内，不遺餘力。（《香祖筆記》卷二）

【梅宛陵取士】　元人劉性作《宛陵集序》云：「仁宗嘉祐二年，歐陽公知貢舉，梅聖俞爲試官，得人之盛，若眉山蘇氏、南豐曾氏、郿張氏、河南程氏皆出其間。」葉石林《詩話》謂：「是榜得蘇子瞻爲第二人，子由及曾子固皆在選中。」今人止知蘇、曾爲歐公門生，不知張、程二氏皆出其門矣。又東坡兄弟生平於六一師弟之分極深，然於宛陵，祇稱梅二丈，亦所未解。（《池北偶談》卷八）

趙明誠與其婦李易安作《金石録》，其書最傳。曾子固亦集古篆刻作《金石録》五十卷，見子開所撰《行

狀》。今《元豐類稿》第五十卷所載《金石録》跋尾僅五十條，蓋未竟之書也。曾書在趙前，而世罕知者。（同上卷十四）

今觀《類稿》中諸篇，亦荆公之亞，但天分微不及耳。（同上）

邵　璿

【邵子湘全集例言（節録）】　唐宋前賢文集，皆詩先於文，惟柳柳州集、曾南豐集……先文後詩。或謂比興著述，各從其重，亦未盡然，韓歐之文，詎不勝詩耶？（《邵子湘全集》卷首）

吴　喬

黄公編者按：指黄賀裳。於詩有深得，而又能詳讀宋人之詩，持論至當。閲其詩話，則宋詩之升降得失畢在，無讀宋詩之苦矣。故詳載之於左方。黄公曰：「……」又曰：「人謂曾子固不能詩，謬也。其『凭闌到處臨清小泚，開閣終朝對翠微』，『詩書落落成孤論，耕稼依依憶舊遊』，如此不能詩耶？《閲武堂》云：『柳間自詫投壺樂，桑下方安佩犢行。』循良又儒將也。」（《圍爐詩話》卷之五）

張　英

《寄歐陽舍人書》以「畜道德而能文章」歸美歐陽，足見作銘之不易。以此一義，迴旋轉折，灑灑洋洋，

極唱歎游泳之致，想見行文樂事。（《御選唐宋文醇》卷五十四　南豐曾鞏文評語引）

《禮閣新儀目録序》　禮因人情能爲之節，而不能變，此實確論。出入經史，其言典醇濃縟，閎博淵雅，南豐之所擅長也。（同上）

李光地

文章與氣運相關，一毫不爽。唐憲宗有幾年太平，便有韓、柳、李習之諸人。宋真宗間，便生歐、曾、王、蘇。明代之治，只推成、弘，而時文之好無過此時者。（《榕村語録》卷二十九）

古文自《史》、《漢》後，只讀韓、柳、曾、王便足。曾、王學問如何？能過韓、柳。韓、柳遇一通經守師説之人，那樣推服愧赧，曾、王便輕譏彈。（同上）

陸象山文字筆力爽透，象山文學王半山，朱子文學曾南豐，只因爲學道便住手，故都未成。（同上）

東坡文亦有好的，只是薄，大凡浮動囂張處便薄。歐文微弱。最是曾子固厚。王荆公氣亦强，文亦古，但深求之，却是學成的，不是本來如是。（同上）

查慎行

【曝書亭集序（節録）】　先生天資明睿，器識爽朗。於書無所不窺，於義無所不析。……貫穿古今，明體而達用，如馬鄱陽、鄭夾漈、王浚儀，而乃濟之以班、馬之才，運之以歐、曾之法，故其爲文取材富而

用物宏，論議醇而考證確。（《曝書亭集》卷首）

徐德占，黄山谷外兄也。山谷稱其以才略出於深山窮谷，而揭日月於萬夫之上。年四十，大命殞傾，令人短氣。而曾南豐《兵間》詩，至斥爲傾險小人，以萬人之生，儌幸一身之利。其恃才寡謀，亦大概可見矣。（《蘇軾詩集》卷二十一注《弔徐德占》詩）

張宗柟

宗柟附識：南豐曾氏《列女傳目録序》云：「向號博極群書，而此傳稱《詩·芣苢》、《柏舟》、《大車》之類，與今序詩者之説尤乖異，蓋不可考。至於《式微》之一篇，又以謂二人之作，豈其所取者博，故不能無失歟？」今案諸家詩解皆不取其説，殆與曾氏所見同。然以泥中、中露爲二邑，實本于毛氏萇云。（《帶經堂詩話》卷一《體製類》）

張伯行

【唐宋八大家文鈔序（節録）】文章一道，近於古之所謂立言者。而盛衰升降，亦同源異流，不可勝紀。綜而論之，六經，治世之文，文之本也。《國語》，衰世之文也。《戰國策》，亂世之文也。秦焚書，故無文。漢之文，賈誼、董仲舒、劉向爲盛。東漢之文弱，三國之文促，六朝之文淫哇靡麗，雜亂而無章，立言之士，蓋寥寥焉。至唐有韓退之、柳子厚，宋有歐陽永叔、曾子固、王介甫、蘇氏父子，數百年間，文章蔚興，固不敢望六經，而彬彬乎可以追西漢之盛。後之論者，因推以爲大家之文，儻所謂立言而能不朽者耶！夫立言之士，自成一家爲難，其得稱爲大家，抑尤難也。是故巧言麗辭以爲工者，非大家也；鈎章棘句以爲奥者，非大家也；取青妃白駢四儷六以爲華者，非大家也；繁稱遠引搜奇抉怪以爲博者，非大家也。大家之文，其氣昌明而俊偉，其意精深而條達，其法嚴謹而變化無方，其詞簡質而皆有原本，若引星辰而上也，若決江河而下也，高可以佐佑六經，而顯足以周當世之務。此韓、柳、歐、曾、蘇、王諸公，卓然不愧大家之稱，流傳至今而不朽者，夫豈偶然者哉？蓋諸公天分之高，既什百於人，而其勤一生之精力，以盡心於此道者，固非淺植薄蓄之士所能仿佛其萬一也。雖然，道者文之根本，文者道之枝葉，聖賢非有意於文也，本道而發爲文也。文人之文，不免因文而見道，故其文雖工，而折衷於道，則有離有合，有醇有疵，而離合醇疵之故，亦遂形於文而不可掩。韓子之文正矣，而三上宰相書，何其不自重也。子厚失身遭貶，而悲蹙之意，形於文墨。歐陽子長於論事，而言理則淺。曾南豐論學雖精，而本原未徹。至於王氏堅僻自用，蘇氏好言權術，而子瞻、子由出入儀、秦、老、佛之餘。此數公者，其離合醇疵，各有分數，又不可不審擇明辯於其間，而概以其立言而不朽者，遂以爲至也。余故選其文而論之，不特以資學者作文之用，而窮理格物之功即於此乎在。（《唐宋八大家文鈔》）

【曾文引】　南豐先生之文，原本六經，出入於司馬遷、班固之書，視歐陽廬陵幾欲軼而過之，蘇氏父子遠不如也。然當時知之者亦少。朱子喜讀其文，特爲南豐作年譜，嘗稱其文字確實，又以爲比歐陽更峻潔。夫文不確實，則不足以發揮事理；不峻潔，則其體裁繁蔓，字句瑕累，亦不足以成文矣。南豐之文深於經。而濯磨乎《史》、《漢》，深於經，故確實而無游談，濯磨乎《史》、《漢》，故峻而不庸，潔而不穢。文而至於是，亦可以上下千古而卓然垂不朽於著作之林矣！雖然，以先王之好學深思，而僅以文人著稱，何也？朱子以爲南豐初亦止學爲文，於根本工夫見處不徹，所以如此。今觀朱子之文，波瀾矩度似亦從南豐來，而其義理廣大精微發於聖心傳以垂教萬世者，視南豐相去何如也？吾因選南豐之文，特表而出之，以告學者。（同上）

【王文引（節録）】　王介甫以學術壞天下，其文本不足傳。然介甫自是文章之雄，特其見處有偏，而又以其堅僻自用之意行之，故流禍至此。而其文之精妙，終不可没也。當時曾子固薦其文於歐陽公，公擊節歎賞，爲之延譽。二公皆文章哲匠，其傾服之如此，則介甫之文可知矣。（同上）

【三蘇文引（節録）】　朱子曰：「李泰伯文字得之經中，雖淺，然皆自大處議論。老蘇父子自史中《戰國策》得之，故皆自小處起議論。」此言極得蘇氏之病。然盱江之文傳之者少，而三蘇文章不惟傾動一時，至今學者家習而户誦之。蓋正大之旨難入，而巧辯之詞易好也。且以其便於舉業，而愛習蘇氏者，尤勝於韓、柳、歐、曾。（同上）

《熙寧轉對疏》　張孝先曰：通篇大要在得之於心，致其知以盡天下之理而已。文字層層脱换，步步迴環，如川增雲升，多少奇觀。而尋其關鍵，只是一線到底耳。朱子言南豐文字峻潔，有法度，當於此觀之。其引經術，直是西漢文氣味。韓、歐集中俱未有也。特其説到爲學工夫，終少把柄，與程、朱

論學又隔一重，故學者欲求聖賢之學，必自程、朱之緒言入，方有實地可依據。（同上卷十一　曾鞏文評語）

《請令州縣特舉士劄子》　張孝先曰：特舉之典可以補科舉所不及，然行之須得其人，倘不得其人，安知鑽營奔競之弊，不有甚於科舉者乎？此論者常有意於復古而未能也。子固此論欲漸變科舉之法，而行特舉以爲之兆，中間須嚴舉主之賞罰，使舉者不敢妄舉，其法甚善。縱科舉卒難即罷，而此法既行，人人有所激勸，亦必有純良傑出之材，爲國家用者也。（同上）

《自福州召判太常寺上殿劄子》　張孝先曰：稱述君德以歆動其勉學意，文氣敷腴，細讀之則字字濯鍊而出，此子固之文所以質實深厚而有餘味也。獨惜其所以告君爲學者，終是廓落少真的處，將使之何處下手耶？（同上）

《請令長貳自舉屬官劄子》　張孝先曰：此篇大旨令長貳自舉屬官，而嚴舉主之賞罰。議論本之陸贄，合贄奏議以參考此篇，庶幾可以收人材而成吏治，薦舉良法莫過於此。（同上）

《奏乞與潘興嗣子推恩狀》　張孝先曰：獎激廉退，録其後人，亦是國家一令典，叙得質勁而有精采。（同上）

《乞出知潁州狀》　張孝先曰：其寫情處款曲動人，宋時有自乞補外之例，公特以母子之情，陳請在君父前，如對家庭骨肉説話。（同上）

《再乞登對狀》　張孝先曰：是時神宗方向用王安石，改制變法，而公之意見，有與安石異者，故欲面對口陳，其所陳之事雖含蓄不露，而忠悃之誠已見於此狀。（同上）

《辭中書舍人狀》 張孝先曰：中書舍人掌詔誥乃代言之任，其職未易居也。子固推之於唐、虞三代以迄漢、唐，而言居是職者之漸不及古。其議論卓然不刊，蓋非子固不足以稱斯任也。後世詔告之文，豈獨不能比盛唐、虞三代，即漢之深厚爾雅者，且邈乎其絶響矣。(同上)

《授中書舍人舉劉攽自代狀》 張孝先曰：數語質實，得推賢讓善之體。(同上)

《勸學詔》 張孝先曰：南豐諸詔皆有西漢風格。余按，斯篇所言教學之弊，甚可歎息。末段責成學官意尤善。夫欲成人材，厚風俗，必由學始。學校者，致治根本之地也。而可使庸陋不學之輩，居模範之職乎哉？今郡邑學官，無論不能推明聖賢理義之藴，率學者以窮理實踐，即會文課藝，亦寂然無聞，師生相視，漠然如路人。然則學官所掌者，不過取具文書，奉行故事而已。人材安得而成，風俗安得而厚乎？(同上)

《勸農詔》 張孝先曰：農桑，民之本務，豈不欲自力哉？有司者不能興利除害，而重困苦之，此民所以狼狽失業而不得緣南畝者也。聶夷中詩云：「二月賣新絲，五月糶新穀。醫得眼前瘡，剜卻心頭肉。」留心民瘼者，能不爲之慨然？(同上)

《正長各舉屬官詔》 張孝先曰：此即前所上劄子意，引證經典，鑿鑿有據。蓋令正長各舉其屬，此法近古，可以收得人之效，但恐其不公，故必嚴舉者之賞罰。後世循資格而用之，法雖公而得人不如古矣。(同上)

《上范資政書》 張孝先曰：范文正公當日造就人材，如張横渠上書謁公，公一見知其遠器，勸讀《中庸》，後卒成大儒者，公之力也。曾公此書，以爲公之應事，本於《易》之變化，而欲親炙門下，以承其教。其於學問之意，蓋惓惓焉。與投書獻啓以千王公大人者，相去遠矣，讀者詳之。（同上卷十二）

《上歐陽學士第一書》張孝先曰：以韓吏部擬歐陽公，誠當。自明其所以願託門下者，非苟慕其名，欲從公以聞聖人之道也。蓋其心之所得者，不比於凡近故耳。歐陽公之門盡羅天下之名士，而子固爲稱首，公亦斂衽推讓。讀此書知其所樹立有不偶然者矣。（同上）

《上歐陽學士第二書》張孝先曰：師生道義之愛，娓娓動人。中間寫道中所見，忽然生出煙波，筆墨之妙，何其淋漓無際也。（同上）

《上蔡學士書》張孝先曰：歐公與兩司諫書，一激其進諫，一責其不諫。其詞氣奮發慷慨，此則深恐諫官不得時時進見，使庸人邪人之說，得行其間。其防微杜漸之意至深遠也。原與兩司諫書不同，其文詞纏綿勁折，又是曾公本色。（同上）

《上歐蔡書》張孝先曰：此篇首叙遇合之盛，願望欣躍無限情景。中間説到二公忽然被讒而去，使人憤懣失望，真出意外也。雖然以下勉其勿以言之不合而遂怠其初心，其所期於大賢君子者，用意深且至矣。文字曲曲折折，愈勁愈達，如水之穿峽而出，不知其所以然，而適與之相赴，能言人所不能言之意，亦是能言人人所欲言之意。（同上）

《福州上執政書》張孝先曰：其引經處，隨引隨釋，別有一種風韻。歸注在「以將母之情來告」一句，至叙求就近養母意，已入題矣。又從「閩中寇盜未靖，未敢上陳，直到今日，政平事簡，而後乃今不得不以情告於吾君吾相也。」回抱上文，不照應而自有照應之妙。讀其一篇用筆如鸞鶴之盤旋於霄漢，將集復翔，到末一收，神情完足。(同上)

《上杜相公書》張孝先曰：杜公以宰相去位，而子固本其能用天下之材者，致其慕望之誠；而又以其引身而退者，恨其道之難行；然後自明其所以進見之意。地步儘高，胸襟儘大，較昌黎投書時宰，徒以寒餓自鳴，不高出一等耶？(同上)

《與杜相公書》張孝先曰：南豐自樹立處儘高，其辭命婉曲有體，尤足玩味。(同上)

《與撫州知州書》張孝先曰：昌黎言：混混與世相濁，獨其心追古人而從之。好學深思之士，其中自有所得，故言之真切如此。夫有得於文者猶且如是，而況有得於道者乎？(同上)

《與王介甫第一書》張孝先曰：朋友親愛無間之情娓娓尺牘上，介甫自是奇才，南豐所以述歐公之愛歎與其渴欲相見者，令人油然生感。末段致規切處，尤前輩論文正法眼。(同上卷十三)

《與王介甫第二書》張孝先曰：介甫堅僻執拗，操一切之法，而不顧人心之安，如駁鬬鶉殺人者以爲無罪，而劾府司失入，其倫類此，何以服人？子固與之最相知，故抉摘其病痛，字字入微。此子固學問高於介甫處。然介甫此後得志，亦遂與之異矣，豈聽其諫哉！子固對神宗謂其吝於改過，噫，此介甫之所以終禍人國也。(同上)

《與王介甫第三書》張孝先曰：商榷文字到精處，固知古人用心深細，非後人鹵莽者比。(同上)

《上歐陽舍人書》張孝先曰：所言三事，其「聽賢」一段，欲使賢人朝夕出入在左右，即程子所謂人主一日親賢士大夫之時多意也。「裕民」一段，要裁抑兵與佛老之食，兵使之耕，佛老止今之爲而不許復入，又量上之用而去其浮，皆中當世切務。獨「力行」一段説得不大明快。至論學者策經義，必使之人占一經，亦是良法。子固留心經世如此，已不得行而惓惓以望之當事者，固聖賢之用心也。但以王安石之爲人，而力薦之以爲有補於天下，則意其知言知人之功，尚有未至者歟？（同上）

《寄歐陽舍人書》　張孝先曰：説得誌銘如許關係，如許慎重，則所以感激拜賜之意，不煩言而自見，此謂立言有體。其通篇命脈在「畜道德而能文章」一句。至説有道德者銘始可據，而能文章只帶説，其輕重尤爲得宜。行文之妙無法不備，又都片片從赤心流出。此南豐之文，所以能使人往復嗟誦而不能已者也。（同上）

《上齊工部書》　張孝先曰：只求一轉牒耳，乃作一篇無數波折。自古能文之士，總在無文字處尋出文字來。此篇之體亦出韓文。（同上）

《答范資政書》　張孝先曰：范公之禮士，與己之感范公，而不苟以受其禮者，皆於尺幅中寫出。（同上）

《與王深甫書》　張孝先曰：中間一段，極有造道之言。蓋固窮者士之節然，不以一節而遂謂已至，孔子所謂是道奚足以臧者也。（同上）

《答李沿書》　張孝先曰：古之君子，道足乎己，不得已而發爲文。後之學者，道未至而欲爲文以自見，故其文皆得已而不已。夫得已而不已者，爲人之心勝，而非切於爲己者也。士之蹈此病者多矣，讀曾公此書能無赧乎？（同上）

《謝章學士書》張孝先曰：雖無精深議論，而所以叙受知之情者，可謂委曲而真摯矣。（同上）

《答袁陟書》張孝先曰：説仕學處有見到之論，末自明其欲一意於學，亦是真實心地。子固之好學而累於貧，然終不以貧故而遂廢學，其所守有過人者矣。（同上）

《謝曹秀才書》張孝先曰：一段憐才之心，欲接引後進處，宛然可掬。（同上）

《謝吴秀才書》張孝先曰：似悤悤應酬語，而獎勉之意溢於言外，是先輩典型。（同上）

《與王向書》張孝先曰：於文詞外更有進步工夫，方是豪傑有志向者之所爲也。「强於自立」四字，學者宜敬佩之。（同上）

《回傅權書》張孝先曰：子固可謂有守之士，此君知之，亦不爲凡近之見者，答之詞甚婉，而相勖以自强。言雖不煩，意已切至。（同上）

《戰國策目録序》張孝先曰：先王之道萬世無弊，不以時君能行不能行而有改也。孔孟明先王之道，爲當世之法趨時立本，理自不易。篇中所謂法「不必盡同」，道「不可不一」，真能得孔、孟之旨，折倒劉向之説者。至指斥縱横禍害，尤能使游士無處躲避。蓋戰國之文雄偉巧變，惟其中於功利詐謀之習，是以與道背馳而不自覺，陷溺人心莫有甚焉。識得此篇議論，方許讀《戰國策》。（同上卷十四）

《南齊書目録序》張孝先曰：史者，是非得失之林。古之良史，取其可法可戒而已。故明道看史不蹉一字，而朱子亦曰草率不得，誠重之也。後世辭掩其實，雖以司馬遷雋偉拔出之才，猶難言之，況其下者。南豐推本唐虞二典，抉摘史家謬亂，而結之以明夫治天下之道，直爲執簡操筆者痛下鍼砭。（同上）

《新序目録序》　張孝先曰：叙世教盛衰處，歷有原委，及以向之書不能無失，要在慎取，皆爲名論，獨謂揚雄能純於道德，則其言過當，猶未免劉向之見也。（同上）

《列女傳目録序》　張孝先曰：古人立言所以能見其大者，蓋由學有原本，故非掇華摘藻之家所能及也。鹿門謂此篇近程、朱之旨，信然。（同上）

《説苑目録序》　張孝先曰：劉向欲有爲於世，乃至枉己徇物而爲之，尚得謂之知道乎？彼其於孔孟之學，蓋未嘗造其藩而窺其奥者也。朱子曰：人生各以時行耳，豈必有挾，然後可以仕。又曰：希世取寵之事，不惟有所愧而不敢，實亦有所急而不暇，即南豐所云安於行止，擇其所學，以盡乎精微之謂也。使向數困於讒而益進以學，則所成就者豈但爲有志之士不改其操而已哉？南豐之評當矣！（同上）

《徐幹中論目録序》　張孝先曰：徐幹生漢魏之時，獨能考六藝，論著孔孟之旨，且於去就顯晦間，饒有大節，真建安七子中尤超然特出者也。篇中謂要其歸多合於道，因其書求其爲人，得表微闡幽之意矣。（同上）

《禮閣新儀目録序》　張孝先曰：孔子曰：「殷因於夏禮，所損益可知也；周因於殷禮，所損益可知也。」南豐謂能合先王之意，即因之説，謂不必追先王之迹，即損益之説。而「養民之性」「防民之欲」二語，尤爲一篇大關鍵。蓋聖人有以見天下之動，而觀其會通，以行其典禮，於此可得其大凡矣。（同上）

《王子直文集序》　張孝先曰：道一也，而其説不能一者，聖人之道未嘗明也。是非取舍不衷於聖人，

雖有魁奇拔出之才，偉麗可喜之文，亦何所用乎？序子直文集而稱其多當於理，卒乃歎其蚤世而學道不就，蓋深惜之也。(同上)

《王深甫文集序》 張孝先曰：深甫之爲文不可考，而子固稱其立言制行如是之衷於道，可不謂賢乎？噫！篤學之士，未得大用於世，名湮没而不彰者，豈少哉？(同上)

《王平甫文集序》 張孝先曰：迅筆疾書，在子固集中别是一格。(同上)

《齊州雜詩序》 張孝先曰：叙次歷落，而南豐之政事文學，風流儒雅，悠然可想。(同上)

《送傅向老令瑞安序》 張孝先曰：一小序耳，而向老生平之學古志道，藉以盡傳，令人可歌可詠。南豐之文之不苟作也如此。(同上)

《館閣送錢純老知婺州詩序》 張孝先曰：與其改節苟容，毋寧請一州以去。此古人之重名義而輕仕進也。(同上)

《贈黎安二生序》 張孝先曰：聖賢之道平易近情，而世多目之爲迂闊，古今同慨也。子固借題自寓，且願與有志者擇而取之，真維持世教之文。(同上)

《送蔡元振序》 張孝先曰：無激無同惟其義，固爲政者所當知，亦君子立朝之軌則歟？范文正爲廣德軍司理，日抱具獄與太守争是非，守數以盛怒臨之，公不爲屈，歸必記其往復辨論之語於屏上，比去字無所容。介甫行新政，方盛氣以待言者，程明道以數語折之，然則從事如文正，立朝如明道，無激無同之意矣。(同上)

《送李材叔知柳州序》　張孝先曰：君子居其位則思盡其職，不以遠近大小難易分也。材叔之往柳州，或亦有不屑於其意者，故子固以是告之歟？（同上）

《筠州學記》　張孝先曰：取士之法，漢察舉鄉閭，宋選用文章，愚謂二者實可以並行不悖焉。而歸重於教化開導之方，庠序養成之法，此立學之不可以已，而倡之端自上也。篇首以揚雄爲能明先王之道，則失之矣。（同上卷十五）

《宜黄縣縣學記》　張孝先曰：論學制詳備處，有源有委。至言士之所以成材，則在馴之以自然，而待之以積久，真鹿門所謂深於經術者。（同上）

《洪州新建縣廳壁記》　張孝先曰：作縣誠難，而必枉道以求苟容，天下安得有良吏，則將如何而可，必也體恤民隱，守正循理，以行其志，勿以利害爲念，然後不合以去，於己無愧也。況得失顯晦，自有時命，又非迎合所能爲哉！若擇仕之説，則亦有格於成例者矣。（同上）

《徐孺子祠堂記》　張孝先曰：東漢氣節最盛，然黨錮之禍，諸賢亦未免有過舉。朱子云：無益而有害，何苦委身以犯其鋒，彼未仕者亦奚以爲也。孺子誠高於人一等哉！（同上）

《閬州張侯廟記》　張孝先曰：政修人和，則年豐歲稔，固未盡爲張侯之賜。但張侯合享廟祀，似不必繁稱遠引，謂神之爲理不足信也。茅評謂以勞定國則祀之當矣。（同上）

《撫州顔魯公祠堂記》　張孝先曰：子固謂魯公能處其死，不足以觀公之大。惟歷忤大奸，顛跌撼頓，終始不以死生禍福顧慮，非篤於道者不能，自是論人隻眼。而叙捍賊忤奸處，反覆慨歎，尤令人興

起。至考公文章未免雜於神僊浮屠之説，此子固之所以惜其學而美其天性也。（同上）

《尹公亭記》張孝先曰：一起便識踞題巔，固非苟作。（同上）

《墨池記》張孝先曰：小中見大，得此意者，隨處皆可以悟學。（同上）

《歸老橋記》張孝先曰：老而致仕，進退之節宜爾，稱柳侯歸老之樂，知止之義，所以風有位也。（同上）

《越州趙公救菑記》張孝先曰：救菑能使民徧受其恩，如趙公之躬親不懈，經畫周詳，蓋鮮也。其要皆出於豫，所稱先事而爲計，與夫素得之者，可以爲法矣。（同上）

《清心亭記》張孝先曰：不累於物而能應物，方非守寂之學，其於「清心」二字，大有擴充。曾公學有本原，於此可見。（同上）

《醒心亭記》張孝先曰：《豐樂亭記》，歐公之自道其樂也。《醒心亭記》，子固能道歐公之樂也。然皆所謂後天下之樂而樂者。結處尤一往情深。（同上）

《擬峴臺記》張孝先曰：景象歷歷如畫，而歸宿在民康物阜、上下同樂。有典有則之文。（同上）

《學舍記》張孝先曰：朱子云：「道者，文之根本；文者，道之枝葉。」篇中所云專力盡思琢彫文章以追作者，恐未爲見道之言。（同上）

《南軒記》張孝先曰：南豐之學殆所謂博觀衆説以會其通者，故能所守簡而所任重。讀《南軒記》而知其過人遠矣。（同上）

《鵝湖院佛殿記》張孝先曰：學佛之人不惟不供賦役，而且耗國病民，偏於記佛殿詳之，直爲捐棄人

倫者發一深思。(同上)

《思政堂記》 張孝先曰：王君能修其政，而又爲思政堂以勤求民隱，則凡所欲與聚，所惡勿施者，當必有以得之也。朱子曰：去古既遠，而爲吏者賦斂誅求之外，飽食而嬉，得此可以風矣。(同上)

《僊都觀三門記》 張孝先曰：佛老之徒不知大義，烏知所謂《易》、《禮》、《春秋》，故驕奢僭妄，無所不至。此昌黎之所以欲火其書、廬其居也。南豐此記，當是齊㬥曉夢裏一聲晨鐘。(同上)

《分寧縣雲峰院記》 張孝先曰：文能不窘於題，末出脱僧道常處，仍不放鬆一筆。(同上)

《菜園院佛殿記》 張孝先曰：用力勤，刻意專，不苟成，不速效，故能以小致大，以難致易，凡事皆然也。而學聖人之道者，反不及佛之學者，何歟？彼之盛由此之衰，直是無窮感慨。有志斯道者，當知愧厲矣。(同上)

《應舉啓》 張孝先曰：三遇文闈，一踰歲紀，足迹不游場屋，可見曾公難進之義。(同上卷十六)

《謝杜相公啓》 張孝先曰：叙情曲折，短啓之最佳者。(同上)

《回傅侍講啓》 張孝先曰：雅令不縟。(同上)

《代人謝余侍郎啓》 張孝先曰：雖是代人作，而子固之身分如見。(同上)

《與劉沆龍圖啓》 張孝先曰：「忘後進之至微」數語，可爲扶進學者之法。(同上)

《謝解啓》 張孝先曰：志慕古人，名聞當世，干禄非素懷，爲貧竊自比。子固立身，固超然於應舉之外者，其衷情可想。(同上)

《回李清臣范百禄谢中贤良啓》 張孝先曰：博群書易，引大體難，合二句看，方得對策之宜，非漫爲稱讚者。(同上)

《與北京韓侍中啓二》 張孝先曰：妙在措語質。(同上)

《洪州到任謝兩府啓》 張孝先曰：「明國家遠大之體，爲上建言」；「究鄉閭委曲之情，與民興利」。此四句公之所以自謙者，乃其所以自矢者歟？讀其文自知之。(同上)

《授中書舍人謝啓》 張孝先曰：先頌君恩，後申私意，固立言之體。(同上)

《回人賀授史館修撰狀》 張孝先曰：南豐久徙外州，淡於進取，及是加史館修撰，專典國史，時蓋已老矣。故其言特悽惋。(同上)

《回人賀授舍人狀》 張孝先曰：學非爲人，心堅好古，此南豐一生立脚處。文之傳世而行遠，豈偶然哉？(同上)

《唐論》 張孝先曰：唐太宗之治雖未及於古，然三代以下言治者必以貞觀爲極盛，由太宗有其志有其材而遂有其效也。其論太宗爲政於天下，著其所以得而又原其所以不及於古者，炯炯如指上羅紋，子固留心經世如此。(同上卷十七)

《佛教》 張孝先曰：子固嘗論佛氏之教無用而食民之食，法止於今之爲者而不許復入，則舊徒之盡也不日矣。誠如開寶之詔，則不特可以正人心，而且可以足民食，其益於世道豈淺鮮哉？(同上)

《講官議》 張孝先曰：上半篇論講非師道，謂其不待問而告，則疑於强聒也。後半篇論坐講不足以爲尊師之體，而不當以坐請也。其辨甚峻，然觀其意有似乎激而過者。夫必待問而後告，苟不問則不告矣。不問之時固多也，因而不問而遂可以廢講乎？坐而講不足爲尊師，苟立而講其體不已褻乎？以坐請者所以重道，非自重也。則講固未可廢，而請坐講固亦未可議也。南豐此論，其殆有激而過者耶？（同上）

《爲人後議》張孝先曰：濮園之議，歐陽公以爲爲人後者爲其父母降服三年爲期，而不没父母之名，以見服可降而名不可没也。子固此篇，援據反復，皆所以發明歐陽公之議也。後竟詔稱濮王爲親，廷議紛然攻之。程子以爲宜稱皇伯父濮國太王，在濮王極尊崇之道，於仁宗無嫌貳之失，則子固此議，亦未爲定論也，當以程子之説爲是。（同上）

《救災議》張孝先曰：災荒之行，國家所不能免，故先王以荒政救民，貴講之豫，則民不至於餓殍流離。不幸而至於餓殍流離，尤在上之人破常格而速救之。倘拘於有司之議，憚於倉廪之發，遷延時日，而死亡者已不忍言矣。讀子固此議，下爲百姓計，上爲公家計，大要存破去常法而速爲之賑救，深思遠慮，無微不徹，真經濟有用之文，學者所當留心者也。（同上）

《洪渥傳》張孝先曰：渥爲小官得禄以奉兄，友愛如是，故生而人悦，死而人悲。世未有薄天性之愛，而能與人有恩者也。南豐特爲傳以風世，文愈簡質，而其愈可思焉。（同上）

《書魏鄭公傳》張孝先曰：納諫乃盛德之事。太宗怒魏鄭公以諫諍事付史官，蓋好名之心勝，所以不及古帝王之大公無我者在此也。南豐特表魏鄭公之賢而並辯焚稿者之非，其文逶迤曲到，足以發人

識見，而正其心術，非苟作者。(同上)

《祭王平甫文》　張孝先曰：其文學人品具見於尺幅中。(同上)

《祭宋龍圖文》　張孝先曰：宋公嘗修五代史，故末幅及之。通篇稱贊其學行，亦典切而非諛。(同上)

《蘇明允哀詞》　張孝先曰：蘇明允奮起西川，文章之傑也。南豐敘其爲文處，即可以想像其爲人。古人文字不溢美一詞，而其人精神愈見，此類是也。(同上)

《王君俞哀詞》　張孝先曰：寫其好學恬静處，悠然世俗之外，而至性過人尤不可及，此所以不能已於哀，而作辭以紓之也。(同上)

《虞部郎中戚公墓誌銘》　張孝先曰：本其世德以見守其業之恭；敘其宦蹟以見施於事之厚。一篇關鍵如是，而文字蒼勁峻潔，全學太史公來。(同上)

《戚元魯墓誌銘》　張孝先曰：戚氏家世已詳虞部誌内，此只以元魯學行進而未止，致其悲惋之感，因其文而識其人，元魯可謂得所託矣。(同上)

(蘇轍)《上高縣學記》　張孝先曰：學記文以曾、王爲最。此文醇質而有意味，亦潁濱集中之粹然者，故録之。(同上卷十)

(王安石)《同學一首別子固》　張孝先曰：略朋友别離之情，而敘道義契合之雅，使人讀之油然有感。(同上卷十九)

(王安石)《王深甫墓誌銘》　張孝先曰：深父不合於時，曾南豐嘗薦其文於歐公，公亟稱之。介甫志其

墓以未及著書爲恨，所以致惜其人者深矣。（同上）

納蘭性德

【與韓元少書（節録）】　王遵巖學南豐，經術之氣溢於楮墨，寧迂而不徑，寧拙而不巧，如入宗廟庠序，所見無非瑚璉簠簋也。（《通志堂集》卷十三）

汪份

《戰國策目録序》　先略揚，後痛抑。收孔孟之篤於自信，以見劉向之失，只用暗收。（《評注唐宋八大家文讀本》卷二十七評語）

《列女傳目録序》　〔末段〕通篇揚，此處抑。（同上）

《禮閣新儀目録序》　「然而古今之變不同」，點出禮不能不變。「後世去三代」，此處叙上世之禮屢變甚略。「繼之」，叙後世不敢變禮則詳。「又繼之」，叙蕩然無節之患，此略後詳。「又繼之」，叙上屢變其禮甚詳，蓋前略者詳之也，其所以留在此處詳叙者，以便下文接出，爲後世晝變禮之策也。叙後世不敢變則略。「不敢爲」句遥頂前「漠然不敢爲或爲之者」句，就不敢爲再進一層。〔末段〕蕩然無節，遥接前患夫爲罪者不止。（同上）

《送江任序》　一句綰下二段，超得超然。「或九州之人」，此「或」字與前二「或」字對照，作機軸。詳前

者此略之。「至於」一本作「至則」。（同上卷二十八）

《宜黄縣學記》 此記開口即從學説起，與《筠州學記》法迥别。言禮樂節文之詳，却從詩書説起，即伏後典籍在，而可考可求之意，從外説到内。（同上）

《分寧縣雲峰院記》 「民雖勤」句，起處四項平説，此從「勤生」側倒三項。「或曰」以下，四項獨將「薄義」别説，上既從未能當義説起，此又就其意，再生波瀾作收，妙甚。（同上）

《王制二》《王制三》 二篇極力求古，然較之三王世家三策文，似遠遜。（《唐宋八大家文體讀本》卷之一評語）

《相制一》 此篇筆力極高古。（同上）

《特進觀文殿大學士除節度使開封儀同三司制》 《詞學指南》曰：制頭四句，四六一聯，散語四句或六句。「具官某」一段頌德，先大概説兩句，然後仔細形容。一段説舊官，一段説新官。「於戲」用一聯，或引故事，或説大意，後面或四句散語，或止用兩句散語，結不須更作聯，恐冗。西山曰：制誥貴乎典雅温潤，用字不可深僻，造語不可尖新，制詞之處，最要用工。一曰破題，要包盡題目，而不麄露。二曰叙新除處，欲其精當而忌語太繁。三曰戒辭，「於戲」而下是也。用事欲其精切，三處乃一篇眼目。制之體，以「門下」二字起，中間「具官某」云云，後用「於戲」云云，結云可授某官主者試行試制者。制限二百字以上成，又制限一百五十字以上成，此即誥也。詔限二百字以上成。《辨體》曰：唐世代言之體，曰制者，大賞罰大除授用之；曰發敕者，授六品以下官用之，即所謂告身也。宋承唐制，其曰制者，以拜三公三省等職，辭必四六，以便宣讀於庭。誥則或用散文，以直告某官也。（同上）

《賀熙寧十年南郊禮畢大赦表》《四六法海》曰：昌黎《上尊號表》云「析木天街，星宿清潤，北嶽醫閭，鬼神受職。」此篇警語分明從彼脱胎，乃知摹倣之功，古大家亦不免。（同上卷之二）

程潤德

《贈黎安二生序》語云：舉世非之而不顧，非執拗也，蓋自信得過。流俗之言，固不足恤，然必真能自信，乃可以無恤人言也。（以下夾批）「趙郡蘇軾，余之同年友也」，曾子固與東坡同受知於歐陽永叔。「稱蜀之士曰黎生、安生者」，聞其人。「辱以顧余」，「辱以顧余」，猶言不以爲辱而賜顧也。「讀其文，誠閎壯雋偉，善反復馳騁，窮盡事理」，言其筆致縱横，辨論精晰也。「若不可極者也」，見其文。「而蘇君固可謂善知人者也」，總二句作一頓。「頃之，黎生補江陵府司法參軍」，在湖廣。「乃將以言相求於外邪」，「邪」同「耶」。言相知以心，可不必以言贈也。「生於安生之學於斯文」，上文單言黎生求贈，此處自當補出安生。不然，便是贈黎生一人矣。「里之人皆笑以爲迂闊」，二字一篇之眼目。「蓋將解惑於里人」，欲借子固之言，解里人之惑。「夫世之迂闊，孰有甚於予乎」，言己之迂闊，較二子更甚。「且重得罪，庸詎止於笑乎」，言二生迂闊，不過爲里人所笑，若持其言歸以告里人，且將得罪，豈止見笑？發出正意。「謂爲不善」，上段純用虚靈之筆。「必離乎道矣」，以迂爲善，則重得罪；以迂爲不善，則必是今非古，同流合污，而違背乎道。二者將何所輕重乎？「生其無急於解里人之惑」，應上「解惑」，筆力千鈞。「則於是焉，必能擇而取之」，是謂得罪離道，兩端必能擇其輕重以自處。「何

如也」，回顧篇首蘇君，毫不滲漏。（《古文集解》卷七）

（歐陽修）〔送曾鞏秀才序〕　以尺度繩人，奇才所以不遇，失多得少。古今同然，況良有司又不槩見。即求其同衆人，嘆嗟愛惜，亦不可得。嗚呼！雖有奇材，奈之何哉？通篇委婉曲折，大有駘蕩之致。（同上）

何焯

《送曾鞏秀才序》　「況若曾生之業」至「可怪也」，駭其文。「思廣其學而堅其守」，壯其志。「而有司又失之」，帶前。「使知生者，可以弔有司之失，而賀余之獨得也。」二句總結所以許生者，悠揚不盡。（《義門讀書記》第三十八卷《歐陽文忠公文》上）

《尚書户部郎中贈右諫議大夫曾公神道碑銘》　文特遒勁。「及爲曾氏，而蔵、參、元、西始有聞于後世。」「蔵」，古「點」字。《史記·仲尼列傳》如此。「而亦有所不得載也」，此句暗。（同上第三十九卷《歐陽文忠公文》下）

《集賢校理丁君墓表》　鹿門云：「丁元珍失守端州一節，生平瑕指處，歐陽公曲意摹畫以覆之。」按：曾子固《政要策》云：「宋興，既斂兵於内，盜賊輒發，而州郡無武備，急則吏走匿自存，天子常薄吏罪，而言事者以爲適然。故盜賊起，輒轉刼數百千里，非天子自出兵，往往不能格。」由此觀之，此文蓋適得其平，非曲爲解也，不可以明制有衛所之兵、有城守之責議論前人文字。（同上）

《冬望》　學韓亦兼有似太白處。「入見奥作何雄魁」，「作」作「阼」。（同上第四十卷《元豐類稿》詩）

《宿尊勝院》「蔽衣蓋苦短」，「蔽」作「敝」。「向來雪雲端，葉下百仞隍。」一本作「向來雲端葉，下飛百仞隍。」（同上）

《苦雨》「應有白鬢添數莖」，「鬢」作「鬚」。此句收「苦」字。（同上）

《南源莊》發端獨妙。（同上）

《論交》孫仲益云：「此詩指呂惠卿。」恐不然。（同上）

《兵間》孫云：「此詩指徐禧。」（同上）

《寄孫之翰》甫嘗因地震極論後宮，又劾宰相陳執中。（同上）

《豪傑》詩若此，復何味。（同上）

《黄金》「道旁白日忽再去」，「去」作「出」。「不是九鼎輸西隣」，「西」作「諸」。（同上）

《山檻小飲》造句極似韓。（同上）

《上翁嶺》「時見崖下雨，多從衣上雲。」十字王、孟不過也。「濯足行上側」，「上」作「尚」。（同上）

《雜詩四首》第二首似指王元澤。（同上）

《冬暮感懷》「奈至一歲除」，「至」作「此」。（同上）

《寄舍弟》「我意生側側」，「側側」作「惻惻」。「已期采芝藥」，「藥」作「樂」。（同上）

《至荷湖二首》「林林路南山」，「路」作「露」。「猶疑拔山秋」，「拔」作「沃」，「秋」作「湫」。（同上）

《送徐竑著作知康州》「竑」作「紘」。衍「裕」。「咄嗟令人謀」，「人」作「心」。（同上）

《寫懷二首》第二首言身雖局促，意則空闊也。（同上）

《茅亭閑坐》「鳥語遍喬林」，「遍」作「變」。「豈誰智所拙」，「誰」作「惟」。（同上）

《靖安幽谷亭》「靖安」下有「縣」字。「地氣方以潔」，「方」作「芳」。「愔愔謀謨消，淚淚氣象孱。」二語可痛。（同上）

《青雲亭閑坐》「坐」作「望」。「趨榮衆所便」，「榮」作「營」。（同上）

《寄子進弟》一本作「牟弟」。牟，子進名也。「頗測隱與微」，「隱」作「幽」。「常若去左右」，「若」作「苦」。「我眼日以昧」，「昧」作「晞」。（同上）

《喜寒》此等詩，正嫌其有造作之勞。歐陽公謂：「孟、韓文雖佳，不必效之，取其自然耳。」學詩何獨不然？此是閩中所作，但發端不醒。「乾離力還併」，「併」作「倂」。「憒憒若酣醟」，「醟」，于命切，酗也。兇酒曰「酗醟」。（同上）

《詠史二首》「子龍獨幽遠」，申屠蟠字子龍。「用心豈必殊」，此語好。理固如此，不專爲子雲護短，論人惟平乃允也。（同上）

《江湖》「論迹異驚衆」，「論」作「淪」。（同上）

《詠雪》「蛟龍岌起抱巒崗，江海横奔控阡陌。」語寄而意微暗。「自駕疲牛理燒埆」，「燒」作「墝」。（同上）

《答裴煜二首》「相期在覩誨」，「覩」作「規」。「相持非鬱盎」，「持」作「遲」。（同上）

《寄王介甫》宜興本作「介卿」，荆公舊字也，「甫」字謬改。元板已作「甫」，「甫」仍宜作「卿」。「如醞冒炎暑」，「醞」作「醒」。「每進意愈塞」，「塞」作「寂」。「亦可洗珠壁」，「壁」作「璧」。「遇愜每同蟄」，「同蟄」未詳，疑作「欸」，笑聲也。宋本「欸」。「更得蟾蜍戾」，「得」作「待」。「昧者尊惡石」，「石」，宋本作「砳」。檢《集韻》不見此字。「萬竅動謞傲」，「傲」作「激」。「燁燁多吏從」，「吏」作「隸」。「良已饋藜鹽」，「饋」作「匱」。「栗密縷機織」，「栗」作「粟」。「卷書勞來翰」，「翰」作「幹」，「幹」，僕也。「寸懷良士懌」，「士」作「自」。「金縚引柳荑」，「縚」作「縮」。(同上)

《上人》　昌黎足三及宰相之門，南豐亦有此等詩在集中，可歎。「坐上一言寒口暖」，「口」作「可」。(同上)

《初夏有感》　「愁勤未老鬢先白」，「愁勤」作「窮愁」。(同上)

《送人移知賀州》　儗送區宏兼用其韻。「風露氣嚴花草緋」，「緋」作「腓」。(同上)

《南豐道上寄介甫》　「雨露施土慳」，「土」作「尚」，一作「何」。(同上)

《謝章伯益惠硯》　太迂遠。「始獨俯仰吾坤乾」，「吾」作「模」。(同上)

《送劉醫博》　「馬蹄所至病歷屈」，「歷」作「魔」。「委曲衰旺肺與脾」，「旺」作「王」。「始免未老爲枯骸」，「骸」作「骴」。「真人四難真可患」，「真人」作「貴人」。「去此足以爲時規」，「去此」作「去去」。(同上)

《送陳商學士》　生新之語。雜子瞻集中，不能辨其爲兩手。(同上)

《送錢生》　「叩言忽言歸」，「叩言」作「叩門」。(同上)

《雪詠》　亦終不出前人範圍。「誰能比衆作，小去筆墨畦。」「誰」作「薛」。按：薛太拙有《閒居新雪八韻》，禁體之祖也。「或溺久宛轉」，「溺」作「弱」。「屋角初漸班」，「班」作「斑」。「坳窪一已滿」，「窪」

作「窪」。「厨烟或中鑱，裏表仍孤擎。」極搜剔。「陽春謝箓箏」，「箓」作「秦」。「蒼蒼不可問」，轉筆好。「萬物去復冒」四句，極似韓。「復」作「覆」。（同上）

《送僧晚容》「晚」作「曉」。「飛光無停芳歲閑」，「閑」作「闌」。（同上）

《送叔延判官》「物物當前若圖屏」，「物物」作「物色」。（同上）

《山茶花》終是没意思。「欲攀更惜長依依」，「攀」作「搴」。「五月霧露空芳菲」，「露」作「雨」。（同上）

《丁亥三月十五日》「丁」作「辛」。按：丁亥乃慶曆七年，是時公尚少，恐筆力未能至是。若大觀元年之丁亥，則公没已久矣。玩末二句，似指熙寧用事之人。意者作于熙寧四年辛亥，訛「辛」爲「丁」也。又按：王介甫《曾易占墓誌》：易占以慶曆丁亥卒于南京，時公方侍疾，而詩中云：「臨川城中三月雨」，則丁亥之爲誤尤明矣。此詩前半亦水深雪雰之意。（同上）

《舍弟南源刈稻》「新堂置嵓幽」，「嵓」作「岩」。「餘滋折丹榴」，「折」作「析」。「夜工督春揄」，「揄」作「牏」。「送子固自起」，「固」作「因」。（同上）

《奉和滁州九詠九首 並序》此九首及《遊麻姑山》諸詩，其中兼有近體。（同上）

《瑯琊泉石篆》「初流泉涯俗誰顧」，「流」作「留」。（同上）

《遊瑯琊山》後半無味。「殷勤羞甕醅」，一作「勤修甕中醅」。（同上）

《瑯琊溪》「可忍開時不出遊」，「開」疑作「閑」。（同上）

《庶子亭》「亭」作「泉」。「風翻日炎夏潦盡」，「炎」作「炙」。（同上）

《慧覺方丈》 惡詩。(同上)

《遊麻姑山九首》 「穲稏百頃黄參差」,「參差」作「差參」。「天風泠泠吹我襟」,「泠泠」作「泠泠」。(同上)

《半山亭》 「半臺亭榭午猶寒」,「臺」作「崖」。(同上)

《顔碑》 「碑意少缺誰能鐫」,「少」作「小」。觀此句,則此碑自公時已斷缺。(同上)

《秋懷》 太訐直。「我有愁輪行我觴」,「觴」作「腸」。(同上)

《一晝千萬思》 「故人遠爲縣,海邊句踐州。」此必介甫在鄞縣時作。「安能望高邱」,「高」作「嵩」。(同上)

《菊花》 孤淡。(同上)

《答石秀才月下》 結處意弱。「更送城笳夜聲起」,「聲」作「深」。(同上)

《冬曉書懷》 「今日病減真無蠅」,「真」下疑脱一行。宋本同。(同上)

《代書寄趙宏》 「日倚東風愁同調」,「愁」作「想」。「局西明月過簾白」,「局」作「屋」。(同上)

《東津歸催吴秀才寄酒》 「若洗新妝竟妖臉」,「竟」作「競」。「已冷灑屋鋪風簟」,「冷」作「令」。(同上)

《高松》 「偃偃倚翠纛」,「偃偃」作「偃偃」。(同上)

《青青間青青》 「草蓐陰可藉」,「蓐」作「縟」。(同上)

《尹師魯》 一本上有「哭」字。觀此則師魯尚當在歐公之右,南豐先生固不妄許與人也。(同上)

《發松門寄介甫》 「況聞肥遯須山在」,句疑有訛。(同上)

《庭木》 此篇所指豈陳執中之流歟?篇中頗有似昌黎《病鴟》詩。(同上)

《降龍》「支旛列戟照私第」，「旛」，宋本作「幡」。「櫜鍼樸艾恬以愉」，「樸」作「襆」。（同上）

《湘寇》「傖人操兵快如鶻」，「快」，宋本作「決」。「月費空已逾千金」，「月」作「日」。「捷如馬援不得志」，「捷」作「健」。（同上）

《邊將》何減永貞豐陵。（同上）

《多雨》「霖傾潦雨那復止」，「雨」作「洶」。（同上）

《山水屏》「塵氛見荒林」，「林」作「村」。「圖屏特自慰」，「特」作「持」。「痦寐心思逐」，作「心逐逐」。以上三字從聲畫集本改正。「盤石」、「空原」暗用呂、傅事，無迹，即爲「溪岩」、「耕釣」伏脉。（同上）

《追租》「試起望遺材」，「材」作「村」。（同上）

《桐樹》「泫摧亂繁條」，「泫」作「低」。（同上）

《九月九日》句句可人，但只有一層耳。「醜怪薦蜃脩」，「蜃」，蛤屬。此句亦暗用爵入大水爲蛤。（同上）

《聽鵲寄家人》「秋風粲粲正可愛」，「風」作「花」。「春風千樹變顏色」，「風」作「楓」。（同上）

《讀書　亦云辛卯歲讀書》是歲仁宗皇祐三年。「荏苒歲云暮」，「暮」作「幾」。（同上）

《雜詩五首》第二首：「貧士任固小」，「士」作「仕」。第三首：「韓公綴文辭」，「公」，宋本作「於」。按：《唐文粹》多有不録全篇者，此録至「未負風義厚」可也。第四首：「相去幾年今與古」，按：宋本此首在《少年》一首後。「二子引身高不起」，作「二子引身蒿下起」。（同上）

《送宣州杜都官》「篇什高吟鳳凰下」，此句乃用牧之「天外鳳皇誰得髓」也。（同上）

《麻姑山送南城尉羅君》不減《廬山高》。「空槎榾然卧道邊」，所謂「老樹半空腹」。（同上）

《東軒小飲呈坐中》「氣酣落日解醉鐶」，「醉」作「帶」。（同上）

《明妃曲二首》二篇却參以齊、梁風調，此擬老杜《負薪》最能。大抵南豐詩不能細潤，祇緣直以李、杜、韓三家爲法，六朝略不留意故耳。「皎皎丹心欲語誰」，句不類，一句之壞，尤在「丹」字。「黄雲塞路鄉國遠」二句，《十八拍》中所少。「幾成新曲無人聽」，「幾」作「度」。「蛾眉絶世不可尋」，首直自比久棄外郡耳。按：曾子固詩過于古直，此篇乃殊委婉曲折。（同上）

《七月十四日韓持國直廬同觀山海經》此篇亦《簡兮》詩人之意，而尤蕴藉。（同上）

《秋聲》「喬柯與長谷」，「長谷」，人不解用。（同上）

《秋夜露坐偶作》「白雪飛向低」，「雪」作「雲」。（同上）

《韓玉汝使歸》「光華友原隰」，「友」作「及」，宋本又作「反」。（同上）

《過介甫歸偶成》熙寧初。（同上）

《合醬作》觀此篇，即今之所謂醬與禮異矣。「膾食」句亦是相沿用之，蓋食魚膾用芥醬也。大約古人所謂鹽豉，即今之食醬。「調澆遵古書」，「澆」作「撓」。（同上）

《送章婺州》「幽尋足谿山」，「谿」作「溪」。（同上）

《遊金山寺作》「遠挹蜀浪來」四語，四面做到，方是金山。（同上）

《南湖行二首》變調。（同上）

《芙蓉臺》 尖新之句，直似李長吉。（同上）
《秋懷二首》 「復示倉箱盈」，「示」作「爾」。（同上）
《送李撰赴舉》 「華堂昨夜讀書客」，「華」作「華」。「風鋩拂塵見飛影」，「風」作「鋒」。（同上）
《送韓玉汝》 「名園分雜英」，「分」作「紛」。（同上）
《送豐稷》 「之君飄泊動歸思」，「之」作「夫」。（同上）
《高陽池》 公之遠謗如此。（同上）
《遊鹿門不果》 「鹿門最發秀」，「發秀」作「秀發」。（同上）
《漢廣亭》 「北城最頻高」，「高」作「登」。「局促皆曠逸」，「皆」作「諧」。（同上）
《劉景升祠》 此歎時相不知收公爲助也。（同上）
《蔡州》 「州」作「洲」。（同上）
《萬山》 「縹緲出烟雲」，「雲」疑作「霄」，上已有「氛靄」句也。（同上）
《題張伯常漢上茅屋》 「屋」作「堂」。（同上）
《移守江西先寄潘延之節推》 「我繫一官尚局促」，「尚」作「常」。「早衰瞻氣自然薄」，「瞻」作「膽」。「舊學搶攘期反覆」，「覆」作「復」。（同上）
《酬王正仲登嶽麓寺閣見寄》 「王正仲」下補「太常學士」四字。（同上）
《曉出》 「衛青異日須天幸」，「天幸」本王摩詰詩，非誤使也。（同上）

《和貢甫送元考不至》「不至」上疊「元考」二字。「一時驚豪健」，「健」作「捷」。

按：公古詩止第五卷。此卷中五言頓有優柔之韻，蓋初年止于學韓，至此頗窺小謝之藩也。（同上）

《郊祀慶成詩》「欲知精意答」，此句轉。「浮陽上綺圜」，「圜」作「闤」。（同上）

《送陳郎中還京兼過九江新宅》「艤舟金碧照溪沙」，「艤」作「鷁」。（同上）

《楚澤》「經綸空建與誰論」，「建」作「健」。「盜賊恐多從此始，經綸空健與誰論」二語，言民方救死不贍，奈何又紛然其擾也。（同上）

《照影亭》「不欺毫髮公雖有」二語，得比興之意。（同上）

《晚望》「鄭袖風流今已盡」二語，歎神宗不邇聲色，勵精圖治，而所任非賢，身遭放棄也。（同上）

《簡翁都官》「況得君賓同壯節」，未詳。（同上）

《胡太傅挽詞二首》　前篇雖劉、白何以過？第二首：「遠路參基命」，「遠路」疑作「遠略」。（同上）

《閑行》「風出青山送水聲」，佳句。（同上）

《送覺祖明上人》「覺祖」下有「院」字。「豐堂環殿起崔嵬」，「環」作「瓌」。「鍾隨秋勢金聲壯」，「隨」作「乘」。（同上）

《送撫州錢郎中》「名郎元是足風流」，「名郎」作「賢侯」，「是」作「自」。「得郡東南地更幽」，「幽」作「優」。「應與謝公資健筆」，「應」作「只」。（同上）

《送玉汝使兩浙》　作「韓玉汝」。（同上）

《丁元珍輓詞二首》「神情玉氣温」,「情」作「清」。(同上)

《送李莘太傅》「傅」作「博」。「冰雪映征事」,「映」,宋本缺。(同上)

《遊天章寺》寺即王右軍舊宅。「監輿朝出踏輕塵」,「監」作「籃」。「南湖空解照人行」,「人行」作「行人」。(同上)

《送闞遠赴江西》作「闞彦遠」。(同上)

《西園席上》「海嶠經寒酒熟遲」,「嶠」作「聚」,里聚也。「滿足塵埃更有詩」,「足」作「面」。(同上)

《送鄭州邵資政》「咳唾落瓊瑰」,此句宜點勘。(同上)

《會稽絶句三首送趙資政》宋本無「送趙資政」四字爲是。此知越州時寄興之作也。成化以前刻皆無。(同上)

《送任達度支監嵩山崇福宫》「達」作「逵」。長篇詩穩切有氣,後山輩正不能到。「地絶分琳館」,「地絶」作「北絶」。「碧落見鷗馴」,「落」作「洛」。「反席正逢辰」,「反」作「仄」。(同上)

《送趙資政》「青覫遇更隆」,「覫」作「規」。「開幕斗牛中」,指虔。「階庭訟鮨空」,「鮨」音項。「吏治連城肅」,指河北轉運。「錦官清鎮俗」,指成都。「鈞衡求僞望」,指參政。「股肱康事力」,或疑「事」作「帝」,非也。「庶事康哉」,兼用《左傳》臣力。「晝錦過江東」,指杭。「保民追吕尚」,指青。「豈獨是倥侗」,「倥侗」作「崆峒」。(同上)

《送沈諫議》「九霄應已夢儀形」,「形」作「刑」。(同上)

《酬王徽之汴中見寄》「徽」作「微」。(同上)

《寄鄆州邵資政》　題下原注：「蒙鄆州知府安撫資政書，言入秋以來，甚有遊觀之興，而少行樂之地，因問敝邑山水之景，見索新詩。某荒廢文字久矣，惟重意之辱，不能自已，謹吟二百字上寄。」俗本删節不完，今依宋本改正。

《和孔教授》「敢將顏色在蜚鴻」，雖切孔君，然亦太腐。(同上)

《喜雪第二首》「英華傾月窟，光氣瀉天潢。」名句。(同上)

《郡齋即事第一首》「瞷氏宿奸投海外，伏生新學始山東。」恰使濟南兩故事。上句注云：「時大奸月高投海島。」一本作「周高」爲是。第二首：「總是濟南爲郡樂」，「濟南」作「疎頑」。(同上)

《寄致仕歐陽少師》　作《寄致政觀文歐陽少師》，原注有「固辭寵禄，歸就休閒，進退之宜，四方所仰」十六字。「樂善意諄諄」，「諄諄」作「循循」。「龍卧傾時望」四句，語有體，通幅似劉、白。(同上)

《冬夜即事》「月淡千門霿淞寒」，「霿」音「夢」。「淞」音「送」。此句非親見不知其佳。予在保陽，蓋屢見之，土人謂之樹挂，其樹稼之訛乎？(同上)

《西湖二首》　第二首：「明河槎上更微芒」，「芒」作「茫」。(同上)

《席上》　一本下有「舞六么」三字。「兩衙散雪夜深時」，作「散後雪深時」。(同上)

《和陳郎中》「明月幾人非按劍」，直率無味。(同上)

《雪後》　五六指吉甫與介甫。(同上)

《舜泉》「更應此水無休歇」，「此水」作「如此」。「餘澤人間世世傳」，作「流澤長令後世傳」。（同上）

《閲武堂》 方是太平之閲武，詩意極高。「漢家常隸羽林兵」，「隸」作「肄」。（同上）

《環波亭》 不減元九。（同上）

《芍藥廳》「恐逐風飛飾室仙」，疑有訛。（同上）

《仁風廳》 此種今人苦不能到。「朱絃鼓舞，逢千載」，「絃」作「弦」。二句切仁風。（同上）

《閲武堂下新渠》「不憂待月供詩筆」，「供」，一作「乾」。「乾」字佳，方是新渠詩也。二語似張文昌。（同上）

《凝香齋》 三四仍帶感慨而無迹。「沉烟細細臨黄卷」，一作「兩衙放罷閒鈴索」。（同上）

《北渚亭》「常碍風連草木薰」，此密州之常山。（同上）

《百花臺》 第四醒出夾岸皆花，自妙。（同上）

《次道子中書問歸期》「竊食東州歲未期」，一作「疎嬾爲州歲未期」。（同上）

《霽淞》「霽淞花開處處同」，「花開」宋本作「開花」爲是，蓋惟真花方可云「花開」也。（同上）

《詠柳》 此必指熙寧少年喜事之徒。（同上）

《喜雨》「會見甌窶果滿篝」，「篝」，宋本作「篝」。（同上）

《次李秀才得魚字韻》「十年方喜夢維魚」，「十」作「卜」。（同上）

《孔教授張法曹以曾論薦特示長牋》 三、四一切孔，一切張。「高臺閑燕屬佳篇」，「臺」作「齋」。（同上）

《酬强幾聖》「寄聲裴令樽前客」，强在魏公幕府。(同上)

《人情》 此亦爲介甫而發。(同上)

《戲書》 次連僅勝「農夫背上書軍號，賈客船頭插戰旗」矣，收處語太實。宋本此下有《水西亭書事》一首：「一番雨熟林間杏，四面風開水上花。岸盡龍鱗蟠翠篠，溪深鼊背露晴沙。隴頭刈麥催行饁，桑下繅絲急轉車。總是白頭官長事，莫嫌粗俗向人夸。」一結妙。(同上)

《送趙資政》 此再知成都府。(同上)

《趵突泉》「曾城齊魯封疆會」，「城」作「成」。句拙。(同上)

《金線泉》「雲依美藻争成縷」，「線」字刻畫。「界破冰霜一片天」，「霜」作「綃」。(同上)

《北池小會》「銀簧相合鳥聲新」，「合」作「答」。「答」字勝。(同上)

《送韓廷評》 一作「延年」。(同上)

《寄孫莘老墨妙亭》「壯字碑豐亦易忘」，「碑豐」作「豐碑」。「忘」作「亡」。(同上)

《鵲山》 第三用上池水注。(同上)

《華不注山》 注：「青峰嶺望點黛。」按：宋本作「青崖翠嶺望同點黛」。「虎牙千仞立僊僊」，「僊僊」作「巉巉」。(同上)

《靈巖寺兼柬重元長老二劉居士》 此是長清靈巖寺。(同上)

《和孔仲平》 作「平仲」。(同上)

《鮑山》「山中那得叔牙城」，「中」作「前」。(同上)

《庭檜呈蔣穎叔》 蔣堂所植，其姪蔣之奇復爲轉運，乞此詩。(同上)

《甘露寺多景樓》 三四語自佳。(同上)

《彭城道中》 彭越未嘗至彭城，項羽既破，灌嬰攻下之耳。「韓彭遺壁冠荒墟」，吕梁洪上有雲夢、梁王二城，其旁之人以爲雲夢即韓信城，梁王即彭越城，是也。原注。(同上)

《送程殿丞還朝》 次連未爲佳句，而當年喜之。(同上)

《康定軍使高秘丞自襄陽司農勾業寺丞自光化相繼云云》 「業」作「葉」。「更有南陽坐嘯名」，「更」作「便」。(同上)

《雨中王駕部席上》 「鳩鳴連日始成陰」，「鳴」作「呼」。(同上)

《贈張伯常之郢云云》 「更味陽春白雪篇」，語切，故不嫌陳。(同上)

《和鄭微之》 「地秀偏宜竹」，「秀宜」二字可作亭子名。(同上)

《和張伯常自郢中云云》 三四平語自佳。(同上)

《峴山亭置酒》 「春歸野路梅自白」，「初」作「争」。(同上)

《韓魏公輓歌詞第二首》 「御筆新詩在新隴」，「新詩」作「豐碑」。(同上)

《酬吴仲庶龍圖歲春感懷》 「春」作「暮」。(同上)

《陳君式恭軒》 次連不如腹連佳。(同上)

《以白山茶寄吴仲庶見貺佳篇依韻和酬》「筠籠封題摘尚新」，「摘」作「色」。「玉蕋蕭條迹更塵」，「塵」作「陳」。「欲分芳種更無因」，「更」作「恨」。落句用梅事，須點破爲佳。(同上)

《酬江西運使蔣穎叔》穎叔亦嘉祐三年進士，故歐公有「未乾薦禰之墨，已彎射羿之弓」云云。(同上)

《刁景純輓歌詞》「文章十秩更傳誰」，「秩」作「帙」。「一點青燈照蕙帷」，「蕙」作「繐」。(同上)

《遊東山示客》「柳黄微破日邊風」，「日邊風」三字有化工。(同上)

《昇山靈巖寺》「獨闚金版驚人語」，一作「獨闚金版」。公作遊佛寺詩皆以仙山事發之，非獨不信奉其法，亦緣本謂之金仙，不是杜撰作此語也。(同上)

《上元》「人近朱闌送目勞」，「近」，《律髓》作「倚」。子固亦爲是語耶？「自笑伭心逐年少」，「伭」作「低」。(同上)

《酬柳國博》「須知别後山城寺」，「寺」作「守」。(同上)

《閏正月十一日吕殿丞寄新茶》「千金一跨過溪來」，「跨」作「胯」。(同上)

《新舊書報京師盛聞治聲》「新」作「親」。(同上)

《蹇磻翁寄新茶二首》「肯分方跨醒衰思」，「跨」作「胯」。(同上)

《城南二首》第二首自訴窮途也。(同上)

《夜出過利涉門》「紅紗籠竹過斜橋」，「竹」作「燭」。「過」作「照」。(同上)

《王虞部惠佳篇叙述云云》「更悟知他友最賢」，「知」作「之」。似用孟子尹公佗取友語，可謂拙矣。(同上)

《過靈壁張氏園三首》 「靈」當作「零」。《宋史·地理志》云：「元祐元年，始割虹之零壁鎮爲縣。」其改爲靈壁，則在政和七年。曾之作詩，蘇之作記，皆在未爲縣之時，不但「零」之爲「靈」未改也。（同上）

《雪毫州》 有爲言之。水深雪雰爲小人，故韓、曾皆作風刺體。「繁英飛面旋」，「面」疑「便」。然前古詩中已有用「面旋」者。「遠冰落澗泉」，「遠」作「還」。（同上）

《集賢殿春燕呈諸同舍》 「賢」作「英」。（同上）

《上巳日瑞聖園錫燕呈諸同舍》 「流者浮金鑿落」，作「流渚酒浮金鑿落」。失一「酒」字，誤一「渚」字。（同上）

《池上即席送況之赴宣城》 「況」字上有「梁」字。「趣駕追鋒自有期」，「鋒」作「鋒」。（同上）

【唐論】 峻潔。此等議論，自曾、王以前，無人道來。「成、康没而民生不見先王之治」，起句中即伏後意。「有天下之志者，文帝而已，然而天下之材不足」，文帝有一賈生而不能用，然則所患者非材之不足，而帝之志誠卑也，文帝所長者能休養天下之民而已。「而其治莫盛于太宗之爲君也」，「而」字衍。「可謂有治天下之效」，「效」作「効」，後仿此。「又有治天下之効」，「又」字上有「而」字。「然而不得與先王並者」六句，其不得與先王並者，非爲制之猶有不備而德之不能建其有極也。「由唐虞之治五百餘年」，追遡成、康以前。「而未遇極治之時也」，「時」作「世」。（同上第四十一卷《元豐類稿》文）

【爲人後議】 此等文，後惟子朱子能之。《文鑑》録温公之議而不載此文者，失之。「爲之後者，爲所後服斬衰三年，而降其父母期。」汪云：「將言爲人後者，不絶其父母之名，故先言《禮》之所以降其父母之服，與後世崇本親以位號之非禮，以見《禮》之於爲人後者，至恩大義已極其至，而不可以更有加也。」「以諸人之所知者近」，「諸」作「謂」。「則尤恐未足以所明後者之重也」，「尤」作「猶」。「所明」作「明所」。「《禮》『爲人後者』」，以下言考於《禮》，而父母之名不可易。「爲所後者之祖父母、父母」，「父母」下增「妻」字。「妻」字從近刻增。「祖父母」三字成文，「父母」二字不可少也。宋本同，亦少一「妻」字。「此其服爲所後者，而非其爲己也」，下「其」字衍。「服則爲己，名爲所後者」，「名」字下增「則」字。「若當從所後者爲屬」至「親非變則名固不得而易矣」，此一段最明辨，若但據「爲其父母報」句，則未有以解劉子翊其者因彼之辭之説而趙瞻所謂辭窮直書之論爲是，固當從所後者爲屬矣。「豈有製服之重如此」，「製」作「制」。「且支子所以後大宗者至而先王教天下之意哉」，至論。「夫人道之于大宗至未有可廢其一者」，收得精神。「或以謂欲絶其名者，蓋惡其爲二」，以下言易父母之名而從所後之屬爲非。「知不以惡其爲二而强使之爲一」，「不」字下增「可」字。「使爲人後者，于其所後」至「而爲人後之道盡矣」，昌黎、廬陵亦必不能發揮至此。「爲人後者，爲其父母服」，「服」一作「報」。「漢祭義以謂宣帝親」，「祭」作「蔡」。「故非漢宣加悼考以皇考」，下「考」字作「號」字。「而革變其父名之名」，「革變」作「變革」。「不從經文于前世數千載之議論」，「于」作「與」。「懷二于所後」，「二」作「貳」。「然則加考以皇號，與《禮》及士之稱皇考者有異乎」，「士」作「世」。「《禮》曰考廟」，作「《禮》曰：曰考廟。」「然則以爲父没之通稱者」，此句中疑尚有脱誤，「以爲父没之通稱」，當作「以爲事考之尊稱」。「若漢哀帝之親」四句，此仍是加皇號以爲事考之尊稱者。「豈獨失爲人後奉祀正統」，「祀」作「承」。「然施於禮者，有朝廷典册之文」至「顧言之不可不順而已」一段，反不分明，似乎可已，蓋此但問其于《禮》之可與否，而不在施于事與否也。（同上）

《公族議》　此爲荆公裁減宗室恩例而作，其推言親愛之心，可謂至矣。然公族之人，要當教之有法，使其材皆可用而後與之禄。《傳》曰：「武王之母弟八人，五叔無官，豈可使之坐困天下之民而漫無功德以報之，如明之宗室乎？」五叔無官，但不任以尊位，非無禄也，其自祖免而下，則宜裁之以義矣。《記》曰：「親親之殺以服屬爲等差，固先王之道也。」「昔周公兼制天下，立七十四國」，「四」作「一」。「夫豈以服爲斷乎」，不以服爲斷者，必以德爲賢也。「是豈可拘于常見」，「可」字下增「以」字。「其在異代尚特顯之」，在異代特顯者，以德以功也。「實國家慶」，「家」下增「之」字。「而姬姓獨居者五十三人」，「人」下增「也」字。務立異論而不顧其可言而不可行，此宋人之病也。（同上）

《講官議》　吕獻可彈王介甫十事，其三云：「人主延對經術之士，講解先王之道，設侍講、侍讀常員執經在前，乃進讀，非傳道也。安石居是職，遂請坐而講説，將屈萬乘之重，自取師氏之尊，真不識上下之儀君臣之分，況明道德以輔益聰明者乎？但要君取名而已。」此議似亦爲介甫發。《後漢書·儒林傳》中，侍講與入授不同，則講官遽以師道自處者誠過，但人君賜之坐以優之，亦崇儒之盛事，雖賜坐而坐，仍其侍之次，與詔于天子無北面者區以别矣，亦議禮所當詳也。文甚緊潔。「迺不自知其强聒而欲以師自任，何其妄也」，此職業然耳，不可與强聒並抑揚太過。「所以忘其勢也」，「忘」字上增「自」字。「故坐未嘗以爲尊師之禮也」，坐雖未嘗爲尊師之禮，然挾書而講于禁中者，顧獨不得比于

燕皆坐之禮乎?「未果有師道也」,「果有」作「有果」。結處與發端不合如此,則侍講之職舉當廢矣。(同上)

《救災議》有實用文字,合漢、唐而一之。「劣者人日一升」,「劣」作「幼」。「是直以餓殍之養養之而已」三句,論事明析如此,乃非空言。「則百姓何以贍其後」,此句上增「不久行」三字。「雖有頹牆壞屋之尚可完者」七句,遵巖云:「不但文字好,于事情亦深切,漢時之文亦不過如此。」「如是不可止」,「是」字衍。「失戰鬬之民」,此句上疊「空近塞之地」五字。「萬一或出于無俚之計」,「俚」作「聊」。「今被災之州爲十萬户」,「今」作「令」。「平日未及有此者也」,「及有」作「有及」。「與專意以待一升之廩于上」,「一」作「二」。「足以振其艱乏」,「振」作「賑」。「脱于流亡轉死之禍」,「流亡轉死」作「流轉死亡」。「然後玉輅徐動」,「輅」作「路」。「就陽而遠郊」,作「就陽而郊」。「古人有曰」,作「古人有言曰」。「剪瓜宜及膚」,「剪瓜」作「翦爪」。「今有司于糴粟常價」,「今」作「令」。「以茶荈香藥之類」,「茶」作「荼」。(同上)

《洪範傳》曾氏生平得力于經在是。其言平正通達,有非漢以來俚儒之所及者,故蔡氏所采亦多。「原其說之所以如此者,以非其耳目之所習見也」,此歐陽子之說。「五者行乎三材萬物之間」,「間」下增「也」字。「念用庶徵」,「徵」作「證」。下同。「故又以考己之得失于民也」,「以」下增「此」字。「其信不可雜」,「信」作「言」。「潤下作鹹」,「鹹」作「鹹」。「于是稼穡而不及其他者」,「是」字舊刻皆作「之」。下同。此當從《蔡傳》也。宋本「之」。「澔之則聚」,「澔」作「瀦」。「或從革之」,「從」字衍。

「可以從革」，「從」字衍。有一「從」字，文理不順。「或言其用」，四字衍。「皆養人之所最大者」，「者」字下增「也」字。又增「非養人之所最大者」八字，然後接「則不言」三字。「自内言之」，「内」字下增「而」字。「蓋思之人人也如此」，「人人」作「于人」。「其至，皆足以動容周旋中禮」，「其」字上增「及」字。「亦未嘗不思」，「思」字下增「也」字。「聽作聰」，作「聽曰聰」。「故不能集蔽于大且遠也」，「集」作「無」。「所以養其聰也」，「聰」字下增「明」字。「上忝天」，「忝」作「參」。「其惟不言，言乃雍」，《禮·檀弓》作「言乃讙」，喜説也。《書·無逸》作「言乃雍」，和也。「言之不可違如此」，作「言之不可以違如此也」。「貌之不可慢如此也」，「可」字下增「以」字。「故堯之德曰欽明文思」，「欽」作「聰」。「欽」字不知者妄改。「爲王道始」，「王道」下增「之」字。「古之欲明明德于天下者」至「然後國家天下治」，處處遺却格物。「蓋欽明文思」，「欽」作「聰」。「堯之得于心者也」，「于」字下增「其」字。「所謂效之也」，「效」作「効」。「不若我政人之有罪矣」，「若」作「于」。「之」字衍。「則有曰勿庸殺之」，「有」作「又」。「故先王之刑刑也」，疑有訛字。「天下之人四罪而已」，「四罪」者，著舜攝位之始誅討之大者也，豈有百年之間，斷刑止于四哉？「伐不悛也」，「悛」作「憓」。「則六極之事也」，「極」字下增「弱」字。「惟皇六極」，「六」作「之」。「則五福攸好，德之事」，「事」字下增「也」字。「則是人斯其若辜矣」，「若」字衍。「無所背，無所反也」，下「所」字衍。「由無偏以至無側」，「至」字下增「于」字。「歸者之所反」，「歸」作「往」。「所操者彌約」，「所」字上增「而」字。「然充人之材以至于其極者」四語，乃曾子所讀經而自得于心者也。「曰王者，尊之辭也」，「尊」作「往」。「凡此者，以治己與人也」，「以」字上增

「所」字。「曰貞，曰晦」，「晦」作「悔」。「所謂五者也」，「五」字上增「卜」字。「乃立是人，使作筮之事」，「筮」字上增「卜」字。「參謀鬼神也」，「謀」作「諸」。「則皆不可以有作也」，「也」作「者」。「所謂各以其叙也」，「所」字上增「則」字。「則至于庶草莫不蕃蕪」，「蕪」作「廡」。「而知己之所以致之者也」，上「之」字衍。「其道未嘗不同者」，此句上增「其道未嘗不同」六字。（同上）

《進太祖皇帝總序狀》「將無以使列聖之偉跡」，「偉」作「韙」。「此臣之所以惴惴也」，「以」字衍。「以覺悟萬世」，「悟」作「寤」。「大懼智不足以窺測高遠」，「窺」作「究」。（同上）

《太祖皇帝總序》「自天寶以後」，「以」作「已」。「紀綱寢壞」，「寢」作「寖」。「以生民爲任」，起數語中，尚宜明點「生民之困」一語，則以「生民爲任」句承得有根，而結處「户口多少」一段亦愈有力矣。「憂吏民之不良也」，「民」字衍。「其群臣有恩舊」，「其」字下增「于」字。「常振助之」，「振」作「賑」。「蓋太祖篤于孝友」，荆川云：「又細叙一遍。」「以奢侈爲戒」，「侈」字衍。「粤、蜀、吴、越、歐閩之君」，「歐」作「甌」。「傳子及孫」，「及」作「若」。「畐衆以智」二句，「畐」作「圖」。「世以謂太祖不世出之主」，以下尤可已。「太祖征伐必克」四段，皆强爲附益。「開寶之初，南海先下」一段，是不量時勢之語，此一段尤爲兒戲，如此則其言反不足徵信矣。「太祖不用兵」，「兵」字下增「革」字。「三代盛矣」以下，又推一層。「文武之後三世傳」，作「文武之後世三四傳」。總評：此本紀贊也，其煩如此，則本紀又當何如？南豐非昧于史法者，直過欲稱頌功德耳。昌黎避而不爲，蓋慮及此矣。此文不古不今，大失體要，宜乎神宗緣此罷其史職也。（同上）

《新序目録序》　可與《王子直文集序》參觀。「所守者一道，所傳者一説而已」，此論正與蘇氏譏王氏「好使人同己」之説相反，蓋當辨是非，不可分異同也。「揚雄氏或可耳」，「或可」作「而止」。「漢文士豈無明先王之道以一之者哉」，「文」作「之」，「豈」字下增「特」字。「亦足以知臣之攻其失」，「失」字下增「者」字。(同上)

《梁書目録序》　王云：「序《梁書》以佛法立論，可見其用意。」「而在梁尤甚」、「因梁之事」二句，乃斡入題目之法。按：此篇立論原本《中庸》，皆有次序條理可觀，下語時或未瑩，則不能如周、程之浹故也。「故不可絀」，「絀」，宋本作「詘」。「《書》曰思曰睿」至「與天地參矣」，不知夫天命之謂性，率性之謂道，貫内外而一之者，則其言豈足以折夫佛氏之徒哉？此歐、曾之徒雖好辨而終不能見道之大原也。「《書》曰思曰睿」，即從内説起。「未有不能明之者也」，明善對佛之明心。「故加之誠心以好之」，此强爲之説。「故加之至意以樂之」，明誠之外又增加至意一層，恐無所本，即至誠之至，語未瑩耳。「安能累我耶」，「耶」作「哉」。「能盡其性則誠矣」，誠身對佛之見性。「既誠矣，必充之使可大焉」，形著明。「既大矣，必推之使可化焉」，至誠能化。「能化矣，則含智之民肖翹之物」，上句盡人性，下句盡物性。「而吾之用與天地參矣」，「參」，贊。「德如此其至也」，此句是一段中樞紐。「德如此其至也」四句，由窮理而盡性而至命，亦是由其德以及其道。「莫不一出乎人情」，内外和。「與之所處者」，「所」字衍。「既聖矣，則無思也」，應思曰睿。「無爲也，其動者應物而已」，「應」，應乎外。「可不謂神矣乎」，至誠如神。「神也者，至妙而不息者也」，無「息」。李云：「神即是聖之至妙不息者。」「故其所以爲失也」，「故」作「固」。「夫得于内者，未有不可行于外也」，合外内之道，以下始説得分明。明道云：「敬以直内，義以方外，合外内之道也，釋氏内外之道不備者也。」南豐已見及此。「及佛之所以失以傳之者」，「傳」作「傅」。「庶不以此而易彼也」，「庶」作「知」。（同上）

《列女傳目録序》　三代以後少此議論。詞醇氣潔，無一冗長之字，此宋文之不愧匡、劉者也。「離其七篇爲十四，與《頌義》凡十五篇」，《頌義》自爲一篇，猶《漢書》有叙傳耳。揚子《法言》總以十三篇之叙列于卷末，至宋咸析而升之章首，古書次序爲庸人汩亂多矣。「而《隋書》以《頌義》爲劉歆作」，考《隋書·列女傳》，《頌》一卷，劉歆撰，與曹植《頌》一卷，謬襲《讚》一卷，録於向書十五卷之後，或歆亦自有《頌》，至宋亡之，未可知也。劉歆不閑詞賦，《頌義》非其所作决也。「而成帝後宫，趙衛之屬尤自放」，班倢伃侍者李平，大幸，賜姓衛，謂之「衛倢伃」，趙、衛即趙、李也。「向以謂王政必自内始」，先就《列傳》所載，明其爲書之本趣。「其言太任之娠文王也」，獨提出一事發端。「皆大人之事」，「皆」作「此」。「然古之君子，未嘗不以身化也」，從劉書欲以戒天子而未言者，推其本言之。「《二南》之業本于文王」，子朱子云：「説《二南》處好。」「而不知所以然者」，「知」字下增「其」字。「故内則后妃有《關雎》之行」至「故家國天下治者也」，大暢王政必自内始之説。「外則群臣有《二南》之美」二句，自家而國。「其推而及遠」五句，自國而天下。「故國家天下治者也」，「國家」作「家國」。「後世自學問之士」，「學問」作「問學」。「其家室既不見可法」，「家室」作「室家」。「士之苟于自恕」三句，反覆精盡。「往往以家自累故也」，又縮入家。「況于南鄉天下之主哉」，打轉。「蓋不可考」，西京詩師齊、

魯、韓，若《毛傳》，固未行也。以曾氏之精核，何亦有不可考之疑耶？（同上）

《禮閣新儀目録序》　韋書所記者變禮，故序發明制禮者當隨時變易以宜民，不容泥古而反致不可行，但求可以養人之性而使視聽言動之一于禮而已。「古今之變不同」數句，乃一篇大旨。去其十之四，則健而厚矣。子固之文多冗，由道不足而强欲張之也。厚齋謂：「此文指新法。」非是。蓋徒見有「拂天下之勢，駭天下之情」二語故耳。「則法制度數」，「度數」作「數度」。「乃爲設其器」，「爲」作「謂」。「或不宜于人，不合于用」，此即子政敢于殺人而不敢于養人之意。「以爲人之所既病者」，「爲」作「謂」。「以謂人情之所好」，「好」字下增「者」字。「能爲之節而不能變也」，下字細密。「何必一二以追先王之迹哉」，「一二」作「一一」。「未嘗異也」，「未」字上增「亦」字。「民未嘗得接于耳目」，「于」字下增「其」字。「故爲之定著」，「故」作「因」。荆川云：「此文一意翻作兩層説。」（同上）

《戰國策目録序》　「二子乃獨明先王」，「先王」下增「之道」二字。「豈將强天下之主以後世之不可爲哉」，「不」字上增「所」字。此與荆公《上仁宗書》中立説同。「二帝、三王之治」六句，此處文氣稍嫌其碎。「而俗猶莫之寤也」，打着「惑于流俗」。「則此書之不泯」，作「不泯泯」。「二百四十五年之間」，作「二百四五十年之間」。「今存者十篇」，「十篇」下有「云」字。高誘注：「存者十篇。」（同上）

《陳書目録序》　諸序中獨此篇迴顧起處，復作波瀾。「察因以所論載」，「載」字疑有訛。「而文帝亦遣虞世基就秦求其書」，「秦」作「察」。「高帝以自魏至宋」，「至宋」作「以來」。「遂詔論譔于秘書内省」，「内」字衍。「與宋、魏、梁等書」，「魏」字下增「齊」字。「亦罕得而詳之也」，「之」字衍。「其書亦以罕傳」，「其」字上增「而」字。「其疑者亦不敢稍損益」，「稍」字衍。「爭奪詐僞」，「爭」字上增「自」字。「若此人乎」，一作「若此人者」，《文鑑》同，今改正。《戰國策》：「如是人者，鬻王以爲資者也。」句法本此。「若此人者」至「其可廢乎」，此數句似有風神，却稍嫌不健。「蓋此書成之既難」二句，括前。「豈非遭遇固自有時也哉」，下云：「臣恂、臣穆、臣藻、臣覺、臣彦若、臣洙、臣鞏謹敍目録，昧死上。」（同上）

《南齊書目録序》　以經正史之失，獨舉史遷言之，斥子顯處只數句，此《春秋》治桓、文之法。「故雖殊功韙德，非常之迹」，「雖」字下有「有」字。「古之所謂良者」，「良」字下有「史」字。「其明必足以周萬事之理」四句，對上四句。「何以知其然也」，「也」作「耶」。「知之者不能名」，「知」字上增「能」字。「而爲至典者」，「至」作「二」。「所記者豈獨其迹也」，「也」作「耶」。「小大精粗」三句，明理。「本末先後」三句，適用。「使誦其説者」三句，通意。「求其指者」三句，發情。「文不足以通難顯之情者乎」，「通」作「發」。「然顧以謂明不足以周萬事之理」至「何哉」，此處亦稍嫌不甚俊健。「遷、固不能純達其情，而見之于後者矣」，「矣」作「以」，連下讀。「至于宋、齊、梁、陳、後魏、後周之書」二句，諸史中後周尤拙。「而其文事迹曖昧」，「而其文」下增「益下，夫豈材固不可以强而有耶？數世之史既然，故其」廿一字。「悖禮反義之人」，「禮」作「理」。「豈非所託不得其人故也」，「也」作「耶」。結處增「臣恂」等同前。此乃進書之體，當存之。（同上）

《唐令目録序》　千鈞筆，該貫無遺。「使能推其類，盡其道」，令之所載者，皆道也。若曰：「使能立其

本，善其推」，則太宗之所未至者可見矣。「而惜不復行也」，「惜」字下增「其」字。（同上）

《徐幹中論目録序》　李善《文選注》引《文章志》云：「太祖召幹以爲軍謀祭酒，轉太子文學，以道德見稱。」則與文帝箕山之云不合，當以《先賢行狀》爲正。「見文帝，稱幹著《中論》一十餘篇」，「一」當作「二」。語見文帝《與吴質書》。「魏太祖時旌命之」，「時」作「特」。「而不牽于俗」，「俗」字下增「儒之説」三字。「文能信而充之」，「文」作「又」。「蓋迹其行之所至，而以世俗好惡觀之」三句，收得有力。「行」字上增「言」字，「好」字上增「之」字。（同上）

《説苑目録序》　中間緊要處説來不透。「劉向所著《説苑》二十篇」，「著」作「序」。「然其所取往往有不當于理」，「有」字衍。「則取之左右逢其原」，此句上增「自得之」三字。（同上）

《鮑溶詩集目録序》　「又防之《雜感》詩最顯，而此集無之」，鮑防《雜感》，今所存一篇而已。「杼情思而已」，「杼」作「抒」。然古人多用「杼」字，蓋取「杼軸予懷」之意。（同上）

《李白詩集後序》　文甚嚴潔。爲考白詩之先後而次第之，故于白始終所更涉特詳，而並辨新舊二書之誤。或以爲變調者，謬也。「舊七百若干篇」，「若干」作「七十六」。「今九百若干篇者」，作「今千有一篇，雜著六十篇者」，「居徂徠山竹溪」，「徠」作「來」。「西抵岐邠」，「抵」作「涉」。「上秋浦潯陽」，「潯」作「尋」。下同。「皆不合白之自敘」，「合」字下增「于」字。「然其詞閎肆雋偉」，「雋」作「儁」。「志氣宏遠」，「遠」作「放」。（同上）

《先大夫集後序》　遵巖云：「先生之文如此篇之委曲感慨而氣不迫晦者，亦不多有。」「故治久未治」，下「治」字作「洽」。「而公常激，方切論大臣」，「激」作「日」。此句必有訛，今本直去「日方」二字，恐未妥。「當時皆不悦，故不果用」，屢不合而出。「五日，又爲揚州」，「日」作「月」。「而公于是時又上書，語斥大臣尤切」，所言益切。「公之盡忠」至「何其盛也」，荆川云：「言先大夫之忠讜而歸之天子，此所以爲儒者老成之論也，非淺學所及。」「其于名實之論可覈矣」，「名」，一作「虚」。（同上）

《王深父文集序》「深父于是奮然獨起」，「是」字下增「時」字。「然觀其所考者」，「所」字下增「可」字。「豈非孟子所謂名世者歟」，「名世」，本《漢書·董仲舒傳贊》。「天子嘗以某軍節度推官」，「某」，一作「忠武」。（同上）

《王子直文集序》「至秦、魯之際」，謂《魯頌》《秦誓》也。「少已著文數萬言」，「少」字上增「自」字。「其不當于理亦少矣」，「理」字下增「者」字。「而又未知孰先孰後也」，「知」字下增「其」字。（同上）

《王容季文集序》前半議論可爲讀書法。「測日星」，「星」作「晷」。「至舜又察之璣衡」，「之」字下增「以」字。「曰宅者」，「宅」作「七」。「無不任焉」，「任」作「在」。「深父尤深」，「父」字下增「爲」字。此篇收處似少關鍵。（同上）

《范貫之奏議集序》子朱子謂：「此文氣脉渾厚，説得仁宗好。」不溢美，文之謹嚴亦金玉其相矣。遵巖云：「沉着頓挫，光采自露，且序人奏議，發明其切直，而能形容聖朝之氣象，真大家數。如蘇公序田錫奏議，亦有此意，然其文詞過于俊爽，而氣輕味促。」按：范之言得行，故歸美于主，雖立言得體，然必也實録也。若作《尊堯集序》，亦豈可以此爲大家數乎？凡論古文，不當徒求之貌，明人不知也。

「蓋自至和以後」，此段伏下「時」字。「或矯拂情欲」，「情」作「嗜」。「卒從聽用」，「從」作「皆」。「仁宗在位歲久」，仁宗初年，母后臨朝，其繼有廢郭后，逐言者之失。及西北事起，召用賢俊，而亦爲群小沮敗，不能有爲。惟晚年定繼嗣，托付韓琦，使四十餘年太平克有其終。斯優于漢、唐享國久長之主耳。「方以仁厚清靜」，伏下「盛德」。「不曲從苟止」，伏下「見其志」。「而朝政無大闕失」，斟酌。「仁宗之所以其仁如天」，「自用則小，惟天爲大」二語正是反對。「後世得公之遺文而論其世」，「世」作「本」。「世」字雖出《孟子》，與下「其時難得」相應，然不若「本」字直貫「先帝之盛德」句更爲有力。故從《文鑑》。「公爲人温良慈恕」一段，又因奏議而略及平生，見貫之之言真出于忠愛，非劘上以邀名。惜其早卒，見仁宗之誠于聽用，非陰棄其身也。數語亦皆文章用意處。「凡同時與公有言責者」，照應「與公同時之士」。(同上)

《王平甫文集序》　深婉可以爲法。「古詩尤多也」，「古」作「故」。「平甫居家孝友」一段，平甫之詩文不得薦郊廟、施朝廷者，介甫有責焉。此著其孝友與待人之直而和，爲天下所同惜，而奈何不容于家乎？欲千載而下讀者自得之言外也。(同上)

《强幾聖文集序》　「其子浚明」，「浚」作「濬」。「材拔出輩類」，「輩」字上增「其」字。「通四方之好」，「通」字上增「以」字。「則簡古典則」，「典」，宋本作「而」。「其所長兼人如此」，「如」作「以」。「在魏公幕府者最爲多」，「最爲」作「爲最」。「故序亦反復見之」，「亦」字下增「特」字。(同上)

《思軒詩序》　將石本校。「益疏其寢北之地」，「地」作「池」。「後池之北涯」，「後」作「厚」。「而謂君之

世」，「世」作「勢」。「不遺于理」，「遺」作「違」。「九月日序」，「作九月十五日序」。（同上）

《序越州鑑湖圖》「曰稾口斗門」，「稾」作「蒿」。「而奸民浸起」，「浸」作「寖」。「自樵風涇至于桐塢」，「塢」作「隝」。「橋水深四尺有五寸」，「橋」字衍。「又以謂宜益理隄防斗門」，「斗門」二字一作「計」字。「而溢隄使高一丈」，「溢」作「益」。「其竹木費」，作「之費」。「又以謂宜修吳奎之議」，「修」作「從」。「著之于法」，「著」字上增「而」字。「刑有杖百」，作「刑有自杖百」。「而錢鏐之法最詳」，作「遺法」。「在位者重舉事而樂因循」，激昂痛快。「今謂湖不必復者」以下，似韓子《禘祫議》。「而衆人之所未睹者」，「者」作「也」。「然後問圖于兩縣」，結出「圖」字，收束上意，亦毫髮不漏。「故爲論次」，作「爲之」。（同上）

《類要序》此公通俗酬應之作。「尤長于詩」，但許其詩。「爲者學宗」，四字未當。「而不知公之得于內者深也」，「深」作「何」。此不可謂之得于內，求深而腐，啟南宋闊遠之習。「而于三材萬物」，「材」作「才」。（同上）

《相國寺維摩院聽琴序》「習其干戈于樂」，「戈」疑「戚」。「而非其故」，「其」作「有」。下同。「若夫三才萬物之理」至「夫豈非難哉」，不知聖人之學本末一貫，洒掃應對即是精義入神處，故此處將內外說作二事，于文章前後關鍵亦不緻密。「齋戒以守之」，「齋」字上增「而」字。「以持其心，養其性者」，「心」作「身」。「孔子曰：『興于詩』」以下，專就樂上轉到聽琴。「又能其意者也」，「能」字下有「通」字。「故道予之所慕古人者」，作「故道予之所慕于古者」。（同上）

《舘閣送錢純老知婺州詩序》「而欲其久于外」，「久」字上增「無」字。(同上)

《齊州雜詩序》「或長軒遶樹」，「遶」作「蟯」。「從舟上下」，「從」作「縱」。(同上)

《順濟王勅書祝文刻石序》謹嚴。簡而能贍。「蓋龍之爲祥」，「祥」字下增「異」字。(同上)

《敘盜》「令圖之所見者」，「令」作「今」。「其名氏稅等械器」，「稅等」二字疑訛。「又別之以待」，「待」作「朱」。「日暮持錢」，「暮」作「昃」。「況于躡所素困之人乎」，「所」作「短」。「以自託于壤隄毀埠之上」，「壤」作「壞」。「士有飢餓之迫」，「士」字衍。「亦情狀之可哀者也」，「可」字上增「有」字。「康誥曰」至「而未有知其所始者也」，頂可嫉。「皆百王之所同」，「皆」作「此」。「然而孔子曰」以下，頂可哀。「有待教而誅」，「誅」字下增「者」字。(同上)

《贈黎安二生序》地步高，然不曾道着實地處，故不精彩。荆川云：「議論謹密。」欲爲古之文者，當志乎古之道，道不至，則文蓋未也。曾公本欲規而進之，正言若反，使自求諸言外。此文最善學韓，結處暗用范滂語，翻案文勢，抑揚反覆，可謂圓健。(同上)

《送周屯田序》「士大夫登朝廷」，「夫」字下增「仕」字。「安居几杖」，「居」作「車」。「不于庠序于朝廷」，「序」字下增「則」字。「爲無爲而尊榮也」，「而」作「以」。(同上)

《送江任序》注：選不當出五百里外。此文能言其情。「如此能專慮致職事」，作「如此能專慮致勞營職事」。「又有聰明敏急之材」，「急」作「給」。(同上)

《送李材叔知柳州》「州」下有「序」字。「憂且勤之心」，「憂」字上增「無」字。「其習俗從古而爾不然」，

「俗」作「殆」。「然」作「者」。「意亦其民之不幸也已」,「意」作「噫」。「彼不知繇京師而之越」,頂不欲久居。「古之人爲一鄉一縣」,頂小其官。「爲越人滌其陋俗而毆其治」,「其」作「於」。「材叔久與其兄公翊」,「久」作「又」。(同上)

《送趙宏序》峻潔。論亦當。「致平者,在太守身耳明也」,「耳」作「也」。下「也」字作「矣」。「爲前之守者,不能此也」,「此」作「故」。「往時,潭吏與旁近郡靳力」,「靳」作「蘄」。「暴骸者」,「者」字訛,疑作「骨」。「愚言尚可以平」,「平」作「乎」,言倘可用也。「然大中、咸通之間」三句,謂因安南而致黄巢之亂。(同上)

《送王希序》碎。「沙之涯爲漳水」,「漳」作「章」。「獨其情日而作」,「作」作「游」。(同上)

《王無咎字序》用孟子之旨趣而變其音節。補之妹壻,故其詞直。「不若于名字乎勿求勝焉」四句,文氣頗澀。「古禮之不行,甚矣」,「行」字下增「也」字。(同上)

《送蔡元振序》此文反近李習之。淡古。「不惟其同守之同」,上「同」字宋本無。「汀誠爲州治也」,「也」作「邪」。「誠未治也」,「也」作「邪」。「惟其義而已矣」,「義」作「誼」。(同上)

《送丁琰序》「過此數人」,「人」下有「者」字。「擇廷臣使各舉所知」,「擇」字疑訛。「不偕循歲月而授」,「偕」作「皆」。「今也庠序師友賞罰之法非古也」,李云:「合于周子所謂師道立則善人多」。「丁君之佐我」,「我」下有「也」字。「而予樂道其所嘗論者以送之」,一句括前文。(同上)

《謝司理字序》「君子之于德澤誼行」,「誼行」當作「行誼」。「泊然莫能顯其所以發而至者」,「顯」作

「質」。「《易》曰：『知微知彰』」六語，此所謂道不足而强有言者。「而字曰通微」，「字」下增「之」字。（同上）

《上歐陽學士第一書》 此文定少作。「儔能救而振之乎」，「儔」作「疇」。「懷疑者有所問執」，「問」作「間」。「義益堅而德亦高」，「亦」作「益」。（同上第四十二卷《元豐類稿》文）

《上歐陽學士第二書》 不達，亦以少作故也。語太煩絮，患在不能峻潔，少作之不可觀如此。「負任挽車」，「挽」作「輓」。「而獨不識撥穮耜耒辛苦之事」，「撥」作「潑」。「耜」作「耡」。「特賜教誨」，「特」作「垂」。「不勝馳戀懷仰之至」，「懷仰」作「僂僂」。（同上）

《上歐陽舍人書》 文弱而碎，其論事又格格不吐，此少作故也。「莫若朝夕出入在左右」五句，《上蔡君謨書》中亦論此事。「其不以聖人之道導之也」，「也」作「耶」。「其導之而未信而止也」，上「而」字衍。「是以執事望風殫言所以救之策」，「殫」作「憚」。「則末利可弛」，「弛」作「弛」。「欲治之于其心」，「治」作「洽」。「患不能通，豈患通之而少耶」，名言。「何獨孟子然」七句，顔、孟之所以不同，至張子而始明。「其止者，蓋止于極也」，下「止」字作「至」字。「以其意少施焉」，「意」字下增「而」字。（同上）

《上蔡學士書》 「顧不賀則不可乎」，疑有脱訛。「然而古今難之者，豈無異焉」，「豈」疑作「蓋」。「未有若唐也」，「唐」下增「太宗」二字。「自唐太宗降戾」，「太宗」二字衍。「則後數百年之患將又興也」，「興」作「甚」。「伏惟執事莊士也」，有分寸。（同上）

《上杜相公書》 恐祁公尚未足以當此。「不過其一二大節可道語而已」，「其」作「有」。「方人主急于致天下治」，作「人主方急于致天下治」。「雖不充其志」，作「雖其不充」，「其志」貫下讀。「蒙賜之一覽焉」，「覽」作「見」。（同上）

《上范資政書》　其言究無歸宿，蓋非得之于心，而徒求高于文詞者也。「故古之人有斷其志」，疑有脱文。「其晦明消長」，「其」字上增「至」字。「又懼乎陷溺其心」，「又」字上增「則」字。「不意閣下欲收之而教焉，而辱召之」，文正公之于人材，無往而不留意如此。（同上）

《上齊工部書》　此等何以濫存，大抵編輯者之過。「爲事者相與就而質其爲士之事也」，上「事」字作「士」。（同上）

《與撫州知州書》　多用韓文腔子，是亦少作也。（同上）

《與孫司封書》　反覆馳驟，于作者爲最有光燄之文，殆不減退之《張中丞傳後叙》也。「司户孔宗旦」，「司」字上有「州」字。「度拱終不可得意」，疑訛。「智高得宗旦，喜，用之」，「喜」字下有「欲」字。「此非所謂『曲突徙薪無恩澤，焦頭爛額爲上客』耶？」宗旦死亦焦爛者也。「使宗旦初無一言」，兩路反覆言宗旦之當卹。「既遺其言，又負其節」，雙收。「爲天下者，賞善而罰惡」，緣上朝廷寵贈不及。「爲君子者」四句，起下司封。「爲天下者，使萬事已理」至「以驚動當世」，文勢極展拓得開。「發揚褒大其人，以驚動當世」，「發」作「顯」。「驚」作「警」。「宗旦喜學《易》」至「亦可贖矣」，此又表其平居，從柳子厚《論段太尉》中來。「況陳拱以下」七句，「又反覆以明其事之可信」，前後無一層不照應。「則其有先知之效」，「效」作「効」。下同。「固有補于天下」二句，又照應中間「爲天下者」一段。（同上）

《再與歐陽舍人書》　「或亦不常有」，「或亦」作「古今」。「稱之曰，有道君子也」，「稱之」二字衍。「猶恨鞏之不即見之矣」，「矣」作「也」。「又魁閎絶特之人」，「又」作「必」。「而先生遇其厚」，「遇」下有「之」字。(同上)

《與杜相公書》　「閤下致位天子而歸」，「位」下有「于」字。「又輒拜教之辱」，杜祁公待後進以禮如此。「是以滋不敢有意以干省」，「省」下增「察」字。「而恐欲知其趨」，「趨」作「趣」。(同上)

《答范資政書》　雖尋常報書，然自無秋毫流俗。「非可責思慮之精」，「可」字下增「以」字。「而爲當世有大賢德」至「爲有激于天下哉」，自有筆力。(同上)

《謝杜相公書》　卓犖深厚。觀此書，則《揮塵後録》謂曾不疑之喪，子固適留京師者，亦微誤。而杜祁公以相居宋，自來逆旅，爲辦後事之語，則其證云。「不忍一夫失其所之道于自然」，「道」字下有「出」字。(同上)

《寄歐陽舍人書》　曩不甚愛此文，今復讀之，如四瑚八璉，雖欲不寶貴，不可得也。「或納于廟」，碑本以麗牲，故曰「或納于廟」。「苟其人之惡」三句，知貞山誌王評事墓爲過，豈竊取吕、黎、二李誌之義耶？「至于通材達識」，又抱轉。「人之子孫者」，「人」字上有「爲」字。「然則孰爲其人」，接用韓文腔子。「而世之學者」，「而」字疑有訛。「抑又思若鞏之淺薄滯拙」，帶出「慙」字意。此一層亦摹儗《上宰相書》。「則世之魁閎豪傑不世出之士」以下，上敘私感，此又推言歐公此舉能與人爲善，雖即前「善人喜于見傳」四句意，然尚是詠歎之法，與今人重複不同。「愧甚，不宣」，「愧」作「幸」。李云：

「此文蓋即摹歐而爲之者」。按：文法多本諸韓，而先生云「摹歐」，此論神理。(同上)

《與王介甫第二書》明暢。「此不易之道也」，誠不易之道。「一旦卒然梗化」，「梗化」作「除去」。「故事至于已察」，此處疑有脱字。(同上)

《與介甫第三書》「尤可爲痛」，「可爲」作「爲可」。「觀介甫此作」至「是介甫之意也」，與所論王逢原誌文皆是。「使或可以澤今」，「或」字衍。「深父書足以徵其言」，「徵」作「致」。「恐嘗爲介甫言」，「恐」作「頃」。「此日夜惓惓往來于心也」，「夜」字下有「所」字。(同上)

《謝章學士書》「不隆于此已」，「隆」作「過」。「不能用身于世俗之外」，「用」作「收」。「固有志者之所歎嗟」，「嗟」作「笑」。「所以無棄材也」，「所」字上有「此」字。「惟明公之垂察焉」，「之」字衍。(同上)

《答孫都官書》「且專以久」，「久」下有「也」字。「而閤下不以所深且專以久者勵鞏」，上「以」下有「其」字。(同上)

《答袁陟書》「而有仕不仕者是也」，作「而有仕有不仕者是也」。「彼固所謂道德明備」四語，善論。(同上)

《謝曹秀才書》「鞏爲封彌官」，「封彌」作「彌封」。(同上)

《與王深甫書》「與諸令弟應書」，「書」作「舉」。「宣和日得書」，疑有訛。「遂以娣妹歸之」，「娣」作「第七」。「與以葬以天下一也」，上「以」字衍。(同上)

《答王深甫論揚雄書》一作《答王子堅書》，一作《答王回别紙》。「常夷甫以謂紂爲繼世」七句，夷甫言是，亦得其平。「夫任其難者，箕子之志也」，此數語道箕子則得之。「有所不得去」，胡爲不得去？雄名重，其去誠難，然以老耄辭禄可也，況甚而爲《美新》之文乎？「則鄉里自好者不爲」，「爲」下增「也」字。「且較其輕重」，仕莽重于《美新》，此言則是。「雄不得已而已」，上「已」字衍。「箕子者，至辱于囚奴而就之」，欲出雄而不顧厚誣箕子，此所謂遁詞也。「孟子有言曰」云云，孟子之言曰：「天下有道，以道殉身；天下無道，以身殉道。」未聞以道殉乎人者也，曾氏獨不之思乎？小弱之見役，限于國勢，非若一身之去就，得以自由也。「夷甫以謂無不可者」云云，夷甫言是。「而亦曰：『我異于是』」四句，若然，則蕩然肆志，乃棄禮義，捐廉恥，流于小人無忌憚矣。「豈不猶孟子之意哉」，「不」字下有「亦」字。「鞏自度學每有所進」二句，雄之書，退之僅好其詞，而介甫、子固則直以爲學問根柢，何其所見之淺也。「不幾于測之而愈深」二句，即《法言》中語。(同上)

《福州上執政書》　和平温潤。「則有幣帛箱篚之贈」，「箱」作「筐」。「曰：豈不誠思歸乎」，「曰」下增「女」字。「來告其君也」，「其」作「于」。「有一人仕于此二邦者」，「于」字衍。「恩不可以苟止者也」，「者」字衍。「州屬邑」，「州」下有「之」字。「亦爲士吏之所係獲」，宋本「士吏」，非也。吏，文吏，令長也。士，乃兵耳。宜作「吏士」。「市粟麵米」，「麵米」作「四來」。「爲德于士類者甚富」，「爲」字上有「而」字。(同上)

《分寧縣雲峰院記》　一篇俱在分寧縣土俗之不善立論，然但訐其非，而不明先王之道以道之，則尚未合于君子忠厚之至也。「其人修農業之務」至「其勤也如此」，頂勤生。「業」作「桑」。「至累歲不發」至「無所捐」，頂嗇施。「其間利害不能以稊米」五句，頂薄義。「長少族坐」至「豈比他州縣哉」，頂喜爭。「變僞一日千出」，「日」字下增「百」字。「雖答朴徙死交迹」，「雖」字上有「故」字。「不以屬心」，「不」字上有「一」字。「吾聞道常氣質偉然」至「未敢必也」，宜云：「道常學佛之說，猶能勝其嗇施喜爭之心如此，況導之以先王之教，有不盡變其故俗，向善樂義，歸于敦仁厚龐者哉？」方得大體。「則又若能勝其嗇施喜爭之心可言也」，「能」字下增「獨」字。「言」作「喜」。「則桀然視邑人者」，「桀」作「傑」。「未敢必也」，「未」字上增「此予」二字。「可不可也」，上「可」字作「何」。此篇本柳子激贊梁邱據之意。（同上）

《仙都觀三門記》　以石本校。　筆力高而非記事正體。「其門亦三之」，老氏之宮有三門，或自唐始，宜攷之。「田絶嶺而上」，「田」作「由」。「至其處，地反平寬衍沃」，「處」字下作「其隧」云云。「其獲之多」，「獲」作「穫」。「水旱之所不能災」，「之」字衍。「以安且食其衆」，「衆」作「徒」。「不然安有是耶」，「安」作「何」。「是不足以稱吾法與吾力」，句中有眼。「以《禮》、《春秋》之義告之」，「義」字下增「而」字。（同上）

《禿禿記》　仿解光劾趙氏書，當云「書禿禿事」乃合。「捽挽至廡下」，「至」作「置」。「搤其咽下，不死」，「下」字衍。「惟殺禿禿狀，蓋不見」，所以詳書。「事始末，惟杜氏一無忌言」，表杜氏，所以甚齊。（同上）

《醒心亭記》　其言之非諛且妄，故後半但覺清新，後之人則不可以率爾書虎也。「則必即豐樂而飲」三句，提破名亭之意。醒心無可記，故但即豐樂而推言之，敘題只此數語。「故即其所以然而爲名」，

「其」字下增「事之」二字。「取韓子退之《北湖》之詩云」，韓虢州《三堂二十一詠》，其一曰《北湖》，云：「聞説遊湖棹，尋常到此迴。應留醒心處，准擬醉時來。」「其可謂善取樂于山泉之間」，抱轉「樂」字。「而名之以見其實又善者」，宋本無此十字，有此便與後「豈公樂哉？乃公所以寄意于此」二句違反。「天下學者，皆爲才且良」，「下」字下有「之」字。「若公之賢」二句，因亭名取諸韓子之詩，即推言公之賢韓子以來所僅有。此文章血脉相通，頭緒不錯雜處。「今同遊之賓客」，顧前「同遊之賓客」。「而鞏也，又得以文詞託名于公文之次」，收得密，並自爲記一層皆到。此亦從韓子「名列三王之後，有榮耀焉」之語翻出，蓋子固亦自信爲韓子之代興也。雖然，可謂不讓矣。自言之不若待後之人徐論定之。（同上）

《繁昌縣興造記》「太宗二年」，州以紀元得名，故但云「太宗二年」。「使得無歲費而有巨防」，密。「而耳目尚得以爲之觀」，「得」作「有」。「凡縣之得令爲難」，「得」字下增「能」字。（同上）

《墨池記》「能」與「學」兩層。到底因其地爲州學舍，而求文記之者即教授，故推而論之，非若今人腔子之文也。「方義之之不可强以仕」六句，按《中興書》云：「義之自會稽王友改授臨川太守」。梁虞龢《論書表》曰：「義之所書紫紙多是少年臨川時迹」。今《晉書》漏其爲臨川太守，此文亦考之不審也。《中興書》見《世説新語注》。「豈有徜徉肆恣」，「有」作「其」。「義之之書，晚乃善」，上敘過墨池，以下發論。「況欲深造道德者耶」，脱出正意。「今爲州學舍」，此句一篇眼目。「教授王君盛」，「教」字上增「學」字。「豈愛人之善」三句，順頂恐其不章。「其亦欲推其善以勉其學者耶」，下「其」字衍。句倒應爲州學舍。「夫人之有一能」二句，足不廢一能意。「況仁人莊士之遺風餘思」二句，足勉學者意。此篇如放筆數千言，即無味矣。詞高旨遠，後人無此雄厚。（同上）

《菜園院佛殿記》「期月而用以足，役以就」，「就」作「既」。「再歷千餘載」，「再」作「故」。「不獨以著其能」，「著其能」三字括上「自可栖之，居此蓋十年矣」一段。「亦愧吾道之不行也已」，「亦」字下增「以」字。（同上）

《宜黄縣縣學記》宏肆。自漢氏以來，能爲如此之文者，不過五六人耳。然則與六經、五子若是班乎？曰：否。其規模具焉而已。聖賢之所以應乎世，不外于養其身者也。凡臨政治人之方，皆在格物致知之内，故可分小學、大學、小成、大成，而以養其身與無所不知、無施不可分爲學次第，則近似，而微有所不合，所以爲曾、王之學也。「以習恭讓」，「習」下有「其」字。「進材論獄」，「獄」作「德」。「其所爲具如此」，「所」字下有「以」字。「則務使人人學其性」二句，「學其性」三字，意圓語滯，如程子云：「學以復其性」，始合性之反之之理。「防其邪僻放肆」，是《易》所謂「閑邪」，存其誠即復性之事，剩「不獨」二字。「皆可以進之中」，「中」字上有「于」字。「無足動其意者」，「無」字上有「而」字。「爲所以養其身之備如此」，「爲」作「而」。「則又使知天地事物之變」至「其素所學問然也」，古之學者，當其窮理之時，所以治天下國家之要，無所不講矣，特能盡其性，乃能盡人性，盡物性耳。豈待養身者既備，又使知乎此哉？「蓋凡人之起居飲食動作之小事」二句，總上兩段。「其動于視聽四支者」至「其用力也哉」，此處渾淪言之，意味更厚。「人之體性之舉動」七句，對前兩段。「蓋以不學未成之材」至「其不以此也歟」，淋漓條暢。「賊盗刑罰之所以積」，「賊盗」作「盗賊」。「積屋之區若干」至「無外求者」，伏「周」字。「其相基會作之本末」三句，伏「速」字。「何其周且速也」，「速」字專爲下一段起本。「固以謂學者人情之所不樂」，此不足辨，可以削。「嚮應而圖之」，「嚮」作「響」。「與圖書器用之須」，「與」作「以至」。（同上）

《學舍記》「睢、汴、淮、泗」，「睢」字上增「與」。「並封禹會稽之山」，「禹」作「禺」。「繇真陽之瀧」，「湞陽」作「真」，避仁宗諱。「王事之諭」，「諭」作「輸」。「此予之自視而嗟也」，「之」字下有「所」字。「議其隘者」，「議」字上有「或」字。「平生所好慕」，「生」字下有「之」字。「挾長而有恃者所得爲」，「恃」作「力」。

《南軒記》「得鄰之茀地燔之」，「燔」作「蕃」，蓋爲蕃籬耳。「灌蔬于其間」，「蔬」作「疏」。「與夫論美刺是非」，「是」字衍。「感微記遠」，「記」作「託」。「星官藥工」，「藥」作「樂」。（同上）

《金山寺水陸堂記》「並楚之衡而濱吴之要也」，「衡」作「衝」。「蓋其浮江之檻」四句，金山如在目。「余固嗟夫未嘗得與時之君子者遊」至「故成此不難也」，此處文勢窒而碎。「則聞夫山之窮堂奥殿」，「窮」作「穹」。「環傑之觀滋起矣」，「環」作「瓌」。「此非佛之法足以動天下」，「非」字下增「徒」字。「夫廢于一時以下」，始俊健。「則事廢者豈足憂」，「事」字下有「之」字。（同上）

《鵝湖院佛殿記》末二句尚似合不上。（同上）

《思政堂記》「夫接于人無窮」至「則亦豈止于政哉」，發明思政之義，最條暢。「其應無方，而不可以易

者」，「以」字衍。「政者豈止于治文書」三句，意思到。(同上)

《兜率院記》　如此豈求記者之意哉？不作可也。此篇有過于造語之病，必其少作也。亦未嘗過，特非記事正體。「而爲途中瘠者如此」，「途」作「涂」。「有司常錮百貨之利」至「愚不能釋也」，斯誠可歎。「細若蓬芒」，「蓬」作「莛」。「在治之西十里」，「西」下增「八」字。(同上)

《擬峴臺記》　子朱子謂：「此篇擬《醉翁亭記》而不似。」蓋南豐降格爲之，以塞流俗之請者也，然亦不失爲佳作。擬峴只一句提過不涉羊、杜事，蓋所記者臺也，非獨講于避就之法。虞伯生書此文，跋云：「此記先生是年登進士第，歸鄉之時作。裴侯名材記不書名，亦敬我邦君之意。後七十八年，其從子紆守撫，重刻之。久之，石又亡。又後二百年，虞雍集書。」「因城之東隅」，「之」字衍。「繚以橫檻，覆以高甍」，八字衍。「然後溪之平沙漫流」至「而亦各適其適也」，前云山谿之形擬乎峴山，故此處就谿山之形點綴作二段。「出乎履舄之下」，「出」字上增「皆」字。「至于平岡長陸」，「陸」作「陵」。「與夫荒谿藂落」，「藂」作「聚」。「隱見而繼續者」，「繼」作「斷」。「變化不同」，作「變化之不同」。「旁皇徙倚」，「旁」作「仿」。「皇」作「偟」。「而晏然不知枹鼓之驚」，「驚」作「警」。「亦將同其樂也」，「將」字下增「得」字。結又約豐樂亭之旨。(同上)

《撫州顔魯公祠堂記》　此文零星曲折，亦似學《王彦章畫像記》。「與常山太守杲卿伐其後」，「與」字上有「公」字。常山乃扼其前也。「公爲之唱也」，「唱」作「倡」。「唐之在朝臣」至「若公是也」，荆川謂：「于捍賊則略之，而獨言其忤奸而不悔，此皆微顯闡幽處。」予謂：「非《平原祠記》，何得獨詳其扞賊？」此一段出于《伯夷頌》。「故公之能處其死」至「此足以觀公之大也」，此段議論，他人所不及。「知撫州聶君某」，「某」作「厚載」。「通判撫州林君某」，「某」作「慥」。「夫公之赫赫不可盡者」，「盡」作「蓋」。後半亦微覺頭緒太多，其結亦從《穀城夫子廟記》來。（同上）

《洪州新建縣廳壁記》「吏之不能自安」三句，感諷婉惻。「任而得擇其自處」，「任」作「仕」。（同上）

《清心亭記》「則萬物自外至者」，「物」下有「之」字。「亦可謂能知其要矣」，「能」字衍。此文大旨與《梁書目録序》相似。（同上）

《閬州張侯廟記》雨澤之應，山川主之。閬人以謂張侯之賜者固非，而子固遂謂凡祀典之有祈有報，皆聖人以世所不得而無，因之不廢，非其爲理信然，則誣矣。按：此文但謂荀卿之論爲過，未嘗于張侯之祠有譏，舊所云者非也。「皆聖人之法」，若只皆聖人之法，則郊《特牲篇》何以云「仁之至，義之盡」乎？「盡己之智而聽于人」二句，盡己之智，盡人之智，則以所聞于古者進材叔，然非有譏也。「謂神之爲理者信然，則過矣」，聖人所謂敬鬼神而遠之，特嚴之而不瀆，豈謂其理之非信哉！「侯以智勇爲將」，「侯」字上增「始」字。「爲我書之」，「爲」字上增「其」字。（同上）

《歸老橋記》格已少降，然自大雅。前半皆學歐公，末段本色。「采陵之澗」，「陵」作「菱」。「維吾先人遺吾此土者」，「人」字下有「之」字。「吾所以衣食其力」，「吾」字上有「此」字。「而榮于寵禄」，「榮」作「營」。（同上）

《尹公亭記》尹師魯之重于當時，讀此文及富鄭公所作《哀詞》可見。「然而曰疾没世而名不稱焉者」，從尹公二字起論。「日考圖書」，「日」下有「以」字。「以芠爲嬉」，「爲」作「而」。「是可謂與人同其好也」，「也」作「矣」。「則李公之傳于世」二句，尹公餘韻。（同上）

《筠州學記》　元元本本之論，子朱子《大學章句序》亦采其意用之。「無苟簡之心」，天下道藝之壞，不越苟簡二字。「其取予進退去就」十句，此鄉舉里選之効，不説破，留在後對勘。議論本《後漢·儒林傳》。「士乃有特起于千載之外」三句，此公輩所自信者，使世無周、程者，出曾、王之立言，亦可謂能得六經之支派者矣。先生云：「子固非推先濂洛者。蓋即謂己與介甫諸公耳。然自胡翼之、孫明復輩倡明以後，士大夫皆尊之。觀歐公文集可見也。」「論道德之旨」六句，逐句對後，每多排句。「此漢之士所不能及」，卓然自信。「至于漸磨之久」，「磨」作「摩」。「今之士，選用于文章」至「先後之過乎」，不能並發明其守不足、而庠序之教爲必不容己之意，但勉其進，詞意圓婉，即于下轉出學之不容己于立，尤中窾會。「夫《大學》之道」一段，只是從上「所知有餘」轉來，亦非特舉致知而反遺格物也。此與《熙寧轉對疏》自不同。「以今之事」，「事」作「士」。「國子博士鄭君舊」，「舊」作「蒨」。「誦講之堂」，作「講誦」。「休息之廬」，「休」作「宿」。「其賢者，超然自信而獨立」二句，歸到守上，結「勉焉以待上之教化」句，又綰合「上之施化，莫易此時」一段。（同上）

《瀛州興造記》《黄樓銘》蓋學此種。「爲南北角道若干里」，「角」作「甬」。「昔鄭火災」，「災」字衍。「知公之嘗勤于是也」，輕筆收重事。（同上）

《廣德軍重修鼓角樓記》　謹潔。「故障之墟」，「障」作「鄣」。「以縣附庸」，「庸」作「宣」。「尚書兵部員

外郎知制誥錢公輔守是邦」，「公」下叠一「公」字。「則又新是四器」，「四」字衍。(同上)

《廣德湖記》「因其餘材」，「因」字上增「又」字。「因以其山名之上爲廟」，「名」字下增「山」字。「尚俾來者有知，毋廢前人之功」，「有」字衍。(同上)

《齊州二堂記》核。山川故當攷堂之所由名也，然亦太詞費矣，使韓、柳爲之，必不然。「齊濱濼水」，「濼」音「洛」，與梁山音「來沃反」者不同。「調材木爲舍以寓」，「材」作「林」。「去則徹之」，「徹」作「撤」。「乃爲徙官之廢屋」，「爲」字下有「之」字。「其北析而西也」，「析」作「折」。「高或致數尺」，「致」作「至」。「齊人皆謂嘗有棄糠于于黑水之灣者」，句未詳。「舟之通于濟者」，「濟」作「齊」。「魯桓公十有八年」，「公」字下有「之」字。「杜預釋：在歷城西北」，「釋」字下有「一」字。「入濟水」，下增「然濟水」三字。「自王莽時，不能被河南」，《續漢書郡國志·河内郡温縣》：「濟水出，王莽時大旱，遂枯絶。」蓋特河内濟源耳，其伏流之出者如故也。子固謂：「自莽時，不能被河南。」疑未審。按：酈善長云：「濟水當王莽之世，川瀆枯竭，其後川流徑通，津渠脉水，不與昔同。」則温縣亦如故也。(同上)

《齊州北水門記》「右侍禁兵馬監押伸懷德」，「伸」作「仲」。「欲後之人知作之自吾三人者始也」，「三人者」三字衍。(同上)

《襄州宜城縣長渠記》「秦昭王三十八年」，《秦本紀》事在二十八年。「去隔百里立碣」，「碣」作「堨」，下同。「州飲者無所取」，「州」作「川」。「使還渠中」，「使」下有「水」字。「蓋水出于西山諸谷者」以下，蓋有慨于熙寧之言水利者。「使之源流」，「使」下有「水」字。「至于濟水，又王莽時而絶」，濟之所出非一，惟在河内温縣者以王莽時大旱枯絶，後人不察，遂謂四瀆已絶其一，豈其然乎？此篇與《齊州二堂記》皆當契勘也。「用力多而收功少」，「用」字上增「故」字。「公聽之不疑」，「公」字上增「唐」字。「故余不得不盡以告後之人」，「盡」作「書」。（同上）

《徐孺子祠堂記》　前論孺子之出處，後記祠堂。荆川謂當分三段者，非。此文亦有宋人習氣，前半客勝于主。「漢元興以後」，「漢」字下有「自」字。「蓋忘己以爲人」以下，此段議論高。「按圖記」以下，吴時顧邵爲豫章太守，下車祀先賢徐孺子之墓，優待其後。此見于《吴志本傳》者，不容但據圖記也。又，温嶠鎮武昌日，親祭徐孺子墓。又，王綸之爲太守，下車祭徐孺子墓。豫章何緣入拓拔，可疑。按，此圖記之文，皆出《水經注》。酈元謂：「至今謂之聘君亭。」故易其文爲至拓拔魏時，而不悟豫章非魏所有也。永安亦當是吴主孫休時，自戊寅至癸未凡六年，晉惠時雖亦嘗以永安紀元，然一歲四改，不過數月，疑非晉事也，否則或永和之訛。（同上）

《江州景德寺新戒壇記》　不侈談其法，又不以儒者之論雜之，得作記正體。「爲佛殿山門」，「山」作「三」。（同上）

《洪州東門記》　古雅。「蓋莫得而者也」，「者」作「考」。「將求予之識」，「求」字衍。「至間之改作」，「間」作「門」。「稱其于東南爲一都會」，「會」下有「者」字。（同上）

《道山亭記》　陸文裕以爲親至閩中，乃知爲工。「其路在閩者」，「在」字衍。「其山川之勝」，「其」字上

增「于」字。「非獨忘其遠且險」，縮定前半篇。(同上)
《越州趙公救菑記》 東坡《滕達道墓誌》：有待流民之方，當參考而備識之，以爲南北荒政大略。滕公守鄆，富公守青，皆可法，青、越之政略相近。「其科條可不待頃而具」，「頃」作「須」。(同上)
《試中書舍人制誥三道》 「誥」作「詔」。「《特進觀文殿大學士除節度使開府儀同三》」，下有「司制」二字，當另行，近刻誤入文中。「司制門下」，「司制」二字衍。「肅哲足以禔身」，「哲」作「括」。「《勑監司考覈州縣治迹詔》：以夫民事爲尤重」，「夫」作「吾」。「使處其名，必效其實」，「名」字下有「者」字。「庶夫事舉刑清」，四句不免又作四六，因試文故也。(同上)
《曾肇轉官除吏部郎中左選》 「中」字下增「制」字。「左選」二字宜側注。(同上)
《劉摯禮部郎中制》 「官得人，固爲急也」，「得」字下有「其」字。(同上)
《王子韶禮部員外郎制》 「庶能康朕之事」，「事」字下有「可」字。(同上)
《胡援壯紘刑部郎中》 「壯」作「杜」。「中」字下有「制」字。(同上)
《范子奇工部郎中高遵惠員外郎制》 「宫室城隍」，「隍」作「隍」。「郎于隍部」，「隍」作「起」。(同上)
《王祖道司封員外郎制》 「以稽郡吏之治」，「郡」作「群」。「爾尚欽哉」，「欽」作「起」。(同上)
《穆珣司封郎中制》 「封」一作「勳」。「論功烈」，「功」作「勞」。(同上)
《蔡京范珣考功員外郎制》 「珣」作「峋」。(同上)
《劉蒙御史臺主簿王子琦太常寺主簿制》 注：「王子琦改憲府作卿」，作「王子琦制改憲府作卿寺」。

（同上）

《鐸張崇翟思邵剛太常博士制》「鐸」字上增「徐」字。「其尚欽哉」，「欽」作「起」。（同上）

《林希著作佐郎制》「往服厥叙」，「服」作「祗」。（同上）

《刑恕校書郎制》「刑」作「邢」。（同上）

《李常太常少卿制》「茲爲朕志」，「爲」作「惟」。（同上）

《錢暄光禄卿》「卿」下增「制」字。「勞閲有聞」，「閲」作「閱」。「無曠司」，作「無曠爾司」。（同上）

《楊汲大理卿王衮韓晉卿少卿制》注：「少卿改云『廷尉云貳』，當作『廷尉之貳』。」（同上）

《陳睦鴻臚卿》「卿」下增「制」字。（同上）

《黄莘職方員外郎制》「貫利同而材用便」，疑有訛。

《左僕射門下侍郎王珪追封三代並制》「並」下有「妻」字。（同上第四十三卷《元豐類稿》文）

《祖母邱氏追封魏國太夫人》「質厥所原」，「原」作「元」。（同上）

《父准追封漢國公》「承裕爾家」，「承」作「永」。（同上）

《中大夫尚書左丞蒲宗孟追封三代並進封妻制》「《曾祖母鮮于氏追封大寧郡太夫人》：與夫朝制」，「朝」作「廟」。「《母陳氏追封潁川郡太夫人》：錫羨流祉」，「羨」作「美」。「《妻陳氏封河東郡夫人》：敕：朕援用天下之材」，「援」作「拔」。「改擇加郡」，「加」作「嘉」。（同上）

《陸佃兼侍講蔡卞兼崇政殿説書制》「敕：朕于書無所不學」二句，亦尚非體。「以懋厥職」，「懋」下有

「于」字。(同上)

《徐禧給事中制》「勅：有殿内之臣」，「有」字下當增「事」字。「具官某，以財進拔」，「財」作「材」。「惟忠實不撓」，「實」字是英宗藩邸舊名，故制誥皆作「寔」。(同上)

《蔡燁河南運判制》「燁」作「爗」。(同上)

《待制王堯臣知單州制》「皆以疾苦」，「苦」作「告」。(同上)

《杜常兵部郎》「郎」下當增「中制」二字。(同上)

《陳景等尚書省主事令史》「史」下增「制」字。(同上)

《李憲武勝軍節度觀察留後制》「李憲昨熙河路出界討賊，收復境土，皆有功捷。」此原注，宋本有，今本缺。「朕敢忘哉」，「敢」作「豈」。李憲，中官也。(同上)

《李靖臣王存趙彦若曾肇轉官制》「靖」作「清」。「三人修仁宗、英宗《兩朝正史》，書成。」此亦原注。(同上)

《吴居厚京東轉運副使吕孝廉轉運判官制》「用是兹土東部」，「兹土」作「分兹」。「使德流澤通」，「流澤」作「澤流」。「可」字下原注：「吕孝廉制改『屬以使事』作『俾參使事』。」(同上)

《交州進奉使副梁用律洛菀副使阮陪太常博士制》「菀」作「苑」。(同上)

《賈昌衡知鄧州》「州」下增「制」字。(同上)

《知泉州陳偁梓州吴幾復湖州唐淑問並任制》「並」字下增「再」字。「勅：則具官某」，「則」字衍。「上

下相安」，作「則上下相安」。(同上)

《吴安特太僕少卿制》「特」作「持」。(同上)

《奉議郎景思誼授東上閤門使鄜延第一副將制》「閤」作「閣」。「有陳戰之功者」，「陳」作「一」。(同上)

《梅福封壽春真人制》此等制詞求新則易失體。「而家居，讀書養性」，「而」字上增「既」字。「卒遺俗高蹈」，「卒」字下增「于」字。「世傳爲仙」，據《漢書·本傳》，非方志小書語怪不根者比。(同上)

《卓順之直翰林醫官局等制》「内降劄子，治七公主疾有勞。亦原注。」(同上)

《成卓閤門祇候制》「令再任亦原注。」(同上)

《溪氈本族副都軍主等制》「氈」字下增「可」字。「來獻闕庭」，「庭」作「廷」。(同上)

《景青宜黨令支團練使阿星刺史制》「可」下原注：「阿星改『兵團之任』作『刺臨州郡』。」「法當甄進」，「甄」作「甄」。「往其祇服」，作「往勵壯圖」。(同上)

《論氈巴柯族軍主結廝雞柯族副軍主制》兩「柯」字俱「可本」二字之訛。(同上)

《王瑛楊宗三班借職制》「宗」字下增「立」字。「往惟祇飾」，「飾」作「飭」。(同上)

《吕升卿館閣校勘通判鄆州制》「于東爲極郡」，「極」作「劇」。(同上)

《中行知無爲軍制》「中」字上增「滿」字。「其忿鬩之私」，「鬩」作「閲」。「兼榮職秩」，疑有訛。(同上)

《蔡京起居郎制》「朕恩若此」，失體。(同上)

《封曹諭母制》「以光幽窆」，「窆」作「穸」。(同上)

《張知均州制》「張」字下增「頡」字。「鉅可屬非其人」，「鉅」作「詎」。「自于邦憲」，「于」作「干」。「處爾偏州」，「爾」作「以」。（同上）
《册》「將旆王組」，「旆」作「旌」。「神示所毗」，「示」作「示」。（同上）
《王制一》「俾人預懷榮之慶」，「懷榮」作「榮懷」。（同上）
《王制三》「式是南郊」，「郊」作「邦」。「以祇厥服」，「服」作「辟」。「常棣之澤」，「常」字上有「使」字。（同上）
《相制一》「天有保命」，「保」作「寶」。「以距衆善」，「距」作「拒」。（同上）
《相制二》「而世蔽滋久」，「蔽」作「敝」。「而紀綱浸微」，「而」字衍。「而便文自營者兹出」，「兹」作「滋」。「伊欲黜漢、唐之淺陋」，「伊」作「朕」。（同上）
《節相制》雖亦四六體，然非唐人所及。「爰啟爾宇」，「爰」作「爰」。（同上）
《侍中制》「爲司徒之定制」，「徒」作「存」。（同上）
《門下侍郎制》「見于續用」，「續」作「績」。（同上）
《給事中制》「朕董治正官之始」，「治正」作「正治」。（同上）
《左右常侍郎制》「郎」字衍。「夫豈輕受」，「受」作「授」。「勤烈在時」，「勤」作「勳」。「皆以耆名」，「名」作「明」。（同上）
《左右諫議大夫制》「諫議大夫掌議論舊矣」，上「議」字衍。「在汝能任其任」，上「任」字作「稱」。（同上）

《門下中書侍郎尚書左右丞制》「夫綱轄之地」，「夫」字下有「居」字。（同上）

《知制誥制二》「爲左右之臣」，「爲」字下有「朕」字。（同上）

《制誥》宋本「制誥」下有「擬詞」二字。（同上）

《吏部尚書制》「定勳須爵」，「須」作「頒」。「謹循科條」，四字不當。「其務將明」二句，仲山甫將之明之。「不獨于令可行」，「令」作「今」。（同上）

《吏部侍郎制》「使歸其名分者」，「者」字衍。「侍郎實二其長」，「二」作「貳」。（同上）

《兵禮尚書制》「禮」作「部」。「時汝稱職」，「汝」作「謂」。（同上）

《兵部侍郎制》「皆知古之宜法」，「法」作「復」。（同上）

《刑部尚書制》「此古之聖」，「聖」下有「王」字。「蘄雕爲秩」，「秩」作「樸」。「之輔台德」，「之」作「以」。（同上）

《工部侍郎制》「故共工之事」，「事」作「貳」。（同上）

《禮部制》「朕正郡司之名」，「郡」作「群」。「惟悉心以祇厥服」，「惟」字上有「其」字。（同上）

《主客制》「列于門曹」，「門」作「右」。「維時右人」，「右」作「閫」。（同上）

《庫部》「部」下有「制」字。（同上）

《都官制》「以稱敷求」，「敷」，宋本作「柬」，疑是「簡」字。（同上）

《屯田制》「服畎畝之事」，「畎」作「甽」。（同上）

《虞部制》「所以遂群生」，「群」作「嘉」。(同上)

《知制誥授中書制》「更幾内外」，「幾」作「踐」。(同上)

《御史遷郎官制》「命有司奏爾之課」，「命」作「令」。(同上)

《御史知雜制》唐宋知雜猶今之掌河南道。「以充公論」，「充」作「允」。(同上)

《秘書監制》「令問惟舊」，「問」作「聞」。(同上)

《太常丞制》「祠祝之義」，「義」作「儀」。(同上)

《太理卿制》「太」作「大」。「某明吏治」，「明」字下增「習」字。「以率厥屬」下，原注：少云「參典之官，位兹九列。」(同上)

《大宗正丞制》「服兹是訓」，「是」作「辭」。(同上)

《開封府獄空轉官制》「時惟汝加」，「加」作「嘉」。(同上)

《樞密遷官加殿學士知州制》「彌綸疆域之事」，「域」作「埸」。「其忠加惠和」，「加」作「嘉」。「可以爲有恩矣」，每自云：「可以爲有恩」，尚非王言之體。(同上)

《殿前都指揮使制》「填附方夏」，「附」作「拊」。「非造刑而後定計」，「刑」作「形」。(同上)

《使相制》「屏毗而則均」，作「而屏毗則均」。「休有功烈」，「功」作「勞」。「其代天工」四句，是唐人體。(同上)

《節度使制》「以作股肱之良」，「作」字下增「朕」字。後皆唐人體。(同上)

《節度加宣徽制》「維昔牧伯長師之官」，「師」作「帥」。「朕既無忘爾勞」，「爾」字下有「之」字。後皆唐人體。（同上）

《軍帥制》「俾供厥服」，「供」作「共」。「其尚敘承」，「敘」作「欽」。（同上）

《將軍制》「將以致謀」，「致」作「智」。（同上）

《都虞侯制》「某忠勇有勞」，「有勞」一作「勞閱」，一作「勞實」。（同上）

《都知制》「烏可處斯任哉」，「可」字下有「以」字。（同上）

《内臣制》「禄爾之勞」，「禄」作「録」。（同上）

《責帥制》「然後威可勵而士可用也」，「勵」作「厲」。（同上）

《廣西轉運制》「惟柔遠則能邇」，「惟」作「夫」。（同上）

《蜀轉運判官制》「延袤萬餘里」，「萬餘」作「數千」。「故屬部爲四」，「屬」作「蜀」。（同上）

《陝西轉運使制》「自陝以右」，「右」，一作「西」。「具于寄屬」，「具」作「其」。（同上）

《通判制》「以欲助其長」，「欲」作「佽」。（同上）

《賞功制一》「王師西封」，「封」作「討」。（同上）

《磨勘轉官制一》「吏之在位者」，「在」下有「其」字。（同上）

《軍功制二》「羌能靖縱」，「縱」作「綏」。（同上）

《正長各舉屬官誥》「誥」作「詔」。「因群臣之巨僉曰」，「巨」字衍。「則周穆王命伯景爲太僕正」，「景」

作「冏」。《釋文》云：「一作煛。《史記》作畀。」此篇直舉唐、虞、有周，不推本祖宗用人，失體。(同上)

《賜高麗詔》謙厚。「蓋聞在昔夏后」，「在昔」作「昔在」。「欵誠内附」，「欵」作「款」。「朕實寵加」，「加」作「嘉」。「獎勸良厚」，「勸」作「嘆」。「爾乃自祖以來」，「乃自」作「自乃」。(同上)

《策問一》起處語太近夸，如此何由得直言之士！曾、蘇相去遠矣。不徵實事，但問大義，失策試之本。(同上)

《策問二》「《廣漢》之女」，「《廣漢》」作「《漢廣》」。(同上)

《策問三》「不能輔任歟」，「任」作「朕」。後二道策，則今之容頭過身者，所儗尚不能然。(同上)

《謝中書舍人表》「褒加特異于常倫」，「加」作「嘉」。(同上)

《齊州謝到任表》「已今月十六日」，「已」字下有「于」字。(同上)

《襄州到任表》「今者或就安閑」，「或」作「獲」。此作工于自訴。(同上)

《福州謝到任表》「輒奉冒聞」，「奉」作「用」。「致思冒處」，「思」作「斯」。(同上)

《明州謝到任表》「果紓及遠之仁」，「紓」作「紆」。「了無黨助」，「了」作「孑」。(同上)

《亳州謝到任表》取材以漢京爲斷。「蟄階傴伏之類」，「階」作「潛」。此作從昌黎《潮州謝上表》中來，雖非本色，然極有偉句。(同上)

《賀熙寧四年明堂禮畢大赦表》「永懷」一聯，獨合本色。(同上)

《賀熙寧十年南郊禮畢大赦表》「撫臨邦國者」，「者」字衍。「闢通和鈎之利」，「鈎」作「鈞」。「協氣所召」，句轉。「鈎陳太微」四句，後山以此四句配韓，以爲世莫能輕重也。「龍媒納于閒厩」，「閒」作「閑」。「遂及于蚑蟜」，「蚑」作「跂」。「第從臣之加頌」，「加」作「嘉」。此作從昌黎《幽州平請上尊號表》來，其古直處，兼有班、揚之風，非南宋經句僞體。(同上)

《賀元豐三年明堂禮畢大赦表》「躬夙夜之聖質」，「夜」作「成」。(同上)

《賀克伏交阯表》「實均慶于中外」，「均慶」作「慶均」。(同上)

《謝熙寧七年曆日表》「尤重預正」，「預」作「頒」。「存于垂憲」，「存」作「在」。(同上)

《謝熙寧八年曆日表》「進奏院遞到宣頭一道」，「頭」字衍。(同上)

《謝熙寧十年曆日表》「念闕庭之方遠」，「庭」作「廷」。(同上)

《謝元豐元年曆日表》「惟體在民之意」，「奉己而已不在民矣」，當用此語。(同上)

《進奉熙寧八年同天節功德疏表》「皆永思于戴焘」，「戴」作「載」。(同上)

《英宗實録院謝賜御筵表》「寵異郡司」，「郡」作「群」。「俾特封于燕豆」，「封」作「豐」。(同上)

《代皇太子免延安郡王第一表》「太」字衍。「君臣之際，每徇公言」，「君」字上有「在」字。(同上)

《代皇子免延安郡王第二表》「顧兹冲昧」，「冲」作「沖」。「伏遇皇帝陛下」，「遇」作「况」。「其于明信賞罰之科」，「罰」字衍。(同上)

《代皇子延安郡王謝表》「仍繼來章者」，「繼」作「斷」。「垂其爵列」，「垂」作「殊」。(同上)

《代皇太子延安郡王謝皇后牋》「謹奉稱謝以聞」，「奉」字下有「牋」字。(同上)

《代宋敏求知絳州謝到任表》「屬在秦常」，「秦」作「奉」。「實務全之有自」，「務」作「矜」。(同上)

《代翰林侍讀學士錢藻遺表》「進以諛材」，「諛」作「謏」。(同上)

《熙寧轉對疏》 都無可以開悟人主之要，豈所謂道不足而有言者耳。空架，文法亦絮，何其言之無物也。「恐言足采」，「言」字下有「不」字。「則天下之以事物接于我者」，「以」字衍。「心所欲之不踰矩」，「所欲」二字衍。(同上)

《自福州召判太常寺大殿劄子》「則念慮先于兆朕」，「朕」作「眹」。「故揚子曰」云云，多引揚子之語，于聖學閫奥了無所見，不如荆公遠矣。「乃筌蹄而已」，「筌蹄」句不類。(同上)

《移滄州過闕上殿劄子》 此文蓋欲以歌誦功德自任，其後五朝大典獨付一人所由來也。以視典引，文雖不及，然不事雕飾，自然質雅，宋文中不多得。朱子云：「曾南豐初亦耿耿，後連典數郡，欲入而不得，故在福建，亦進荔子。後得滄州，過闕上殿劄子力爲諛説，謂本朝之盛，自三代以下所無，後面略略説要戒懼等語，所謂勸百而諷一也。然其文極妙。」按：荔子究未進也。立論宜考其實。朱文公極熟于南豐文，何以云爾？此文仿《漢書·禮樂志》爲之，然亦太詞費矣。「作則乘憲」，「乘」作「垂」。「未有高焉者也」，「未」字上增「德」字。「所以爲帝者宗」，「者」作「真」。「爲宋仁宗」，「宋」作「帝」。「爲宋英宗」，「宋」作「帝」。「率皆不能獨見于衆人之表」，「率皆」二字衍。「推而大之可謂至矣」，以上較論主德，以下又論立國之道，無一不盛于前世。「以或二十而税一」，「以」作「田」。「而時轉歲送」，「轉」作「輸」。「相與祇服而戲豫」，「祇」作「袪」。「蓋遠莫懿于三代」至「未有如大宋之隆也」，總上一段，一束。「竊觀于《詩》」至「惟陛下之所使」，此作者知朝廷將任以史事，故致意于論撰功德。「聖人之所以列于經」，「列」字下增「之」字。「以通神明，昭法戒者」，「戒」作「式」。「至若周之積仁累善」以下，又推一層，有頌者必有規也，然即上文「防其怠廢」、「戒」字一面生出，故但用「庶幾詩人之義」一句，並上文皆已收束。「競競業業」，「競」作「兢」。下同。「而奉之寅畏」，「寅」字上有「以」字。（同上）

《請令長貳自舉屬官》　言既可用，文亦雅而樸。「此古今之通議也」，「議」應作「義」，以避太宗諱，故書「議」。「尤不可暇非其人」，「暇」作「假」。（同上）

《請令州縣特舉士》　「然此特于三畿之内」，「三」作「王」。「所聞令相長丞」，「所聞」，小顔注謂：「聞其部屬有此也。」「補文學掌故」，「故」，宋本作「固」。按：《史記》、《漢書》作「掌故」。然神宗方行周官，宋本作「掌固」是也，不必以《史》、《漢》爲疑。下同。「其可爲郎中者」，「其」字衍。「及縣令丞郎」，「郎」作「即」，「即」字貫下讀。「風俗既成之德」，「德」作「後」。（同上）

《請西北擇將東南益兵》　中時弊。「以中數之」，「數」字下增「率」字。「非鰌之以刑」，「鰌」字未詳。「不過數千人而已」，「不」字上增「各」字。（同上）

《議經費》　「誠至惻怛」，「誠至」疑作「至誠」。（同上）

《請減五路城堡》　名言。文法率用雙行。「謂西北之兵已多」，「謂」字上有「蓋」字。「元豐二年七十有四」，「年」作「百」。「則城不必多」，「則」字下有「立」字。「則北邊之備故」，「故」作「胡」。「未有稱其

任者」,「者」下有「也」字。「守邊之臣」,「守」字上有「今」字。(同上)

《再議經費》 「皆三萬餘員」,宋本「三」下注:「一作二」。(同上)

《請改官制前預選官習行逐司事務》 「或未盡之所趨」,「之」作「知」。「自立敘分名」,作「自位敘名分」。「惟陛下之所裁幸」,「裁」作「財」。(同上)

《史館申請三道》 此三道,大略前後皆相仍不改。「止依司馬遷以下編年體式」,以司馬爲編年,未詳。「或增有名位」,「增」作「曾」。(同上)

《請訪問高麗世次》 雅潔。極淡却自文。「《高麗世次》子莫來立」注:「漢武帝元封四年」,「四年」當作「三年」。「建武死,弟之子藏立」,注:「建武爲蓋蘇文所弒」,「弒」作「殺」。「乾豐三年」,「豐」作「封」。「高麗國王王建立」,《通鑑》據《十國紀年》云:「初,唐滅高麗。天祐初,高麗石窟寺眇僧躬又聚衆處開州,稱王號,大封國。梁均王龍德二年,海軍統帥王建殺之,自立,復稱高麗王,以開州爲東京,平壤爲西京。」與諸書所紀建得國于高氏後者不同。「誦死,弟詢立」,詢死,子欽立。欽死,弟亨立。亨死,弟徽立。徽死,子運立。運死,子昱立。遜位于運弟顒,顒死,子俁立。俁死,子楷立。楷死,子晛立。晛被廢,弟晧立。晧被廢,弟晫立。晫死,子韺立。韺被廢,晧子祦立。祦死,子曒立。曒死,子德立。德死,子昛立。昛死,子璋立。璋死,子燾立。燾死,子禎立。禎死,子昕立。禎庶子眡立。眡被廢,燾子祺立。祺之十七年,爲明洪武元年。祺死,子禑立。麗人以禑非王氏子,辛旽所生也,禑立當洪武八年。李成桂廢禑,子昌立,年九歲,成桂盡誅大臣之不附己者,乃廢昌而迎立晫七世孫瑤，而殺禑、昌。瑤立當洪武二十二年。三年，而遜國于李成桂，自王建以梁貞明四年戊寅即位，至瑤以洪武二十五年壬申爲李氏所奪，傳三十二主，凡四百七十五年。宋、元二史所載皆不詳核，賴有《東國史略》得考見云。(同上)

《論中書録黄畫黄舍人不書檢》「而侍郎押字」，此句下增「恐于理未安，自後舍人遂不書檢，惟書録黄畫黄而已，然」廿二字。「況録黄侍郎舍人」，「録黄」下增「畫黄」二字。(同上)

《請給中書舍人印及合與不合通簽中書外省事》「有申明下項」，「有」字下增「合」字。「應申門下外文字」，「外」字下有「省」字。「中書舍人判省雜務」，「務」下疑尚有脱文，宋本同。(同上)

《議邊防給賜士卒只支頭子》「曹燦尋問，皆曰」，「尋問」下增「諸軍」二字。(同上)

《申明保甲巡警盜賊》「臣伏以《周禮》五家爲比」，「禮」字下增「以」字。「此人陣之法所由出也」，「人」作「八」。「此師旅之法由出也」，「法」字下增「所」字。「或一家有素無賴之人」，「素」字下增「來」字。「不責其顔情蓋芘」，「芘」作「庇」。「畫時告報本保長」，「本」作「大」。「如入別保追補」，六字衍。(同上)

《存恤外國人請著爲令》「恐朝廷矜恤之恩」，「恐」字下增「于」字。(同上)

《代曾侍中辭轉官劄子》「于執政之内」，「于」字上增「又」字。「俯憐悃迫」，「迫」作「愊」。(同上)

《代曾侍中乞退劄子》周盡。「聖心集勞」，「集」作「焦」。「況應天人」，作「況應天感人」。(同上)

《英宗實録院申請》「尤在廣傳」，「傳」作「博」。「今取到修撰仁宗皇帝實録」，「録」字下增「院」字。

「及正在刺史」，「在」作「任」。「據實録院所關宣勅」，「關」作「闕」。「自嘉祐年四月」，作「八年四月」。「一工部水監」，宋本作「一部水監」，無「工」字，疑是「都水監之誤」。「所奉修撰官李維等」，「奉」作「奏」。「竊慮差去分手」，「分手」作「手分」。下同。「亦奏合依中書樞密院」，「依」作「于」。「樞密修時政記主事」，「樞密」下增「院」字。「各令應副檢文字」，「檢」字下增「尋」字。「改除麻制文字照會」，「改除」作「除改」。(同上)

《進奉熙寧七年南郊銀絹狀》「干冒宸扆」，「扆」作「旒」。(同上)

《奏乞回避吕升卿狀》「充江南西路兵馬都鈐轄」，「鈐」作「鈴」。(同上)

《奏乞與潘興嗣子推恩狀》因興嗣而並及侔，爲侔在興嗣前，恐異議者指爲不必推恩之例也。「亦得録其後」，「録」作「禄」。「寵録之所以勵世」，「録」作「禄」。(同上)

《辭直龍圖閣知福州狀》「以次官員」，「以」字上增「與」字。(同上)

《福州奏乞在京主判閑慢曹局或近京一便郡狀》温厚忳懇，不在叫號。「尋奉聖旨不允」，「聖」作「朝」。「各已白頭」，「頭」作「首」。(同上)

《移明州乞至京迎侍赴任狀》「既無驅馳之事」，「無」字下增「可」字。「聞臣而來」，「而」作「之」。「許臣徑馬」，「徑馬」未詳，疑是「僕」字。「迎侍母赴任」，「母」字上增「老」字。(同上)

《明州奏乞回避朱明之狀》「即老母多病」，「即」字下增「今」字。「臣不任母子區區激切之情」，「母子」作「臣子」。(同上)

《乞賜唐六典狀》「以今僕射侍中」，「今」作「令」。「又分二十有四」，「分」字下增「爲」字。「不知僭越」，「越」作「妄」。(同上)

《授滄州乞朝見狀》「孰不自願爲能」，「能」字衍。(同上)

《乞登對狀》爲國家明著制度，勒爲一經，固曾氏所優也。「無銜玉之一言」，「玉」作「嚳」。「故在《夏書》，稱『《政典》曰』」，何必引其文。(同上)

《乞出知潁州狀》「收憐附慰」，「附」作「拊」。「顧潁可以沿流」，「顧」作「惟」。「而顧子母之恩」，「顧」字下增「迫」字。「當伏斧鎖」，「鎖」作「鑕」。「以須罪戾」，「戾」作「矣」。(同上)

《再乞登對狀》「有深忌積毀之莫測」，二語似可已。「顧備驅馳」，「顧」作「願」。「臣雖草茆之漏」，「漏」作「陋」。「以謂西北之宜，在擇將帥」，不敢宣露簡汰冗兵之語，故但以擇將帥言之。(同上)

《申中書乞不看詳會要狀》「又復于累己于國史」，疑有脱誤。「緣五朝典章」，「五」作「累」。(同上)

《辭中書舍人狀》「而謀謨訪門」，「門」作「問」。「刻之爲經」，「刻」疑作「列」。「豈獨彝倫粃斁」，「粃」作「秕」。(同上)

《福州擬貢荔枝狀》荔枝徒以供口體之養，雖其品不佳，與少失其時未爲害也。今乃欲以盛夏入貢，而又詳錄其口以進，萬一人主生其侈心，而亦爲驛政之事，吾不識將何以解于君子之譏哉？得已而不已，此齊人之敬王也。君謨之團茶，子固之荔子，雖未足累其生平，然徒貽好議論者以口實，不謂之有童心不可也。「比巴屬南海」，「屬」作「蜀」。「然貢蓋爲常品」，「蓋爲」作「槩以」。「然顧常品」，

「顧」字下增「以」字。此三句蓋託以自比，老于外服，及新則甘，滋未盡，過時而滓苴特存，不勝臣精銷亡之懼焉。狀既曰儗，則終未嘗以請于上，特游戲之作也。「使勞人費財如此可也」，疑有脱誤。「此臣之所以不敢安也」，「以」字衍。（同上）

《荔枝録》《録》仿歐公《洛陽牡丹記·釋名篇》。「陳紫出興化軍」，陳紫至今猶在，閩人得五六顆，即相饋遺爲珍。「而香味蓋爲次也」，「爲」字下增「其」字。「歲生一二百顆而已」，記朱文公《語録》云：「方紅，所生極多。」子固爲其所謾。又記一書云，自著録後，所生遂止于此，亦一奇也。「丁香荔枝皆旁蒂大而下鋭」，「蒂」作「蔕」。「龍牙長可三四寸」，龍牙最大，真珠最小。「中元紅實時最晚」，中元紅最晚，火山最早。「在福州報國寺」，「寺」作「院」。（同上）

《明州儗辭高麗送遺狀》有體有要，西漢之文。「並無答謝書」，「無」作「先」。「右謹如前」，「謹」字下增「具」字。「竊以高麗爲蠻夷中」，「爲」作「於」。「自天勝以後」，「勝」作「聖」。「陛下即祚」，「祚」作「阼」。「蓋古者相聘」以下，引經，諦。（同上）

《擬辭免修五朝國史狀》「仰尊聖訓」，「尊」作「遵」。「此又臣之大懼也」，「之」字下有「所」字。「出自聖慈」，「出」字上增「伏望」二字。自進荔枝至此篇皆儗作，而未曾上者。（同上）

《應舉啟》「豈適通變之用」，「通變」作「變通」。（同上）

《回傅侍講啟》「以推行于民上」，「以」作「已」。（同上）

《與劉沆龍圖啟》「更增墓誌」，「墓誌」作「慕戀」。（同上）

《謝解啟》「以虹蜺之光而披飾」,「披」作「被」。二語偉句。(同上)

《回李清臣范百禄謝中賢良啟》「是惟高選」,「惟」作「維」。「如常引大體」,「如」作「而」。「第集感銘之深」,「集」作「積」。(同上)

《回人謝館職啟》「利架龍之秘局」,「局」作「扃」。「利」疑訛。(同上)

《與北京韓侍中啟》「覺形勢之少暇」,「之」作「而」。其二:「神明所依」,「明」作「民」。「鬱郡望者五年」,「郡」作「群」。(同上)

《回許安世謝館職啟》「蔚爲首選」,「首選」作「選首」。(同上)

《賀韓相公啟》「遂長生于百姓」,「長」作「常」。(同上)

《襄州與交代孫頎啟》「已出吏部之後」,「部」作「師」。「頒條多預」,「預」作「豫」。(同上)

《洪州到任謝兩府啟》「曾乏一毫之補」,「補」作「助」。「坐户禄廩之優」,「户」作「尸」。(同上)

《賀東府啟》一氣。(同上)

《賀蹇周輔授館職啟》「敦協僉言」,「敦」作「用」。(同上)

《明州到任謝兩府啟》「而衆論騁馳之際」,「騁馳」作「馳騁」。「何嘗駛預于半辭」,「駛」作「輒」。「冒應寄屬」,「應」作「膺」。(同上)

《賀趙大資致政啟》「門開祖帳」四句,皆儲宋事,所以獨工。「鞏密荷陶鈞」,「密」作「蚤」。(同上)

《亳州到任謝兩府啟》「以出于埏鎔」,「以」作「已」。(同上)

《回陸佃謝館職啟》「伏惟慶慰」，「惟」作「以」。「英辟華國」，「辟」作「辭」。「多名大義」，「名」作「明」。（同上）

《與定州韓相公啟》前半與《張宣徽啟》略同。「停還鈞軸」，「停」作「佇」。（同上）

《賀韓相公赴許州啟》「比較廟堂之任」，「較」作「輟」。「便易鄉邦之便」，上「便」字作「就」字。「夆革金厄」一聯，勝《定州啟》。（同上）

《授中書舍人謝啟》「竊以贊爲明命」，「明」作「名」。「況策名于近要」，「近要」作「要近」。「彌綸庶務」，「庶」作「世」。「庶達和人之遇」，「達」作「答」。（同上）

《太平州與本路轉運狀》「飛馳精思」，「精」作「積」。（同上）

《賀杭州趙資政冬狀》「壯京國之大猷」，「京」作「經」。「儕格天之盛業」，「儕」作「濟」。（同上）

《回亳州知府諫議狀》「而參動之勤」，「動」作「候」。（同上）

《回運使郎中狀》「戀勢之殊」，「勢」字疑誤。（同上）

《到任謝職司諸官員狀》「竊犖才不逮人」，「竊」字下有「念」字。（同上）

《福州回曾侍中狀》「素推仁傑」，「仁」作「人」。（同上）

《回人賀授史館修撰狀》「垂列聖之洪名」，「洪」作「鴻」。「矧獎飭之踰涯」，「飭」作「飾」。（同上）

《回人賀授舍人狀》「惟清切之近班」一聯，微近盈溢。（同上）

《祭歐陽少師文》「絕去刀尺」四語，讀歐公文者，當以此求之。「華夷召畢」，「華」作「等」。「兩忘猜

猊」，「猊」作「晲」。「還幹鼎軸」，「幹」作「斡」。「皆淚盈溢」，「皆」作「眥」。（同上）

《祭張唐公文》「實殽于豆」，「殽」作「肴」。（同上）

《祭孔長源文》「匪矜匪飾」，「飾」作「飭」。（同上）

《祭王平甫文》「熙寧十年十月二十一日」，此係原注。「計皎皎而猶疑」，「計」作「訃」。（同上）

《祭宋龍圖文》「公之于古今」，「之」字衍。「然而蚤蹈厲于儒官」，「官」作「館」。（同上）

《祭亡妻晁氏文》「治平元年五月三十日」，亦原注。「姑亡孝始」，「始」作「婦」。「誰爲我人」，「爲」作「謂」。（同上）

《館中祭丁元珍文》「哀烏之秩」，「哀」作「元」。（同上）

《朝中祭錢純老文》「寓馬在庭」，木寓車馬，見《漢書·郊祀志》。古文「寓」、「偶」通。（同上）

《祭李太尉文》簡重，從昌黎《王用碑》來。（同上）

《祭致仕湛郎中文》「治績維于朝廷」，「績」作「蹟」。「維」作「紀」。（同上）

《代人祭李白文》「發揚儔偉」，「儔」作「儁」。（同上）

《祭王都官文》「辭貧事偉」，「偉」作「韙」。（同上）

《祭袁太監文》「冕弁入里」四句，呼起下文六句。「就而公尤」，作「孰如公尤」。「戴德莫疇」，「疇」作「醻」。（同上）

《祭黄君文》「君獨于求」，「于」作「無」。（同上）

《皇妣仙源縣太君周氏焚黃文》「遺弟布肇」，「遺」上有「謹」字。「奉告第黃」，「第」下有「焚」字。（同上）

《泰山祈雨文》「自四月已訖于兹」，「已」作「以」。「粟將禍死」，「禍」作「槁」。「宜見哀矜」，「見」作「蒙」。「夫民之生」，「夫」作「天」。「田間之民」，「間」作「閭」。（同上）

《泰山謝雨文》謝雨而及己身之不遇，失體。此與東坡《海市》詩體裁不同。「心憾恍而潛驚」，「憾」作「惝」。（同上）

《齊州到任謁舜廟文》題註：「宜有以稱民望」，「宜有」下宋本闕二字。（同上）

《齊州謁夫子廟文》二文簡質得體，但無警拔語。（同上）

《泰山祈雨文》「澤施八紞」，「紞」作「紘」。（同上）

《嶽廟祈雨文》「惟民何事」，「事」作「辜」。（同上）

《襄州嶽廟祈雨文》「民室憂于病癘」，「病」作「疾」。「未惟責任」，「未」作「永」。「祈寒失序」，「祈」作「祁」。（同上）

《大悲謝雨文》「立致雱霈之澤」，「雱霈」作「滂沛」。（同上第四十四卷《元豐類稿》文）

《謝晴文》「今蠶麥將成」，「將」作「甫」。（同上）

《諸廟祈雨文》注：「伸布虔誠」，「伸」作「仰」。（同上）

《洪州謁謝廟文》「謝」作「諸」。「敢修禱謁」，「禱」作「禮」。（同上）

《洪州謁夫子廟文》「尚其聖德」，「聖德」作「降衷」。（同上）

《洪州諸寺觀祈晴文》「蓋茲疲癃之民」，「癃」作「瘵」。「窪下之田」，「窪」作「窪」。「已傷稼穡」，「稼穡」作「流潦」。「實某慧蔭」，「某」作「緊」。「感慰輿情」，「感」作「俯」。（同上）

《諸寺觀廟謝晴文》「即俾時暘」，「俾」作「畀」。（同上）

《祭西山玉隆觀許真君文》「紆惟真馭之升」，「紆」作「緬」。「人承餘烈」，「承」作「思」。「俾往陳于薄具」，「陳」作「羞」。（同上）

《諸寺觀祈雪文》「盪除陰氣」，「陰」作「沴」。「使閭巷消癘瘥之菑」，「癘」作「厲」。（同上）

《諸寺觀謝雪文》「致祈寒之協序」，「祈」作「祁」。（同上）

《祭順濟王文》「章云見象」，「云」作「示」。（同上）

《福州謁諸廟文》「攸賚斯民」，「攸」作「終」。（同上）

《福州鱔溪禱雨文》「眺眼出没」，「眺眼」作「跳踉」。「或就纏徽」，「纏」作「纆」。「今寧宇矣」，「寧宇」作「宇寧」。「如京如坻」，「京」作「陵」。「式于末世」，「末」作「永」。（同上）

《謝雨文》「罔不馳告」，「罔」作「罔」。「敢飭豆邊」，「邊」作「籩」。（同上）

《題禱雨文後》「更呪蜥蜴」，「蜥」作「蜥」。下同。「還所迎像」，「像」作「佛」。「及水蜥蜴」，「水」字下增「送」字。（同上）

《明州修城祭土神文》「肅工始事」，「肅」作「嘯」。（同上）

《諸廟祈雨文》「麥有立苗之艱」，「立苗」未詳。（同上）

《祭勾芒神文》「敢奉歲詞」，「詞」作「祠」。（同上）

《慈聖光獻皇后百日轉經疏》「功崇而不載」，「載」作「宰」。「伏愿克配坤元」，「愿」作「願」。（同上）

《諸廟祈雨文》「神之食于此生」，「生」作「土」。（同上）

《太清明道宫祈雨文》「允兹東睠」，「東」作「柬」。（同上）

《蘇明允哀詞》「表見于當時」，「當」字衍。「明允所爲文集有二十卷」，「集有」作「有集」。「所集《太常因革禮》有一百卷」，「有」字衍。「則其人之所存可知也」，「存」作「有」。「過人氣和而色温」，「過」作「遇」。「其年，以明允之喪歸葬于蜀地」，「其」作「某」。「地」作「也」。「而詞將刻之于冢上也」，「于」字衍。「決大河兮嚙扶桑」，「扶」作「浮」。「齧桑」，邑名。「浮」是爲水所浮漂。此恐趁韻作「扶桑」，未詳。作「扶桑」是，決江河而注之海也。「衆伏玩兮雕肺腸」，「雕」作「彫」。（同上）

《吴太初哀詞》「勤事死州瘴沴地」，「州」字下有「外」字。「勢弭以偏兮」，「弭」作「阻」。「卒與子逢」，「子」作「此」。「我知子初兮」，「子」作「太」。「爲其子孤兮」，「爲其」二字衍，此行中有脱誤。「父母之歎兮」，「歎」作「歡」。「剖劂又工」，「剖」，疑作「剞」。「吾詞傳子兮」，公之自信如此。（同上）

《王君俞哀詞》擬《歐陽詹生哀詞》。「君俞在京兆門外」，作「君俞在京師，居北門外。」「慶曆元年，予入太學」，公于二十二歲入太學。「蓄妻子不驕」，「蓄」作「畜」。「拔君俞以託其後」，「拔」作「扳」。「而不享于貴且壽」，「享」作「卒」。「君禔而秀兮」，「禔」作「提」。「其博而毅」，「其」作「甚」。「雖裕于心兮」，「心」作「實」。「不耀其華」，「華」作「華」。「維友則信兮」，「友」作「文」。「莫敢責辭」，「敢」作

「致」。「恨與天終」，末句不類。（同上）

《虞部郎中戚公墓誌銘》「大父諱同文」，戚同文事其略見于呂氏《童蒙訓》，《宋史》不爲立傳，失之。有傳，附見于子傳者，《東都事略》也。「學士以論天書出」，「出」作「絀」。「而郎中亦舉賢良，不就」，「中」字下有「蓋」字。「蓋自父子兄弟之出處如此」，「自」作「其」。「能師其家」，「師」作「帥」。「何其盛哉」，「哉」作「也」。「世世苟德者」，「德」作「得」。「而民之養其父者，得以其義貫死」，今家無次丁者，得減死留養，法似始此。「濮民相驚且亂」，「且」作「幾」。「年五十有七」，「七」作「五」。「自長豐之戚材」，「材」作「村」。「荒諼悖冒」，「荒」字上增「雖」字。「夫赴時趍務」，「趍」作「趣」。「豈可輕也哉」，「豈可」上增「是」字。「傳郎家梁自祖琮」，「傳」作「侍」。「詆符繩公事魁崛」，「詆符」謂論天書。「恂恂南安得家覩」，「覩」作「規」。（同上）

《戚元魯墓誌銘》「百有六十餘年矣」，「矣」字衍。「元魯初以父任于建州」，「于」作「爲」。「爲亳州永成縣主簿」，「成」作「城」。「年三十有五」，「三」作「二」。「以其配陳氏、王氏祔，佾葬」，「佾」作「將」。「而于元魯未見其止也」，「其」作「所」。（同上）

《尚書都官員外郎陳君墓誌》「然猶爲所記，所試者小也」，「所記」二字衍。「徙簽書」，「簽」作「僉」。「以疾請致任」，「任」作「仕」。「然不得卒至中壽」，作「然卒不得至中壽」。「詩以銘之」，「銘」作「名」。（同上）

《故翰林侍讀學士我公墓誌銘》「我」作「錢」。「左侍禁閤門祗候」，「閤」作「閣」。「其見于文詞」，「其」

作「具」。「以慈恕簡重爲體」，「重」作「静」。「而爲屬者，後卒亦心服也」，「爲」字下有「公」字。「公于衆不矯矯爲異」，此處似擬《權文公墓碑》。「其後至照化」，「照」作「昭」。(同上)

《刑部郎中致仕王公墓誌銘》「祖考名犯濮王諱」，「犯濮王諱」四字當側注。「取君主萬年薄」，「薄」作「簿」。「轉運使李綺」，「綺」作「紘」。「諮任公具材治宮室」，「材」字下有「用」字。「遷秘書著作佐郎」，「書」字下有「省」字。「王駿知益州」，「駿」作「騣」。「或謂君禍自此始也」，作「或謂君禍始此矣」。「知處州」，「處」作「虔」。「改湖北路轉運使」，「改」字下有「荆」字。「君要論之曰」，「論」作「諭」。「于人何負哉」，「人」作「吾」。「知光州逾日」，「日」作「月」。「遷尚書兵部員外郎徐州知州」，作「遷尚書兵部員外郎知徐州」。「是時富丞相」，「相」下有「弼」字。「加直龍圖閤」，「閤」作「閣」。「澮渠水利」，作「澮渠爲水利」。「知西京留守御史臺」，「守」作「司」。(同上)

《司封郎中孔君墓誌銘》「杜祀之使南方」，「祀」作「杞」。「君策書居多」，「書」作「畫」。「程督與税等」，「與」字下有「租」字。「須負重三千人」，「重」字下有「者」字。「悉使官屬並拏繫獄」，「使」作「收」。「拏」作「孥」。「並」字下有「其」字。「軍事推官吕潛以瘦死」，「瘦」作「瘐」。下同。「罷鼎州六塞」，「塞」作「寨」。「君奏以爲不可，乃止之」，「之」字衍。「而俸錢嘗以聚書」，三孔文詞，聚書之效也。「讀書未嘗日廢也」，「嘗」下有「一」字。「四十七世孫」，「七」作「六」。「義仲、太廟齋郎，餘早卒」，「餘」字宋本作「官」，「官」字疑當在太廟上。「孫男女八人」，書孫男女但舉其數。(同上)

《都官員外郎曾君墓誌銘》「君曾氏諱誼」，「誼」是太宗嫌名，當時乃不避耶？「博聞强記」，「記」作

「志」。「自請罷去」，「自」字上有「則」字。「楚饑」以下，敘致甚佳。「又取民之食其伎者」，「伎」作「技」。「市井騷然」，「井」作「里」。「朝廷命他吏覆視」，「命」作「遣」。「既死，楚之人迎哭其喪甚慟」，「死」字下有「而」字。「之」字衍。「不奪其守如此」，「不」字下有「可」字。「景融、景初」，「融」作「獻」。「尚告厥志」，「志」作「忘」。(同上)

《王容季墓誌銘》「曾大父諱廷金」，「金」作「銘」。「爲遠安軍使」，「遠安」作「安遠」。「大父諱居正」，「正」作「政」。「主蔡州之新蔡縣簿」，「縣」字衍。「年三十有二」，「二」作「一」。「旌義鄉衆義營」，下「義」字作「乂」。「尤能刻意學問」，「能」字衍。「其磨礱涵養而不止者」，「涵」作「灌」。「又不可得之一鄉一國也」，「可」字下有「以」字。「未有同時並出于一家」，「未有同時並出」爲一句，「出于一家」爲一句，「于」字上叠一「出」字。「而命之至于如此，何也」，折一筆，便杳然無際。「容季葬有曰」，「容」字上有「而」字，「曰」作「日」。(同上)

《都官員外郎胥君墓誌銘》胥，偃之子。「簽書河南府」，「簽」作「僉」。「初娶李氏」，「初」字上有「君」字。「曰茂諶，太廟至長」，「至」作「室」。「又謹畏廉潔」，「廉潔」作「潔廉」。「建康郡太君田氏年七十」，「田」作「刁」。「以篤其義」，「義」作「乂」。「考已無遺」，「遺」作「違」。「我材之亢」，「亢」作「尤」。(同上)

《劉伯聲墓誌銘》無事蹟。「從子與」，「與」作「遊」。「余故不得而辭也」，「故」作「固」。「妻賈氏」，「賈」作「費」。「子四人」，「人」下有「曰」字。「有既畀之」，「既」作「孰」。(同上)

《尚書比部員外郎李君墓誌銘》「自山陽衹京師」,「衹」作「抵」。「海州朐山人」,「海」字上有「君」字。「用君主宿州糴」,「糴」作「糶」。下同。「去,爲虔州司法參軍」,「虔」作「處」。「優致如主糴」,「優」上有「君」字。「君考校程度」,「程度」作「度程」。「有不能決者,多屬君,君所決者三十有八事」,上「君」字衍。「有不能決者,多屬君所爲」一句,下「決」字上叠二「所」字爲一句。「蓋復太平州囚官壽活之」,「復」作「覆」。「官」作「管」。「遷秘書著作佐郎」,「書」字下有「省」字。「課羸十有七萬」,「羸」作「贏」。「久不能決」,「能」字衍。「以母者出通判杭州」,「者」作「老」。「葬安樂之揚興里」,「樂」下有「鄉」字。「辨且裕也」,「辨」作「辦」。「且」作「其」。「尚佑爾裔」,「佑」作「祐」。(同上)

《司封員外郎蔡公墓誌銘》「任事無纖芥之失」,「任事」二字衍。「芥」作「介」。「自微起隆用兢兢」,「起」作「訖」。(同上)

《贈職方員外郎蘇君墓誌銘》「曾大父欽」,「欽」作「釿」。「争欲執事學中」,「争」上有「士」字。「軾,殿中丞,直史館」三句,書孫以二蘇有名位,故詳之而並見于銘詩。(同上)

《庫部員外郎知臨江軍范君墓誌銘》「萬家山前葬,其孤屬君之故人」,「前」字下有一「將」字。「使告于犖曰」,「使」字衍。「元配某」,「某」作鄭氏。「次適都昌主簿周詠」,「昌」作「曷」。「孫男六人」,書孫不著其爲某所生。(同上)

《張久中墓誌銘》陳惇、張持之交,可爲張、陳洗隙末之穢。「一時所與之遊者,甚衆」,「所」字衍。「力能以君之柩歸」,「柩」作「喪」。「歸君之葬地」,「葬」字上有「喪」字。「孔、孟已然」,「已」作「以」。銘

詞未免過夸，曾、王皆然。（同上）

《秘書丞知成都府雙流縣事周君墓誌銘》　「歷南劍之將樂」，「劍」下有「州」字。「日某日某下」，增「日某」二字。「葬君于某縣、某鄉、某所之原」，作「葬君于某州、某縣、某里之原」。「居常分月俸」，「居」作「君」。「或止食館券而已」，「館券」未詳，疑即浙東俗所謂關約也。（同上）

《殿中丞致仕王君墓誌銘》　「孫女二人」，並書孫女，爲有所自出也。（同上）

《贈大理寺丞致仕杜君墓誌銘》　簡淨可法。（同上）

《胡君墓誌銘》　亦是學韓。「生于天禧之戊午」，此文書生于某年。「與人遊」，「與」上有「其」字。「弟某」，兼書「弟某」。「琢斯珉」，「琢」作「瑑」。（同上）

《光禄寺丞通判太平州吴君墓誌銘》　「幸得名信後世」，「名」作「銘」。（同上）

《殿中丞監揚州税徐君墓誌銘》　筆力馳驟，何必韓、歐！徐君更無事蹟，自合但感慨盛衰。「姓李氏，名昪」一段，南唐僭國，故不稱其謚號而名之。「初東南之地」一段，妙在敍議相夾。（同上）

《永州軍事推官孫君墓誌銘》　「諱杭，以文學見于世」，「杭」作「抗」。「君不有子」，無子于銘中補見。（同上）

《尚書都官員外郎王公墓誌銘》　精悍。「知韶州」，「知」上增「還」字。「謂俗止如此」，「止」疑作「正」。「夫所謂因其俗」，「俗」下有「者」字。「子男七人」，七子，知名者三，皆長壽縣君吴氏所出。「位不滿其志」，「志」作「意」。「使者以安石之述與書」，介甫請銘于子固，而不之歐陽氏，或疑此時未與歐陽公相知，則

仁壽縣太君之葬，介甫已爲知制誥，亦子固誌其墓也。「其尤可哀者也」，「也」作「曰」。（同上）

《衛尉寺丞致仕金君墓誌銘》「顧朝士大夫皆褒崇其親」，「顧」作「願」。「生于淳化之庚寅」，書生年。「傳至孫則亡」，「傳」字上疊「秺侯」二字。（同上）

《太子右司禦率府副率致仕沈君墓誌銘》「沈氏自齊太子家令約家于吴興」，何以不稱梁侍中而稱齊家令，且吴興之有沈氏，自東漢始，始爲會稽烏程縣之餘不鄉也。大抵曾、王于史牒皆疎。「君以宗室密州觀察使宗旦恩」至「蓋君之姪也」，補敘得法，宗子緣同姓之故，其祖父既貴極人臣，遇覃恩則得推之外家，亦可爲後世法。太濫，不可爲法。雖假之官稱而不莅任，然名器固當慎惜也。「曾孫三人」，並書曾孫。（同上）

《寶月大師塔銘》終無一語及其法。「噫！是非可銘也歟」，但銘其一節。（同上）

《金華縣君曾氏墓誌銘》「蓋其子五人」，五子知名者三。「以魯公恩賜冠帔」，推恩于大臣之女兄弟。「泌、汾、汶、沂、潢」，「潢」作「澺」。「爲妻若母」，作「若爲妻母」。「自荆祖粵」，「祖」作「徂」。「象服貂冠」，「象」作「卷」。「尚寵爾從」，「從」作「後」。（同上）

《壽安縣君錢氏墓誌銘》「祖考内閤使」，「閤」作「園」。「其難其豫」，「難」作「艱」。（同上）

《天長縣君黄氏墓誌銘》「有曾孫十有二人」，並書曾孫，然獨與他文不同，以收處觀之，乃得其用意所在。「以進士中其拜」，「拜」作「科」。「附屯田府君之兆」，「附」作「祔」。（同上）

《仁壽縣太君吴氏墓誌銘》「曰雱、旉、旁、旊、斻、防、斿、旂、放」，「旂」、「斿」與「雱」、「旉」同列，是不識

「夶」字，介甫深于小學，何以有此？「孫女九人」以下，並書孫女之所歸。(同上)

《壽昌縣太君許氏墓誌銘》　沈存中之母。「蘇州吴縣人」，「縣」字衍。「昔先王之治」一段，夫人非有殊絶之行，此論與此誌不稱。(同上)

《夫人周氏墓誌銘》　「行其素所學」，「所」字衍。(同上)

《永安縣君謝氏墓誌銘》　「其葬于撫州金谿縣」，「縣」下有「之」字。「余觀詩人之歌其后妃」一段，篇篇如此，却是一套。(同上)

《永安縣君李氏墓誌銘》　「卒于其家之正寢」，女亦得稱正寢。「初，刑部之兄昌齡」一段，有波瀾。(同上)

《試秘書省校書郎李君墓誌銘》　李君無復事蹟，只敍其數千年世次成文，歸熙甫《趙汝淵墓誌》似出于此。此文可敵荆公《許氏世譜》，歐公疑《世譜》爲公所作，不徒然也。「維李氏遠出于皐陶」一段，所敍大抵用《唐書·宰相世系表》，自楚邱以後，則其家之九世譜也。雖出其家譜牒，其人與官皆茫昧無徵，何不但近取可知者，使班孟堅爲之，必不肯如是。「曇子牧，事趙」，作「曇子璣，璣子牧，事趙」。「曰輯晃芬勁勴」，「勴」作「勮」。「德裕相文宗、武宗」，並及文饒，與後昌齡對。(同上)

《試秘書省校書郎李君妻太原王氏墓誌銘》　既銘校書而夫人復自爲銘，以其異于尋常之婦也。此變例。「罔不采獲」，「罔」作「罔」。(同上)

《池州貴池縣主簿沈君夫人墓誌銘》　「夫人年三十餘」一段，使今人爲此，鋪陳數千言，不盡其實，則記乎其所不必記也。「元出于危」，「危」疑作「魏」。(同上)

《雙君夫人邢氏墓誌銘》「有過人之行」，似封股之事。「于是人知夫人之善」三句，敍婦之賢而仍歸美于姑，語得體，而于法亦謹嚴矣。(同上)

《旌德縣太君薛氏墓誌銘》「祥符初，爲東頭供奉常將，屯宫門」，「供奉」下有「官供奉」三字。「祔其夫人柩」，「人」作「之」。(同上)

《福昌縣君傅氏墓誌銘》「景芬」，「芬」作「棻」。下同。(同上)

《壽安縣太君張氏墓誌銘》「受養被封」，「被」作「收」。(同上)

《亡兄墓誌銘》「字叔茂」，作「茂叔」。「能辨説」，「辨」作「辯」。下同。「又思事未至，當何如」，「何如」作「如何」。(同上)

《故高郵主簿朱君墓誌銘》銘外翁，無溢詞。「君嘗試于秘書省校書郎」，「于」作「爲」。「其子象之、東之」，「東」作「柬」。「其年歸于曾氏」，「年」作「季」。(同上)

《鄆州平陰縣主簿關君妻曾氏墓表》「余校史館書籍」，「余」字下有「被命」二字。(同上)

《故太常博士吴君墓碣》「開封縣縣丞」，下「縣」字衍。「謂君一强可以取其贏」，「强」字下有「出」字。「不與佀者校」，「佀」作「犯」。(同上)

《知處州青田縣朱君夫人戴氏墓誌銘》「某年某月」，上「某」字作「其」。「曰某曰某曰某」，下「曰某」二字衍，宋本同。疑上「四人」當作「五人」。(同上)

《亡姪韶州軍事判官墓誌銘》「高皇考諱致堯」，「高」字衍。「皇」作「王」，「致堯」作「易占」。「曾皇考

諱易占」，「皇」作「王」。「易占」作「致堯」。「志氣不獲」，「氣」作「棄」。(同上)

《光祿少卿晁君墓誌銘》　銘婦翁，亦無夸詞。「其家先濟州之鉅野」，「家先」作「先家」。「公諱宗格」，「格」作「恪」。「合葬于杭州」，「杭」作「揚」。「安州政待公而決」，「安」字衍。「大有文元」，「有」作「自」。「先于外服」，「先」作「光」。(同上)

《夫人曾氏墓誌銘》　「皇考諱某」，「皇」作「王」。(同上)

《天長朱君墓誌銘》　「識美幽堂」，「幽」作「山」。(同上)

《秘書省著作佐郎致仕曾君墓誌銘》　「字明升」，「升」作「叔」。「列幽隊」，「幽」作「山」。(同上)

《亡弟湘潭縣主簿子翊墓誌銘》　曾氏兄弟皆篤學，雖欲不名世，得乎？「聲音訓話」，「話」作「詁」。「未嘗易意」，「易意」上有「一日」二字。(同上)

《二女墓誌銘》　「吾繼室李氏出也」，李氏乃是後妻，公深于經學，而「繼室」二字亦誤。(同上)

《仙源縣君曾氏墓誌銘》　淑明許嫁而夭，遂以妹婦之。(同上)

《太子賓客致仕陳公神道碑銘》　「廼論具公冑出位序行治之實」，「論具」作「具論」。「曰知，公曾祖考也」，「知」下原注：「下一字同濮王諱。」宜興本闕三字，是知某州非其名也。「盜卒不得死」，「不得」作「得不」。「岳州滕宗亮」，「亮」作「諒」。「及退而自休日」，「日」下有脱，今得宋本補足云：「使家人誦書，常數千言，危坐聽之，未嘗有倦色。　江于東南爲水陸之衝，賓客日湊，公廣于招納，與之釃酒高會，彈琴賦詩，曰：『是足以佚吾老也。』及間而言天下之事，於其是非得失之際，慨然奮勵，少者有所不能及，聞其言者，莫不壯其意。少客京師，有欲教公以化黄金者，公辭不受，教公以寡欲，乃受而行之。蓋出事天子四十有八年，退老於家又十有五年，年八十餘，飲食倍人，儀狀甚偉，聲音滿堂，進拜公於前者，不知其已老也。前終十餘年，自爲冢于南康軍星子縣白鹿原，距尚書之兆千有八百步，棺槨衣衾，皆豫自製。屬疾至終，容止如常。遺言里中親疏，各盡其意。享年八十有五，殁於熙寧九年五月壬申，葬以是年八月壬寅。累階至朝散大夫，勳至上柱國，封至潁川郡開國侯，食邑至一千二百户。娶張氏，尚書屯田員外郎詡之女，封清河縣君。再娶王氏，尚書都官員外郎告之女，封同安郡君。子男二人，曰耆，太廟室長，有易疾。次即聘也，守江州瑞昌縣主簿。女五人，嫁太常博士文勸、進士吴鷺、光禄寺丞曾軫、進士陶舜儀、吉州廬陵縣主簿薛縫。孫男一人，曰壞。女三人。聃承德襲教，能世其家者也。銘曰：允穆陳公，學繇自力。收科於少，其髦維持。于陪于貳，懿其壯晝。于附于顓，焯其偉績。驅之磔之，于其螯賊。膏之嫗之，于其黍稷。彼疾而馳，我徐不亟。寧無爾諧，不渝我則。于郎于卿，進皆以序。疾集于微，廼謝而去。廼長書省」云云。「世狠而争」，「狠」作「很」。「曾不頻呻」，「頻」作「嚬」。「有歸墓隧」，「歸」作「巋」。（同上）

《秘書少監贈吏部尚書陳公神道碑銘》「嫣滿之封國」，「滿」作「汭」。「曾大父杲」，「杲」作「昶」。「遂始學書」，作「遂使書學」。「盜以故不可迫」，「可」作「敢」。「自宋興，小吏勢」，「勢」下别本有「弱」字，宋本無，疑有脱文。「盜起，往往轉掠數百千里」二句，讀此可見削弱方鎮，州縣無備，自宋初即受其弊，而歐公爲《丁元珍墓表》亦非以相知，曲加寬解也。《政要策》所謂張雍守梓州者即此事。「蓋亦以無爲有」，「以」作「易」。「歷河南府新安縣」，「歷」下有「知」字。「公因築武陵澧州三寨」，「陵」作「□」。「州」作「川」。（同上）

《刑部郎中張府君神道碑》　此篇敍事頗爲生色。「拔府君自贊」，「拔」作「扳」。「趣作誣狀」，「趣」作「趨」。「幸授己甲，捕兩營」，「授」作「受」。「穎又莫敢相曲直」，「又」作「人」。「府君身省護作者」，「省」作「自」。「者」作「省」，屬下句讀。「官至庫員外郎」，「庫」下有「部」字。「府君甚愛考城劉侍制」，「侍」作「待」。「端重不惰」，「惰」作「忲」。「民趙昌以畫名」至「未嘗致一器一物」，畫猶不收，則其居州之廉靜益見矣。自知漢州而治由己出，官止于兩浙轉運，故舉二事以概見其始終，即下文所謂「自守及使」也。「雖小者如此立稱」，「立」字疑誤。（同上）

《故朝散大夫孫公行狀》　「吏遂得弛，負錢數十萬而已」，句未詳。「北方益士兵二十萬」，「兵」下有「亦」字。「又何益之耶」，「何」作「可」。「豈可謂知先後哉」，「知」下有「所」字。「于是極論古養兵」，「古」下有「今」字。「謀立永洛城」，「永」作「水」。下同。「《而赦滬之輒》。遂從公議」，「輒遂」似謂專擅，今且以「輒」爲讀。宋本同。「又言後世」，「後」字下有「宮」字。「又言宰相其罪當罷」，「其」字衍。「不餙玩好」，「餙」作「飾」。「二三大臣又與同心共事」，「與」下有「公」字。「所著《唐史記》五十七篇」，「五」作「七」。「七」作「五」。（同上）

《徐復傳》　「五行術數之説」，「術數」作「數術」。「皆盡恭謹」，遇人恭謹，真有德而隱者也。「復所以爲上言者」，「以」字衍。「太一主客位成歷」，「位」作「立」。「州牧每至」，「牧」作「將」。（同上）

《洪渥傳》 公篤于友愛，而久宦不大顯，傳渥，蓋亦有感云。「初進于有司，連三黜」，「連三黜」作「輒連黜」。「里中人聞渥死」，「里」字上有「渥」字。「渥得官而兄已老」，「而」作「時」。「則必安焉」，「必」作「心」。「如渥所存」，「渥」下有「之」字。「蓋人人所易到」，下「人」字作「之」。徐復、洪渥二傳爲一卷，疑其不完。宋本同。(同上)

《本朝政要策》 讀此卷乃知南豐史才。

《考課》：「滕正中」，「正中」作「中正」。「沔既奏其法」，「既」下有條字。「然親書課最之意」，「書」字下有「考」字。親書如陽城自書考是也。

《訓兵》：「至周世宗高平之退」至「自此始也」，故代周者不在藩鎮，而在内之大臣，東京時王德用、狄青，皆被口語。「宋興，益精其法」，「精」作「脩」。「而群臣莫能本其意」，「本」作「奉」。

《添兵》 慶曆以後，益兵愈多，國用愈絀，以下蓋尤寓意于簡汰也。「始置神武策爲禁兵」，「神武策」當作「龍武、神策」。「太原、青杜」，「杜」作「社」。「邠寧、寧武」，作「邠寧、武寧」。「養之既廢」，「廢」作「費」。「纔五六千而已」，「纔」作「才」。下同。「至太宗伐劉繼元」，「伐」作「代」。「取環、慶諸州之兵」，「之」作「役」。「然群臣莫能承上意」，「意」下有「焉」字。

《兵器》：「弓矢之取睽」，「取」下有「諸」字。「國公署有南北作坊」，「公」作「工」。「歲造甲鎧、具裝、鎗劍、刀鋸、器械」，「具」作「貝」。「努撞、床子努」，「努」並作「弩」。下同。「撞」作「橦」。「甲袋征鼓」，「征」作「鉦」。「炒鍋𨨏行橧」，「𨨏」作「鍘」。「橧」作「槽」。

《城壘》：「太宗既平太原」以下，太宗以晉陽，自高歡以來嘗因以起，既平劉氏，乃隳其城，可復遷其民，以寔京輔，則謬筭也。河東力既單弱，豈復能東向以與遼人争幽州、雲中故地哉？

《宗廟》：「但立高曾禰」，「曾」下有「祖」字。

《偵探》：「偵」作「偵」。「趙瑢」，「瑢」作「鎔」。「京人皆寃之」，「京」下有「師」字。

《貢舉》：「下詔賜其第」至「殿試自此始也」，賜進士第與殿試之名皆始于此。而明之殿試，天子親策問之，則又仿宋時賢科之意，與覆試異焉，今釋褐亦始于此。元好問《中州集》第八卷載：「擢第者，廷試時務策，自高有鄰發之，此殿試試策之始。開寶殿試，進士内出，未明，求衣，賦設爵待士詩，仍不異禮部攷試之法也。」按，《柳開集·與鄭景宗書》云：「開寶六年，進士徐士廉伏闕下求見，請太祖廷試，曰：『方今中外兵百萬，提强黜弱，決自上前，惟取儒爲吏，常以授于人而不自決。爲國止文與武二柄，取士無爲下鬻恩也。』太祖即命禮部試所中不中貢舉人列于殿庭，試之，得百有二十七人，賜登第。」「使解褐焉」，此今日解褐之始。「受詔即赴貢院」，亦始于此。「至殿試又爲糊名之制」，按，此似宋時糊名，但用之于廷試，然歐公得眉山而疑爲公，殆皆用糊名也。

《軍賞罰》：「惟傾土疆耳」，「傾」字衍。「莊宗好畋」至「賞賚無節也」，《五代史》但言莊宗以吝賞，失軍士心，不知此事尤當垂監于後，蓋無功僭賞與不加優卹，其失惟均爾。吝賞詳見《劉后傳》。「二十年夾河争取天下」，「河」下有「戰」字。

《雅樂》：「又定十一曲名」，「一」作「二」。「乃太祖之聖意」，太祖取王朴樂，下一律用之。

《史官》：「季冬終則送于史官」，「冬」字疑衍。「姚壽以爲帝王謨訓」，「壽」作「璹」。「入閣日」，「閣」作「閤」。

《正量衡》：「動必數歲計争」，「計」字疑誤。「一忽爲絲」，「一」作「十」。「自分、氂、毫、絲、忽」，「氂」作「釐」。「毫」作「豪」。下同。

《任將》：「兵未嘗少衂」，「少」作「小」。

《汴水》：「裴雄卿言江南租船」，「雄」作「耀」。「太宗嘗命張洎論著其興鑿」，蘇子瞻注：「浮于淮泗。」似未見洎所論著，故援據不能若此之詳密。

《刑法》：「太祖即位」，「祖」作「宗」。

《管榷》：「管」作「筦」。「實鹽價于海濱」，「濱」作「瀕」。「兵簿即衆」，「簿」作「籍」。「自此山海之入」四句，宋之弊政，皆始于太宗。

《錢幣》：「而安易之辯不可出」，「出」作「屈」。

《宦者》：「相慙而退」，「相」作「洎」。

《名教》：「蜀人有事于中州」，「事」當作「仕」。

《禘祭》：「宋興，推應天行」，「天」作「火」。

《祠太一》：「兆太一于城南」，「兆」下疑有闕。

《郊配》：南豐亦主太祖配天之議，蓋郊配自當論功德也。

《南蠻》：「安南之蠻是也」，「蠻」作「變」。

《契丹》：「尊擇用將帥」，「尊」作「專」。「委任專而聽斷明」，「任」作「付」。「當世以爲黠」，「黠」作「諺」。「劉廷讓敗于君子館又敗」，上「敗」字衍。「虜輒掠坰野」，「坰」作「垌」。「始科河内之民以戍邊」，「科」疑作「料」。「則取後兵爲振武之軍以自助」，「後」作「役」。「楊延以爲乘其敝」，「延」下有「釗」字。

《賊盜》：「天子常薄吏罪」，《漢高紀》：「陳豨反，周昌奏常山亡二十城，請誅守尉。上曰：『守尉反乎？』對曰：『否。』上曰：『是力不足，亡罪。』聖主之恕，非文墨吏所知也。」讀此篇乃知歐、王《丁寶臣墓表》與《誌》不爲失出。

《文館》：「而衰于唐室之壞」，「壞」作「壞」。「而法變卑矣」，「變」作「度」。「而縉紳之學彬彬文」，「文」作「矣」。

《屯田》：「議者以爲豈晏然不知兵農兼務哉」，「議者」以下疑尚有脱誤。「東出宿亳」，「亳」作「亳」。

《水利》：「李沐以區區之蜀」，「沐」作「冰」。「文翁穿前溲」，「前」作「煎」。「至晉，杜預疏荆兖之水」，「兖」，宋本「兖」。宜興本作「衮」，固非是。然杜元凱未嘗爲兖州，則「兖」字亦非也。恐當爲「襄」字。

《黄河》：此條但據《漢書·溝洫志》立論，然晁補之亦不能似此。「使水得自行者」，「水得自行」四字，尚未盡得本意。「張戒之説是也」，「戒」作「戎」。「王延、平當之説是也」，「王延」下有「世」字。「故務壅塞居水者」，數語簡括。「故言河宜散裂」，言「散裂」而不言游盪，只得其半。

《邊防》：「瀛莫以通」，「瀛」作「瀛」。

《茶》：「又設三説之法」，「三説之法」見沈存中《筆談》。以上諸策皆真得其要，而其文無不出入漢之西京，此固《五朝國史》諸志之椎輪也。世人競耳剽《隆平集》而莫知愛玩此一卷，何哉？（同上）

《金石録跋尾》《九成宫醴泉銘》：「秘書省檢校侍中」，「省」作「監」。「可以見魏之志也」，只一語，自有味。

《魏侍中王粲石井欄記》：「貞元十七年」，「貞」作「正」。「掌書記胡證書」，「證」作「証」。「一記」，作「記一」。

《襄州偏學寺禪院碑》：「惟嗜書」，「惟」疑作「性」。

《襄州興國寺碑》：「特見其模本于太學官楊衷家」，「衷」作「褒」。「十八官號姓名」，「八」疑作「人」。「其字猶可喜」，「猶」作「尤」。

《韓公井記》：「兼山東道」，「山」下有「南」字。「行人雖渴困」，「渴」作「暍」。《桂陽周府君碑並碑陰》：「《圖經》但云周府君」，「府」作「使」。「按，武水源出彬州」，「彬」作「郴」。「南流三百里入桂陽水」，「入」下有「桂陽而」三字。「其俗謂湍浚爲瀧溪」，「謂」下有「水」字。「浚」字衍。「蓋當時已有此語」，「有」作「爲」。「惟十有三月」，「二二」並寫作「三」。原注：「古二字」。「古字如亦作灸」，「灸」作「灸」。「人作亢之類」，「亢」作「亼」。「如此者甚衆」，「如此者」下宜興本闕二字。宋本作「如此者甚衆」。

《唐安鄉開化寺卧禪師浄土堂碑銘》　「化」作「元」。「住河南開元寺」，「南」作「州」。「則能令其信慕者」二句，善據名論。

《江西石幢記》：「潁川郡鍾某爲始」，《五代史》記鍾傳：「封南平王。」潁川乃其郡望也。

《漢武都太守漢陽阿陽李翕西狹頌》：「乃與功曹吏」，「吏」作「史」。「鏁燒大石」，「燒」作「燒」。「其頌有二」，「頌」作「文」。「馬瑊中玉」，「瑊」作「瑊」。「然後漢畫始見于人」，「人」作「今」。「成州則武都之上流也」，「流」作「禄」。（同上）

集外續附　《行狀》：「母吴氏，文城郡太君」，「母吴氏」上不似世俗加「前」字。「公嘉祐二年進士及第」，嘉祐丁酉距公卒之年元豐癸亥凡二十年，公之及第已三十八歲矣。「年十有二，試六論」，「二」下有「日」字。「婦人孺子皆道公姓字」，「皆」下有「能」字。「學者憊精思莫能到也」，「精」下脱一「覃」字。宋本亦然。「前期喻屬縣富人」，「縣」下宋本闕一字，今以《名臣言行録》補一「召」字。「粟賈平」，「賈」下有「爲」字。「故盜發輒得，有葛友諒者」，宋本無「諒」字，謬加可笑。下同。「縣毋遣人到甲里」，「甲」作「田」。《言行録》作「縣毋遣人呼其門」。「遂以爲脩撰」，「以」下有「公」字。（同上）

《墓誌》　「數對便殿，發其所言」，宋本無「發」字。「訃聞訃亟」，作「訃聞訃亟」。（同上）

《神道碑》　「鼓腹而嬉。擢齊州」，「鼓」作「果」。「擢」下有「知」字。（同上）

《哀詞》　秦少游作也，見本集第四十卷。「秦觀」二字誤入行中耳。「協秦觀而四塞兮」，「秦觀」二字乃「氣鬱」二字之訛。「辰來遲而去速兮」，「遲」下闕一「兮」字。「典貢絶而復作兮」，「貢」作「章」。「早獲進於門牆」，少游《秋懷》詩云：「昔者曾中書，門户實難瞰。筆勢如長淮，初源可觴濫。經營終入海，欲語焉能暫。斯人今則亡，悲歌風慘澹。」其于曾氏未後蘇門也。張文潛有祭公文，今不傳。（同上）

《挽詞》「功名取次休」，「功名」，《陳後山集》作「功言」，指立功、立言。爲是。「始作後程仇」，「作」疑「怍」。程元、仇璋，文中子之徒。後山有《妾薄命》二篇，自注云：「爲曾南豐作」。（同上）

蘇子由《曾子固舍人挽詞》云：「少年漂泊馬光禄，末路騫騰朱會稽。儒術遠追齊稷下，文詞近比漢京西。平生碑版無容繼，此日銘詩誰爲題。試數盧陵門下士，十年零落曉星低。」宜補載於陳作之前。（同上）

己卯冬，於保定行臺閲内府所賜大臣《古文淵鑒》，有在集外者六篇，則《書魏鄭公傳》、《邪正辨》、《説用》、《讀賈誼傳》、《上田正言書》、《上歐蔡書》也。《書魏鄭公傳》既爲公傑出之文，其五篇則皆公之少作，亦唯《上歐蔡書》差善，而詞雖激昂，氣實輕淺。其謂「所見聞士大夫不少，人人唯一以苟且畏慎陰拱默處爲故，未嘗有一人見當世事僅若毛髮而肯以身任之，不爲回避計惜者。」則慶曆間士風亦豈至是？度先生年長後，以其言爲過，而藏棄是稿，如《居士集》不録《與高司諫》之意。前輩録公文者，偶未之察，近日學士，專以得集外人所不常見者爲奇，故録此等耳。他日討論《續稿》者，倘精思吾言，或芻蕘之一得也。後知立齋相公有建本《聖宋文選》數册，其中載《南豐文》二卷，嘉善柯崇樸借鈔，遂傳於外。此六篇者，皆在焉。蓋以世不經見，過而録之，不略慎擇也。（同上）

何椒邱云：《南豐續稿》《外集》，南渡後散軼無傳。開禧間，建昌郡守趙汝礪，始得其書於先生族孫濰，缺誤頗多，乃與郡丞陳東合《續稿》《外集》，較定而删其僞者，因舊題定爲四十卷，繕寫以傳，元季又亡於兵火。國初，惟《類稿》藏於秘閣，士大夫鮮得見之。永樂初，李文毅公爲庶吉士，讀書秘閣，日記數篇，休沐日輒録之。今書坊所刻《南豐文粹》十卷是也。正統中，昆夷二字疑作「昆陵」趙司業琬始得《類稿》全書，以畀宜興令鄒旦刻之。然字多譌舛，讀者病焉。成化中，南豐合楊參又取宜興本重刻於其縣，踵譌承謬，無能是正。太學生趙璽訪得舊本，悉力讎校而未能盡善。予取《文粹》、《文鑑》諸書參校，乃稍可讀。《文鑑》載《雜識》二首，並《書魏鄭公傳後》，《類稿》無之，意必《續稿》所載也，故附録於《類稿》之末。明初，曾得之嘗著《南豐類稿辨誤》，則此集自南渡以後，善本難得久矣。得之書惜乎不傳，吾將安所取正哉？南豐有《懷友一篇寄介卿》，見《能改齋漫録》第十四卷中，又有《厄臺記》，見莊綽《雞肋編》中，但似非全文，《厄臺記》亦見《聖宋文選》中。高似孫《緯略》有南豐《謝實録院賜硯紙筆墨表》，疑亦《續稿》。施武子《蘇詩注》中尚載有《雜識》。（同上）

儲大文

【大人容物愛物論（節録）】　人物莫盛於宋，宰相之賢亦莫盛於宋，然嘗謂宋有宰執三人焉，寇忠愍、范文正、歐陽文忠而已。……文忠知嘉祐貢舉，曾鞏、蘇軾、蘇轍之文也而中，張載、程顥之理學也而中。而其他薦延者，雖王安石、常秩亦薦，吕惠卿亦薦。雖聞邵雍之名而不薦，不啻薦也。是故無所

不容，以愛天下之才，以相天子者，忠愍、文正、文忠是也。（《存研樓文集》卷十）

【送馮夔颺序（節録）】宋嘉祐二年，歐陽文忠公知貢舉，得程、張、曾、蘇諸公，寔克繼唐貞元八年。而文忠公辟佐編閱者，梅直講也。直講得蘇文忠公文，謂有孟軻之風，乃置第二。然則直講之識，當遠越王子玉、梅公儀。而非文忠公知而辟之，則嘉祐二年之貢舉，或未必若是其盛。故文忠公之功，不在得程、張、曾、蘇諸公，而在辟直講也。（同上）

編者按：唐貞元八年，陸贄知貢舉，得韓愈、李絳、歐陽詹諸人，號爲極盛。

【書武夷集後（節録）】歐陽文忠公嘗曰：「楊大年真文豪也。」蘇文忠公曰：「近世文章，華靡莫如楊億。」予謂大年才在歐陽、蘇之下，劉侍讀、曾舍人、蘇編禮之上。（同上卷十四）

【逋峭（節録）】夫此編者按：指逋和峭。豈惟書法也哉？雖文章亦然。唐子厚恨峭，習之恨逋，宋原甫、子固、子由恨逋，伯長、仲塗、介甫、明允又恨峭。惟退之、永叔、子瞻無逋無峭，克叶厥中。（同上卷十六）

【尚簡（節録）】六藝亡論，文之傑然名於世，唐、宋來，莫若韓、柳、歐陽、蘇、曾、王。此數君子者，謂其無與於道則可，謂其文盡無與於道，此不知道也。（同上）

【穆堂初稿序（節録）】洎廬陵歐陽文忠公繼臨川晏元獻公而益昌之，容與委備，爲百代治古文者之宗。然熙豐品隲財偕荆國王文公暨邦直禹玉，號有宋四大家，而南豐曾文定公且不與焉，是第以歐陽氏爲館閣應奉之體也。……司馬李公實籍西江臨川，爲晏元獻公、王文公篤生之地。夙更羈宦，亟踐顯融，未嘗一日不肆力於文。詩歌儷語，業已播筦弦諧金石，而古辭翦裁浮僞，抉要啓鍵，蓋清江之整雅，益公之宏博，文靖之淵邃，春雨之壯偉，胥斟酌而薈萃之，而本之以南豐之粹精，參之以東里之清省，此其所以迴翔詞館，騫翥綸閣，彝典鉅章，獨垂諸册府而永永不刊也。（《穆堂初稿》卷首）

方苞

【書漢書禮樂志後（節録）】　夫郊廟詩歌，乃固所稱體異《雅》《頌》，又不協於鍾律者也。既可備著於篇，則叔孫所撰，藏於理官者，胡爲不可條次，以姑存一家之典法乎？用此知韓、柳、歐、蘇、曾、王諸文家，敍列古作者，皆不及於固。卓矣哉！非膚學所能識也。（《方苞集》卷二　讀子史）

【書歸震川文集後（節録）】　昔吾友王崑繩目震川文爲膚庸，而張彝歎則曰：「是直破八家之樊，而據司馬氏之奥矣。」二君皆知言者，蓋各有見而特未盡也。震川之文，……至事關天屬，其尤善者，不俟修飾，而情辭並得，使覽者惻然有隱，其氣韻蓋得之子長，故能取法於歐、曾，而少更其形貌耳。（同上卷五　書後題跋）

【答申謙居書（節録）】　姑以世所稱唐、宋八家言之，韓及曾、王並篤於經學，而淺深廣狹醇駁等差各異矣。柳子厚自謂取原於經，而掇拾於文字間者，尚或不詳。歐陽永叔粗見諸經之大意，而未通其奥賾。蘇氏父子則概乎其未有聞焉。此核其文而平生所學，不能自掩者也。韓、歐、蘇、曾之文，氣象各肖其爲人。子厚則大節有虧，而餘行可述。介甫則學術雖誤，而内行無頗。其他雜家小能以文自

瀑者，必其行能少異於衆人者也。（同上卷六　書）

【祭顧書宣先生文（節録）】　嗚呼！大雅蕪塞，不絶如線。公復云亡，來者何見？古惟哲人，以道相持，降而文學，猶其流支。陸相登韓，道光於唐。程、張、蘇、曾，顯以歐陽。假無二公，二代曷述？群賢繼武，兹塗無闕。（同上卷十六　祭文）

【進四書文選表（節録）】　昔宋臣曾鞏嘗稱：「《詩》、《書》之文」，「作者非一」。相去千餘年，而其所發明，更相表裏，如一人之説，惟其理之一也。況制科之文，詁四子之書者乎？故凡所録取，皆以發明義理，清真古雅，言必有物爲宗。庶可以宣聖主之教思，正學者之趨向。（同上集外文卷二　奏劄）

【古文約選序例代（節録）】　自魏晉以後，藻繪之文興。至唐韓氏起八代之衰，然後學者以先秦盛漢辨理論事，質而不蕪者爲古文。……惟兩漢書、疏、及唐宋八家之文，篇各一事，可擇其尤，而所取必至約，然後義法之精可見。故於韓取者十二，於歐十一，餘六家，或二十、三十而取一焉。兩漢書疏，則百之二三耳。……一，韓退之云：「漢朝人無不能爲文。」今觀其書、疏、吏牘，類皆雅飭可誦。兹所録僅五十餘篇，蓋以辨古文氣體必至嚴，乃不雜也。……一，子長世表、年表、月表序，義法精深變化，退之、子厚讀經、子，永叔史、誌、論，其源並出於此；孟堅《藝文誌》、《七略序》，淳實淵懿，子固序群書目録，介甫序《詩》、《書》、《周禮儀》，其源並出於此。……一，退之自言：「所學在辨古書之真僞，與雖正而不至焉者。」蓋黑之不分，則所見爲白者，非真白也。子厚之筆古雋，而義法多疵。歐、蘇、曾、王亦間有不合。故略指其瑕，俾瑜者不爲掩耳。（同上卷四　序）

【與陳滄洲書（節録）】　南豐曾氏所謂蓄道德而有文章者，當吾之世，惟明府兼之。（同上卷五　書）

楊大鶴

【鳳池園集序（節録）】　漢唐以來，若賈、董之策，敬輿、伯紀之奏議，韓、歐、曾、蘇諸公之著作，至濂溪、横渠、洛、閩諸君子出，而文之盛極矣。其言根極理要，羽翼經傳，足以開物成務而經緯於天下萬世。信乎，言之所在即道之所在也。（《鳳池園文集》卷首）

黄之雋

【穆堂初稿序（節録）】　先生於文取永叔、子固，於命世之志取介甫，於學術取子静，不出其鄉而奄有前古。誕唯孕地之靈而又值天之時，是故發而爲先生之文之學者如此。（《穆堂初稿》卷首）

吴調侯　吴楚材

《寄歐陽舍人書》「夫銘誌之著於世，義近於史，而亦有與史異者」，三句，是一篇綱領。「或納於廟，或存於墓，一也」，古之銘誌必勒之石，或留於家廟，或置之墓前，其義一也。「苟其人之惡，則於銘乎何有？此其所以與史異也」，史兼載善惡，銘獨記善，所以異也。此段申明「與史異」句。「警勸之道，非近乎史，其將安近」，此段申明「義近於史」句。「立言者，既莫之拒而不爲，又以其子孫之請也，書其惡焉，則人情之所不得，於是乎銘始不實」，此段言衰世銘不得實，起下段當觀其人意。「後之作銘者，當觀其人」，銘以人重，此句爲通篇關鎖。「苟託之非人，則書之非公與是」，徇私則不公，惑理則失是。「故千百年來，公卿大夫，至於里巷之士，莫不有銘，而傳者蓋少，其故非他，託之非人，書之非公與是故也」，又從「觀其人」翻出「公與是」一語。見今世之銘，併其義之近于史者，亦失之矣。「然則孰爲其人而能盡公與是歟？非畜道德而能文章者無以爲也」，此一轉，徐徐引入歐公身上來。「蓋有道德者之於惡人，則不受而銘之」，公。「於衆人則能辨焉」，是。「而人之行，有情善而跡非，有意奸而外淑，有善惡相懸而不可以實指，有實大於名，有名侈於實」，辨之甚難。「猶之用人，非畜道德者惡能辨之不惑」，而是。「議之不徇」，而公。此以見必畜道德者而後可以爲。「不惑不徇，則公且是矣」，從道德側到文章。「而其辭之不工，則世猶不傳，於是又在其文章兼勝焉」，此以見必畜道德而能文章者，而後可以爲。「故曰非畜道德而能文章者無以爲也。豈非然哉」，此段申明能盡公與是，必待畜道德而能文章者，下便可直入歐公。「其傳之難如此，其遇之難又如此」，可直入歐公矣，偏又作此一頓，文更曲折。「若先生之道德文章，固所謂數百年而有者也」，千里來龍，至此結穴。「其傳世行後無疑也」，挽上略頓。「至於所可感，則往往衋然不知涕之流落也」，衋，傷痛也。波蕩。「況其子孫也哉？況鞏也哉」，收轉。感慨嗚咽。「其感與報，宜若何而圖之」，即感恩圖報意頓住，下乃發出絕大議論。正是銘與史異用而同功。「善誰不爲？而惡誰不媿以懼」，遙應前段警勸之道。「此數美者，一歸於先生」，銘一人而天下之爲父祖子孫者，皆知所警勸，其爲美更多于作史者。「數美」「歸於先生」一語，極爲推重歐公。若徒爲己之祖父作感激，是猶一人之私耳。「既拜賜之辱，且敢進其所以然」，所以感歐公者。「所論世族之次，敢不承教而加詳焉」，承歐公來書之教而加詳。「愧甚不宣」，並結出自慚意。（以下總批）子固感歐公銘其祖父，寄書致謝，多推重歐公之辭。然因銘祖父而推重歐公，則推重歐公，正是歸美祖父。至其文紆徐百折，轉入幽深，在南豐集中，應推爲第一。（《古文觀止》卷之十一）

《贈黎安二生序》「趙郡蘇軾，予之同年友也」，提蘇軾說入。「自蜀以書至京師遺予，稱蜀之士曰黎生、安生者」，點出二生。「而其材力之放縱，若不可極者也」，叙出二生之文。「而蘇君固可謂善知人者也」，一總頓住。「予曰：予之知生，既得之於心矣，乃將以言相求於外邪」，通篇意在勉二生以行道，不當但求爲文詞。「黎生曰：生與安生之學於斯文」，插入安生，妙。「蓋將解惑於里人」，因迂闊解惑二句，生出下兩段文字。「孰有甚於予乎」，自負不少。「此予所以困於今而不自知也」，迂闊至此。「世之迂闊，孰有甚於予乎」，疊一句，妙。「且重得罪，庸詎止於笑乎」，一段答他笑以爲迂闊句。「有以同乎俗，必離乎道矣」，應前錯落有致。「生其無急於解里人之惑，則於是焉必能擇而取之」，一段答他解惑于里人句。「遂書以贈二生，並示蘇君以爲何如也」，照起作結。（以下總批）文之近俗者，必非文也。故里人皆笑，則其文必佳。子固借「迂闊」二字，曲曲引二生入道。讀之覺文章聲氣，去聖賢名教不遠。（同上）

（王安石）【同學一首別子固】　別子固而以正之陪說，交互映發，錯落參差。至其筆情高寄，淡而彌遠，

自令人尋味無窮。（同上）

張廷玉

【文苑序（節録）】 迨嘉靖時，王慎中、唐順之輩，文宗歐、曾，詩倣初唐。李攀龍、王世貞輩，文主秦漢，詩規盛唐。王、李之持論，大率與夢陽、景明相倡和也。歸有光頗後出，以司馬、歐陽自命，力排李、何、王、李，而徐渭、湯顯祖、袁宏道、鍾惺之屬，亦各争鳴一時，於是宗李、何、王、李者稍衰。至啓、禎時，錢謙益、艾南英準北宋之矩矱，張溥、陳子龍擷東漢之芳華，又一變矣。有明一代，文士卓卓表見者，其源流大抵如此。（《明史》卷二百八十五　文苑傳一）

慎中爲文，初主秦、漢，謂東京下無可取。已悟歐、曾作文之法，乃盡焚舊作，一意師成家，與順之齊名，天下稱之曰王、唐，又曰晉江、毘陵。家居，問業者踵至。（同上卷二百八十七　文苑三）

坤善古文，最心折唐順之。順之喜唐、宋諸大家，所著《文編》，唐、宋人自韓、柳、歐、三蘇、曾、王八家外，無所取，故坤選《八大家文鈔》。其書盛行海内，鄉里小生無不知茅鹿門者。（同上）

李紱

【讀歐陽文忠公集用公《紫石屏》韻（節録）】 吾鄉風氣喜日上，一時豪駿相研探。庶幾中興反先服，直追《大雅》排浮纖。萬君文筆最峭拔，法如荆國何森嚴。梁生魁壘擬子固，兩馮駿逸追由、瞻。惟余

澀僻學原父，偃蹇不入公罏鉗。（《穆堂初稿》卷十五）

【詩成泛論文事疊用前韻戲爲勸學歌（節録）】　要將立言比功德，肯慙顔、孟輪夔、皋。斯文未喪在闕里，二千年來誰後死。上追姚姒殷周還，《莊》、《騷》、《左》、《國》、司馬、班。。韓、李、歐、曾、王文霸，元明作者猶髣鬘。諸君奇才各挺出，羈臣牢落參其間。願窮經學紹前烈，丹梯萬文終可攀。（同上）

【讀朱子集用《鵝湖》韻　四首録一】　文章盛事聖賢欽，老筆能傳子固心。小賦揚鑣追屈、宋，清詩緩步接高岑。衰年道付滄州遠，後世碑留漢水沈。忠簡殷勤修薦牘，平生知己古猶今。（同上卷十七）

【四月朔日萬孺廬招同徐澄齋全謝山曹芝田飲紫藤花下次曾文定公《送瞿祕校還南豐》韻】　清和啟朱夏，楊花飛御溝。忽聞紫藤放，來爲花下遊。樱笠却貂蟬，白帢辭輕裘。灑袂縝紋皺，黏簷紅光留。況乃嘉殽設，酌言旨酒柔。改席遂成詠，穎脱觴深舟。此花枝糾結，如人相勸酬。（同上）

【甲寅中秋孝洋次昌黎《八月十五夜贈張功曹》韻爲詩，因漫次一篇督其務學（節録）】　老驥伏櫪志千里，併轡疾馳須後死。雅道暫息終當還，歐、曾繼起猶同班。號申之會楚再霸，荆舒安得嗤南蠻。（同上）

【心體無善惡説跋（節録）】　宋儒惟周、程、張、邵、朱、陸數子足以衍孔孟之傳，其餘拘文牽義，不過細行修謹而已。其天姿學力，見道之明，衛道之勇，則皆不及韓、李、歐、曾四君子。（同上卷十八）

【榕村文集目録序（節録）】　道德之腴充乎其中，經史之華發乎其外。於孟、韓爲具體，旁及於歐、曾，讀之者可因以想見先生之文章，即可以想見先生之言，性與天道，斯文其不在兹乎？（同上卷三十三）

【典例全編序（節録）】《唐令》三十篇，南豐曾氏序云：「以常員定職官之任，以府衛設師徒之備，以口分永業爲授田之法，以租庸調爲斂財役民之制」，蓋後世會所由昉也。（同上）

【陽秋舘文集序（節録）】宋撫州守家坤翁始作《州志》，稱精於天官書者言撫州上應文昌，故文學甲天下。間嘗考之，高文若王荆國、曾子固、虞道園諸公皆文章宗子，博學則樂子正、晏元獻、吴文正諸公，並海涵地負，併包宇宙，亦皆天下所希有也。（同上）

【在山集序（節録）】蓋西江山水清激奇峭，危峰駛溪，幽澂嶄巀，故鍾於人，清修而絶俗，眎他境爲特多也。宋歐陽、曾、王，元虞揭，明楊解諸公始以臺閣文章爲天下所宗。（同上）

【隨遇堂集序（節録）】王遵巖選唐宋六家文集，宋凡四家而江西得其三，江西詩、古文實亦無踰於歐陽、王、曾三先生者。故廬陵、臨川南豐之學源遠流長，不同於他邑。（同上）

【禾川文會序（節録）】西江當吴楚之交，其東爲揚，其西爲荆，東六郡山川清淑之氣，磅礴融滙，而萃於中者，則爲撫；西六郡山川清淑之氣，磅礴融滙而聚於中者，則爲吉。故西江之盛也，兩郡輒爲之先，而後他郡環視而起。宋之文倡於歐陽公，吉也；而吾撫王、曾諸公和之。（同上卷三十五）

【與方靈皐論删荆公《荆州學記》書（節録）】讀所删荆公《虔州學記》，文氣益加遒緊。前賢畏後生，今乃信之。反復省觀，似尚有未安者。曾、王學記發明古聖王修己治人之術於周、程未顯之前，蓋昔人所謂佐佑六經之作也。（同上卷四十三）

【書黶作昌黎與大顛書後（節録）】自漢以來，董、韓、歐、曾皆粹然儒者。（同上卷四十六）

【書曾文定公《墨池記》後】　人固有以小名自晦者，右軍之書是也。觀其以虚譚廢務責謝傳其志，豈僅翰墨間哉？記墨池者直以其書多之，抑過矣。然南豐曾氏推廣其義以教人自立，雖於安西表誓墓文之旨，未及闡尋發揮，而與人爲善之意，固不可以或略也夫。(同上)

【書《辨姦論》後二則】(節録)　曾文定公作《荆公母夫人墓誌》云：「卒於嘉祐八年」，叙七子官階稱安石爲「工部郎中知制誥」，是荆公母卒時官甚卑，安見士大夫皆往弔哉？張文定與荆公同時，其爲表(編者按：指張方平作《老泉墓表》)不應舛錯如是。又考文定鎮益州已爲大臣，老泉始以布衣見知，年又小於文定，其卒也官止丞簿，而墓表以先生稱之，北宋風氣近古，必不爲此。曾文定爲二蘇同年友，其作老泉《哀辭》直稱明允，乃伉直如張文定反謙抑過情如是？疑《墓表》與《辨姦》皆邵氏於事後補作也。老泉之卒也，歐陽公誌其墓，曾子固爲之哀辭，老泉以文字見知於歐陽公，又以不近人情之説相謝，果嘗爲此文，則歐公必見之，而《墓誌》中不及《辨姦》，子固《哀辭》亦不及《辨姦》，即當時或不然之。而歐、曾全集從不及《辨姦》。《表》謂當時見者多謂不然，是此文已流布矣，何歐、曾獨未之見乎？且子固謂《誌》以納之壙中，《哀辭》則刻之墓上。是既有《哀辭》，不應復有《墓表》矣。(同上卷四十六)

【鑑塘用南豐先生《盆池》韻】　觀物澄懷不厭深，方塘半畝獨窺尋。影憐孤月徘徊誤，明畏浮萍次第侵。肯比温犀窮水族，莫持秦鏡照人心。平生宦海風波惡，得謝朝冠怕更簪。(《穆堂别稿》卷三)

【宿石門次曾文定公韻】　驟雨迎舟作晚凉，溯洄轉覺峽山長。南風忽競聲吹律，北斗回看首戴筐。建

武軍分天鎖鑰，汝川源濬地清蒼。平生肯犯晨門誚，旅食黄粱夢未香。（同上）

【白鹿泉（節録）】 少室山人初隱居，匡山嘗讀種樹書。地靈人傑物亦異，乃有白鹿隨清娱。豈知天鹿啟文運，後來講學繁生徒。有宋天下書院四，首推白鹿爲楷模。象山紫陽昔聚講，如此主客千古無。臨川自昔盛文學，晏、王、曾、陸皆魁殊。白鹿跑泉廢寺左，文源不絶如石渠。（同上）

【曾文定公居臨川攷（節録）】 按，《曾氏族譜》：自文定以上九世祖，略爲撫州節度使，即居撫州，子孫散處。臨川南城皆撫屬地，而撫城南隅之後湖田南原二地尤多，南原後屬金谿，文定置義田二莊：一在後湖，一在南原，以族姓衆多也。文定高祖弘立爲南豐令，始占籍南豐，然高曾祖考並從仕四方，未嘗置立田宅，故文定上齊工部請入籍臨川書謂家「無屋廬田園於南豐」「諸姑之歸人者多在臨川，故祖母樂居臨川，居臨川者久矣」云云，是文定之祖雖嘗占南豐籍，而家居則恒在臨川也。至於文定兄弟則生於臨川，長於臨川，終身居臨川。兄弟及群從之子姓皆世居臨川，其在南豐者惟文定第六叔易持一人。至南渡以後，文定第七世孫始遣一人居南豐，守祖墓，今所謂查溪曾氏者也。文定父封魯國公太常博士易占初以蔭補。曰東門鹽步，門即清風門，舊爲卸鹽之地，故俗以鹽步呼之，而門内小峰亦曰鹽步。嶺下市門即鳳鳴門，在七郎廟前，今其地猶稱鳳鳴渡。上市門即金谿門，在青雲峰前，蓋舊城包青雲、逍遥二峰，而鳳鳴、金谿二門下臨汝水，估舟所集，故俗以市呼之。南門即順化門，今俗呼亦曰南門。赤南門即豐安門，在後湖田外，以其與舊治赤崗相望，故俗呼爲赤南。西門即迎恩門，明初改名武安，今仍之，而俗呼亦止曰西門也，又稱元塞鹽步門，止存八門。當時識者憂之，以爲陰陽二宅得水者富，而東南巽水來朝則富而且貴，蓋東南爲生育之鄉，豐亨之象巽，而耳目聰明，尤主文事。斯門之塞，撫之財賦人文行當衰落。斯言其殆然耶！嘗試考之，宋《臨川志》云：晉宋以來，地雖廣而户口尚單。唐天寶最盛，不過三萬户。宋割南城，南豐隸建昌，地視昔爲狹然。祥符户口已加於唐，熙寧、元豐又數倍。中興以來滋殖月異而歲不同，是孰使之然哉？景定志主户十七萬一仟三十，坊郭户一萬七仟五百四十，鄉村户十五萬三仟四百九十，又客户七萬六仟二百九十，鄉村户六萬三仟二百四十三，坊郭户一萬三仟四十八。鄉村今未暇稽，就坊郭論，當日盈三萬户，今何如耶？曾子固詩謂三市管弦，至晚猶盛，自清風門塞。元明之交，陳友諒之亂，上下兩市莽爲邱墟。永樂初遂削去城南數里，定爲四門。青雲、逍遥二峰及學宫隍廟，棄隔郊野，謂清風門塞，而財賦衰落，豈不信乎？至於人文，宋三百年撫州進士六百二十五人，元塞清風門，八十九年之間，撫州進士僅十二人，多寡殊絶如此，科名猶小焉者。有宋人文之盛，若樂子正之學問，陸文安之道德，並鍾間氣，然猶散在外邑，至於晏元獻、王荆國、曾文肅三相國故居並在清風門内。荆國文公坊在鹽步嶺前，曾氏興魯坊在鹽步嶺迤西，元獻舊學坊在文公、興魯二坊之間，皆得巽水盛氣。迄今未有能繼三相者，而荆公、子固之文章尤爲千古所絶無僅有。耳目聰明，孰大於是？塞清風門豈非壅蔽其耳目耶？元明以來，撫之人文若草廬、道園、介菴、明水、若士、大士諸先生，亦皆偉人，然以視晏、王、曾、陸不無多讓，且吴、虞不登制科，章、湯、二陳未躋通顯，皆未能盡其耳目聰明之用，則謂清風門塞而人文衰落，較財賦尤有明驗矣。（同上卷九）

【誥贈中議大夫太常寺少卿加一級唐公墓誌銘（節録）】《宋史》以曾文定公鞏、劉侍讀敞合傳，稱其家學有兩漢之風。蓋曾、劉二氏兄弟子姓並以學問文藝爲世所宗，庶幾於中壘龍門扶風之遺，而其先世各有所蘊蓄積累，而後大昌，非僅邁迹自身已也。曾氏自密公、魯公已負天下文望，劉氏祖父亦稱篤學，魯公官止太常博士，斯立僅轉運，而二氏之盛實由之。（同上卷十一）

【興魯書院記（節録）】孔子之道傳於曾子，曾子之後有文定公子固先生起於撫州，實傳曾子之學，撫城中香楠峰爲先生兄弟故居，有書院曰：「興魯」，先生嘗講學於其中。東近鹽埠嶺，建坊亦以興魯名，今石礎猶存。……宋時葉守夢得建槐堂書院於郡學之西以祀陸子，最宜修復，今就其基建明倫堂，更無餘地。惟子固先生興魯書院在郡城最中，踞雄勝之勢。左環林木，右依縣學，絶紛囂，宜講習，且諸生誦法孔子，顧名思義，莫良於興魯。曾子傳孔子之道，子固先生又承曾子之家學，諸生將仰師鄉先達，亦無過於子固先生者，則興魯書院修復爲宜。或謂吕公著嘗言：先生行義不如政事，政事不如文章，故不及大用。撫先賢多矣，獨宗仰子固先生，得無偏於文乎？曰：《宋史》多參小説，「行義」「政事」云云，晦叔必無此言，果有之，則一言以爲不智，於先生無損也。且《宋史》稱先生「性孝友，父亡奉繼母益至，撫四弟九妹於委費單弱之中，宦學婚嫁，一出其力」，行義何不如之有？叙先生歷任數州，所至有所建立，得其一節，皆可以爲名吏，政事何不如之有？史極稱先生行義政事而復記晦叔此言，特以明先生不大用之由，而咎晦叔之不智耳！至於文章則以爲「本原六經，斟酌於司馬遷、韓愈，一時作者鮮能過」，推崇至矣！雖然，此皆先生之緒餘也。先生之志在《唐論》一篇，直欲追

五帝三王之盛。其學在《洪範傳》，齊治均平，舉而措之，蓋上承曾子之家學，以繼周公、孔子之傳者。（同上卷十二）

【青雲書院記（節録）】自宋以來，縣學依其西麓，名世之。世如晏元獻祖孫、王荆國、曾文定昆季並出，其中峰上爲青雲亭，四望百里，溪山烟雲，爲一郡最勝地。學者日游焉息焉，時見於曾、王諸公之吟詠，後學緬其流風亦且得以興起。（同上）

【敬齋文集序（節録）】康熙初年改用經論，加以制策，然後士知讀經，史學韓、李、歐、蘇、曾、王之文。（同上卷二十四）

【白漊文集序（節録）】孔子謂有德者必有言，而曾文定以畜道德能文章並稱，何耶？蓋有德者躬行而心得其述，其心之所有固非佗人所及。若極夫著述之能事，通貫古今議論，上下鋪張家國之猷，與夫抒寫性情，流連光景，發諸心手之間，靡不如志，則必降才，殊又亢以積學者而後能與焉。……文定所謂非畜道德不能公且是，而辭之不工則世猶不傳，良有然也。（同上）

【愛秋齋詩序（節録）】曾文定公序王深父文，推之以名世，述其方進而遽止。序其弟子直文，亦嘉其有難得之才，獨立之志，而不得及其成就。蓋深父年止四十有三，子直之没又在兄之前，故文定公以爲深恨不自知其文傳，而二子傳即可以無恨。（同上卷二十五）

【與方靈臯論所評歐文書（節録）】垂示所閲歐陽公文，乃坊問茅鹿門選本，此不足以論歐陽公文字也。有明嘉靖初，王遵巖、唐荆川誦法歐、曾，録唐宋六家文，以三蘇爲一家，未及板行而二君没，鹿門頗饒於貲，因其所録刻爲《八家文鈔》。嘉靖以後，士人爲王、李輩所惑，薄唐、宋以後文爲不足學，古文中絶，無能窺尋歐、曾文律者。故茅選雖陋，得流傳至今。（同上卷三十六）

（歐陽修）《太子太師致仕贈司空兼侍中文惠陳公神道碑銘》　按歐、王、曾三公作銘誄文，一字不假借。歐陽於范文正公爲至交，其子純仁又賢相也，公因墓文致純仁等，怨怒而不狥其請，其他可知。今謂公狥請者，非知公之言也。（同上）

（歐陽修）《尚書户部郎中贈右諫議大夫曾公神道碑銘》　按王均句爲叙詔書事耳，義不重王均，故不叙其首尾。此文曾子固稱爲行世傳後無疑。蓋數百年而一遇者，輒以平衍目之，殊太孟浪。（同上）

（歐陽修）《資政殿學士尚書户部侍郎簡肅薛公墓誌銘》　按王建竊據於蜀，據閩者王審知也，誤注爲建，不加駁正，何也？茅氏疏謬類如此。如曾集首列《文定公傳》，寥寥數語，不知出自何書，而謬以爲《宋史》本傳，儲同人承其訛，又實以元脱脱等撰，不知《宋史》文定公本傳一仟一百五十二字，並非此寥寥數言也。其可笑如此，貽誤後學，此等乃不可不辨。（同上）

（柳宗元）《先太夫人河東縣君歸祔誌》　按姪字所駁甚是，但傳訛已久，《唐書》狄仁傑諫武后謂姑姪與母子孰親？宋吕蒙正對真宗有「姪」，夷簡宰相才也，然韓、歐、曾、王文皆不用。蓋古者娣姪爲媵，《釋名》謂「姪者，迭也。更迭，進御也。」豈可施之男子哉？（同上）

【書孫侔傳後（節録）】　王荆公作《同學一首别子固》，以正之與子固並稱，子固固公所推以配荀、揚者也。正之則後世之人少有知其姓名者。余嘗考之王、曾文集，及《宋史·列傳》，疑而莫能決。……余嘗考正之姓孫，王、曾集中有孫正之，又有孫少述，其事跡頗類一人，然考之《宋史·隱逸傳》，有孫侔，止稱「字少述」，不曰「字正之」，故卒莫能決也。佗日偶閲《宋文鑑》，有林文節希爲《孫少述傳》，乃知少述即正之，而歎爲《宋史》者之無識，而爲古文者之不可無所師授也。正之生平無所表見，行雖峻，然過於狷狹，屢爲名公卿所推薦，並以禄不逮養，絶意不肯出。夫孝友之大者在立身行道，揚名於後世，彼區區禄養特孝之一節不足守也。其終身不仕，道固未能行，非附見於曾、王之文則名亦幾湮，其所爲文章雖多，亦不傳於世，則其生平所重，固無過於曾、王所推奬者，舍此不書，則其人無可引以爲重，而不能傳矣。……特叙其與曾、王同知名。……（同上卷三十九）

【臨川縣學明倫堂上梁文（節録）】　臨川古縣，天下名邦，立學在興魯之坊，造士比成周之盛，晏元獻舊學有甘盤傳説之勤，王荆國鴻謨以稷契皐夔自命，君臣魚水，際會風雲，曾文定孝友之風，父母昆弟無間……（同上卷四十三）

【興魯書院上梁文（節録）】　伏以聖學傳於曾子，直接西周。賢孫遷於臨川，不忘東國，衷文於道，開周、程、張、邵之先，興魯名坊，比濂洛關河之重，後學稱爲姬孔，斯文方駕，韓、歐、元獻帝師，至文定而益顯。荆公王佐，惟文定爲更醇，演範釋疇，特立維皇之極，借唐爲論，乃知致治之源，誦其詩，讀其書，重見三代之禮樂，頑夫廉，懦夫立，信爲百世之師資。（同上）

【秋山論文四十則（節録）】　文所以載道，而能文者常不充於道，知道者多不健於文。……南宋諸儒多知道者，而文多冗沓，惟朱子宗南豐，筆力頗健，亦未能不冗也。能文而衷於道，惟韓退之、李習之、歐陽永叔、曾子固四人耳。余嘗别擇韓、李、歐、曾四家之作彙爲一書，學者以此四家文爲主，庶不惑於權謀、小數、佛老、異端。（同上卷四十四）

文有正宗，《史》《漢》而後，固當以韓、柳、歐、王、曾、蘇六家爲正矣。（同上）

禁用頌揚套語，古人作文稱人之美，銖稱黍量，片語不溢，使後世得據爲定論，此韓、歐、曾、王家法也。世俗應酬文字，擬人不以其倫，行必曾、《史》，文必馬、班，詩必李、杜，蓋乞兒口語，豈可施之古文。（同上）

沈德潛

【唐宋八家古文讀本叙（節録）】　或謂八家之文果皆以言載道有醇無駁者乎？應之曰：文之與道爲一者，理則天人性命，倫則君臣父子，治則禮樂刑政，欲稍損益而不得者，六經、四子是也。後此宋五子庶能表章之。余如賈、董、匡、劉、馬、班，猶且醇駁相參，奈何於唐宋八家遽求其備乎？今就八家言之，固多因事立言，因文見道者。然如昌黎上書時相，不無躁急；柳州論封建，挾私意窺測聖人；盧陵彈狄青，以過激没其忠愛；老泉雜於霸術，東坡論用兵，穎濱論理財，前後發議，自相違背；而南豐、半山於揚雄之仕莽，一以爲合於箕子之明夷，一以爲得乎聖人無可無不可之至意，此尤繆戾之顯然者。然則八家之文，亦醇駁參焉者也。或謂如子言，後之學者唯應於宋五子書是求，而乃問途於唐宋八家之文則何也？應之曰：宋五子書秋實也，唐宋八家之文春華也。天下無騖春華而棄秋實者，亦即無舍春華而求秋實者。惟從事於韓、柳以下之文而熟復焉，而深造焉，將怪怪奇奇，渾涵變化，與夫紆餘深厚，清峭遒折，悉融會於一心一手之間，以是上窺賈、董、匡、劉、馬、班，幾可縱横貫穿而摩其壘者。夫而後去華就實，歸根返約，宋五子之學行，且徐驅而躪其庭矣。若舍華就實，而徒敝敝焉約取夫樸學之指歸，窮其流弊，恐有等於獸皮之鞟者。吾未見獸皮之鞟或賢於虚車之飾者也。

（《唐宋八大家文讀本》卷首）

昌黎出入孟子，陶熔司馬子長，六朝後故爲文字中興。維時雄深雅健，力與之角者，柳州也。廬陵得力昌黎，上窺孟子。老泉之才，横矯如龍蛇。東坡之才大，一瀉千里，純以氣勝。潁濱渟蓄淵涵。南豐深湛經術，又一變矣。要皆正人君子，維持文運。半山之文，純粹狠戾互見，芟而存之，勿以人廢言可也。讀八家，如見其學問、心術，並其所際之時事推論之，方不膚泛。（同上凡例）

《移滄州過闕上殿疏》　原本經術，氣質醇厚，宜下筆時，不知有劉向，無論韓愈也。同是點竄二典，塗改《雅》《頌》，而韓則奇峭，曾則温醇，各造其極。長篇文字，最易筋慵肉緩。文中節節關鎖，層層提挈，重規叠矩，脉絡關通，絶無慵緩之病，學者宜究心焉。〔以下夾批〕「臣聞基厚者勢崇」，籠括全局，端凝渾厚。「然生民以來，能濟登兹者，未有如大宋之隆也」，躋升而登於極盛也，已見昌黎《鄆州谿堂詩序》。「魏之患，天下爲三」，省語簡古。「隋文始一海内」，歷叙數千年，用筆簡練，居然史法。「其廢興之故甚矣」，束句簡老。「至於景德二百五十餘年」，平叙中不可無此振厲。「故棄群臣之日，天下聞之，路祭巷哭，人人感動歔欷」，歷叙宋興以來諸帝，而於仁宗獨推揚其德澤，入人之深，使讀者有餘思焉。「繼一祖四宗之緒，推而大之，可謂至矣」，並一祖四宗作一束，用推原法。「所以附民者如此」，四段鋪叙，各自結束。「蓋不能附其民而至於失其操柄」，又揔上四項作一收束。「故人主之尊」，又用縱筆。「臣故曰」，揔關前代本朝，至此作大收束。「竊觀於詩」，領起。「至若周之積仁累善」句，引古進規。「仰探皇天」，結出規戒，得周公召公進言之遺，非封禪美新可比。（同上卷二十七　曾子固文評語）

《福州上執政書》　本《風》《雅》以陳情，紆徐往復，蘊藉深厚，匡劉遺風也。（以下夾批）「其可概見者，尚存於《詩》」，領全意。「又本其情而叙其勤」，漸次近題。「蓋先王之世，待天下士」，總一筆。「其君臣上下相與之際如此，可謂至矣」，束筆。「所謂必本其情而叙其勤者」，抽出此句見前所徵引注意在此。「及其後世，或任使不均，或苦於征役」，又反説。層文勢彌，紆餘曲折。「方地數千里，既無一事，繫官於此」，守官之勤，乞養之切，一並合攏。「伏惟推古之所以待士之詳」，總收。「蓋行之甚易，而爲德於士類者甚廣」，並以感動天下後世。（同上）

《寄歐陽舍人書》　銘近於史，而今人之作，每不逮古人，須俟諸畜道德而能文章者，逐層牽引，如春蠶吐絲，春山出雲，不使人覽而易盡。（以下夾批）「苟託之非人，則書之非公與是」，此論作誌銘之難其人。「而其辭之不工」，逐層引到歐公。「其傳世行後無疑也」，收得足。「而世之學者每觀傳記」，又放開。「此數美者」，一語勒住，奔流赴壑。（同上）

《與孫司封書》　「死節」一層，「知其將亂而先言」又一層，大旨重在「先言」上。蓋知其將亂而早爲之圖，智高之禍可以不熾，其關係尤鉅也。與退之《與元侍御書》表揚甄濟父子事相類，而剴切則又過之。死封疆者與誤封疆者無甚分别，其何以立綱紀而作天下忠義之氣耶？子固之言不獨爲宗旦一人發也。〔以下夾批〕「凡宗旦之於拱，以書告者七」，此料事之明。「度拱終不可得意」，此又帶叙其孝，不使其親俱死於賊，尤人所難。「智高度終不可下，乃殺之」，此死事之忠。「使獨有此一善，固不可不旌」，將言而不死者襯託。「使宗旦初無一言，但賊至而能死不去，固不可以無賞」，又將死而不言者襯託。「内外上下有職事者」八句，更以他人之不言不備反襯，宗旦之料事死節愈見其當褒贈，不可負其言與其節也。「今彼既不能用」，無微不到。「宗旦喜學《易》，所爲注有可采者」，補出平日學問孝行，見其言非偶然倖中者。「使雖有小差」，小有異同。（同上）

《戰國策目録序》　尊孔孟以折群言，所謂言不離乎道德者邪？後段謂存其書，正使人知其邪僻而不爲所亂，如大禹鑄鼎象物，使民知神姦，然後不逢不若也。論策士之害不煩言而已透。〔以下夾批〕「則可謂惑於流俗，而不篤於自信者也」，駁得正大。「夫孔孟之時」，提孔孟作主。「蓋法者所以適變也」五句，古人論作文須有一段精彩處，此數言乃精彩處也。「故論詐之便」四句，指陳戰國之流弊，言言透切。此處士横議，充塞仁義之尤也。（同上）

《列女傳目録序》　原本《家人》卦、《大學》聖經，「齊家」本於「修身」意，較之漢儒，學術又醇乎醇矣。而文之淵茂，不減中壘。〔以下夾批〕「向以謂王政必自内始」，揭出作傳本旨。「然古之君子，未嘗不以身化也」，歸本修身，此探原之論。「然此傳或有之」，餘波。（同上）

《陳書目録序》 綜舉成敗興壞，一代政刑法制之詳，而於安貧樂義不苟去就之士，獨致思焉。一唱三嘆，能移我情，此文之以神韻勝者也。〔以下夾批〕「然而兼權尚計，明於任使，恭儉愛人，則其始之所以興」，綜括一代之成敗興壞，不過數言。「若此人乎，可謂篤於善矣」，風神。（同上）

《禮閣新儀目録序》 即所損益可知也，意見歷朝之禮，貴因時制宜，不必過執先王。至於拘迂而難行，如三代以後議復行井田封建也。通篇大旨，以禮以養人爲本作主，而紆徐往復，抑揚唱難。荆川所謂「一意緐作數層者」耶！南宋文往往本此。能補出三綱五常萬古不變一層，更見立言無罅漏處。〔以下夾批〕「夫禮者，其本在於養人之性」，本劉向語。「乃爲設其器，制其物，爲其物，立其文」，此即魯兩生不從叔孫通制禮意。「其要在於養民之性」四句，劉向云：「禮以養人爲本」，即是此意。「至其陷於罪戾」，反覆前意。（同上）

《先大夫集後序》 惟勇言得失，故遭逢明盛，極知遇之隆，而卒以齟齬終，見直道之難行於時也。闡揚先人，使讀者忠孝之心油然興起。〔以下夾批〕「公於是勇言當世之得失」四句，通篇骨子。此段虛寫，統括大意。「至其難言則人有所不敢言」，承勇言得失而暢言之。「將復召之也，而公於是時又上書，語斥大臣尤切，故卒以齟齬終」，惟勇言得失；故得君因此，忤大臣亦因此。「祥符初，四方争言符應，天子因之」，前用虛，叙此則實徵。「何其盛也！何其盛也」，隨詠歎隨束。「公卒以齟齬終」，遥接。（同上）

《范貫之奏議集序》 范公之忠直，仁宗朝之太平無事，能受直言，一齊傳出，有生枯雙管俱下之妙。行

文典重紆餘，則又公所獨擅。（同上）

《送江任序》　雖兩段分説，然一賓一主，正意只在後段，蓋江君勢既處於易，則宣上德意，以利澤下民，其責有不得辭者也。勉勵之旨，自在言外。茅鹿門謂「古來未有此調，子固自出機軸」，良然。（以下夾批）「均之爲吏」，句領二層。「則歲月有期，可引而去矣」，所以不得民情。「士不必勤，舟車輿馬不必力」，與上一段語語反對。「豈類夫孤客遠寓之憂」，回應前文。「而江君又有聰明敏給之材」，只補一二語。（同上卷二十八）

《送李材叔知柳州序》　遞説三層，即俗情以破其見，既已寬之，實已勉之也。氣清調逸，此南豐一體，近時學曾文者多尚之。（以下夾批）「彼不知繇京師而之越」四句，破偏遠之説。「其物産之美」六句，破「風土與中州異」之説。「古之人爲一鄉」四句，破小其官之説。「然非其材之穎然邁於衆人者不能也」，此又一層。（同上）

《宜黄縣學記》　先叙古人之建學，次序後代之廢學，後叙宜黄之立學，末叙勉勵士子之進學，雖未推闡天命人心之奥，五常百行之原，然漢代以來，能見及此者罕矣。行文不用間架，每段收住處，含藴無窮，後惟朱子之文，肖其神味。王遵巖學曾，不勉有形迹在也。（以下夾批）「古之人，自家至於天子之國皆有學」，起法嚴整。「學有《詩》《書》六藝、弦歌洗爵、俯仰之容、升降之節」，此就禮節威儀言之。「而其大要」三句，絜作記要領。「雖有剛柔緩急之異，皆可以進之中」，此就氣質識力言之。「則用之於進退語默之際，而無不得其宜」，一層有體。「故其俗之成」，已上言興學之得。「則夫言人之

情不樂於學者，其果然也與」，每段於收句着神。「教化之行」四句，總收。(同上)

《撫州顔魯公祠堂記》　不獨以死重公，而以公之歷忤權奸，連斥不悔，以至於死處。層層發議，與論孔宗旦事相同。　其文筆端莊，李王孫所云「骨重神寒天廟器」者耶！公之伐安禄山是其大節，故入手兩番領清，折入歷忤權奸，最有法度。　論人當觀其大，公既爲忠臣，爲仁人，雖雜於神仙浮屠氏言，亦無礙。　且亦不必爲之諱也。　近世論人者，以王文成爲禪學，至比於無父無君，而其生平之忠貞義勇，俱不許焉。　果足爲知人論世之識也歟？〔以下夾批〕「初，公以忤楊國忠斥爲平原太守」，歷叙公之被斥。「天寶之際」，提起發論。「公之學門文章，往往雜於神仙浮屠之説」，分寸。　古人不肯一概許人。「維歷忤大奸」五句，頓挫處淋漓激壯。「非孔子所謂仁者與」，斷得定。(同上)

《越州趙公救菑記》　救荒之法，井井有條，不但可行於一方一時，實天下萬世之利也。　清獻實政，得此文傳出，後之爲政者可倣而行之。　經濟賴文章以傳，不得視爲兩事。〔以下夾批〕「前民之未饑，爲書問屬縣」，此先事之備。「州縣吏録民之孤老疾弱，不能自食者二萬一千九百餘人以告」，作文振裘挈領法。「不習而有爲，與夫素得之者，則有閒矣」，應起乎「前民之未饑」一段意。(同上)

《思政堂記》　三思後行，越畔之思也。　不出位之思，循理之思也。　遇事之來，因時之變，以求當於必然之理。　其於爲政也，蓋庶幾矣。　清峭遒折，轉近半山。　近日望溪方氏宗法此種，已跨越一時。(同上)

《墨池記》　用意或在題中，或出題外，令人徘徊賞之。〔以下夾批〕「蓋亦以精力自致者」六句，小中見大，可以暗藏，可以説破。　此則説破深造道德意，不以一格拘也。「而使後人尚之如此，況仁人莊士

之遺風餘思，被於來世者何如哉」，唱歎。（同上）

《道山亭記》　建一亭無關係，故只就山川險遠上着筆。此做枯寂題法，於無出色處求出色也。前水陸二段，何減韓、柳？（同上）

《分寧縣雲峰院記》　若云浮屠可以式化邦人，有助風教，不徒道常有所不能，亦殊失吾儒立言之體矣。文只云勝於薄俗，借道常以激衆人，何等斟量盡善。（以下夾批）「分寧人勤生而嗇施，薄義而喜争，其土俗然也」，先提後應。「治咸盡其身力」，勤生。「寧死無所捐」，嗇施。「於其親固然」，薄義。「不以屬心」兩句，喜事。「雖索其學，其歸未能當於義」，應「薄義」，語有分寸。「然治生事不廢，其勤亦稱其土俗」，應勤生。「則又若能勝其嗇施喜争之心，可知也」，應嗇施喜争。（結句）嘉浮屠激衆人也，結出主意。（同上）

《書魏鄭公傳》　賢魏鄭公以破焚稿者之謬，此借題立論法，其博辨英偉，又曾文中之變者。（同上）

曾子固下筆時，目中不知劉向，何論韓愈？子固之文，未必高於中壘昌黎也。然立志不苟如此，作詩須得此意。（《説詩晬語》卷上）

【答滑苑祥書（節録）】　夫文章之根本在弗畔乎道。顧吾之弗畔乎道，要取諸古人之文之與道爲一者，而古人之文不能盡然。自唐、虞三代以來，理則天人性命，倫則君臣父子，治則禮樂刑政。如江河喬嶽，萬古不可磨滅者，六經四子之文是也。自兩漢以降，如賈誼、董仲舒、司馬遷、劉向、王通、韓愈、歐陽修、曾鞏之徒，見乎道而醇駁參焉者也。佗如莊周、列禦寇諸子之文汪洋恣肆而磔裂乎道，蕭統氏編輯之文，辭采爛然，而不根乎道。有宋諸儒之文幾於道矣，而於修辭養氣又不能與賈誼、董仲舒以下諸人以埒。(《歸愚文鈔》卷九)

愛新覺羅·胤禛

【二希堂文集序(節録)】魏晉之後，變淳樸爲綺靡，化元聲爲冗薄，而文之衰極矣。至唐韓愈迺起衰式靡，天下復歸於正。同時若柳宗元，其後若歐陽、三蘇、曾子固諸人代繼其蹤，又有周、程、張、朱諸大儒繼起，遠接歷聖之傳，明道以覺世，而斯文之盛，遂如日月之經天，山川之緯地，豈非以言之無文，行之不遠，而斯道之存，端賴斯文之盛，以流播於天地間乎？(《二希堂文集》卷首)

浦起龍

《列女傳目録序》 述女德而本身化，使程、朱執筆持論，無以過之。且如此始得校書陳誡之體，正恐子政說不出。(《名家圈點箋注古文辭類纂》卷三評語)

《書魏鄭公傳後》 讀《魏公傳》，見「諫草付史官」一語，特地拈出，爲其足以破孔光焚草之姦，而室後世諫臣之藉口，乃著此篇，彼泛謂表直諫云者，未辨眉宇。(同上卷九評語)

華孳亨

【丁酉嘉祐二年，公五十一歲(節録)】正月癸未，權知禮部貢舉，賜御書「文儒」二字。乙巳，磨勘轉右諫議大夫。時士子尚爲險怪奇澀之文，號「太學體」，公痛排抑之，凡如是者輒黜。畢事，向之囂薄者伺公出，聚譟于馬首，街邏不能制。然場屋之習從是遂變，文格漸以復古，公之力也。是歲，進士若蘇軾、蘇轍、曾鞏，皆以文章名天下；程顥、張載、朱光庭、吕大鈞，竝爲名儒。(《增訂歐陽文忠公年譜》)

顧棟高

【王荆國文公年譜凡例(節録)】《宋史》撰公本傳，前後多疏漏，如歐陽修爲公延譽列於登第之前，似公獻詩文以求售者，不知此時公已歷淮南任三年，有曾子固《上歐陽書》可考也。歐集中明云：至和中薦王安石爲諫官，不就。後言於朝爲群牧判官在至和元年甲午，而本傳乃云：「公以祖母年高辭」，不知公祖母謝氏卒於皇祐五年六月，去此已及一年，有曾子固《墓誌銘》可考也。(《王荆公年譜》卷首)

公於經筵爭坐講，史傳失載，考吕獻可論公十事，其三曰：侍講請坐自尊，及曾子固所著《講官議》可見。或謂子固此議爲伊川發，非也。伊川以元祐元年爲崇政殿説書，而子固以元豐六年卒，年代遠不相值。東坡以形跡之似遂以老泉之疑荆公者疑伊川，蓋所謂貌相耳。特書之以補史書之闕。(同

上）

【真宗天禧三年己未九月二日公生】 母夫人吳氏，臨川處士吳君諱畋之女，母曰黃氏，公于夫人爲長子，兩兄前母徐氏出也。夫人愛之甚于己子，待前母之族如己族。曾子固《墓誌》云：「黃氏曉書史，兼喜陰陽術數學，故夫人亦通于其説。」（《王荆公年譜》卷上。以下皆爲節録）

編者按：此《墓誌》指《仁壽縣太君吳氏墓誌銘》，見《曾鞏集》卷第四十五

【（明道）二年癸酉公年十五歲】 按公與子固同撫州府，直至十八入京師，始與定交，以前大抵閉門獨學無師友，使常居臨川早已聞聲相思久矣。此亦十五以前從宦遊之之證也。（同上）

【（明道）三年丙子公年十八歲】 從都官公入京師，始與曾子固定交。子固贈公詩云：「憶昨走京塵，衡門始相識。疏簾挂秋日，客庖留共食。紛紛説古今，洞不置藩域。有司甄棟幹，度量棄樗櫟。振轡行尚早，分手學塤北。初冬憩海昏，夜坐探書策。始得讀君文，大匠謝刀尺。」（同上）

【（慶曆）三年癸未公年二十五歲】 至南豐謁曾子固。子固贈公詩云：「維時南風薰，木葉晃繁碧。頹雲走石瀨，逆坂上文艦。欣聞被檄來，窮閣駐鑣軾。促榻叩其言，咸池播純繹。行身抗淵損，及物窺龍稷。」「霧草變衰黄，吟蛩鬧朝夕。君子畏簡書，薄言返行役。」「自從促櫂去，會此隆冬逼。」據此詩及《上徐兵部書》，則公以三月乞假省覲，歷兩月至臨川，復至子固家，留連歷秋冬而後返。 公作《同學一首別子固》。撰《户部郎中贈諫議大夫曾公致堯墓誌銘》。按，序云：公歿於祥符五年壬子，歿後八年而博士子鞏生，生二十五年，而鞏以博士命來乞銘，計共三十二年，以年份推之，當爲是年

癸未，曾蓋與公同年生也，而刻本誤作三十五年，則當皇祐五年癸巳。博士卒於慶曆丁亥，到癸巳歿已七年矣，尚得云「博士命」耶？博士諱易占，鞏之父、致堯之子。（同上）

【（慶曆）四年甲申公年二十六歲】　曾子固《上歐陽舍人書》云：「鞏之友王安石，文甚古，行甚稱其文，雖已得科名，居今知安石者尚少也。彼誠自重，不願知於人，嘗言：『非先生無足知我。』如今雖無常人千萬不害，顧如安石者不可失也。」「謹書其所爲文一編，進左右，幸賜觀之。」按，曾再上書云：「書既達，而先生使河北，不復得報。」歐公以慶曆四年八月出爲河北都轉運使，故知當爲是年也。此時公已登第，歷揚州任三年，復歸京師。《宋史》本傳以此事列於登第之前，似公緣此以得科第者，失之遠矣，觀此書自明。（同上）

【（慶曆）五年乙酉公年二十七歲】　公在京師任大理評事。與王回、王向定交，致其文於曾鞏。王回字深父。曾子固《再上歐陽舍人書》云：「頃嘗以王安石之文進左右，而以書論之。」「既達，而先生使河北，不復得報。」「近復有王回者、王向者，安石於京師與爲友，稱之曰：『有道君子也。』以書來言者三四，又寓其文以來。鞏覽之而知二子誠魁閎絶特之人，不待見而已，能信之。三子者，樹立自有法度，非苟求聞於人。而鞏汲汲言者，欲得天下之才盡出於先生之門，以爲報耳。伏惟還以一言，使之是非有定焉。」曾子固來書云：「鞏至金陵後渡江來滁上，見歐陽先生，住且二十日。今從泗上出，及舟船侍從以西。歐公悉見足下之文，愛歎誦寫，不勝其勤。間以王回、王向文示之，亦以書來，云此人文字世所無有，嘗編《文林》，悉時人之文佳者，此文與足下文多編入矣。歐公甚欲一見足下，能作一來許否？歐公更欲足下少開廓其文，勿用造語及模擬前人。云：孟韓文雖高，不必似之，取其自然耳。」按，歐公以慶曆五年八月出知滁州，此書當在是年。撰《曾公夫人萬年太君黄氏墓誌銘》。（同上）

【（慶曆）八年戊子公年三十歲】是年得旨歸葬，遂以某月日與昆弟奉都官公之喪，葬江寧府之蔣山，曾子固志其墓。（同上）

【皇祐元年己丑公年三十一歲】撰《太常博士曾公易占墓誌銘》鞏之父。序云：「公殁於慶曆丁亥，後二年而葬。」當爲是年己丑。（同上）

【（皇祐）五年癸巳公年三十五歲】十一月十五日葬永安縣君於金谿縣之某鄉某原，曾子固志其墓，時兩兄安仁、安道已前卒。（同上）

【（嘉祐）八年癸卯公年四十五歲）】八月辛巳母夫人仁壽縣太君吴氏卒於京師，年六十六。十月乙酉歸葬江寧府之蔣山。曾子固志其墓。按，公母夫人卒於仁宗嘉祐八年八月辛巳，及治平二年七月二十七日大祥猶未滿數日，喪服未應除。蓋當時朝論所屬先期，敦迫就道耳。看下文曾子固書自明。曾子固來書云：「八月中，承太夫人大祥，於郵中寓書奉慰。未審到否？」（同上）

【熙寧元年戊申公年五十歲】是年公請坐講，曾子固爲著《講官議》以諷。宜興儲欣曰：「爾時介甫位未高，曾、王之交方密，必子固力阻不從而著議，以解其惑者。」茅鹿門乃謂「此議爲伊川發」。按，伊川爭坐講在元祐朝，子固以元豐六年卒，其弗合明矣。按，荆公以孟子自處，事事欲摹倣古人，立崖異，爭坐講，亦其一節也。而子固不以爲然，至作議以諷，其不阿所好如此。夫居上位者當容異己之君子，而不當暱同己之小人。乃荆公一見吕吉甫而喜援引，至執政而卒爲所賣。子固兄弟交，終身無一言推轂。豈非吝於改過，好人同己之失歟？（同上卷中）

【元豐元年戊午公年六十歲】　差男旁句當江寧府糧料院。按，旁係公次子雱之弟。曾子固撰公母夫人墓誌：「孫九人：雱、旉、旁、旊、斻、防、斿、旂、放。」是年，神宗召見曾鞏，問曰：「王安石何如人也？」對曰：「安石文學行義不減揚雄，惟吝故不及。」對曰：「安石輕富貴，非吝也。」對曰：「安石勇於有爲，吝於改過。」按，荆公與子固爲布衣昆弟，及得志，乃疏鞏而親布。公有《寄曾子固》詩云：「時恩謬拘綴，私養難乞假。低迴適爲此，含憂何時寫？吾能好諒直，世或非詭詐。安得有一廛，相隨問耕者。」此詩未知何時所寄，大約在得位秉政之後。據此，則公求言於子固，虚衷可謂至矣。而子固之詩云然（編者按：指《過介甫歸偶成》），蓋所謂説而不繹，從而不改，諂諛之小人中其心，而忠告之友不能入也。（同上卷下）

蔡世遠

《列女傳目録序》　子固文本經術，古茂處亦有西京風味。茅鹿門謂其序諸書，不徒詳其緣起，往往有一段大議論，此序其一也。（《古文雅正》卷十一）

《先大夫集後序》　通篇贊乃祖直節，兼説出所以不得大用之故，有起有收，中分數段，篇法井然。（同

上）

《宜興縣學記》　比《吉州慈溪學記》更説得詳明親切，有學識，有筆力。此種文於世道人心，大有關係，堪與原道並傳。曾文多本經術，議論亦平實，故朱子喜讀之。（同上）

《撫州顔魯公祠堂記》　魯公歷事四朝，丹心浩氣，九死不移。子固直以堂正之旗陣發之，震耀聳動，故曰至文。（同上）

《越州趙公救菑記》　絶大經濟，得大手筆叙之，更可法可傳。是時救荒美政，推趙公之在越州，富公之在青州。有心斯民者，所宜核考而健記之。（同上）

《書魏鄭公傳》　以直諫爲揚己之短，而不知納諫正所以成己之聖。故舜至聖也，而益戒以無怠無荒，禹戒以慢遊傲虐，況其他乎？太宗之所以致治，全在賞諫臣而虚心納諫。南豐此論屈折盡透，比《范貫之奏議序》更曲暢。（同上）

《爲裴相公讓官表》　文至東漢，漸趨簡鍊，渾灝之氣，不如西京；至三國，則又加選言之功，以韻調勝，六朝因而爲四六綺靡之文，唐初未離此習，韓、柳始一振之。此篇雖以排偶行文，然鎔經鑄史，兼三國、六朝之勝，而渾浩流轉，直逼西京者也。歐、蘇、王、曾謝表，俱效此體，綺靡之風衰矣。（同上卷八韓愈文評語）

王應奎

濟、登、兹三字，見昌黎《鄆州谿堂詩序》，又見南豐《滄洲上殿劄子》。吾邑嚴思菴虞淳先生殿試策中用之，用廷諸公竟未有識其所自出者。而坊間通行選本古文，「躋」字俱刻「躋」字，諸公反以思菴爲誤，相約上若問，當以筆誤對。噫！宰相須用讀書人，信哉！（《柳南隨筆》卷一）

柳子厚文本《國語》，却每每非《國語》；曾子固文宗劉向，却每每短劉向。雖云文人反攻，然學之者深，則知之者至，故能舉其病也。（同上）

【文章正宗】義門先生謂《文章正宗》只是科舉書，不但剪裁近俗，亦了未識《左》、《史》文章妙處，局於南宋議論，與韓、柳、歐、曾之學相似，而實不同。（《柳南續筆》卷一）

【古文難易之分】王、李之古文，學《史》、《漢》而僞者也。今人之古文，學歐、曾而僞者也。然爲僞《史》、《漢》，猶非多讀書不能。若爲僞歐、曾，只須誦百翻《兔園册》，用「其」、「之」、「乎」語助，儘可空衍成篇。蓋便於學者之不讀書，殆莫甚於此。……山陰徐伯調云：「學《史》、《漢》者如孔廟奏古樂，琴瑟柷敔，僅得形模，故難爲。學八家者，如古樂之遞變至近時梨園諸曲，窮情極態，亦復感動頑慧，故樂爲。實則彼以古而難追，此以今而易襲，未可謂易爲者爲古，而難爲者反非古也。」此論殊爲得之。（同上卷三）

李紘

【穆堂初稿序（節録）】 人生不朽者三，立言居其末，文章又立言之一端耳，然往往難之。自宋以來，吾江西爲獨盛，歐陽、曾、王三公後先奮起，爲天下所宗。……於兹乃取宋以後詩古文諸大家，反復較勘，求所以髣髴歐陽、曾、王者，惟虞文靖公具體而微，其他有一體焉，亦罕矣。既又熟復吾兄《類稿》，乃旁皇駭歎，以爲於鄉先達蓋庶幾焉，而猶莫敢決。又讀之，又較勘之踰年，始悍然自信。舉向時所恨爲妄相位置而誕以快意者，直躬蹈之而不悔也。夫人情暱於所親而私其所從學，吾所信，安能必人之信之？然文章自有定論，妄耶？誕耶？其不然耶？天下後世有歐陽、曾、王，其人必知之矣。兄平生志荆公之志，以臯夔自命，立朝風節似歐陽文忠公，居家孝友似曾文定公。年來講求又有進於是者，詩、古文辭非其意所重也。嗚乎！此其所以能爲歐陽、曾、王之文章也。（《穆堂初稿》卷首）

程廷祚

【復家魚門論古文書（節録）】 宋之師法退之，而能名其家者，不過數人，未有及退之者也。繼之元、明以來，又未有及數家者也。由退之而前，吾見退之之任之；由退之而後，退之將不任乎？何文之愈降而愈衰也？葉水心之言曰：「本朝歐、王、曾、蘇，雖文詞爲盛，然往往不過記叙銘論，浮説閒語，而着實處，反不逮唐人遠甚，學者不可但隨聲唱和，虚文無實，終于斫喪而已。」斯言也，其得曰無所見乎？孔子曰：「修辭立其誠。」又曰：「辭達而已矣。」以「誠」爲本，以「達」爲用，蓋聖人之論文，盡於是矣。因文以見道，非誠也。有意而爲之，非達也。不反其本，而惟文之求，於是體製繁興，篇章盈溢，徒敝覽者之精神，而無補於實用，亦奚以爲！此由後學見退之輕蔑往古，自爲尊大，咸欲效尤，致使然耳。（《青溪文集》卷十）

厲　鶚

（沈德潛）《座主少司馬凌公詩序》　寬厚鴻博，中法律，又復緊嚴。子固文不遠漢京，此復不遠子固。（《稿士文續鈔》卷七評語）

鞏，字子固，建昌南豐人，易占長子。嘉祐二年進士，調太平州司法參軍，召爲集賢校理，出知福、明等州。神宗朝，加史館修撰、中書舍人卒。有《元豐類稿》、《續稿》、《外集》。（《宋詩紀事》卷二十　曾鞏）

洪　璟

【重刻容齋隨筆紀事（節録）】　昔人嘗稱其考據精確，議論高簡，如執權度而稱量萬物，不差累黍，歐、曾之徒不所不及也。（《容齋隨筆》卷首）

鄭　燮

【與江賓穀、江禹九書（節録）】　文章有大乘法，有小乘法。大乘法易而有功，小乘法勞而無謂。五經、左、史、莊、騷、賈、董、匡、劉、諸葛武鄉侯、韓、柳、歐、曾之文，曹操、陶潛、李、杜之詩，所謂大乘法也。理明詞暢，以達天地萬物之情，國家得失興廢之故。讀書深，養氣足，恢恢游刃有餘地矣。六朝靡麗，徐、庾、江、鮑、任、沈，小乘法也。（《鄭板橋集·補遺》）

杭世駿

【古文百篇序（節録）】　近代何大復病狂喪心，乃以爲古文亡於韓，屠長卿謂歐陽、蘇、曾、王之文，讀之不欲終篇，此桀犬之吠，叔孫武叔之毁，不足校也。貞元而後，承以五季之弊陋，穆修、柳開、胡旦欲以古義復之，力薄而不能振，廬陵一變而爲宕逸，南豐一變而爲敦龐，臨川一變而爲堅痩，眉山父子推波助瀾，厥旨始暢。乾淳以往，非無作者，要皆其支流餘裔，而非能自立一幟者也。元末臨川朱氏始標「八家」之目，迄今更無異辭。居平持論，古之爲文者一，今之爲文者二。爲古文而不源於「八家」，支離嵬瑣，其失也俗；爲今時文而不出於「八家」，膚淺纖弱，其失也庸。夫文以傳示遠近，震耀一世之具，而誠不免於俗與庸之誚，則毋寧卷舌而不道矣。（《道古堂文集》卷八）

【施愚山先生年譜序（節録）】　年譜之作，其當有宋之世耶？自一二鉅公長德大集流布，後人景仰其休風，即其所著，按其行事，年經而月緯之。吳仁傑之譜靖節、少陵，呂大防、洪興祖之譜昌黎，文安禮之譜柳州是矣。然此猶屬隔代也。六一譜於薛齊誼，南豐譜於朱子，三蘇譜於何掄，龜山譜於黃去疾，紫陽譜於李方子，……或親問業，或私淑諸人。其言動爲可信，而辭不虛美。（《施愚山先生年譜》卷首）

過珙

《寄歐陽舍人書》過商侯曰：將道德文章特地擡高歐公，正足以信今傳後，卓然歸美祖先。其立言品地，便加人一等，而感慨真摯中，更鄭重有體。在南豐集中，應推爲千年絕調。（《古文評註》卷十評語）

蔡鑄

《寄歐陽舍人書》〔天批〕「感慨」二字伏後。辨別有體，別其異處。「公」「是」二字通篇主腦，故先就世衰以言其難。反言托銘非人，襯筆絕佳。此段（編者按：指「然則孰爲其人而能盡公與是歟」至「豈非然哉」）就「公」「是」二字推重作銘之人，漸逼到題。又用反跌，筆勢矯健。不直入歐公，又作一頓，文要曲折，收得感慨。此段（編者按：指「然畜道德而能文章者」至「宜若何圖之」）感激先生爲銘，乃寄書正意。推重歐公，不徒爲一己之感激，見非一人之私。〔以下夾批〕「感與慚並」，感者，感其表章之德；慚者，愧己之不敢當。「而亦有與史異者」，以史形銘便見銘之所關甚重，二句是一篇之綱領。「則必銘而見之」，史兼載善惡，銘獨記善。「行」，去聲。「或納于廟，或存于墓，一也」，此原銘之所自立。「此其所以與史異也」，此段申明「與史異」句。「非近乎史，其將安近」，此段申明「義近於史」句。「於是乎銘始不實」，此段言其銘之不實，以起下文，當觀其人意。「後之作銘者，常觀其人」，銘以人重，此句領起下段文字。「苟託之非人，則書之非公與是」，狥私則不公，惑理則失是。「其故非他，託之非人，書之非公與是故也」，又從觀其人翻出「公與是」一語，見今世之銘並其義之近於史者亦失之矣。此段以銘之非其人反照出歐公。「非畜道德而能文章者無以爲也」，此一轉徐徐引入歐公身上來，是一篇之骨。「猶之用人，非畜道德者惡能辨之不惑，議之不徇」，此以見非蓄道德者必不可以爲。「不惑不徇，則公且是矣」，應「公與是」，有針綫。「而其辭之不工，則世猶不傳」，又從道德側到文章。「於是又在其文章兼勝焉」，此以見非蓄道德而能文章者亦必不可爲。「豈非然哉」，此段申明能盡「公與是」，必待蓄道德而能文章者，下便好直入歐公。「其傳之難如此，其遇之難又如此」，可直入歐公矣，偏又故作一頓，文更曲折。「固所謂數百年而有者也」，千里來龍，至此結穴。「其傳世行後無疑也」，此二句挽上略頓。「則往往衋然不知涕之流落也」，「衋然」，傷痛貌。「衋」，音釋。「況鞏也哉」，層層轉入自己，淋漓痛切，可觀可感。「其追睎祖德而思所以傳之之繇」，「睎」，音希，將明未明之際，謂其祖之言行世遠，人難以考據。歐公必欲追遡明白而傳之不朽也。「宜若何而圖之」，將己之感恩圖報意略作一結，以下發出絶大議論，正見銘與史異用而同功。「先祖之屯蹷否塞以死，而先生顯之」，「否」，音庀，屯蹷，行之難也。否塞，困厄不通也。「潛遁幽抑之士」，宕開。「而惡誰不愧以懼」，此遥應前段警勸之道。「此數美者，一歸於先生」，銘一人而天下之爲祖若父者以勸以懲天下之爲子若孫者，以榮以辱，信乎銘誌之著於世，義近於史。至數美歸於先生一語，何等推重歐公，若徒爲己之祖父作感激，是猶一人之私耳。「既拜賜之辱，且敢進其所以然」，所以感歐公者。「所諭世族之次，敢不承教而加詳焉」，承歐公來書而加詳。（《古文評註補正》卷十）

劉大櫆

【張訥堂詩序（節録）】　夫文章之與勳業，其輕重不較而明。然曾鞏有言：自周衰至今千有餘歲，其間能文章之士，漢及唐、宋三代而已；而三世之盛，能以文章特見於世者，率不過三數人。是則爲國家建立勳業前代多有其人，而能文章之士曠世而不一見也。（《劉大櫆集》卷三）

【潘在澗時文序（節録）】　人之所能自爲者，文章也。而其人之生，則天使生之。左丘明、屈原、荀卿使生楚，司馬遷使生秦，相如、揚雄使生蜀。古之人文，盛于西北；而後之人文，盛于東南，地使之也。秦、漢以前，其人莫不能爲文，而唐、宋以下，則其能者不過數人，時使之也。其時同，其地又同，有相因而至者。律以雄鳴，使以雌應之；音以宫倡，使以徵和之。韓愈、柳宗元使並時而生於大河之南，東，歐陽、曾、王使並時而生於豫章，蘇氏之文，使並時而其父子兄弟生於峨眉之山下。時文亦然。唐氏、歸氏使並時而生於吴會。（同上）

【恐吠一首別張渭南（節録）】　王介甫《答段縫書》云：世之愚者衆而賢者希，愚者固忌賢者，而賢者又自守，不與愚者合，愚者加怨於心，是以無之焉而不謗。悲哉段縫！赫然子固！猶在今世。而懃懃乎使人讀之興起者，介甫之文也。（同上卷四）

唐人之體，校之漢人，微露圭角，少渾噩之象；然陸離璀璨，猶似夏商鼎彝。宋人文雖佳，而奇怪惶惑處少矣。荆川云：「唐之韓，猶漢之班、馬；宋之歐、曾，猶唐之韓。」此自其同者言之耳。然氣味有厚薄，力量有大小，時代使然，不可强也。但學者宜先求其同，而後别其異，不宜伐其異，而不知其同耳。（《論文偶記》二四）

予謂論則韓、蘇，書則韓、柳，序則韓、歐、曾，碑誌韓、歐、王。記則八家能之，而以韓、柳、歐爲最。祭文則韓、王，而歐次之。三蘇之所長者一，曰論。曾之所長者一，曰序。柳之所長者二，曰書，曰記。王之所長者二，曰誌，曰祭文。歐之所長者三，曰序，曰記，曰誌銘。韓則皆在所長，而鹿門必欲其似史遷，何其執耶？此韓之所以作《毛穎傳》也。（《唐宋八家文百篇》序目）

《唐論》後半上下古今，俛仰慨然，而淋漓遒逸，有川歸海之致，鹿門反謂其弱，何耶？（《名家圈點箋注古文辭類纂》卷三　評語）

《列女傳目録序》子政胎教之言已足千古，子固更進一層，歸之深化，深入理奥，而文亦粲然成章。（同上）

《范貫之奏議集序》子固集序，當以此篇爲第一，其妙則王遵巖所論盡之。（同上）

《先大夫集後序》稱述先人之忠諫，而反復致慨，於當時朝臣之齟齬及天子優容之盛德，渾然磅礴。

（同上）

《館閣送錢純老知婺州詩序》　子固贈送之序當以此爲第一，敷陳暢足而藹然温厚。（同上）

陳兆崙

【曾文選序】　南豐之文之最上者，祇可當韓之上中，而亦無韓之下格。其無韓之上上者，天也；其亦無韓之最下者，人也。非徒不能爲，亦直不欲爲耳。其舒緩遲重似劉向，而近裏著己又似仲舒。蓋以漢人爲師者歟？歐陽公之詩有坡老跨之，而文則又遇子固，二子皆公之門人，爲人師者，不亦難乎？存其十篇，似有未盡，然而善讀書者曰足矣。（《陳太僕批選八家文鈔》）

《移滄州過闕上殿疏》　一路説來，只似張皇本朝，遠勝前古。其實是責備今之臣子，遠不如古耳。忠愛之忱，溢於楮墨，直恁地淋淋漓漓。凡爲文到主意欲露之時，有如大地結穴，必有一種盤薄往復之精神，又有一種左拿右攫唯恐或失之意象。有此精神意象，方纏綿有味，頓挫有節，聖人復起，不能易也。自僞學不識此旨，而牧齋僞體，奉爲拱璧，悲夫！（同上《曾文選》評語）

《書魏鄭公傳後》　南豐集中，以此爲極刻露之文，而寬博有餘之氣自在。至其論之正，辭之達，昭昭乎如揭日月而行，誠人主之金鏡也。至若明季惡習，嘗有諫書未達當寧而早登家集者。小人罔上行私，正與魏公相反，究亦不能瞞天下後世之人，又安得援末流之弊，而疑此文爲未善耶？（同上）

《宜黄縣學記》　熟精三禮，盱衡有素，正苦無處傾瀉，乃於宜黄一發之。文在題之前，題之後，而不在題籬藩之内。三段皆用「歟」字宕住，其光遠，其韻長。幾用助字，都非孟浪。「哉」字「歟」字，似可通用而必不可通，「哉」字開口，「歟」字合口，開口者響，合口者沈。響者疾，沈者遲；疾者往，遲者留。餘可類推。（同上）

《撫州顔魯公祠堂記》 青天白日，長江大河。（同上）

《寄歐陽舍人書》 以歐陽爲曾作祖銘，以子固爲祖謝歐陽銘，自應有此一篇大文，格律嚴重，森不可犯。而流行之趣，自滚滚於字裏行間，所謂玉水方折者也。（同上）

《禮閣新儀目録序》 其理至醇，其事甚平，而六經經世之旨畢具，晦翁所以苦愛曾集也。如此説禮，真是旦暮可行者，不知何以千百年來，竟如封建井田之不可復，亦異矣。大抵吏事，半擾於簿書期會，雖有賢者，不暇以爲，非獨如魯雨生拘迂之病也。（同上）

《列女傳目録序》 言高旨遠，其感人深。想見其含毫欲腐。子固文往往有脱節處，及不完全處。如寄歐陽書，「況辇也哉」下，接其「追晞祖德」云云，文氣似硬接。移滄州劄子，「其於勸帝者之功美，昭法戒於將來」，下接「聖人所以列之於經」，中間似有落句，所謂脱節也。宜黄學記，「士有聰明樸茂之質，而無教養之漸，則其材之不成」，語似未完。此篇「『身不行道，不行於妻子』，信哉」，文氣已欲宕往，而復接「如此人者」，亦微有脱節。往復讀之，始信古人不可輕議，蓋勢似斷而仍連者，險勢也。意到而筆未到，即不必到者，渴筆也。有此渴筆險勢，而後其味澀，其體重，范蔚宗華而不靡，全賴有此，却被此老偷來。（同上）

《戰國策目録序》　從來英君察相，每受誤於救時之説，王霸雜用，而治不進於古，多坐此也。得此沁入肝脾之言，而又如春風醇酎，使人自醉，故可寶玩。（同上）

《陳書目録序》　於無可着筆處，生出奥趣，又倍極穠郁，根柢盤深。自不患清而易挹。前後序書顛末，質寔瑣碎，人不能爲，亦不肯爲，前賢於經史，用心不苟如此。（同上）

《南齊書目録序》　以典謨手責史氏，則司馬遷後，爲自檜以下矣。然則其貶遷處，正是舉遷爲標，此句外不傳之意。亦須遇堯舜之君，方得顯聖賢之筆。《春秋》多挹損之辭，不可以言傳，時爲之也。馬遷於漢以前，皆録舊文，至於本朝紀傳，亦可謂妙絶，雖未敢許其明周於理，道適於用，若通難知之意，發難顯之情，則居之不慚。今欲靠高惠、文景之榜樣，摹擬出一部《尚書》，雖宣父亦恐擱筆。王通續書，所以爲大愚，豈南豐解人而顧昧此耶？故曰：句外有不傳之意也。（同上）

姚　範

【曾南豐集】　陳伯玉《書録解題》云：「《南豐類稿》五十卷，王震爲之序；《年譜》，朱公所輯也。」按，韓持國爲《神道碑》，稱《類稿》五十卷，《續》四十卷，《外集》十卷。《本傳》同之。及朱公爲譜時，《類稿》之外，但有《别集》六卷，以爲散逸者五十卷，而《别集》所傳其十一也。開禧乙丑，建昌守趙汝礪、丞陳東得於其孫濰者，校而刻之，因得傳之。舊定著爲四十卷。據此則《南豐集》在宋時已不見其全矣。明成化間，南豐令南靖楊參、隆慶間邵廉俱爲鏤板，其曾氏之後刻公集者，萬曆丁酉有敏才者刻於南豐查溪，崇禎有懋爵者與其子以居刻於杭州。此本則順治間曾先曾秀，因查溪舊板殘闕，補刻之，最爲陋劣。杭州本較勝，而譌漏亦多。余僅有此本，姑留之以備較閲，而摧燒諸序文，略識其概云。（《援鶉堂筆記》卷四十三）

茅鹿門《八家文鈔》，其《曾子固傳》非出於《宋史》或《東都事略》，疑柯維騏所芟本。然宋代如歐、蘇一皆芟改，非《宋史》本傳，惟韓、柳本《新書》，但删所載文耳。（同上）

《南豐集》有《本朝政要策》，觀其詞乃未成文，似記其故實，以備策料耳。（同上）

題歐、曾二公帖云：歐陽公著書所以資僚友之考訂者，謙至而周悉。曾公家書所以告語其嫂者，忠愛而敦篤。所謂盛代之德人，文學之師表也。學者因翰墨而想像其詞氣，因詞氣而涵泳其德業，所得不既多乎？（同上卷四十四）

子固於文多有襲用介甫者，如《禮閣新儀目録序》：「其所改易更革，不至乎拂天下之勢，駭天下之情，而固已合乎先王之意矣。」此介甫語也。又《與杜相公書》：「鞏多難而貧且賤」一篇，近孫元規侍郎兩書，《鵝湖院佛殿記》，緊健亦類介甫。（同上）

按吕氏所次二千餘篇，天聖、明道以前在者不能一二，其工拙可驗矣。文字之興，萌芽於柳開、穆脩，而歐陽修最有力，曾鞏、王安石、蘇洵父子繼之，始大振。故蘇氏謂天聖、景祐文終有愧於古，此論世所共知不可改，安得均年析號，各擅其美乎？（同上）

昌黎於作序緣由，每能簡潔，而文法硬札高古，歐、曾以下無之。惟《（送）楊寘序》有其意。然「以多疾

之體」六七句綴之，終不似。（同上）

震川希心於歐、曾，如《見村樓記》中段，煙波生色處最佳。然「予能無感乎」音韻輕促，不逮歐公。（同上）

【南豐年譜】 朱子所爲文定之譜不可見，今考其略於此。

真宗天禧三年己未

先生生於是年。按，荆公爲子固之祖諱，墓誌云：「公殁八年而博士子鞏生。」

（天禧）四年庚申

（天禧）五年辛酉

王荆公蓋生於是年。李璧注公詩亦云：生天禧辛酉。余檢公《祭吴充》文及《吴充傳》，考之不謬。《宋史》本傳紀公年誤也。

乾興元年壬戌

曾牟生樹按，荆公《博士墓誌》：「子男六人：曄、鞏、牟、宰、布、肇。」

仁宗天聖元年癸亥

（乾興）二年甲子

博士於是年得進士第。

（乾興）三年乙丑

（乾興）四年丙寅

博士爲越州節度推官，當在前後二、三年間。公母夫人吴氏亦或殁於是時。王荆公爲《曾公夫人吴氏墓誌》云：「夫人年二十四來歸，三十有五以病終，子男三：鞏、牟、宰；女一。博士時爲越州節度推官。」所云「女一」者，疑即公所爲《關景暉妻曾氏墓表》所云：「鞏之長妹也。」《表》云：「嘉祐二年卒，年三十二」，推之，生於丙寅矣。公自云：「有妹九人。」樹按，本傳：四弟。則子宣、子開，朱母出。

（乾興）五年丁卯

（乾興）六年戊辰

（乾興）七年己巳

（乾興）八年庚午

是年先生年十二。《墓誌》云：「能文，語已驚人。」《行狀》云：「試六論，援筆而成。」

（乾興）九年辛未

明道元年壬申

（明道）二年癸酉

景祐元年甲戌

先生年十六。《學舍記》云：「十六七時，闚六經之言，與古今文章，有過人者，知好之，則於是鋭意欲與之並。」

（景祐）二年乙亥

（景祐）三年丙子

《上齊工部書》疑在丙子、丁丑之間。

（景祐）四年丁丑

寶元元年戊寅

《墓誌》云：「始冠，遊太學，歐陽公一見其文而奇之。」按，是年三月，歐公方自夷陵移光化軍乾德縣，次年權武成軍節度判官廳公事，並不居京師。至康定元年六月始召還，復充舘閣校勘。

（寶元）二年己卯

康定元年庚辰

《李丕誌》云：「康定初，先人寓南康，與李君居並舍。」

慶曆元年辛巳

《王君俞哀辭》云：「慶曆元年，予入太學，居數月歸。」按，見歐公當在此年。然歐公於是年始改集賢校理，未爲學士。

（慶曆）二年壬午

《劉伯聲墓誌》：「慶曆初，余家撫州，州掾張文叔與其内弟劉伯聲從予遊。余與伯聲皆罕與人接，得專意以學門磨礱爲事。居三年乃歸。」

（慶曆）三年癸未

是年九月爲《分寧縣雲峰院記》、《禿禿記》、《上齊學士書》，當在三、四兩年之間。

（慶曆）四年甲申

是年歐公爲龍圖閣直學士，而公有《上歐陽學士書》，似初受知於門下者。又後《上歐陽舍人書》云：「閒居江南，爲文無媿於四年時。」疑指此四年也。又按，《臨川集·曾公夫人萬年太君黄氏墓誌銘》云：「慶曆四年卒於撫州，年九十二。」而此書云：「祖母年九十餘。」是年五月《上蔡學士書》。

（慶曆）五年乙酉

《上歐蔡書》疑在是年，歐公以蔣之奇論事，降滁州。《送劉希聲序》。

（慶曆）六年丙戌

《送趙宏序》、《送王希序》、《僊都觀三門記》。《吴太初哀辭》云：「弟景初視余於臨川。」《上歐陽舍人書》言：「舍人先生當時之急有三」。按，歐是年未爲舍人。又按，歐公爲《曾致堯神道碑》云：「慶曆六年夏，其孫鞏稱其父命」云云，則求碑文於是年。

（慶曆）七年丁亥

《與介甫第一書》疑在是年。「從泗上出，舟船侍從以西」，蓋侍博士。介甫《誌》所云：「罷官十二年復至京師也。」是年，博士卒於南京，後公《謝杜公書》：「昔鞏之得禍罰於河濱。」《醒心亭記》、《上杜相公書》、《三月十五日》詩、《繁昌縣興造記》、上歐陽謝誌銘（編者按：指《寄歐陽舍人書》，見《曾鞏集》卷第十六)。是年葬博士。

(慶曆)八年戊子

《墨池記》、《菜園院佛殿記》、《金山寺水陸堂記》。

皇祐元年己丑

《宜黄縣學記》、《思軒詩序》、《送周屯田序》。王聞修《續編》云:「《臨川集》有《都官郎中周君墓誌》,疑即此人。余按,《誌》中不著名,然云『以進士起至尚書屯田郎中,求監池之永豐監,遂致仕。已而,今天子大享明堂恩,除都官於家以卒。』則《續編》之言可信。又《誌》云:『卒於皇祐四年,春秋七十七。』而此序蓋博士既歿之後,疑在此前後一二年也。

(皇祐)二年庚寅

(皇祐)三年辛卯

(皇祐)四年壬辰

(皇祐)五年癸巳

兄曄卒於江州。

至和元年甲午

《學舍記》。是年晁夫人來歸,年十八。公年三十六。《先大夫集後序》。

(至和)二年乙未

《顏魯公祠堂記》、《杜相公書》在此後一二年間。書云：「九歲於此，初不敢爲書以進。」

嘉祐元年丙申

《與王介甫第二書》，疑介甫提點江東刑獄之日。

（嘉祐）二年丁酉

是年章衡榜進士。《擬峴臺記》。是年夏公南歸，見《闕景暉妻墓表》。《孫司封書》當在二年以前。介甫爲《孫抗誌》云：「卒於嘉祐三年」，而儂智高以皇祐五年平。又稱「祖袁州」。按，祖以至和元年知袁州，見李覯《學記》。

（嘉祐）三年戊戌

《思政堂記》、《新建縣廳壁記》。

（嘉祐）四年己亥

爲太平司法參軍，當在是年。《墓誌》云：「嘉祐二年進士，爲太平州司法參軍。歲餘，召編校史館書籍，歷館閣校勘、集賢校理，兼判官告院，嘗爲英宗實録檢討官，不踰月出判越州。」

（嘉祐）五年庚子

其召編校書籍爲館閣校勘，當在是年之冬。《與王深甫書》亦在是年。書云：「去年第二妹嫁王補之者，不幸疾不起。」而補之妻以四年卒。又云：「在官折節於奔走」云云，則爲司法也。

（嘉祐）六年辛丑

是年至京，公《祭晁夫人》文云：「始來京師，辛丑之歲。」十一月壬申，女慶老卒。

（嘉祐）七年壬寅

《清心亭記》。是年二月，晁夫人卒。按，公繼娶李氏禹卿之女，不知何時。有《送李材叔序》，材叔名獻卿。又爲《李迂誌》，其孫漢卿。

（嘉祐）八年癸卯

《陳書目録序》。

英宗治平元年甲辰

《王子直序》當在二年前。

（治平）二年乙巳

《王深甫序》當在二年後。《與王介甫書》。

（治平）三年丙午

九月甲寅，女興老卒。《筠州學記》、《蘇明允哀辭》、《相國寺維摩院聽琴序》。

（治平）四年丁未

《贈黎安二生序》當在此年後文云東坡自蜀以書至京師，則蘇公以三年歸蜀，熙寧二年還朝。

神宗熙寧元年戊申

《瀛州興造記》、《尹公亭記》、《張文叔文集序》、《廣德鼓角樓記》。

（熙寧）二年己酉

爲英宗實録檢討官，不踰月，通判越州。按，曾子開《行狀》云：編校書籍，積九年，自求補外，轉移積十餘年。《墓誌》云：「自求補外凡十二年。」《廣德湖記》。《送傳向老序》云：「得之於山陰」，則是倅越州之日。《越州鑑湖序》二年冬。

（熙寧）三年庚戌

《錢純老詩序》十一月

（熙寧）四年辛亥

（熙寧）五年壬子

《齊州北水門記》。

（熙寧）六年癸丑

《齊州二堂記》二月、《齊州雜詩序》二月。是年自齊移襄州。

（熙寧）七年甲寅

（熙寧）八年乙卯

《襄州長渠記》八月丁丑。

（熙寧）九年丙辰

《王容季文集序》。是年自襄州移洪州。《强幾聖集序》當在九年以後，韓魏公以八年卒，幾聖九年卒，《序》或在元豐元、二年後。

（熙寧）十年丁巳

是年二月葬晁夫人於建昌軍南豐縣龍池鄉之源頭。《子翊墓誌》云：「熙寧十年春，予蒙恩，予告葬其弟子翊於南豐。」《徐孺子祠堂記》記云：「予爲太守之明年。」是年移福州。

元豐元年戊午

《王平甫集序》。是年公六十，在福州。其《上執政書》云：「去歲之春，有此邦之命。」又云：「去秋到職。」而福州禱雨在元豐元年五月，則公以十年至福州也。十月，《展墓文》云：「去歲在江西蒙恩省視松楸，今自福州被召還朝，又得便道展拜墓下。」

（元豐）二年己未

《越州救菑記》。知明州。按，是年召未至，知明州。正月二十五日至明州，見《到任表》。徙亳州，狀云：「五月三十日奉勅知亳州。」又云：「在外十有一年，已更六任。」

（元豐）三年庚申

《洪州東門記》、《過滄州上闕疏》。《移滄州狀》云：「臣遠違班列十有二年。」按，是年徙知滄州，不行，留勾當三班院。

（元豐）四年辛酉

爲史館修撰。

（元豐）五年壬戌

四月試中書舍人，九月丁母憂。

（元豐）六年癸亥

四月丙辰，卒於江寧府。

（同上卷四十五）

王荆公生於天禧五年辛酉，公《祭吴侍中冲卿文》：「公命在酉，長我一時。」然則荆公之生以冬。荆公少居金陵，見《李通叔哀辭》。荆公父益之以寶元二年二月二十三日卒，而荆公以慶曆二年三月二十二日及第，見《謝及第啟》。公父母俱葬江寧，見子固《誌》與平甫《誌》。荆公從事淮南在慶曆二年，見《李通叔哀辭》，又見《送正之序》。四年還自揚州，見《外祖母黄墓表》。七年移鄞令，見《胡君誌》。八年在鄞，見《鄞女誌》。……（同上）

據無己自云：「年十六見南豐先生於江漢之間」，似在熙寧元年戊申，推之當生於皇祐五年癸巳，卒年四十九，則正在靖國元年也。南豐卒時，後山年三十一。（同上）

全祖望

【公是先生文鈔序（節録）】予嘗謂文章不本於六經，雖其人才力足以淩厲一時，而總無醇古之味，其言亦必雜於機變權術，至其虚憍恫喝之氣，末流或一折而入於時文。有宋諸家，廬陵、南豐、臨川所

謂深於經者也，而皆心折於公是先生。（《鮚埼亭集外編》卷二十四）

【答沈東甫徵君文體雜問（節録）】 問：昨聞臨川侍郎語，以爲正史列傳外，不應擅爲人作傳。試觀八家無此體，其或寄寓遊戲爲之可耳。然否？

答：臨川侍郎之説本於亭林，亭林之説本於任氏《文章緣起》。然攷之於古立傳之例有六：其一則史傳是也。史傳之外有家傳，《隋書·經籍志》中所列六朝人家傳之目，則八家以前多有之。蓋或上之史舘，或存之家乘者也。又有特傳，蓋不出於其家之請，而自爲之。如歐公之《桑懌》，南豐之《徐復》、《洪渥》是也。……若明吴江徐氏辨文體，即以歐、曾所作《桑》、《洪》等傳爲家傳，又非也。（同上卷四十七）

問：哀詞見於古人者亦少，但當爲傷逝之作，而臨川以爲即墓表也。又謂但可加之失意之人，然否？

答：哀詞哀讚哀頌，皆起於東漢，本不過傷逝之作。而間有以充碑版之文者。蔡中郎爲胡夫人作《哀讚》曰：「仰瞻二親，或有神誥。」靈表之文，作《哀讚》書之於碑，是竟以當墓碑也。南豐作老蘇《哀辭》曰：「將以鑱諸墓上。」是竟以當墓表也。（同上）

愛新覺羅·弘曆

【御選唐宋文醇序（節録）】 昌黎韓愈生周漢之後幾五百年，遠紹古人立言之軌，則其文可謂有序而能達者。然必其言之又能有物，如布帛之可以暖人，菽粟之可以飽人。則李瀚所編七百篇中，猶且十未三四，況昌黎而下乎甚矣。文之至者不易得也。明茅坤舉唐、宋兩朝中昌黎、柳州、廬陵、三蘇、曾、王八大家，薈萃其文各若干首，行世迄今，操觚者膾炙之。（《御選唐宋文醇》卷一）

《書魏鄭公傳》 犖文以此篇爲第一，所爲既没，其言立者歟？按，《易》曰：「含章可貞，或從王事，無成有終。」子曰：「善則稱君，過則稱己，則民作忠。」《書·君陳》曰：「爾有嘉謀嘉猷，則入告爾后於内。爾乃順之於外曰：『斯謀斯猷，惟我后之德。』嗚呼！臣人咸若時，惟良顯哉。」周公、孔子、成王之言，胥不若是，而謂犖之説可比於古之立言者，何歟？曰周公之言，孔子文言明之矣。曰陰雖有美，含之以從王事，弗敢成也。地道也，妻道也，臣道也。地道無成，而代有終也。陰不得自有美，自有美斯惡矣！雖有公旦之勳勞，而使天下不知其出於王，則亦惡矣。雖百官總己以聽於周公，而凡文告之辭，必曰周公，曰王若，曰若今傳宣詔旨者，然可知明保冲子而終，未嘗有一言一事之專成者。公之美皆王之美也。至於納誨則不然，曰予旦受人之微言，咸告孺子王矣。公未嘗有所諱而讓也。蓋無成之義在事立績成之時，而納誨之辭在出謀發慮之始，安得引《易》之語爲議哉？若孔子之言爲人臣言也。夫言豈一端而已，夫各有所當也。與父言依於慈，與子言依於孝。子與子相語，而唯言子之不孝，則亦里巷小人之爲矣。孔子，人臣，爲人臣言，安得不云爾乎？若犖之言所以開後世人君之惑也，況乎察言者如觀山焉，移步换形，遠近高低便不同，在善領會者。夫善則稱君，善已成也；過則稱己，過已成也。善之已成，而身任之，是悖《易》「無成」、「含章」之義也；過之已成，而身任之，是爲尊者諱也。孔子曰：「丘也幸苟有過，人必知之」之類是也。若夫諫諍之事，則善固未成而過亦未著，其納諫而成善歟！其善之大小未可知，而先彰其納諫之美，若決江河，則尊吾君以舜也。縱使過已成而改而之善歟？過既改，則過之大小不必問，而唯見其改過之美。改過不吝，是尊吾君以湯也。然則鞏之言正孔子所謂「善則稱君」之大者矣，而奚有二焉？惟諫不納而過已彰，乃號於人曰：「吾嘗言之矣。」則爲失人臣之義耳，而豈鞏文之旨哉？若《君陳》之書，則先儒辨之久矣。葛真曰：「成王殆失言，欲其臣善則稱君，人臣之細行也。」君既有是心，至於有過，將使誰執哉？禹聞善言則拜，湯改過不吝，端不爲此言矣！真德秀曰：「人臣自處者所當知，若君以語其臣，則不可也。」漢高祖稱李斯「善則稱君王」，衛尉非之，衛尉之名不著，然其言足爲萬世法。兩家之言當矣，抑又有說焉。孟子曰：「讀其書不知其人，可乎？」是以論其世也。成王之命君陳也，周公既没，而使代其職，以監殷頑民於下都也。管蔡之亂未久，成王親政，亦未久安，反側銷奸慝，用恩用威，與常事異。其時勢必有當如是措置者，而成王有此言也，蓋自恐其德之未洽於天下也，而豈謂易地皆然哉？是又不得據《君陳》以非鞏矣。（同上卷五十四　南豐曾鞏文一評語）

《與孫司封書》　國所以立者，紀綱也。綱以統紀，紀以承綱。紀亂而補苴罅漏，雖不可少，然國不至於無與立也。曰：綱在也。綱廢則紀雖存，亦弛而不能舉矣。誤封疆者，不可逋誅；死封疆者，不可遺卹，是立國之綱也。鞏所以勤勤於孔宗旦之事，而必欲其白於天下歟！（同上）

《謝杜相公書》　《大學》始教，《宵雅》肄三，官其始也。說者以爲無私恩非孝子也，無公義非忠臣也。若是乎，私恩公義之難並立，而忠孝之致相妨乎？奚其然也？道在明孝，則守先待後，不事王侯，正爲朝廷端本，明化忠之大也，非公義歟？道在明忠，則能致其身，使天下咸曰：「幸哉！有子如此，正爲父母繼志述事。」孝之至也，非私恩歟？然則道一而已。在人審其輕重而時措之耳，世衰道微彝倫攸斁，於是觀起與殺其父，而世以爲忠；伍員教吴滅楚，而世以爲孝。其爲人也，孝弟而好犯上者，鮮矣。不好犯上而好作亂者，未之有也。此有若之所以歎也。至於君臣朋友之間，公義益以不明，桀黠之徒，以訐爲直，專於恩地加睃刻焉，以求親媚於主上，號於人曰：不黨。而不顧神人之所怒。其同流合污者，利相引，害相扶；前者唱于，後者唱喁。即至國步蔑資，淪胥以敗，而世猶諒之曰：某與某有恩也。豈不謬哉！夫以私恩報私恩，無異紵衣縞帶耳；以公義報私恩，猶樹穀而得稗矣，豈所以爲報哉！韓厥之舉愈，彰趙孟之忠，況所爲公義者，又非必盡若韓厥之事也哉！夫人生平恩怨所不能無，公義之不明，吾不知其何以報恩矣。鞏受杜衍甯匄救喪之厚德，而矢以公義爲報恩，豈非真知輕重大丈夫哉！（同上）

《寄歐陽舍人書》　矜貴莊嚴，而氣自紆迴不迫。讀此等文，當細觀其轉折脱卸之法。（同上）

《福州上執政書》　出入《風》、《雅》之中，自有温柔敦厚之氣，知其本乎性情者深也。（同上）

《新序目録序》　「慎取」二字，真讀書要訣，此論文所獨闢。鞏序謂《新序》三十篇，而今之《新序》僅十篇耳。雖其事不盡實録，要其所以爲法戒不悖於道，勝《韓詩外傳》之屬矣。鞏謂向之徒皆不免乎爲衆説之所蔽，而不知有所折衷，而教人以慎擇。就十篇觀之，無有也。顧未知餘一十篇何如？豈後人去其疵累而存其精英邪？（同上）

《列女傳目録序》　閨門之内，王化之原。暢達其辭，足以茂明風教矣。朱子曰：「《關雎》雖若專美太姒，而實以深見文王之德。」序者徒見其詞而不察其意，遂壹以后妃爲主而不復知有文王，是固已失之矣。至於化行國中，三分天下，亦皆以爲后妃之所致，則是禮樂征伐皆出於婦人之手，而文王者徒擁虚器以爲寄生之君也。其失甚矣。惟南豐曾氏之言，竊謂庶幾得之。（同上）

《禮閣新儀目録序》　論聖人因時制禮處，原本經術，此見南豐爲學本領。鞏論禮與蘇軾之語如出一人。軾之文雄快，至於縝密純粹，固遜於鞏也。若鞏所言禮行「而財用可充」，則固軾之所未及，而經世之要旨在焉。惜鞏亦未嘗究極言之也。古之人飲食、衣服、宫室、兆域，莫不立之等威，使無僭差，曰「以辨上下，定民志匪」，曰「以此富民」也。然而富民莫要於是。蓋古之聖王，自公卿士大夫以至於庶民，蚤已計耕者之所穫與禄足代耕之數，爲之品節限制，而行之於等威之中，天下之民習見習聞。無其位自必恥用其物，非特畏而不敢用也，故奢侈之俗不待禁而自無。既無越分之侈用，則其所宜用者，財自足以供而不至於匱，此聖王使民仰足事父母，俯足畜妻子，仁恩誠莫大焉者也。秦漢以來，古制蕩然，競以奢侈相尚，用之無藝。賈誼云：「庶人屋壁得爲帝服，倡優下賤得爲后飾。」然而天下不屈者殆未有也。相沿以至於今，若河決下流而東注，其孰爲之底柱乎？然民情不相遠，有其舉之，亦莫敢壞也。如今日者，親王郡王得以蟒繡爲坐具，等威在焉，則雖有放僻邪侈之人，不敢以蟒繡爲坐具，公然入朝市者也。若卧具，則有力者雖庶人並得爲之，而莫或禁。一卧具可作數坐具，然坐具則公卿不敢，卧具則庶人得用之而無非者。以爲等威不在是，則無所畏與恥故也。由一坐具而推之，固無往不然矣。天之所生，地之所養，人力之所用，其爲財止有此數，不過相流轉於天地之中，賴君上留餘之以惠斯民，然亦不能當人人用之無藝也，況乎其朘民之膏以附上也。爲人上者，人人解衣。衣之推食，食之亦甚勞而難徧矣，況乎既徧之後又豈容絶而不更續也？然則以法活人，法立而利無窮，其安可不講於禮乎？（同上）

《戰國策目録序》　孟子曰：「聖王不作，諸侯放恣，處士橫議。」《戰國策》皆其橫議之文也，而實執國命以交天下之兵，所謂充塞仁義者。劉向以爲不得不然，惑也。鞏辭而闢之，當矣。明道德之出於一，而枉尺之必不可以真尋，其爲世道人心益良厚。然於篇末設爲或問，以著此書之不可泯，必存其籍而後可以爲戒，則猶有議焉。古者左史記言，右史記動；事爲《春秋》，言爲《尚書》。周哀，史氏漸亡，然晉董狐之書趙盾，齊太史之書崔杼，皆以死守其職，雖亡不能盡亡也。左丘明用左史之例以傳夫子之《春秋》，故其文雖亦紀言，而主於事，復自集列國之語以備右史，故其文雖亦紀事而主乎言，《戰國策》、《國語》類也。夫亦戰國之史云爾，何議存議廢爲？然則鞏沾沾焉著其不可廢之故，亦惑也。柳宗元唯不明乎此，故作《非國語》，以尤左丘明，而不自知其陋，無異舉斮脛剖心之屬，非《泰誓》也。鞏知二百四十五年之行事載焉，較勝宗元矣。而未了然知其即是戰國之史，善惡畢載，不得以其邪説暴行而議存議廢者，則亦不無小失云。（同上卷之五十五　南豐曾鞏文二評語）

《徐幹中論目録序》　孟子以守先王之道待後之學者自任，蓋聖賢仁天下之心至無已也。不得致吾君於堯舜，以斯道覺斯民，則將澤夫後世之民。期後世之被其澤，必使其緒有傳，其風可繼。若曰萬世而後得其解者，猶旦暮遇之功，豈必已出名，豈必已成哉！詩曰：「蒹葭蒼蒼，白露爲霜。所謂伊人，在水一方。」偉長抱道守節於亂世，著書述孔孟之旨，殆其人歟？此鞏所以發潛德之幽光而若不及也。（同上）

《先大夫集後序》 層折以抒其情，使人忠孝之思油然而生。（同上）

《范貫之奏議集序》 歸重仁宗，得體、得法、識高、力厚，典貴之文。（同上）

《館閣送錢純老婺州詩序》 作在新法未行之先，太平館閣人物風雅委蛇，委蛇美矣、盛矣。所爲「治世之音安以樂，其政和」者歟？（同上）

《送李材叔知柳州序》 生於斯土，官於斯土，皆命也，皆莫之致而至者也。生於柳者，背井離鄉，則其思柳無異乎他方之人也。官於柳者，則咸不欲久居。何哉？生於柳者，於其宗族親戚之事，斷無有以爲不足爲，而傾搖懈弛者也；官於柳者，其人民土田猶夫我之宗族親戚，而責加重焉，乃傾搖懈弛以爲不足爲。何哉？人之情滯於既往，逆夫方來，而於現在所居之位職，所當爲之事，則未有能盡心焉者也。此之謂情識顛倒。子曰：「不知命，無以爲君子也。」（同上）

《送趙宏序》 蠻夷之爲邊郡害者，與敵國異。敵國者，秦越之謂也。秦勝越，越未折而入於秦也；越勝秦，秦未折而入於越也。然一勝則敵必懼，而不敢擾塞，而吾國以安。若大勝則捭折而入於我土，地闢而政化同，霸王之業也。若夫蠻夷者，其地本吾之地也，其民本我之民也。一旦賊民人、盜府庫，則名之曰叛。然終不能出吾疆宇而他之也。以兵向之，則走；走，則散布山谷。與齊民不殊，末由區別而使，戮當其罪也。兵所不至，則又保聚賊殺，延蔓而不已。與之相角逐，則疲於奔命，不戰而先自困也。其頓兵一舉而盡殲之乎？則地勢險隘深阻，蓋天實爲之，不可得而盡殲也。蓋天地之性，必不使數百萬人一朝盡殲矣。又其地毒蒸磽瘠，非生其土者居之，則不能生，即使盡殲其人，非可遷民以實之者也。然則蠻夷之不可以兵治也，決矣！若非長吏扶信明義，以漸化寇盜爲齊民，固無二術矣。然而武夫悍卒之所爲，必與信義相反，如鞏所稱「蘄力勝賊者，暴骸者，戮降者」是已，豈武夫悍卒獨非人而無人心哉！利在是，害在是，趨利而避害，則必出於是矣。蘄力勝賊者百勝，豈能無一敗，百勝不足以威，一敗即以啟侮，賊固不恥敗也。我恥於敗，故得賊殺之，窮極慘酷，以洩忿，以立威，於是有暴骸者。不知蠻夷之性，本不畏死，何畏暴骸？其禽獸歟？禽獸固不畏暴骸也，其猶有人心歟？則彼亦知剞斮剖裂非人所爲，愈不服而愈不畏。迨乎殺之不可得，而殺計益無聊，於是誘之降而殺之，而暴之。於是蠻夷磨驚鳥亂，至死不服，而民不聊生矣。凡若此者，皆與信義反，而武夫悍卒之長技也。故蠻夷不可以兵治，決也！（同上）

《序越州鑑湖圖》　東南澤國，土宜秔稌，故水利最要。文叙鑑湖興廢顛末，與歷代修復之議，官民利弊之隱，而斷以己意，豈非牧斯土者所宜深考者乎？惜文存而圖亡矣！抑嘗論之，官之爲民興利也，非有勤恤民隱之主，又有慈惠幹之臣不能作，作亦不能成也。而既成之後，世遠年湮，則民之壞之者萬端；既壞之後，欲復其故，則民之撓之者萬端。牧斯土者思秩滿遷官而已，誰其意在民者？有一於此，又不勝衆説之紛紜，而形勢之隔閡，往往太息而罷，爲民興利何其難哉！蓋天下各私其利之在己，而不知利人，乃爲己利之大，故弊至此也。孔子曰：「大道之行也，不獨親其親，不獨子其子；大道之衰也，各親其親，各子其子。」夫各親其親，各子其子，合之，則天下亦無不親其親、子其子矣。而聖人猶以爲道衰，謂之小康，何哉？以爲有己之見者存，則末流將靡所不至也。習俗澆薄，人心嚚頑，人人唯知有己，人人欲天下之利盡在己利之所在，至於親不親、子不子矣，即不必利之所在，而彼其意之所之，若將有利焉，則己親不親、子不子矣。卒至有萬害而無一利。吁，可哀也！誰能知利己之大莫利人若者乎？聖人無己，靡所不己，豈作而致其情哉！君臣、父子、兄弟、夫婦、朋友，皆人也，有其利之謂利在人而不在己，可乎？然則行道之人亦民吾同胞也。有其利之謂利在人而不在己，可乎？若離人而立於獨則所爲己者，塊然血氣之軀，所需者夏葛而冬裘，渴飲而饑食耳。嗚乎！平生能著幾緉屐，而奚必取盈焉，安得人同此心，而使天下利盡興，而害盡革也。（同上）

《叙盜》　有憯怛忠愛之意，可爲爲士師者法。（同上）

《唐論》　鞏此論上下千古，非止較唐太宗之得失也。故太宗以後，無一語及之，而目其篇曰《唐論》。明非爲太宗發也。終之曰：「士之有志於道而欲仕於上者，可以鑒矣。」蓋招隱之文歟？子路曰：「長幼之節，不可廢也，君臣之義，如之何其廢之。」君臣、父子五倫中實惟兩大，堯、舜之君，曠世而難遇也，非堯、舜則不可委質而爲臣，然則又安得堯、舜其人者而爲之子乎？子曰：「天下有道則見，無道則隱」，要亦爲門弟子言之耳。使如魯公子者，又將安隱？非特是也，門弟子中如孟孫説與南宫何忌者，又豈得棄其世祀而隱乎？言，固各有當也，如此文者教人以難進之義，洵善矣！以爲通論則非

也，若其纏緜悱惻夭矯變化，則固文之雄矣。而茅坤轉謂「其體弱」，何哉？（同上卷之五十六　南豐曾鞏文三評語）

《墨池記》　寂寥短章而使人味之雋永，此曾、王之所長也。（同上）

《南軒記》　韓愈而下至於曾鞏類，皆天資英妙絶倫離群。而於聖道之要，學而有得，唯李翺與鞏。翺又未及鞏之粹也。其言養我心，以忠約而恕行之，其過也，改趨之，以勇而而至之，以不止其言有本末矣。不學者求一言之幾於道而不可得，能如是言之有本末乎？果若其言，設誠而致行之，其於孔氏不難升堂入室，豈徒文之雄哉！（同上）

《思政堂記》　子産曰：「政如農功，日夜思之。思其始而圖其終，朝夕而行之，行無越思，如農之有畔，其過鮮矣。」堂以思政名，豈本此歟？子産此語，爲政者所當誦法矣！而鞏謂因時之變，求必然之理，以應無窮之事者，實千載而下，爲子産語下注脚，足使人得慎思之方也。夫人於一身一家之事，不知命之有定，分之有限，深思熟慮，再而未已，至三，三而未已，至八、九，卒乃倉黄眩惑，神馳於無何有之鄉，而不知其所止者多矣。至於朝廷之事，民生國計之所關，則無所用其思。夫豈不思，思上意如何耳。知上之意無所主，則思同官之有力者，其意旨如何？又無可用其思，則但問例如耳。嗚呼！古之爲政何其難，今之爲政何其易也！夫以子産之賢而其於政猶必日夜思之，而後敢行，今之人視子産何如？而所行之政往往皆屬不思而得，然則民生何由厚，國計何由而是，讀鞏文能不蒿目於斯世哉？（同上）

《宜黄縣縣學記》 朱子云：「余年二十許時，便喜讀南豐先生之文，而竊慕效之，竟以才力淺短不能遂其所願。」又云：「熹未冠而讀南豐先生之文，愛其詞嚴而理正，居常以爲人之爲言，必當如此，乃爲非苟作者。」朱子之景企如是，是以朱子之文絕類之。此篇更爲水乳，篇中發明古者學校教人之法，格物致知之要，真切不差，實爲程、朱開先，可尚也夫！（同上）

《筠州學記》 朱子曰：「南豐作《宜黄》、《筠州》二學記好，説得古人教學意出。」（同上）

《撫州顔魯公祠堂記》 世謂柳宗元記段秀實，曾鞏記顔真卿，皆不以一死重其平生，以爲具眼定論。然兩作自是不同，秀實武人，宗元恐後世以其奮笏擊朱泚，爲出於一時激烈所爲，没其平日慈惠忠清，可以當大事之學識，故特著其逸事，以傳後世，若顔真卿之大節卓卓，震耀耳目，其不靳以一死重者。夫人知之不待鞏言，非若秀實之傳於今，實宗元表章之力也。且也死不忘君握拳透爪，其生平事蹟真所謂屑栴檀寸寸皆香者，又何從較其輕重哉？自濂洛關閩昌明道學，而後人知修身之有方，治國平天下之有具，如昏夜有求於幽室之中，而與之以燭，其功固在萬世，乃學者不踐其實，徒附其名；不力諸躬行，但滕其口説；不同人於出門，轉起戈於席上。一句一字與程、朱不相似，則引絶批根，曰：此異端也；吾師之説不如是，曰：此禪學也。其極至於無父無君，雖陸九淵之高明，王守仁之忠幹，而群爲囂訟，如攻寇賊焉。夷考攻者之行，則與流俗無絲毫異也。簞食豆羹見於色，曷問死生大節乎？若顔真卿之學，其所慕效者，羽士也，其所略涉藩籬者，浮圖也。不能爲格物慎獨之辨，不能爲敬義夾持知行並進之説而自壯，至於老死，其忠貞義勇，貫金石而動鬼神，赫赫如是，不謂之聖人之徒而可乎？學者當何所從違，而用人者，當何所取舍也？夫學之必待講也，欲明入聖之途轍，使中材之士皆有所遵循，以淑其身，而爲天下國家用也。今舉上智之士，有一不似聖人之謦欬者，即擯之，不得爲吾徒，而中材以下皆可以口説得之，則學問之道將淪胥以亡，較學不講之時，其晦蒙否塞更甚也。豈程、朱講學之心哉！讀犖所云，真卿學問文章雜於神仙浮圖，不皆合於理，其奮然自立，蓋天性。不禁重有感焉。（同上）

《徐孺子祠堂記》　東漢之末，士以志節相高，小人亦比而誅之，使善類無遺種，此郭泰有殄瘁之傷也。人之云亡，於是董卓、曹操無所顧忌，不特漢祚以移。而大亂者二、三百年，中國分裂，視弒君篡國爲故事矣！識者謂小人狼虎何所不至，而君子自潔其身，不爲後世慮者，亦有遺議焉。此諸賢所以爲隕霜之芝蘭，而徐孺子輩爲歲寒之松柏也。（同上）

《越州趙公救災記》　趙抃救災之法盡善盡美，而犖所記又復詳盡明晰。司牧之臣，案問必備之書。（同上）

徐經

【書曾王學記】　曾子固記宜黄縣學，謂「以不學未成之材」，「而治不教之民」，其「臨政治人之方，固不素講」，而欲仁政之行，盜賊刑罰之不積，豈可得哉？此非子固一時目擊之弊，實千古同此慨嘆。蓋德之不修，學之不講，以至於此。然則學又豈徒設也哉？介甫謂「爲吏者無變今之法，而不失古之實」，果能如是，則亦何必盡效古之所爲而後能興教化、美風俗耶？吾謂胡安定之教湖州、石守道之存太學，其弟子必多有材行可備選用，則程明道《請修學校尊師儒取士劄子》烏可不留意也哉？（《雅歌堂文集》卷六）

袁枚

【答友人論文第三書（節録）】　古徐之才、裴子野、僧贊寧能通雜家，而古文無有。韓、柳、歐、曾不能通雜家，而古文實傳。僕知足下二十年，知足下之能爲裴、徐爾，能爲韓、歐爾。必謂足下能裴、徐，又兼韓、歐則未敢也。張平子學窮造化，而其言曰：「官無二業，事不並濟。」晝長則宵短，天且不能兼，而況於人乎？（《小倉山房文集》卷十九）

【書茅氏八家文選】　凡類其人而名之者，一時之稱也。如周有八士，舜有五人，漢有三傑，唐有四子是也；未有取千百世之人，而强合之爲一隊者也。有之者，自鹿門八家之目始。明代門户之習，始於國事而終於詩文，故於詩則分唐、宋，分盛、中、晚，於古文又分爲八，皆好事者之爲也，不可以爲定稱也。夫文莫盛於唐，僅占其二；文亦莫盛於宋，蘇占其三。鹿門當日其果取兩朝文而博觀之乎？抑亦就所見所知者而撮合之乎？且所謂一家者謂其蹊逕之各異也。三蘇之文如出一手，固不得判而爲三；曾文平純，如大軒駢骨，連綴不得斷，實開南宋理學一門，又安得與半山、六一較伯仲也？若鹿門所講起伏之法，吾尤不以爲然。六經三傳，文之祖也，果誰爲之法哉？能爲文，則無法如有法；

不能爲文，則有法如無法。霍去病不學孫、吴，但能取勝，是即去病之有法也；房琯學古車戰，乃致大敗，是即琯之無法也。文之爲道，亦何異焉？或問：有八家則六朝可廢歟？曰：一奇一偶，天之道也；有散有駢，文之道也。文章體制，如各朝衣冠，不妨互異，其狀貌之妍媸，固別有在也。天尊於地，偶統於奇，此亦自然之理。然而學六朝不善，不過如紈袴子弟熏香剃面，絶無風骨止矣；學八家不善，必至於村媪呶呶，頃刻萬語而詩文濫焉。讀八家者當知之。（同上卷三十）

【覆家實堂（節録）】　從來風運所趨，歷代不一。西漢尊經，東漢窮經，魏晉清談，六朝駢麗，唐尚詩賦，宋尚理學，元尚詞曲，明尚時文，本朝尚考據，趨之者如一群之貉，累萬盈千其中。忽有韓、柳、歐、曾爲古文於舉世不爲之時，此外亦無他名家歷歷鼎峙，蓋其道本至難，其境亦最狹故也。……以歐、曾爲空疏，即劉貢父笑歐九不讀書之説。然公是先生全集具在，散漫平蕪，不及歐公遠甚。且吾又不知作二典、三謨者，胸中有何史學？作《國風》、《雅》、《頌》者，胸中有何韻學也？我輩下筆所以不如歐、曾者，正爲胸中卷軸太多之故。（《小倉山房尺牘》卷三）

凡作詩，寫景易，言情難。何也？景從外來，目之所觸，留心便得；情從心出，非有一種芬芳悱惻之懷，便不能哀感頑艷。然亦各人性之所近：杜甫長於言情，太白不能也。永叔長於言情，子瞻不能也。王介甫、曾子固偶作小歌詞，讀者笑倒，亦天性少情之故。（《隨園詩話》卷六）

【文中用釋老（節録）】　韓、歐文集無一字及釋老者，文品最高。曾、蘇便不免矣。（《隨園隨筆》卷二十四）

王元啟

《户部郎中曾公》　按曾公之葬，王荆公爲之誌，見《臨川集》九十二卷。「公具言其不可，事卒不行」。集本無「事卒不行」四字。「坐知揚州日」。集本無「日」字。「再（遷）（贈）右諫議大夫」。「遷」當作「贈」，此與《陳文惠碑》以「遷」作「贈」同誤。「龍治鄉」。按王誌，「治」作「池」。「（而）其後又晦」。「而」字衍文。「晦顯常相復」。「復」集本作「反覆」二字。「取其初不見用，久而益可思者」。如繼遷叛，朝廷許還其地，公不可；欲予靈武，又不可；又請經略使節度諸將等事是也。凡紀事文，命意必有專屬處，故能使叙次評略有方，否則零星雜叙，便與市肆簿券無殊。（《讀歐記疑》卷一神道碑銘）

《與曾舍人》「慶曆六年」。鞏登嘉祐二年進士，慶曆中恐尚爲廣文館學生。題云「舍人」，蓋編書者特紀其所卒之官，與前題「韓忠懿」、「富文忠」同例。「山川」。時公在滁州。「（而）韓子所謂」。「而」字衍。「治平四年」。時公初赴亳州，正值六月，故云「暑候已深」。（同上卷五書簡）

徐景熙　魯曾煜　施廷樞

烏石山，在城西南隅。唐天寶八載敕名閩山，宋熙寧中，郡守程師孟改名道山。（《福州府志》卷之五）

編者按：《曾鞏集》卷第十九有《道山亭記》。

東山在遂勝里城東十里，有洞曰榴花洞，有泉曰聖泉，山南曰虞公庵。（同上）

編者按：《曾鞏集》卷第八有《游東山示客》、《聖泉寺》詩。

州西園在牙門西偏，宋時建。内有春風亭、春臺館諸勝。每以歲二月啟鑰，縱士民游觀，閱月而止。曾鞏有《西園席上》。（同上卷十九）

盧文弨

【跋西北之文 辛丑（節録）】 此皇朝湖廣布政使澤州高平、畢振姬、亮四所著之論議諸雜文也。太原傅山、青主爲之序，仍以解元稱之。其言曰：「東南之文，概主歐、曾，西北之文不歐、曾。不歐、曾者，非過歐、曾之言，蓋不及歐、曾之言也。解元爲西北之文，而卒不得罪於東南者，以言之數數於理也。山又爲解元之西北尚多乎其理者也，然終不以其文東南解元也。」青主之言如此。（《抱經堂文集》卷第十四 跋七）

紀 昀

南豐究不以詩見長，此因後山之故，而黨及南豐，純是門户之見。（《唐宋詩三千首》卷十六 節序類《上元》批語）

二詩（編者按：指陳師道《南豐先生輓詞》二首）俱沉着。後山之於南豐，其分本深，故輓歌不似酬應。（同上卷四十九 傷悼類《南豐先生輓詞》批語）

袁文典

【擬諸儒論下（節録）】　子瞻序《六一居士集》，謂其學推韓愈、孟子，以達於孔氏，或有言過其實者。要以歐之正、曾之醇，繼韓子而本六經以爲文，可稱後勁不虚也。（《袁陶村文集》）

錢大昕

【曾王晚年異趣】　王安石《韓子》詩：「紛紛易盡百年身，舉世何人識道真？力去陳言誇末俗，可憐無補費精神。」李壁注云：「觀公此詩，尚謂退之未識道真也。予在臨川，聞之曾氏子弟載南豐語云：『介甫非前人盡，獨黄帝、老子未見非耳。』譏其非人太多也。」如李季章説，是南豐亦不滿於安石也。安石與子固交最厚，及居相位，未嘗引居要職，知其晚年異趣矣。大抵好詆毁人者，必非忠信篤敬之士。於古人且不能容，况能容同時之善士乎？安石心術不正，即在好非議古人。子固窺破此等伎倆，故始密而終疏。（《十駕齋養新録》卷十六）

【七大家】　李紹序《蘇文忠公集》云：「古今文章作者非一人，其以之名天下者，唯唐昌黎韓氏、河東柳氏、宋廬陵歐陽氏、眉山二蘇氏及南豐曾氏、臨川王氏七大家。」明成化四年，江西吉安府重刊《大蘇七集》，紹爲之序。紹，廬陵人，官禮部侍郎。（同上）

【半樹齋文稿序（節録）】　文之古，不古於襲古人之面目，而古於得古人之性情。性情之不古，若微獨

貌爲秦漢者，非古文；即貌爲歐、曾，亦非古文也。（《潛研堂文集》卷二十六）

【跋隆平集】《隆平集》坊本字畫俗劣，妄加圈點，尤爲可憎。予家所藏乃董氏萬卷堂刊本，前有紹興十二年趙伯衛序。序稱曾大父淄王者，諱世雄，燕王德昭之曾孫也。句容之茅山有常寧鎮，宋天禧元年所置，見於《景定建康志》，予游三茅嘗至其地，《宋史·地理志》云：「句容，天禧四年改名常寧。」似改縣名爲常寧矣。句容，名縣，自漢迄今未之有改，此集《郡縣篇》亦無改。常寧縣事不審，史家何以舛誤乃爾。（同上卷二十八）

【跋水東日記（節録）】公之文章，宜在館閣。典雅渾成，不露圭角。南豐之純，臨川之約，而復劬書，矻矻窮年，手不停披，以考以研。（同上卷三十）

【内閣中書舍人邵君松阿墓誌銘（節録）】嘗選唐、宋以來古文十八家，名曰《文繫》，於唐得三家，退之、子厚、習之。於宋取七家，永叔、明允、子瞻、子由、子固、同甫、晦庵。（同上卷四十四）

【西沚光禄輓詩】海内知心有幾人，垂髫直到白頭新。經傳馬、鄭專門古，文溯歐、曾客氣馴。勇退較予先十載，立言垂世已千鈞。蛇年難輓名賢厄，腸斷新春只兩句。臘月二日下世，厺立春僅十有七日。（《潛研堂詩集續集》卷八）

編者按：四首録其一。

畢沅

元豐三年十一月壬子，直龍圖閣句當三班院曾鞏，上言曰：「宋興，六聖相繼，與民休息，故生齒既庶，財用有餘。且以景德、皇祐、治平校之：景德户七百三十萬，墾田一百七十萬頃；皇祐户一千九十萬，墾田二百二十五萬頃；治平户一千二百九十萬，墾田四百三十萬頃。天下歲入，皇祐、治平皆一億萬以上，歲費亦一億萬以上。景德官一萬餘員，皇祐二萬餘員，治平並幕職，州縣官三千三百餘員，總二萬四千員。景德郊費六百萬，皇祐一千二百萬，治平一千三百萬。以二者校之，官之衆一倍於景德，郊之費亦一倍於景德。官之數不同如此，則皇祐、治平入官之門多於景德也。郊之費不同如此，則皇祐、治平用財之端，多於景德也。誠詔有司按尋載籍，而講求其故，使官之數、入者之多門可考而知，郊之費、用財之多端可考而知。然後各議其可罷者罷之，可損者損之。使天下之入，如皇祐、治平之盛，而天下之用、官之數、郊之費皆同於景德，二者所省者蓋半矣。」已而再上議曰：「陛下謂臣所言，以節用爲理財之要，世之言理財者，未有及此也，令付之中書。臣待罪三班，按國初承舊，以供奉官、左右班殿直爲三班，立都知行首領之。又有殿前承旨班院，别立行首領之。端拱以後，分東西供奉，又置左右侍禁及承旨借職，皆領於三班。三班之稱亦不改。初，三班吏員止於三百，或不及之。至天禧之間，乃總四千二百有餘。至於今，乃總一萬一千六百九十，宗室又八百七十。蓋景德員數已十倍於初，而以今考之，殆三倍於景德。略以三年出入之籍較之，熙寧八年，入籍者四百八十有七，九年五百四十有四，十年六百九十，而死亡退免出籍者，歲或過二百人，或不及之，則是歲歲有增，未見其止也。臣又略考其入官之由，條於別記以聞，議其可罷者罷之，可損者損之，惟陛下之所擇。臣所知者，三班也。吏部東西審官，與天下他費，尚必有近於此者，惟陛下試加考察，以類求之。蓋有約於舊而浮於今者，有約於今而浮於舊者，其浮者必求其所以浮之自而杜之，其約者必本其所以約之由而從之，如是而力行，使天下歲入億萬，而所省者什三，計三十年之通，當有十五年之蓄。夫財用天下之本也，使國家富盛如此，則何求而不得？何爲而不成？以陛下之聖質，而加之勵精，以變因循苟簡之敝，方大修法度之政，以幸天下，詒萬世。故臣敢因官守，以講求其損益之數，而終前日之説以獻，惟陛下財擇。」帝頗嘉納之。（《續資治通鑑》卷七十五　宋紀七十五）

元豐四年秋七月己酉，詔曾鞏充史館修撰，專典史事。〔攷異〕田晝作《王安禮行狀》云：「曾鞏以文學稱天下，在熙寧、元豐間齟齬。俾修文當代成一家言。」上曰：『公著嘗謂鞏行義不及政事，政事不逮文學，果然無足爲者？』安禮曰：『誠如其言，請取其最上者。』上乃用鞏爲史官。」李燾曰：「安禮此時以內翰知開封，未執政。」今不取。（同上卷七十六　宋紀七十六）

元豐五年夏四月，中書舍人曾鞏卒。鞏爲文自成一家，少與王安石游，安石聲譽未振，鞏導之於歐陽修。及安石得志，遂與之異。帝嘗問安石何如人？對曰：「安石文學行義，不減揚雄，以吝故不及。」帝曰：「安石輕富貴，何吝也？」曰：「臣所謂吝者，謂其勇於有爲，吝於改過耳。」呂公著嘗言於帝曰：「鞏行義不如政事，政事不如文章。」故不至大用。（同上卷七十七　宋紀七十七）

元豐七年春正月，辛酉，詔黃州團練副使蘇軾移汝州。帝每憐軾才，嘗語輔臣曰：「國史大事，朕意欲

俾蘇軾成之。」輔臣有難色，帝曰：「非軾則用曾鞏。」其後鞏亦不副上意，帝復有旨起軾以本官知江州。……（同上）

姚鼐

【翰林論（節録）】　使世之君子，賦若相如、鄒、枚，善叙史事若太史公、班固，詩若李、杜，文若韓、柳、歐、曾、蘇氏，雖至工猶技也。技之中，固有道焉，不若極忠諫争爲道之大也。徒以文字居翰林者，是技而已。（《惜抱軒文集》卷一）

【復魯絜非書（節録）】　且夫陰陽剛柔，其本二端，造物者糅而氣有多寡進絀，則品次億萬，以至於不可窮，萬物生焉。故曰：「一陰一陽之爲道。」夫文之多變，亦若是已。糅而偏勝可也，偏勝之極，一有一絶無，與夫剛不足爲剛，柔不足爲柔者，皆不可言文。今夫野人孺子聞樂，以爲聲歌弦管之會爾；苟善樂者聞之，則五音十二律，必有一當，接於耳而分矣。夫論文者，豈異於是乎？宋朝歐陽、曾公之文，其才皆偏於柔之美者也。歐公能取異己者之長而時濟之，曾公能避所短而不犯。觀先生之文，殆近於二公焉。抑人之學文，其功力所能至者，陳理義必明當，布置取捨繁簡廉肉不失法，吐辭雅馴，不蕪而已。（同上卷六）

【古文辭類纂序目（節録）】　序跋類者，……余撰次古文辭，不載史傳，以不可勝録也。惟載太史公、歐陽永叔表志序論數首，序之最工者也。向、歆奏校書各有序，世不盡傳，傳者或僞，今存子政《戰國策

序》一篇，著其概，其後目録之序，子固獨優也。（《古文辭類纂》卷首）

《謝杜相公書》　王明清《揮麈録》云：「曾密公諱易占，字不易，爲信州玉山令，有過客楊南仲公厚驢其行。郡將錢仙芝捃摭以客所受爲賄，公不自辨，除名徙英州，以赦自便，將愬其事於朝，行次南都而卒。適公子南豐先生在京師，而杜祁公以故相居宋，自來逆旅爲辦後事。」鼐按，如書所云：「方先人之病」，「一意於左右」，是密公卒時，子固在側。王語亦小異也。（同上卷三十一）

《筠州學記》　鼐按，《宜黄》、《筠州》二記，論學之指皆精甚，然《宜黄記》隨筆曲注，而渾雄博厚之氣鬱然紙上，故最爲曾文之盛者。《筠州記》體勢方幅，而氣脈亦稍弱矣。（同上卷五十六）

魯九皋

【書李泰伯集後（節録）】　當先生之時，天下之人才盛矣。韓、范、富、歐陽、司馬並於朝廷，而天下之士聞風而起者，如雲蒸，如霞蔚，相率而遊於諸君子之間。諸君子皆好賢愛士，獎拔薦引，汲汲如恐不及。而歐陽公尤以文章爲世所宗，士之因以成名者尤衆，若南豐曾氏、臨川王氏、眉山蘇氏父子，尤其卓卓者也。（《山木居士文集》卷二）

【朱梅崖先生五十序（節録）】　韓子生，而有李翺、皇甫湜爲之徒，傳習其書，而後歐陽子始得讀而好之；歐陽子出，亦有曾鞏、王安石、蘇洵、軾、轍爲之徒，而遵嚴、震川乃得繼起於三百年之後。（同上卷六）

吳騫

延之字長源，宣聖四十七世孫。慶曆間舉進士，累至司封郎中。與曾子固、周濂溪友善。（《拜經樓詩話》卷三）

桂馥

【潭西精舍記（節録）】歷城西門外唐翼國公故宅，一夕化爲淵，即五龍潭也。潭之名始見於于欽《齊乘》，其言曰：《水經注》：濼水北爲大明湖，西有大明寺，水成淨池，池上有亭，即北渚亭也。今名五龍潭，潭上有五龍廟，亭則廢矣。按，池上亭，即《水經注》所稱客亭，在趵突泉西北。何得以潭爲淨池，大明湖在古歷城西，今誤以城内歷水陂當之。北渚亭亦不在潭上，曾子固《北城閒步》詩云：「飽食城頭信意行。」又云：「便起高亭臨北渚。」蘇子由《北渚亭》詩云：「西湖已過百花汀，未厭相攜上古城。」晁無咎《北渚亭賦》序云：「嘗登北渚之址，則群峰屹然，列於林上；城廓井閭，皆在其下。」據三家之言，則亭在北城上無疑。于氏不知淨池填爲平地，迺移客亭及北渚於潭上，疏矣。（《小滄浪筆談》卷二）

翁方綱

【制義江西五家論（節録）】歐、曾者，經訓之文也。歐陽之文，出於史遷，出於韓；而曾子固之文，出於班固，出於劉向。（《復初齋文集》卷九）

馮集梧

淄州淄川郡，景德三年以高苑縣置宣化軍。集梧按，曾子固《隆平集》「三年」作「二年」，《文獻通考》、《宋史·地理志》與此同。（《元豐九域志》卷一校記）

陳蘭森　謝啟昆

興嗣，字延之，以父廕授將作監主簿。與周敦頤、王安石、曾鞏、王回、袁陟友善。初，調德化尉，謁江州刺史許瑊，瑊居不爲禮。興嗣報刻歸，自號清逸居士，屢薦不起，隱居六十餘年，植木皆大十圍。（《南昌府志》卷二十五）

袁陟，字世弼，南昌人，抗之子，少有才名，與王安石、蘇軾、曾鞏善，未冠，登慶曆進士，知當涂縣，安石居金陵，嘗手寫陟詩一軸以遺其友。陟讀書最苦，竟以瘵瘠卒。嘗自爲墓誌、挽章。有詩文十卷，號《遁翁集》。（同上卷六十一）

謝啟昆

【讀全宋詩仿元遺山論詩絶句二百首(録二)】《元豐類稿》舍人詞,二載東風對景時。山色挼藍泉噴玉,先生誰信不能詩。曾鞏(《樹經堂詩集》)

妾命身輕主見憐,感恩有淚徹黄泉。南豐去後無知己,白首侯芭泣《太元》。陳師道(同上)

鮑倚雲

【題曝書亭集後(五首録一)】俗學紛紛僞體宗,死灰騰焰衒奇縱。南豐一瓣香誰托?碑版何須慕李邕。(《壽藤齋詩集》)

李調元

《秋聲》、《赤壁》,宋賦之最擅名者,其原出於《阿房》、《華山》諸篇,而奇變遠弗之逮,殊覺剽而不留,陳後山所謂「一片之文,押幾箇韻者耳。」朱子亦云:宋朝文章之盛,前世莫不推歐陽文忠公。南豐曾公與眉山蘇公相繼迭起,各以文章擅名一世。獨于楚人之賦,有未數數然者。蓋以文爲賦,則去風雅日遠也。(《賦話》卷五)

章學誠

【繁稱（節録）】　自歐、曾諸君擴清唐末五季之詭僻，而宋元三數百年，文辭雖有高下，氣體皆尚清真，斯足尚矣。（《文史通義》内篇四）

【黠陋（節録）】　史學廢而文集入傳記，若唐宋以還，韓、柳誌銘，歐、曾序述皆是也。負史才者，不得身當史任以盡其能事，亦當搜羅聞見，核其是非，自著一書，以附傳記之專家。至不得已而因人所請，撰爲碑銘序述諸體，即不得不爲酬酢應給之辭以雜其文指，韓、柳、歐、曾之所謂無可如何也。黠於好名而陋於知意者，度其文采不足以動人，學問不足以自立，於是思有所托以附不朽之業也，則見當世之人物事功，群相誇詡，遂謂可得而藉矣。藉之，亦似也；不知傳記專門之撰述，其所識解又不越於韓、歐文集也，以謂是非碑誌不可也。（同上内篇四）

【與汪龍莊書（節録）】　近世文宗八家，以爲正軌，而八家莫不步趨韓子；雖歐陽修手修《唐書》與《五代史》，其實不脱學究《春秋》與《文選》史論習氣，而於《春秋》、馬、班諸家相傳所謂比事屬辭宗旨，則概未有聞也。八家且然，況他人遠不八家若乎！（同上外篇三）

【論式（節録）】　夫李翺、韓愈，局促儒言之間，未能自遂。權德輿、吕温及宋司馬光輩，略能推論成敗而已。歐陽修、曾鞏好爲大言，汗漫無以應敵，斯持論最短者也。（《國故論衡》中）

范泰恒

【古文讀本序（節録）】 韓之奥，柳之峭，歐逸而曾醇，王峻而折，健拔若老泉，雄快若東坡，紆回若子由，又名山福地，高人羽士之所宅，南渚此流之或匯或奔也。（《燕川集》卷一）

【古文凡例（節録）】 王介甫文叙事遜歐，而議論勝之，其遒折處，文品尤貴，更非曾所及也。子由之文近父兄，而骨力較嫩，雖曰㬈㬈可愛，然太近時矣。南豐多實語，少變動，昌黎約六經之旨，何嘗道六經只字？宋派濫觴於此。故二家選從約。文至宋而法備，是誠然，然爲中材準繩則可耳。後人之密，終遜前人之疏，文到樸率處大是難事。由法生巧，變化從心，隨手拈來，自成一奇，此殆天分也，非浸淫於《史記》、《莊子》、昌黎者久，豈能猝辦？局促宋人轅下，終身罕睹此境耳。近人好言歐、曾似矣，然不以《史記》、韓文培其骨力，則筆終提不起，亦揉不碎，豈得好歐、曾也。又歐、曾兼蘇亦爲酌中之劑，不得以朱子絀大蘇爲禁也。今人遜古人，只是眼孔低講究庸，不盡關時代也。（同上卷十四）

彭紹升

【奉王芥子先輩書（節録）】 讀唐、宋諸家文，于韓、李、歐、曾四子，私心所深嗜。韓、歐之文，元氣所流，變化自在，故不可句倣而字爲。（《二林居集》卷四）

愛新覺羅·永瑢

【隆平集二十卷　兩江總督採進本】　舊本題宋曾鞏撰，鞏字子固，南豐人，嘉祐二年進士，調太平州司法參軍，召爲集賢校理，出知福、明諸州，神宗時官至中書舍人，事蹟具《宋史》本傳。是書紀太祖至英宗五朝之事，凡分目二十有六，體似會要。又立傳二百八十四，各以其官爲類，前有紹興十二年趙伯衛序。其紀載簡略瑣碎，頗不合史法。晁公武《讀書志》摘其記《太平御覽》與《總類》爲兩書之誤，疑其非鞏所作。今考鞏本傳，不載此集。曾肇作鞏《行狀》及韓維撰《神道碑》，臚述所著書甚備，亦無此集。據《玉海》：元豐四年七月，鞏充史館修撰。十一月，鞏上《太祖總論》，不稱上意，遂罷修《五朝史》。鞏在史館，首尾僅五月，不容遽撰此本以進。其出於依託，殆無疑義。然自北宋之末已行於世。李燾作《續通鑑長編》，如李至拜罷等事，閒取其説，則當時固存而不廢。至元修《宋史》，袁桷作搜訪遺書條例，亦列及此書，以爲可資援證。蓋雖不出於鞏，要爲宋人之舊笈。故今亦過而存之，備一説焉。（《四庫全書總目》卷五〇　史部　别史類）

【戰國策注三十三卷　衍聖公孔昭焕家藏本（節録）】　舊本題漢高誘註。今考其書，實宋姚宏校本也。《文獻通考》引《崇文總目》曰：「《戰國策》篇卷亡闕，第二至第十、第三十一至第三十三闕。又有後漢高誘注本二十卷，今闕第一、第五、第十一至二十，止存八卷。曾鞏校定序曰：此書有高誘者二十一篇，或曰三十二篇。《崇文總目》存者八篇，今存者十篇。此爲毛晉汲古閣影宋鈔本。雖三十三卷皆題曰高誘注、而有誘注者僅二卷至四卷、六卷至十卷，與《崇文總目》八篇數合。又最末三十二、三十三兩卷，合前八卷，與曾鞏序十篇數合。而其餘二十三卷，則但有考異而無注。其有注者多冠以續字。其偶遺續字者，如《趙策》一郄疵注雒陽注，皆引唐林寶元和姓纂。《趙策》二甌越注，引魏孔衍《春秋後語》。《魏策》三芒卯注，引《淮南子》注。衍與寶在誘後，而《淮南子》注即誘所自作。其非誘注，可無庸置辨。蓋鞏校書之時，官本所少之十二篇，誘書適有其十、惟闕第五第三十一。意必以誘書足官書，而又於他家書内摭二卷補之。此官書誘書合爲一本之由。然鞏不言校誘注，則所取惟正文也。迨姚宏重校之時，乃並所存誘注入之。故其自序稱，不題校人並題續注者，皆余所益。知爲先載誘註，故以續爲別。且凡有誘注復加校正者，竝於夾行之中又爲夾行，與無注之卷不同。知校正之時，注已與正文竝列矣。卷端曾鞏、李格、王覺、孫樸諸序跋，皆前列標題，各題其字。而宏序獨空一行，列於末。前無標題，序中所言體例，又一一與書合。其爲宏校本無疑。其卷卷題高誘名者，殆傳寫所增以贋古書耳。書中校正稱曾者，曾鞏本也。稱錢者，錢藻本也。稱劉者，劉敞本也。稱集者，集賢院本也。無姓名者，即宏序所謂不題校人爲所加入者也。其點勘頗爲精密。吴師道作《戰國策》鮑注補正》，亦稱爲善本。是元時猶知注出於宏。不知毛氏宋本，何以全題高誘。（同上卷五十一史部　雜史類）

【鮑氏戰國策注十卷　内府藏本（節録）】　宋鮑彪撰。案，黄鶴《杜詩補注》、郭知達《集注九家杜詩》引彪之語，皆稱爲鮑文虎説，則其字爲文虎也。縉雲人，官尚書郎。《戰國策》一書，編自劉向，注自高誘。

至宋而誘注殘闕，曾鞏始合諸家之本校之，而於注文無所增損。姚宏始稍補誘注之闕，而校正者多，訓釋者少。彪此注成於紹興丁卯，其序中一字不及姚本。蓋二人同時，宏又因忤秦檜死，其書尚未盛行於世，故彪未見也。彪書雖首載劉向、曾鞏二序，而其篇次先後，則自以己意改移，非復向、鞏之舊。是書竄亂古本，實自彪始。（同上）

【戰國策校注十卷 兵部侍郎紀昀家藏本（節録）】 元吴師道撰。師道字正傳，蘭谿人。至治元年進士，仕至國子博士，致仕，後授禮部郎中。事蹟具《元史·儒學傳》。師道以鮑彪注《戰國策》，雖云糾高誘之譌漏，然多未善。乃取姚宏續注與彪注參校，而雜引諸書考正之。其篇第注文，一仍鮑氏之舊。每條之下，凡增其所闕者，謂之補。凡糾其所失者，謂之正。各以「補曰」、「正曰」别之。復取劉向、曾鞏所校三十三篇四百八十六首舊第爲彪所改竄者，别存於首。蓋既用彪注爲藁本，如更其次第則端緒益棼，節目皆不相應。如泯其變亂之迹，置之不論，又恐古本遂亡，故附録原次以存其舊。（同上）

【古列女傳七卷，續列女傳一卷 内府藏本】 漢劉向撰。向，字子政，本名更生，楚元王之後。以父任爲輦郎，歷中壘校尉。事蹟具《漢書》本傳。《漢書·藝文志》儒家類，載向所序六十七篇，注曰：《新序》、《説苑》、《世説》、《列女傳頌圖》也。《隋書·經籍志》雜傳類，載《列女傳》十五卷，注曰：劉向撰，曹大家注。其書屢經傳寫，至宋代已非復古本。故曾鞏序録稱曹大家所注，離其七篇爲十四，與《頌義》凡十五篇，而益以陳嬰母及東漢以來凡十六事。非向本書然也。嘉祐中，集賢校理蘇頌，始以《頌義》編次，復定其書爲八篇，與十五篇者竝藏於館閣。是鞏校録時已有二本也。又王回序曰：此書有《母儀》、《賢明》、《仁智》、《貞順》、《節儀》、《辨通》、《嬖孼》等目，而各頌其義，圖其狀，總爲卒篇。傳如《太史公記》，《頌》如《詩》之四言，而圖爲屏風。然世所行向書，乃分傳每篇上下，併《頌》爲十五卷。其十二傳無《頌》，三傳同時人，五傳其後人，通題曰：「向傳」，題其《頌》曰：「向子歆傳」，與漢史不合。故《崇文總目》以陳嬰母等十六傳爲後人所附。予以《頌》考之，每篇皆十五傳耳。則凡無《頌》者宜皆非向所奏書，不特自陳嬰母爲斷也。向所序書多散亡，獨此幸存，而復爲他手所亂。故併録其目，而以《頌》證之，删爲八篇，號《古列女傳》。餘十二傳，其文亦奧雅可喜，故又以時次之，別爲一篇，號《續列女傳》。又稱，直祕閣吕縉叔、集賢校理蘇子容、象山令林次中，各言嘗見《母儀》、《賢明》四傳於江南人家。其畫爲古佩服，而各題其《頌》像側，是回所見一本，所聞一本，所删定又一本也。錢曾《讀書敏求記》曰：「此本始於有虞二妃，至趙悼后，號《古列女傳》。周郊婦人至東梁嫿等，以時次之，別爲一篇，號《續列女傳》。《頌義》大序列於目録前；小序七篇，散見目録中間。《頌》見各人傳後，而傳各有圖，卷首標題晉大司馬參軍顧愷之圖畫。蘇子容嘗見江南人家舊本，其畫爲古佩服，各題其《頌》像側者，與此恰相符合，定爲古本無疑」云云。此本即曾家舊物，題識印記竝存。驗其版式紙色，確爲宋槧，誠希覯之珍笈。惟蘇頌等所見江南本在王回删定以前，而此本八篇之數與本合，即嘉祐八年回所重編之本。曾據以爲江南舊本，則稍失之耳。其《頌》本向所作，曾鞏及回所言不誤。而晁公武《讀書志》乃執《隋志》之文，詆其誤信顏籀之注。不知《漢志》舊注，凡稱「師古曰」者乃籀注，其不題姓名氏皆班固之自注。以《頌圖》屬向乃固説，非籀説也。考《顏氏家訓》，稱

《列女傳》劉向所造，其子歆又作《頌》，是譌傳《頌》爲歆作，始於六朝。修《隋志》時，去之推僅四五十年，襲其誤耳。豈可遽以駁《漢書》乎？《續傳》一卷，曾鞏以爲班昭作，其説無證。特以意爲之。晁公武竟以爲項原作，則舛謬彌甚。《隋志》載項原《列女後傳》十卷，非一卷也。必牽旁文，曲相附會，則《隋志》又有趙母注《列女傳》七卷，高氏《列女傳》八卷，皇甫謐《列女傳》六卷，綦母邃《列女傳》七卷，又有曹植《列女傳·頌》一卷，繆襲《列女讚》一卷。將《續傳》亦可牽爲趙母等，《頌》亦可牽爲曹植等矣。又豈止劉歆、班昭、項原乎？今前七卷及《頌》題向名；《續傳》一卷，則不署撰人，庶幾核其實而闕所疑焉。（同上卷五七　史部　傳記類）

【義門讀書記五十八卷　江蘇巡撫採進本（節録）】　國朝維鈞編。皆其師何焯校正諸書之文也。……凡《四書》六卷，《詩》二卷，《左傳》二卷，《公羊》、《穀梁》各二卷，《史記》二卷，《漢書》六卷，《後漢書》五卷，《三國志》二卷，《五代史》一卷，《韓愈集》五卷，《柳宗元集》三卷，《歐陽修集》二卷，《曾鞏集》五卷，《蕭統文選》五卷，《陶潛詩》一卷，《杜甫集》六卷，《李商隱集》二卷。考證皆極精密。（同上卷一一九　子部　雜家類三）

【涑水記聞十六卷　兵部侍郎紀昀家藏本（節録）】　宋司馬光撰。光有《易説》，已著録。是編雜録宋代舊事，起於太祖，訖於神宗。每條皆註其述説之人，故曰記聞。……王明清《玉照新志》曰：元祐初，修《神宗實録》，秉筆者極天下之文人，如黃、秦、晁、張是也。紹聖初，鄧聖求蔡元長上章指爲謗史，乞行重修。蓋舊文多取司馬文正公《涑水記聞》，如韓、富、歐陽諸公傳及叙劉永年家世，載徐德占母事，王文公之詆永年常山，吕正獻之評曾南豐，安簡借書多不還，陳秀公母賤之類，取引甚多。於是裕陵實録皆以朱筆抹之，盡取王荆公《日録》以删修焉，號朱墨本。是光此書實當日是非之所繫，故紹述之黨務欲排之。然明清所舉諸條，今乃不見於書中，殆避而删除歟？（同上卷一四〇　子部　小説家類一）

【李太白集三十卷　安徽巡撫採進本（節録）】　唐李白撰。……此本乃宋敏求得王溥及唐魏顥本，又裒集唐類詩諸編洎石刻所傳，編爲一集。曾鞏又考其先後而次第之爲三十卷。首卷惟載諸序碑記。二卷以下乃爲歌詩，爲二十三卷，雜著六卷，流傳頗少。（同上卷一四九　集部　别集類二）

【李太白詩集注三十六卷　浙江巡撫採進本（節録）】　國朝王琦撰。琦字琢崖，錢塘人。注李詩者自楊齊賢、蕭士斌後，明林兆珂有《李詩鈔述》十六卷，簡陋殊甚。胡震亨駁正舊注，作《李詩通》二十一卷。琦以其尚多漏略，乃重爲編次箋釋，定爲此本。其詩參合諸本，益以逸篇，釐爲三十卷，以合曾鞏序所言之數。（同上）

【鮑溶詩集六卷、外集一卷　江蘇巡撫採進本】　唐鮑溶撰。溶字德源，元和四年進士，其仕履未詳。溶詩在後世不甚著，然張爲作《主客圖》，以溶爲博解宏拔主，以李群玉爲上入室，而爲與司馬退之二人同居入室之例，則當時固絶重之也。其集宋史館舊本五卷，譌題鮑防，曾鞏始據《唐文粹》、《唐詩類選》考正之，又以歐陽修本參校，增多三十三篇，合舊本共二百三十三篇，釐爲六卷，晁公武《讀書志》仍作五卷，稱惟存一百九十三篇，餘皆佚。此本爲江南葉裕家所鈔，首有曾鞏校上序。今核所録，惟集外詩一卷，與曾鞏新增三十三首之説合，其正集比鞏序多一卷，而詩止一百四十五首。蓋舊本殘闕，傳寫者離析卷帙，以足鞏序之數，而忘外集一卷本在六卷中也。《全唐詩》所録較此本多十六首，較晁本多二首，而較曾本尚少三十九首，則其集之佚者多矣。（同上卷一五一　集部　別集類四）

【盱江集三十七卷，年譜一卷，外集三卷　浙江孫仰曾家藏本（節録）】　宋李覯撰。覯，字泰伯，建昌南城人。……覯文格次於歐、曾，其論治體，悉可見於實用。故朱子謂覯文實有得於經。（同上卷一五三　集部　別集類六）

【金氏文集二卷　永樂大典本（節録）】　宋金君卿撰。君卿，字正叔，浮梁人。《江西通志》載：君卿登慶曆進士。累官知臨川，權江西提刑。入爲度支郎中。洪邁《夷堅志》載君卿讀書浮梁山一條，稱其策高科，歷郡守、部使者，積伐至度支郎中。與《通志》相合，然亦不詳其事蹟。考曾鞏《元豐類稿》，有《衛尉寺丞致仕金君墓誌銘》一篇，乃爲君卿父温叟而作。稱温叟四子，君著、君佐、君卿、君佑，皆舉進士。君卿以皇祐二年官秘書丞，五年官太常博士，得以褒崇其親。其叙述頗詳。又稱君卿方以材自起於賤貧，欲以其所爲爲天下，慨然有志。則其人亦非碌碌者也。……又《和曾子固直言謫官者》一首，檢《元豐類稿》無其原唱，知此篇爲鞏所自删。亦均可互資考證。富臨序稱君卿長於《易》，嘗著《易説》、《易箋》，今竝不存。（同上）

【元豐類稿五十卷　江西巡撫採進本】　宋曾鞏撰。鞏，字子固，建昌南豐人。嘉祐二年進士。官至中書舍人。事迹具《宋史》本傳。鞏所作《元豐類稿》本五十卷，見於《郡齋讀書志》，韓維撰鞏《神道碑》，又載有《續稿》四十卷，《外集》十卷。《宋史》本傳亦同。至南渡後，《續稿》《外集》已散佚不傳。開禧中，建昌郡守趙汝礪始得其本於鞏族孫濰，闕誤頗多。乃同郡丞陳東合《續稿》《外集》校定之，而删其僞者，仍編定爲四十卷，以符原數。元季兵燹，其本又亡。今所存者惟此五十卷而已。吴曾《能改齋漫録》所載《懷友》一首，莊綽《雞肋編》所載《厄臺記》一首，高似孫《緯略》所載《實録院謝賜硯紙筆墨表》一首，及世所傳《書魏鄭公傳後》諸佚文，見於《宋文鑑》《宋文選》者，當即《外集》《續集》之文。故今悉不見集中也。今世所行凡有二本。一爲明成化六年南豐知縣楊參所刊。前有元豐八年王震序，後有大德甲辰東平丁思敬序。又有年譜序兩篇，無撰人姓名，而年譜已佚。蓋已非宋本之舊，其中舛謬尤多。一爲國朝康熙中長洲顧崧齡所刊，以宋本參校，補入第七卷中《水西亭書事》詩一首，第四十七卷中《太子賓客陳公神道碑銘》中闕文四百六十八字，頗爲清整。然何焯《義門讀書記》中有校正《元豐類稿》五卷。其中有如《雜詩》五首之顛倒次序者，有如《會稽絶句》之妄增題目者，有如《寄鄆州邵資政》詩諸篇之脱落原注者。其他字句異同，不可殫舉。顧本尚未一一改正。今以顧本著録，而以何本所點勘者補正其僞脱。較諸明刻，差爲完善焉。（同上卷一五三　集部　别集類六）

【曲阜集四卷　浙江鮑士恭家藏本】宋曾肇撰。肇，字子開，南豐人。鞏、布之弟也。治平四年進士。官至中書舍人，龍圖閣學士。以元祐黨籍貶濮州團練副使，汀州安置。崇寧中，復朝散郎，歸潤州而卒。紹興初，追謚文昭。事蹟具《宋史》本傳。肇《行狀》載所著《曲阜集》四十卷，《外集》十卷，《奏議》十二卷，《邇英進故事》一卷，《元祐外制集》十二卷，《庚辰外制集》三卷，《内制集》五卷，《尚書講義》八卷，《曾氏譜圖》一卷。楊時所作《神道碑》，《曲阜集》奏議目次竝與《行狀》同。而《西掖集》十二卷，《内制》五十卷，《外制》三十卷，則與《行狀》稍異。明永樂十年，其裔孫刊行《奏議》，曾棨爲序。有兹特《曲阜集》中一卷，尚當爲刻全文之語。則明初原集尚存，其後乃漸就散佚，傳本遂絶。國朝康熙中，其裔孫儼等，取所存奏議，益以詔制、碑表諸逸篇，掇拾編次，别爲此集。前三卷皆詩文，後一卷則附録也。肇立朝有守，屬黨論翻覆，以一身轉側其間，往往齟齬不合。又嘗力諫其兄布，宜引用善類，而布不從。所上奏議，如乞復轉對，宣仁皇后受册，百官上壽，救韓維，繳王覿外任諸篇，皆爲史所稱述。今竝在集中，可以考見大概。其制誥亦爾雅典則，得訓詞之體。雖深厚不及其兄鞏，而淵懿温純，猶能不失家法。惜其全本已亡，掇拾多有未盡。如《進元豐九域志表》爲肇所撰，見於王應麟《玉海》，而集中亦無之。則其佳文之散失者，固不少矣。（同上卷一五三　集部　别集類六）

【嘉祐集十六卷，附録二卷　兩淮馬裕家藏本（節録）】　宋蘇洵撰。洵有《謚法》，已著録。考曾鞏作洵《墓誌》，稱「有集二十卷」。晁公武《讀書志》、陳振孫《書録解題》俱作十五卷。蓋宋時已有兩本。（同上）

【後山集二十四卷　副都御史黄登賢家藏本（節録）】　宋陳師道撰。師道字履常，一字無己，彭城人。受業曾鞏之門，又學詩於黄庭堅。（同上卷一五四　集部　别集類七）

【宋文選三十二卷　浙江巡撫採進本（節録）】　何焯《義門讀書記》跋所校《元豐類稿》後曰「己卯冬，於保定行臺案焯是時在直隸巡撫李光地署中閲内府所賜大臣《古文淵鑒》，有在集外者六篇，則《書魏鄭公傳》、《邪正辨説》、《再上田正言書》、《上歐蔡書》也。後知立齋相公案立齋爲大學士徐元文之别號有建本《聖宋文選》數册，其中有南豐文二卷，嘉善柯崇樸借鈔，遂傳於外，此六篇者皆在焉」云云。案《書魏鄭公傳後》一篇,《宋文鑑》亦載,不僅見於此集中。焯考之未審。然南豐外集、續稿,今竝不傳。其佚篇惟賴此集以存。蓋亦不爲無功矣。宋人選宋文者,南宋所傳尚夥,北宋惟此集存耳。其賅備雖不及《文鑑》,然用意嚴慎,當爲能文之士所編。尤未可與南宋建陽坊本出於書賈雜鈔者一例視之也。(同上卷一八七　集部　總集類二)

【古文關鍵二卷　江蘇巡撫採進本(節録)】　宋吕祖謙編。取韓愈、柳宗元、歐陽修、曾鞏、蘇洵、蘇軾、張耒之文凡六十餘篇,各標舉其命意布局之處,示學者以門徑,故謂之關鍵。卷首冠以總論看文、作文之法。考《宋史·藝文志》,載是書作二十卷。今卷首所載看諸家文法,凡王安石、蘇軾、李廌、秦觀、晁補之諸人俱在論列,而其文無一篇録入。似此本非其全書。然《書録解題》所載亦祇二卷,與今本卷數相合。所稱韓、柳、歐、蘇曾諸家,亦與今本家數相合,知全書實止於此。(同上卷一八七　集部　總集類二)

【唐宋八大家文鈔一百六十四卷　通行本(節録)】　明茅坤編。坤有《徐海本末》,已著録。《明史·文苑傳》稱坤善古文,最心折唐順之。順之所著《文編》,唐宋人自韓、柳、歐、三蘇、曾、王八家外,無所取,故坤選八大家文鈔。考明初朱右,已採録韓、柳、歐陽、曾、王、三蘇之作爲《八先生文集》,實遠在坤前。然右書今不傳,惟坤此集爲世所傳習。凡韓愈文十六卷,柳宗元文十二卷,歐陽修文三十二卷,附《五代史鈔》二十卷,王安石文十六卷,曾鞏文十卷,蘇洵文十卷,蘇軾文二十八卷,蘇轍文二十卷,每家各爲之引。説者謂其書本出唐順之,坤據其稿本,刊版以行,攘爲己作,如郭象之於向秀。然坤所作序例，明言以順之及王慎之評語標入，實未諱所自來。則稱爲盜襲者誣矣。……然八家全集浩博，學者編讀爲難。書肆選本，又漏略過甚。坤所選録，尚得煩簡之中。集中評語雖所見未深，而亦足爲初學之門徑。一二百年以來，家弦户誦，固亦有由矣。（同上卷一八九　集部　總集類四）

【榕村講授三卷　兩淮馬裕家藏本（節録）】　國朝李光地編。光地有《周易觀象》，已著録。是書凡分三編。上編載周、張、二程、朱子年著，中編爲董仲舒、揚雄、王通、韓愈及邵子、胡宏所著，下編則賈誼、匡衡、劉向、谷永、劉歆、班固、諸葛亮、歐陽修、宋祁及王安石、曾鞏、陸九淵、真德秀所著。多取其足發聖賢之理者，大抵皆儒者之言。（同上卷一九四　集部　總集類存目四）

【唐宋十大家全集録五十一卷　通行本】　國朝儲欣編。欣有《春秋指掌》，已著録。是編乃仿明茅坤《唐宋八家文鈔》，增李翺、孫樵爲十家。各爲批評，亦間附考注。其中標識悉依茅本之舊。欣自序謂即茅所評論以窺其所用心，大抵爲經義計耳。予欲破學者抱匱守殘之見，所録加倍焉。至增入習之、可之，似屬創見。然大家豈有定數？可以八，即可以十云云。其説良是。然觀其持論，仍不離乎經義之計。恭讀御製《唐宋文醇》序文，有曰：「欣用意良美，顧其識之未充而見之未當，則所去取，與茅坤亦未始徑庭。」睿鑒高深，物無狀，斯誠萬古之定論矣。（同上）

【宋十五家詩選十六卷　内府藏本】　國朝陳訏編。訏有《勾股引蒙》，已著録。十五家者，梅堯臣、歐陽修、曾鞏、王安石、蘇軾、蘇轍、黄庭堅、范成大、陸游、楊萬里、王十朋、朱子、高翥、方岳、文天祥也。每集各繫小傳及前人詩話，而以己所評論附焉。（同上）

【墓銘舉例四卷　山東巡撫採進本（節録）】　明王行撰。行有《半軒集》，已著録。行以墓誌銘書法有例，其大要十有二事。……其序次或有先後，要不越此十餘事而已。取唐韓愈、李翺、柳宗元、宋歐陽修、尹洙、曾鞏、王安石、蘇軾、朱子、陳師道、黄庭堅、陳瓘、晁補之、張耒、吕祖謙一十五家所作碑誌，録其目而舉其例，以補元潘昂霄《金石例》之遺。（同上卷一九六　集部　詩文評類二）

翁元圻

孫仲益書《臨川集》曰：「荆公自謂知經明道，與曾子固等發六藝之藴於千載絶學之後。荆公當國便當引而進之，乃擯棄不用。余觀《南豐集》序禮閣新儀，則指新法，記襄州長渠則指水利，《兵間》詩則指徐德占，《論交》詩則指吕吉甫，而二人者如水火矣。」伯厚所引蓋此條，若《與曾伯端書》則云：「秦少游云：『曾子固文章絶妙古今，而有韻者輒不工。』此語一出，天下遂以爲口實。」南豐《兵間》一詩指徐德占，《論文》一詩指吕吉甫，又有《黄金》、《顔揚》諸詩，皆卓然有濟世之用，而世人便謂不能詩，某所以不喻其言也，止論詩未及文，非伯厚所引也。閻氏偶未詳考耳。（《翁注〈困學紀聞〉》卷十七《評文》）

編者按：閻氏指清閻若據。

《黄氏日鈔》六十三，《讀曾子固文集五》：「《麻姑山送南城羅尉》詩，可與歐公《廬山高》爲對。厚齊蓋不以爲然也，故云爾。」歐陽公《廬山高》贈同年劉中允歸南康作也，詩在《文忠集》古詩二。南豐《麻姑山送南城尉羅君》，詩在《元豐類稿》八歌行中。又卷二有《游麻姑山》詩亦七言古，非厚齋所指。

（同上卷十八《評詩》）

沈作哲寓簡南豐跋漢武都太守西狹頌，謂得此圖，然後始見漢畫。然予見王逸少帖云：成都學有文翁高朕石室及漢太守張收畫，三皇五帝三代君臣與仲尼七十弟子畫，皆精妙可觀，予後因從蜀人求臨本，晚乃得石刻，信如逸少言。然則石室之畫又先於武都矣。子固蓋未之見。（同上卷二十《雜識》）

朱宗洛

《寄歐陽舍人書》此篇最善蓄勢之文，前言銘誌之作，係乎警勸，此振起「必得其人，而後可傳」意也。又言「今世銘誌之不實，皆由托之非人，書之非公與是之故」，而下緊接「非蓄道德而能文章者」云云，此兩段一反一正，一虚一實之文也。後又竭力言其人之難，再作一曲，以接入歐公，此文家健翮摩空之勢也。末一段收應「義近於史」意，却將數美排列在前，而以「一歸於先生」句勒住，此又文家一筆千鈞之力也。（《古文一隅》卷下評語）

《贈黎安二生序》嘗論行文之法，意以盡爲佳，而味又以不盡爲佳。蓋意盡則理足，味不盡則神足。如此文，只是欲堅二生信道之意耳。文却就自己作無窮扼腕，見信道者之必困於今，然後轉入二生，見欲求免困者，必違乎道，而得失之間，令其自爲去取，令閲者自得其意於語言之外，故能言盡而意不盡，意盡而味不盡。（同上）

惲敬

【上曹儷生侍郎書（節録）】然所謂才與學者，何哉？曾子固曰：「明必足以周萬事之理，道必足以適天下之用，智必足以通難知之意，文必足以發難顯之情。」如是而已。（《大雲山房文稿初集》卷三）

【答蔣松如書（節録）】嗟乎！誠使陸敬輿、司馬君實諸人生於今日，爲四子書文，韓退之、李習之、曾子固諸人爲之序，傳之數千載之後，其尊於揚雄之僞言，劉歆之飾説，蓋可必也。若是則爲足下作序何不屑焉？（同上）

【大雲山房文稿二集目録叙説（節録）】敬觀之前世，賈生自名家、縱横家入，故其言浩汗而斷制；晁錯自法家、兵家入，故其言峭實；董仲舒、劉子政自儒家、道家、陰陽家入，故其言和而多端；韓退之自儒家、法家、名家入，故其言峻而能達；曾子固、蘇子由自儒家、雜家入，故其言温而定；柳子厚、歐陽永叔自儒家、雜家、詞賦家入，故其言詳雅有度；杜牧之、蘇明允自兵家、縱横家入，故其言縱厲；蘇子瞻自縱横家、道家、小説家入，故其言逍遥而震動。（同上二集卷首）

【與鄧過庭（節録）】足下清才，何慮不達，遲速命也，何足介懷！況年力富甚，方將遠追賈、董，近躡歐、曾，豈效小生俗儒硜硜望售耶？（《大雲山房言事》卷一）

【答陳雲渠（節録）】敬少時詩學太白，後漸入香山、東坡，所嗛嗛不足者，太似耳。析骨還父，割肉還母，方能現清净身説法，詩何獨不然？至文亦太似韓、曾，高深處尚不及，未知何時能自立一家也。

（同上）

凌揚藻

【王鐵夫論韓柳】　長洲王惕甫曰：古文之術必極其才而後可以裁於法，必無所不有而後可以爲大家。自非馳騖於東京六朝沈博絶麗之途，則無以極其才。而所謂法者，徒法而已。以徒法而語於文，犬羊之鞹而已。自宋以後，歐、曾、虞、范數公之文，非不古也。以視韓、柳，則其氣質之厚薄，材境之廣狹，區以别矣。蓋韓、柳皆嘗從事於東京六朝，韓有六朝之學，一掃而空之，融其液而遺其滓，遂以夐絶千餘年。柳有其學而不能空，然亦與韓爲輔。望溪方氏宗法昌黎，心獨不慊於柳。亦由方氏所涉於東京六朝者淺，故不足以知之。今雖謂歐、曾數公之文勝於柳可也，使誠坐歐、曾數公於此，而俾之執筆爲柳氏之文，吾知諸公謝不能也。（《蠡勺編》卷三十八）

黄綬詒

【山木先生文集叙（節録）】　吾鄉人文之盛，自宋以來，以廬陵歐陽氏爲稱首，而其爲文則皆原於昌黎韓氏，變卓犖爲紆徐，自成爲歐陽氏之文。南豐、臨川皆衍其緒而光大之。（《山木居士文集》卷首）

阮　元

【水木明瑟軒即事(節録)】　坐小滄浪，可見學署之鐘樓，冬時林葉疎脱，始見歷下亭，由小滄浪乘舟，經北極閣，西至曾南豐祠，祠邊即北水門，明湖匯七十二泉之水，皆從此瀉出，經華不注，濼口入大清河。城上重闉，下臨平楚，曰匯波樓，鵲、華兩山，青翠相競。余題「鵲華秋色」四字，扁懸樓上，用「松雪圖」名也。南豐祠多水木之趣，秋藤壓廊，閒花繞屋，人迹罕有至者。(《小滄浪筆談》卷一)

乙卯八月，招同馬秋藥比部履泰顏心齋教授崇槼，武虚谷進士億，朱郎齋文學文藻登匯波樓，過曾南豐祠，歸集積古齋。明日遣騎傳箋聯句，往返十數次，凡三易僕馬，故有句云：「詰朝學唐韻，旁午置鄭馹。」(同上)

【王西莊先生全集序(節録)】　先生之文，紆徐純厚，用歐、曾之法，發鄭服之學，凡序記論説考議諸體，皆高視今古。天臺齊宗伯稱其爲文不名一體，體各造極，非虚言也。(《揅經堂二集》卷七)

張惠言

【文稿自序(節録)】　古之以文傳者，雖於聖人有合有否，要就其所得，莫不足以立身行義，施天下致一切之治。荀卿、賈誼、董仲舒、揚雄以儒，老聃、莊周、管夷吾以術，司馬遷、班固以事，韓愈、李翺、歐陽修、曾鞏以學，柳宗元、蘇洵、軾、轍、王安石雖不逮，猶各有所執持。操其一以應于世而不窮，故其

言必曰道，道成而所得之淺深醇雜見乎其文。無其道而有其文者，則未有也。（《茗柯文編》三編）

【送徐尚之序（節録）】　古之以文傳者，傳其道也。夫道以之修身，以之齊家治國平天下，故自漢之賈、董，以逮唐、宋文人韓、李、歐、蘇、曾、王之儔，雖有淳駁，而就其所學，皆各有以施之天下。非是者，其文不至，則不足以傳今。（《茗柯文補編》卷下）

（劉大櫆）【陸宣公文集注序】　爲陸公作文，其文便陸公，質實開明，前有劉子政，後有曾子固。（《海峰文集》卷四評語）

吴德旋

歸震川直接八家，姚惜抱謂其於不要緊之題，説不要緊之語，卻自風韻疏淡，是於太史公深有會處，不可不知此旨。如張鱸江所賞諸篇，不過歐、曾勝處而已。有寥寥短章而逼真《史記》者，乃其最高淡之處也。（《初月樓古文緒論》四二）

【書大雲山房文稿一（節録）】　余謂漢人之文可師法者無過劉子政，子政文端慤淵懿，足以徵君子所養，學之雖不成，不失爲謹厚士，無險厲佻薄之習。其成者在宋爲曾子固，在明爲歸熙甫，在我朝爲姚姬傳，皆絶異乎？（《初月樓文鈔》卷一）

【答張皋文書（節録）】　足下之文，與明允、子固相上下，其去昌黎一間耳。若德旋所爲文，去歸熙甫尚遠，何敢望入昌黎窔奥，但生平志向實在於此，故聞足下之言不能不幸而自喜也。（同上卷二）

【與林仲騫書（節録）】　足下之文，淵源於宋南渡諸家，而上追廬陵、南豐之遺軌。（同上卷二）

【贈于竹初序（節録）】　余之所好固有異乎竹初之好也。古之人有韓愈氏者，其爲文也，原本乎六經，學孟、荀，即孟、荀若也，余讀之而好之；古之人有曾鞏氏者，其爲人也，原本乎六經，斟酌於太史公、劉向，學西漢文，即西漢文若也，余讀之而好之。好之而不已，故學之也；學之而不能及，故好之也益堅。雖然將盡吾力之所至而爲之。力之所能，余不敢懈；力所不能，余亦無如何也。（同上卷三）

【送惲子居序（節録）】　古之君子，其學也，學其所行；其行也，行其所學。唐、宋人如韓退之、歐陽永叔、蘇子瞻、曾子固之徒，以古聖賢人爲師，其發於言爲文章，美矣！善矣！而施之政事，多可述者，不徒以言之已也。（同上）

【小峴山人文集序（節録）】　蓋古之能爲文者，理莫暢於孟子、荀卿，法莫備於子長、退之。此四君子者，其文皆本於六經，由其道可以上達於孔氏，後之學者爲文而求合於聖人之道者，舍四君子其奚適哉？雖然，四君子之文具在，學之而能至焉者寡也。疾趨焉患其蹶也，故必擇其能合者，而假塗焉以循之。則如宋之歐陽永叔、蘇明允、子瞻、曾子固、王介甫，明之歸熙甫，國朝之方靈皋，皆其選也。歧而之他，有合焉者不也？無錫秦小峴先生以所爲文示德旋，德旋受而讀之，考其師友淵源，所漸漬固已及乎熙甫、靈皋，而永叔、子固之遺風猶有存者，蓋不相襲也，而神與爲合，惟其本同也。（同上卷四）

【與族弟筠墅書（節録）】　昔人謂太史公記酒肉簿必有可觀，德旋以爲太史公記酒肉簿亦如其爲《史記》者之爲矣。何也？質而不俚，修詞之能事畢矣。雖然，太史公之所以爲不可及者，在神明於法，而變化無方，如第曰質而不俚而已。豈惟太史公能之，班孟堅、韓退之、柳子厚、李習之、歐陽永叔、曾子固、王介甫、蘇明允、子瞻、子由諸人，具能之矣。其或文勝而質不足，或質而不免于俚，則皆不足與於斯事者也。（《初月樓文續鈔》卷二）

【與沈閒亭書（節録）】　孟子之書謂人皆可以爲堯舜，夫堯舜豈人之所能至哉？然其言曰：「子服堯之服，誦堯之言，行堯之行，是堯而已矣。」爲文者之宜取法乎古，亦若是焉已矣。至其所可至而其所不可至者相違豈遠耶？得其傳而已矣。湯武得堯舜之傳者也；歐、蘇、曾、王得退之之傳者也。世人自不爲之而遂疑爲之者爲僞得之者，爲妄。是詎可以執途人而喻之者哉？（同上）

【復呂月滄書五（節録）】　震川之文，其以大氣涵負之者名公卿詩文集序爲盛，以其有關於明中葉，後國家隆替興衰之故，故其言感喟深至，恢宏鬱茂，得漢氏之遺風。然以較之歐陽永叔之外制集序，曾子固之《列女傳目録序》、《先大夫集後序》等篇，未知其孰爲先後，而遂以爲能追蹤司馬子長，則是尊之過盛者之詞，殆猶未足爲據。姚惜抱先生云：「震川能於不緊要題説不緊要語，而風韻疏淡，出自子長。」斯爲得之耳。然其牽率應酬之作，集中存者過多，故近俚之病時或不免。我朝汪堯峰，施愚山諸公皆於此不辨也。能辨於此者，不得不推方望溪爲首庸，望溪以爲古文失其傳者七百年，蓋謂此耳。不然，如震川者乃謂其失古人之傳亦已苛矣。至於震川經義直軼出歐、曾古文之上，足以眉隨史公，抗衡韓子，豈守溪、思泉所得與之並論哉？（同上）

方東樹

【寄梅伯言（節録）】　指畫中西法，闇解甘石詮。緒業雖不肆，文采虎豹斑。之子當少日，意格何孤騫。行身踐曾、史，文章繼班、揚。胸中氣酣古，嘐嘐自成狂。（《儀衛軒詩集》卷三）

【儀衛軒文集自序（節録）】　蓋昔人論文章不關世教，雖工無益。故吾爲文務盡其事之理，而足乎人之心。竊希慕乎曾南豐、朱子論事説理之作，顧不善學之，遂流爲滑易。（《儀衛軒文集》卷首）

【馬氏詩鈔序（節録）】　昔曾子固言漢唐宋以來能三代以文章特見於世者，代不過數人，而吾邑方、馬二氏乃宏延若是，由一家例之他族，特未成書耳。而其數諒未必多讓，是其功名顯濯，既媿於陳、桓、吕、竇、顧、陸、王、謝諸茂宗，而風流文采，又足躋鄞豐氏、袁氏而過焉。使子固見之，其歎美宜何也？（同上卷五）

【書惜抱軒先生墓誌後（節録）】　臨海朱右伯賢定選唐宋韓、柳、歐、曾、蘇、王六家文，其後茅氏坤析蘇氏而三之，號曰八家。五百年來海内學者奉爲準繩，無敢異論。往往以奇才異資，窮畢生之功，極精敏勤苦踴躍萬方，冀得繼於其後，而卒莫能與之並，蓋其難也。（同上卷六）

【答葉溥求論古文書（節録）】　僕聞人之爲學，每視乎一時之所趨，風氣波蕩，群然相和，爲之既衆，往往工者亦出。獨至古文，恒由賢知命世之英爲之於舉世不爲之日，蒙謗訕，甘寂寞，負遺俗之累，與世齟齬不顧，然後乃以雄峙特立於千載之表，故其業獨尊而遇之甚稀。自唐、宋逮明，若韓、柳，若歐、曾、蘇、王，若歸熙甫，其人類數百年始一登於籙。嗚呼！蓋其難矣！抑又嘗論欲爲文而第於文求之，則其文必不能卓然獨絕，足以取貴於後世。……夫有韓、孟、莊、《騷》，而復有遷、固、向、雄；有遷、固、向、雄，而復有韓、柳；有韓、柳，而復有歐、蘇、曾、王。此古今之水相續流者也，順而同之也。而由歐、曾、蘇、王逆推之，以至孟、韓，道術不同，出處不同，論議本末不同，所紀職官、名物、時事情狀不同，乃至取用辭字句格文質不同，而卒其所以爲文之方無弗同焉者。此今水仍古水之説也，逆而同之也。古今之水不同，同者，濕性；古今之文不同，同者，氣脉也。（同上卷七）

【答人論文書（節録）】　若夫有知文之失在易而出，力以矯之，又往往辭艱而意短，辭艱意短者，氣必弱，骨必輕，精神氣脈音響必不王，是則其辭雖不易，而其出言之本領未深，猶之失於易而已。古之能精讀者不若是，是故揚子雲教桓譚作賦必先讀千賦；明歸太僕嘗於公車上取曾子固《書魏鄭公傳後》文，讀之五十餘遍。左右厭倦，而公猶津津餘味未已。嗟呼！此所以繼韓、歐陽而獨立，三百年無人與埒，豈偶然哉！（同上）

【答友人書（節録）】　夫子厚所稱太史之潔，乃指其行文筆力漸絶處，此最文家精深之詣，既非尋常之所領解，若宋儒固未嘗有譏遷史不潔者，既有言語亦不過謂所記事跡不必盡可信耳，而如桐葉封弟，子厚已辨之矣。今乃憑虛構誣而曰：使人以宋人眼孔觀《史記》，必謂其不潔。若自附於能知遷文之潔者，而又不顧歐、蘇、曾、王眼孔之非劣，固宋人也。近世風氣但道著一宋字，心中先自有不喜，意必欲抑之排之以著其短失而後快於心，乃至宋人並無其事與言亦必虛構之，以爲必當如是云爾，以見宋人之迂固不通，殆若一無所知如此也。及考其所以抑之排之之説，率皆昧妄顛倒影響無實之談；考其所以抑之排之之心，皆因憎惡道學。（同上）

【送毛生甫序（節録）】　盡天下之人，數百年以來，其稱文也，是非齊一，翕然無異論者，於唐則韓愈、柳宗元氏，於宋則歐陽修、曾鞏、王安石、蘇洵父子。此八人者之在當日，其自視子焉，曠若無儔匹，矯首以視四方，虚無人焉。……今又一朝而得生甫三子，既生同時，又並在大江以南，何其於古所得之難者，而今獨聚之易，且多如是。俄而曰：是曷足怪？韓、柳固並世矣，然且相愛重如彼，若歐、曾、蘇、王師弟朋友，或近在一方，或萃聚一門，其仕又皆同朝，其文章既震耀當世，流傳且千載。考其平日相謂推稱之詞，至今按之，一一不虚，此必非虚誣標榜所得劫而有也。明矣！（同上）

朱子論文：忌意凡思緩；（歐《六一居士傳》）軟弱；没緊要；不子細；辭意一直無餘；浮淺；不穩；絮；（説理要粗細，却不要絮。）巧；（東坡時傷巧。）昧晦；（荆公、子固）不足；（歐公）輕；薄；冗。（南豐改後山文一事，可思。）愚謂此雖論文，皆可通之於詩。（《昭昧詹言》卷一　通論五古二九）

薑塢先生曰：……又曰：「宋以後不講句字之奇，是一大病。」余謂獨南豐講之，而世人不之知。嘗論南豐字句極奇，而少鼓蕩之氣。又篇法少變换、斷斬、逆折、頓挫，無兀傲起落，故不及杜韓。大約南豐學陶、謝、鮑、韓工夫到地，其失在不放，一字一句，有有車之用，無無車之用。然以句格求之，則其至者，直與陶、謝、鮑、韓並有千古，其次者亦非宋以來詩家所夢及。惜乎世罕傳誦，遂令玄文處幽，不得與六一、介甫、山谷並耀。豈其文盛而詩晦，亦有命存耶？公自言：「但取當時能託意，不論何

代有知音。」公固不以世俗之知，縈其曠遠之高致矣。（同上四四）

朱子曰：「行文要緊健，有氣勢，鋒刃快利，忌軟弱寬緩。」按此宋歐、蘇、曾、王皆能之，然嫌太流易，不如漢、唐人厚重，然却又非鍊局減字法，真知文者自解之。（同上六八）

杜、韓皆常取鮑句格，是其才力能兼之。孟東野、曾南豐專息駕於此，豈曰非工，然門徑狹矣。（同上卷六鮑明遠 一一）

南豐學鮑學韓，可謂工極；但體平而無其勢，轉似不逮東野。（同上一二）

南豐學鮑學韓，字字句句，與之同工，無一字不著力，而不如鮑與韓者，只是平漫無勢。知南豐之失，則知學詩之利病矣。（同上一三）

南豐似專在句字學，而未深講篇體。陸士衡頗講篇體，而於字句又失之流易。然而南豐不可及，其於鮑、韓爲嫡派矣。（同上一四）

《登廬山》 起二句交代題。「千巖」以下十四句，皆實寫。「洞澗」，洞，深也。「聳樹」，聳，疏也。雖造句奇警，非尋常凡手所能問津，但一片板實，無款竅章法，又不必定爲廬山之景，此恐亦足啓後人亂雜無章，作僞體泛詩之病，故不及康樂之精深切題也。曾南豐多似此，豈受其末流之病故耶？「乘此」四句，方接起句，入已作收，然亦是泛語。此不必定見爲廬山詩，又不必定見爲鮑照所作也。換一人，換一山，皆可施用，前人未有見及而言之者也。（同上二七）

《從登香爐峰》……「旋淵」只言倒景，非言倒景，非言高也，注非。澀鍊典實沈奧，至工至佳，誠爲輕浮滑率淺易之要藥。此大變格也，杜、韓皆胎祖於此。但其體平純，無雄豪跌宕峥嶸所謂巨刃摩天之概，其於漢、魏曹、王、阮公皆不能及。此杜、韓所以善學古人，兼取其長，而不專奉一家，隨人作計也。故此種學之有得，便當舍去。曾南豐不知變，而畢生息肩於此，豈曰非工非佳，而門徑狹矣。（同上二九）

有明上人作詩甚艱，求捷法於東坡。坡作兩頌與之云：「字字覓奇險，節節累枝葉。咬嚼三十年，轉更無相涉。」「衝口出常言，法度法前軌。人言非妙處，妙處在於是。」余謂此二法皆須活參。如曾南豐中前一病，而謝、鮑以此得之。白傳、東坡得後一説之妙，而俗人以此失之。不得執著此語。（同上卷二十一　附論諸家詩話）

陸繼輅

【與趙青州書（節録）】　夫文者，説經明道抒寫性情之具也，特文不工，則三者皆無所附麗，故劄記出而説經之文亡，語録出而明道之文亡。何者？言之無文，則趨之者易也。既已言之而文矣，江、鮑、徐、庾，韓、柳、歐、王、蘇、曾，何必偏有所廢乎？治古文者，往往薄四六爲不屑爲，甚者斥爲俳優侏儒之技，入主出奴之見，亦猶考據辭章兩家隱然如敵國，甚可笑也。大集出而吴越一家矣，雖創爲之可也。（《崇百藥齋文集》第十四）

【七家文鈔序（節録）】　盧陵、眉山、南豐、新安而後，歷金、元、明之久，廑得震川、荆川、遵巖三家，欲求一人而四之，雖劉、王兩文成或且退，然未敢自信，況其他哉？乾隆間，錢伯坰、魯思親受業于海峰之門，時時誦其師説于其友惲子居、張皋文，二子者，始盡棄其考據駢儷之學，專志以治古文。蓋皋文研精經傳，其學從源而及流；子居泛濫百家之言，其學由博反約。二子之致力不同，而其文之澄然而清，秩然而有序，則由望溪而上求之震川、荊川、遵巖，又上而求之廬陵、眉山、南豐、新安，如一轍也。（《崇百藥齋續集》第三卷）

魯繽

【與李海帆宗傳書（節録）】昌黎得力於《詩》、《書》，子厚得力於《國語》，歐陽得力於《史記》，老泉得力於《孟子》、《荀》、《韓》，東坡得力於《莊》、《列》，曾子固得力於《禮記》、《漢書》。（《魯賓之文鈔》）

劉開

【復陳編修書（節録）】八家未出之前，法未備，而文日益奇；八家既行之後，法愈密，而文日益下。非法之足妨文也，衆美既具，奇無可加。夫如是，故取境也難。且古賢獨擅之長，既不可與争，而兼取各家之長，以歸一人之熔鑄，則力又有所不逮。于是偏于才者，或縱横求異，不知古人之去取制裁，而決裂乎法外；偏于學者，或平易近理，不知古人之波瀾變化，而拘守于法中。曾子固醇而不肆，蘇明允肆而不醇，兼之者僅昌黎也。此在昔人尚以爲難，況後世之嗇于才而弱于學者哉！（《劉孟塗文集》）

卷三）

【與阮芸臺宮保論文書（節録）】蓋文章之變，至八家齊出而極盛；文章之道，至八家齊出而始衰。謂之盛者，由其體之備于八家也，爲之者各有心得而後乃成爲八家也；謂之衰者，由其美之盡于八家也，學之者不克遠溯，而亦即限於八家也。夫專爲八家者，必不能如八家，其道有三：韓退之約六經之旨，兼衆家之長，尚矣。柳子厚則深于《國語》，王介甫則原于經術，永叔則傳神于史遷，蘇氏則取裁于《國策》，子固則衍派于匡、劉，皆得力于漢以上者也。今不求其用力之所自，而但規仿其辭，遂可以爲八家乎？此其失，一也。漢人莫不能文，雖素不習者，亦皆工妙。彼非有意爲文也，忠愛之誼，悱惻之思，宏偉之識，奇肆之辨，詼諧之辭，出之于自然，任其所至，而無不咸宜。故氣體高渾，難以迹窺。八家則未免有意矣。夫寸寸而度之，至丈必差，效之過甚，拘于繩尺，而不得其天然。此其失，二也。自屈原、宋玉工于言辭，莊辛之《説楚王》，李斯之《諫逐客》，皆祖其瑰麗，及相如、子雲爲之，則玉色而金聲，枚乘、鄒陽爲之，則情深而文明。由漢以來，莫之或廢。韓退之取相如之奇麗，法子雲之閎肆，故能推陳出新，徵引波瀾，鏗鏘鍠石，以窮極聲色。柳子厚亦知此意，善于造練，增益辭采，而但不能割愛。宋賢則洗滌盡矣。夫退之起八代之衰，非盡掃八代而去之也，但取其精而汰其粗，化其腐而出其奇。其實八代之美，退之未嘗不備有也。宋諸家疊出，乃舉而空之，子瞻又掃之太過，于是文體薄弱，無復沉浸醲鬱之致，瑰奇壯偉之觀，所以不能追古者，未始不由乎此。夫「體不備不可以爲成人，辭不足不可以爲成文」，宋賢于此不察，而祖述之者，並西漢瑰麗之文而皆不敢學。

此其失，三也。且彼嘉謨讜議著于朝廷，立身大節炳乎天壤，故發爲文辭，沛乎若江河之流。今學之者無其抱負志節，而徒津津焉索之于字句，亦末矣。此專爲八家者，所以必不能及之也。然而志于爲文者，其功必自八家始。何以言之？文莫盛于西漢，而漢人所謂文者，但有奏對封事，皆告君之體耳。書、序雖亦有之，不克多見。至昌黎始工爲贈送碑誌之文，柳州始創爲山水雜記之體，廬陵始專精于序事，眉山始窮力于策論，序經以臨川爲優，記學以南豐稱首。故文之義法，至《史》、《漢》而已備；文之體制，至八家而乃全。彼固予人以有定之程式也，學者必先從事于此，而後有成法之可循。否則雖鋭意欲學秦、漢，亦茫無津涯。然既得門徑，而猶囿于八家，則所見不高，所挾不宏，斯爲明代之作者而已。故善學文者，其始必用力于八家，而後得所從入其中，又進之以《史》、《漢》，而後克以有成，此在會心者自擇之耳。……夫震川熟于《史》、《漢》矣，學歐、曾而有得，卓乎可傳，然不能進於古者，時藝太精之過也，且又不能不囿於八家也。（同上卷四）

王芑孫

【讀小峴所作亡弟行狀書後（節録）】 余曰：「……大抵家門文字不宜自爲。曾致堯、曾易占爲子固親祖、父，致堯之銘以屬永叔，易占之銘以屬介甫，子固弗自爲也；蘇序、蘇洵爲子瞻、子由親祖、父，序銘屬之子固，洵銘屬之永叔，子瞻、子由咸弗自爲也；尹仲宣、尹源爲師魯親父、兄，仲宣、源墓誌皆以屬之歐公，師魯亦弗自爲也。使其自爲，未有能工。……」（《惕甫未定藁》卷三）

趙敬襄

【南豐序《禮閣新儀》則指新法】　何云：「南豐不附新法，《禮閣新儀序》皆發明禮之當變，殆不指新法也。」全云：「其中亦有指新法者，何氏讀之未詳耳。」按，序言古變馬今，正與新法之强欲變今爲古大相枘鑿，深甯非不知南豐不附新法，亦非但其中有指之者已也。（《困學紀聞參注》）

編者按：「何」指長洲何義門，「全」指鄞縣全謝山。

吴　鼒

【西谿漁隱外集題辭（節録）】　西江之文，至宋而極。廬陵歐氏、臨川王氏之文與詩，南豐曾氏之文，分甯黄氏之詩，並陵轢百代，各有千古。（《吴學士文集》卷四）

沈伯經

《唐論》（頂批）歷溯唐以前之治亂，成康殁後直至太宗，方爲極盛。漢之文帝有志，而天下之材不足，加一筆，寫以相形。　入本位叙太宗之盛，其有志與漢文同，而其時之材足以助其舉政，是勝於漢文之處。故其收效亦異。揚之極至，正爲下一段作翻勝之勢。　一捩即轉。前段揚之至，此段抑之甚。擬之漢文則固勝，擬之先王則尚遠，持論極有分寸。　縱論古來之治，爲生逢其盛者致羡，爲不遇其盛者至慨，文筆文情兩無遺憾。　再推開一層，着論士之懷材不遇於時者，寄慨遥深，餘喟不盡。（《古文辭類纂評注》　論辯類三）

《戰國策目録序》　何等謹嚴，而雍容敦博之氣又宛然。　劉向之失在此。　舉孔、孟以證戰國之失。與向相反。　何等痛切。　善洗發。　言所以不廢其書之意。（同上　序跋類四）

《新序目録序》　三代盛時氣象，非子固不能實見得，纔是子固識高劉向一層處。　轉下有神力。　此序本爲《新序》作，若無此一句斡入，則不得謂之有法矣。　子固到此，方不没向所注書之大旨處。（同上）

《列女傳目録序》　從校書叙起。　兩存極是。　參入寄慨波致。　繳過校書。　就向意作提絜，提出王政天子作主，識高古人。　就女德排宕而下，振起君身。　以文王化行作指點。　以士人爲君身襯托，士身通病又切中。　兜勒君身繳向意。（同上）

《徐幹中論目録序》　幹書數目。　贊幹之爲人。　贊幹之書。　時知幹者少，即説明作序之緣由。（同上）

《范貫之奏議集序》　贊奏議歸美仁宗不自用，立言有體。　不自用之大效如是贊，公文仍以仁宗作收。（同上）

《先大夫集後序》　以上書目。　以上五代時著作。　此處何等氣象才識。　以上仕宋後奏議。　以上太宗、真宗時再進再絀。　以上叙奏議在太宗時不言財利，在真宗時不言符瑞。　以上言當時毁

譬虛實難盡信。（同上）

《館閣送錢純老知婺州詩序》　着重交情，便得序意。　身去情留，是錢公過人處。　推錢公無己之情。（同上）

《書魏鄭公傳》（首批）其言深切，足以感動人主，又繁復曲盡而不厭，此自爲傑作，熙甫愛之非過也。（頂批）從諫諍之益引入。「書存」句一篇之的。「賢」字貼，不掩諫。　此下發議俱用反撲與後焚諫稿者打照。　拈出太宗晚政以信己說。　徵引古聖不掩諫之美。　應書存。　更徵掩諫之失。將「諱」字挑焚稿。　焚稿事正與上鄭公付史官語對照。　以不漏一時託起，不欺萬世。　收還「賢」字。（同上）

《移滄州過闕上殿劄子》　篇勢閎遠，宜此嚴重領局。　三代漢唐最盛，而禍亂之興遠不出四世，近止三世二世耳。　魏晉南北五代不足比數矣。　入本朝六世排六段。　太祖開基加功高，一贊。太宗以繼爲開，加德高，一贊。　真宗澶淵一盟，爲中外盛衰關頭，特原始說下。　仁宗爲有宋盛德之主，叙述大致在勤内治。　英宗以支子入繼，故先述宫中養德。　入陛下是正主。　摹寫神宗鋭意敢爲，創興政令，不入事跡，而筆有主張。　就今上將祖宗一總有法。　以下略帶前世，總申本朝作一段。　厚邦本。　握乾綱。　撫全勢。　勵精勤。　前世今時，賓主分來，有力量。　「故人主之尊」一段單頌本朝，用極整極練之筆，揚郅隆上治之家。　蓋字下復合古今，作總統收束。　繳應截住。　以前皆是案，至此稱《詩》揭出進劄之旨。　後嗣承成王，即映今上，當世臣子指作《詩》

者，即映己身。　本旨在此，猶韓子所謂作唐一經也。　遞到當今宜作，是本旨之王。　前統法戒，此專側到戒邊。　前舉一代相遞說，此直以成王周公專照今上，與本身拍合。　至此如形家所謂到頭一穴。　點穴。（同上　奏議類上編七）

《寄歐陽舍人書》　提譔銘。　與史近，與史異，提筆便折。　接異意寫。　倒折轉近史。　以上言銘之足重，正爲秉筆人作地。　「立言者」三字重。　覰其人逗眼。　高唱宏合。　「蓄道德，能文章」六字，神溯歐公。　拆洗六字有本末，又不平板。　又作折。　才折入歐公。　緊接得銘又宕開。兜合。　勒到身受感，氣已足，文已畢矣。　更意外申拓，而文乃作篇首收應。　一筆勒歸歐公，其力千鈞。（同上　書說類七）

《謝杜相公書》　施醫藥歸旅，襯叙得真摯哀痛。　施者期於當阨，感者莫可名言，然其誓心圖報，總以天下之義爲歸，何等光明俊偉。（同上）

《送周屯田序》　以古之去位形今之去位，以見其當不能釋然於心，此反言以蓄勢也。　古之禮隆，歸之有司之好。　繁文。　今之禮薄，反歸責有司，出脱朝廷，且說致仕者之便利，即爲釋然於心之確解，立言甚巧。（同上　贈序類二）

《贈黎安二生序》　勉二生以行道，不當但求爲古文。　以正爲奇。　何等斡旋，結法不走了起句。（同上）

《送江任序》　此意本不甚高，故不得不文之以此辭。　造語甚工。　遠僻之地，易有此況。　勉其立

法，主意正大。　總上有力。　勉之以政事。　稱道才能以收前意。（同上）

《送傅向老令瑞安序》　頓折有致。（同上）

《宜黄縣學記》　理正而詞亦健。　知學問之旨。　又總上議論一番。　得建學之意。　一一反上，亦説得透。　立學之意，深遠如此。　此處文字曲折雖多，而不爲繁碎，絶去刻畫刀尺，頗覺渾轉。非見得真切，何以有如此議論。　才盡立學大意。（同上　雜記類五）

《筠州學記》　句句與下段應，行文極委蛇。子固往往重揚雄，不可曉。　指曹操等。　此豈暗指濂洛明道耶？　知而不能遵守，皆由於詭欺，苟得之，成爲習俗。　漢、宋選舉不同，故士之知行各有偏重之處，補其偏者端特教育先平，後側逼出今時化導之易爲力。　講先王句應前一段，其賢者句應後一段。　總結上。（同上）

《徐孺子祠堂記》　此下言黨錮諸公之賢。　此下言孺子與黨錮諸公事異而志同。　此下言孺子之進退惟其時。　此下叙修葺祠堂。（同上）

《襄州宜城縣長渠記》　此叙長渠之原，經史並證。　此叙孫永治長渠，水歸渠中，田受水利。　此叙孫永修復古跡，亦因山川高下之勢，故能民受其利，若山川改形而泥於復古，未有不受其害也。宕開議論如平遠之山，陀陂迤邐，而岡阜窪隆，隨處迭見。　此殆爲新法興水利而發。　二公治長渠全爲農田水利，心跡光明，故有利無弊，表當事之賢，勸告後人，即此記之所由作也。（同上）

《越州趙公救災記》　首叙事先菑鄉菑口，「溝防」句帶插，次及賑資。「謹其備」三字領。　以下叙賑給事。　撮舉粟數，賑期給額。　作提綱，隨以三層詳給粟正欵。　去家勿給帶注。　「不能」二句鈎畫。　次平糶以便能自食者。　次傭錢貸錢二欵統不能自食，能自食者收棄孩帶見。　救疫另一事辦賑糶時適值此也。　周顧轉側皆有法。　法具而可仿就前事言。　仍收入公身，有法。　記體完善。(同上)

《擬峴臺記》　一句解題。　此言未作臺以前之景。　一跌而起。　自「溪之平沙」，至「若夫雲之開斂」，凡七景，文法七變，最近六一公風旨。　此與上「出乎履舄之下」相應。　末稱撫之善與裴公之治，始見其樂爲不荒。　總一繳作結，極緊嚴。(同上)

《廣德軍重修鼓角樓記》　從徵文說入。　繁富而道路回阻，爲因縣立軍之所由。　「尊施一邦」二句說得莊重，是主意所在。　「伐鼓」句鋪題面。　收繳上文即作記之由。(同上)

《學舍記》　從「學」字說起即注重文章。　「好」字一篇眼目。　承上開下。　歷述身世多故，皇皇道途，以見無暇肆力文章，足子固之所好。　文氣渾雄博厚。　閑時又考經世之學，愈見文章之不暇以爲。「好」字反出應上。　學舍正面一議一解，揭出「志」字來。　撇開「道」字歸到文章繳「好」字。　總結上文，不脫「好」字。(同上)

《齊州二堂記》　起十一字，山川使館雙領。　下二段皆考山川。　本段以歷山爲主。　歷山，其一堂之名也。　總對「在河東」三字，辯之，以證明歷山在河東之謬。　正收歷山，就點堂名，是爲堂之一。　本段以濼爲主，實以趵突爲濼之主，又一堂之名也。　一路從濼之遠源說來。　正收濼源就點堂名，

是爲堂之一。　理使館辨山川應首雙收，納歸太守有體。（同上）

《墨池記》　敘題。　學書伏勉。　學之綫。　收轉學書，就「學」字領，意深遠。　入求記揭出學舍教授，乃意所從出。　就王君意推勉。　「天人」以下乃自爲指勉。（同上）

《序越州鑑湖圖》　提鑑湖清，四止。　原來歷。　總其廣袤容受。　此下疏舉其利民之功。　連點通田溉田，見講求湖圖本旨，四面該括一篇根柢。　總括有力。　中二句益見爲利無窮。　上層詳民田利賴，下層詳湖身水門灌輸。　詳注歸海蓄洩，指悉分明。　「未嘗廢」引下。　落盜田湖廢源流。　逗出「吏慢」，對後「苟且因循」。　此下羅群議。　蔣論賞罰大概，杜論鬬門閉縱立則之法，兼峻佔田之罰，吴論開濬積泥之法，與後陳趙説通。　張謂湖不必復，乃後所駁者。　刁謂不濬而益隄，亦後所駁者。　范與施駁刁益隄之説，張又傅成刁説而加詳尺度，陳與趙乃非刁而是吴。　總束。趨到吏習苟且篇眼，此下一長片推求感嘆，全勢恢張。　援佔湖舊俗引端。　就歷來割據偏安之世講求水利，代爲設想，形起近時。　回寫近世積弛。　透悉吏情。　繳應侵廢日深。　繳「苟且」字添一層推廣，發慨分外神遥。　此下復轉群説，而進退之以作結證。　湖不必復，斥張次山之説也。湖不濬而益隄斥刁約之説也。　參取杜杞之説駁益隄。　繳二説以進衆説。　賞罰取之蔣堂。閉縱與重罰節取杜杞。　任責隙濬錯取杜杞吴奎。　石柱節取張次山，濬工隄料取之張伯玉，積泥又取之吴奎，議摇夫潰又取之張伯玉，結證收里，數語括之。「必行」、「必舉」，對「苟且」收。（同上）

汪家禧

【金石例補後序】　東里生問於頻伽子曰：「碑碣之盛，其漢氏之東歟！其體以鋪陳終始爲能，六朝、唐初人因之。自昌黎韓氏出而體變，歐陽、王、曾，韓之别子也。其法胥準于太史公書，循一端，論全體，與初製大殊焉。後有作者，亦規其初製歟？」頻伽子曰：「吾聞諸李氏習之之論行狀矣，曰：『世之作行狀者，或虚加美辭，曾不直叙其事，善惡混然不可明。若使指事書實，不飾虚言，則必有人知其真僞不然者。』彼習之之言，非有見於文字之極弊歟？蓋古時風氣淳樸，其見於頌讚無諛辭，故出其文，昭然共信其言之實。而作者恒不署名於其間，文字漸繁，遂有以文字售其欺者。唯言出于有道德之人，始傳信焉。又其言非有實指，其體終不能遠於流俗。昌黎、歐陽、王、曾之文，所謂指事書實者也。于是而必規其初體，得毋蹈習之之所譏歟？夫著述之事，因時而遷，屢變則又從其朔，説經者之反乎鄭、虞也，論詩者之反乎蕭選也，皆從其朔也。而碑碣有不能，非事會使然歟？雖然，可變者辭，而不可變者，修辭之例也。説經殊而訓詁不殊，論詩殊而安章宅句不殊，又豈特碑碣然哉？彼循其變而昧其初之例，其失固，惟固斯陋。吾病夫固陋者之託於韓、歐陽、王、曾之文，而不能自擴也，又病夫規韓、歐陽、王、曾之文，而言不實，亦不足傳信也。」時頻伽撰《金石例補》甫成，東里生因叙次其言以爲後序。嘉慶十有八年七月朔後二日，仁和汪家禧撰。（《金石例補》卷首）

梁章鉅

【高雨農序（節録）】因綜論之，自韓子復古後，同時之柳、李，宋之歐陽、曾、王、三蘇，元之虞，明之歸、王，固斯文大宗矣。（《歸田瑣記》卷六）

以古文言之，唐宋諸家，如歐、蘇、王，皆深於經學，著有成書，曾亦有史學。韓、柳書雖未成，然觀其文中所言，其於經史百家所用功者可見，且皆夙負經濟。（《退庵隨筆》卷三）

古文選本，以前明茅鹿門坤所列八家爲最著。《明史·文苑傳》稱坤善古文，最心折唐順之。順之所著《文編》，自韓、柳、歐、三蘇、曾、王外無取焉。故坤選爲《八家文鈔》，其實明初朱右，已採録韓、柳、歐陽、曾、王、三蘇之作，爲《八先生文集》，實遠在坤前，特右書不傳耳。本朝儲同人欣益以李習之翺，孫可之樵，合爲十家，其書皆頗行於世。至乾隆初，純廟以茅、儲二家，去取尚未盡協，評論亦未盡允。乃指授儒臣，定爲《唐宋文醇》五十八卷。其書先以列聖御評，恭列篇首，後人評跋，有發明考證者，分綴篇末，品題考辨，疏通證明，無不抉摘精微，研窮窔奥，學者但熟讀此本，則其他選本及各專集，俱在可緩之列矣。（同上卷十九）

東萊又有《古文關鍵》二卷，取韓、柳、歐、曾、二蘇及張耒之文，凡六十餘篇，各標其命意布局之處，卷首又冠以總論，看文作文之法。二書（編者按：另一書指吕祖謙《宋文鑑》）當相輔而行，皆後學所當從事也。（同上）

南渡以後文字，自以朱子爲一大宗。李文貞公嘗言：記得某人説學古文，須從朱子起。朱子之文何能上比馬、班、韓、柳，但理足便顛樸不破。朱子初學曾南豐，到後來却不似，其少作有古文氣調。朱子正不欲其似古文也。又是一句有一句事理，即疊下數語，皆有疊下數語著落，一字不肯落空。入乎作文，須得如此。（同上）

金人詩文並工者，衹一元遺山，古文繩尺嚴密，根柢盤深，雖未能與歐、曾、蘇、黄並提，使與尤、楊、范、陸旗鼓中原，正未知勝負所在。毋論王拙軒、趙滏水、金滹南諸人也。（同上）

我朝風氣還淳，學者始復講唐宋以來之矩矱。當時以汪鈍翁、魏叔子、侯朝宗三家爲最工。……鈍翁學術既深，軌轍復正，所言大抵原本六經，與二家迥别，其氣體浩瀚，疏通暢達，頗近南宋諸家，歐、曾未易言，以之接跡唐、歸，殆無愧色。（同上）

黄梨洲謂「作文不可倒却架子，爲二氏之文，須如堂上人分别堂下臧否。韓、歐、曾、王皆然，東坡稍稍放寬，至宋景濂爲《大浮屠塔銘》，和身倒入，便非儒家氣象矣。」按，作文架子，至韓文公始立，所謂起衰也。（同上）

管同

【歐陽文忠公畫像贊（節録）】 當公之生，人疾如讐，至今公文，重如共球。嗟余鞠凶，如公幼狀，不拜瀧岡，愧拜公像。噫嘻百世，豈無曾、蘇，我思古人，喟然長吁！（《因寄軒文集》二集卷三）

包世臣

【與楊季子論文書（節録）】　至於退之諸文，序爲差劣，本供酬酢，情文無自，是以别尋端緒，仿於策士諷諭之遺，偶著新奇，旋成惡札。而論者不察，推爲功宗，其有焊繹前人名作，摘其微疵，抑揚生議以尊己見，所謂蠹生於木，而反食其木。又或尋常小文，强推大義。二者之蔽，王、曾尤多。夫事無大小，苟能明其始末，究其義類，皆足以成至文，固不必悉本忠孝，攸關家國也。（《藝舟雙楫·論文》）

【再與楊季子書（節録）】　夫《文選》所載，自周、秦以及齊、梁，本非一體。八家工力至厚，莫不沈酣於周、秦、兩漢子史百家，而得體勢於《韓公子》、《吕覽》者爲尤深。徒以薄其爲人，不欲形諸論説，然後世有識，飲水辨源，其可掩耶？自前明諸君泥於子瞻「文起八代」之言，遂斥選學爲别裁僞體。……退之酷嗜子雲，碑版或至不可讀，而書、説健舉渾厚，宜爲宗匠。子厚勁厲無前，然時有摹擬之迹，氣傷縝密。永叔奏議怵怛明暢，得大臣之體，翰札紆徐易直，真有德之言，而序、記則爲庸調。明允長於推勘，辨駁一任峻急。介甫詞完氣健，饒有遠勢。子固茂密安和，而雄强不足。子瞻機神敏妙，比及暮年，心手相忘，獨立千載。子由差弱，然其委婉敦縟，一節獨到，亦非父兄所能掩。（同上）

【讀亭林遺書（節録）】　至於詩文一藝，結習同深。……亭林之文，宗考亭以躋南豐，以其立志遠，而讀書多，更事數，時時有獨到語，爲曾、朱兩家所未及。予爲文能發事物之情狀，窺見之隱，有如面談，繁或千言，短或數語，因類付形，達意而止。是則千慮之一，柳亦有不敢多讓者。（同上）

【書韓文後上篇（節録）】　蓋文家關鍵，必在審勢，文以從爲職，字以順爲職。勢之所至，有時得逆以濟順，而字乃健；得違以犯從，而文乃峻。不此之識，徒以從順爲事，則文字不得其職。是退之心契周、秦、先漢，《復志賦》所稱用心古訓，識路疾驅者，抑時時有合，歐、蘇、曾、王，則皆未鑿此竅也。（同上）

【或問（節録）】　筆致重實者，則使讀劉子政、韓退之、曾子固之文，而以陳卧子、熊次侯資其典贍。筆意竊深者，則使讀《戰國策》、太史公之文，而以錢鶴灘、金子駿誘其雄肆。此後，則聽其自爲，從吾所好，而非父師之所能爲力者矣。（同上）

【雩都宋月臺維駒古文鈔序（節録）】　唐以前無古文之名，北宋科舉業盛，名曰時文。而文之不以應科舉者，乃自目爲古文。時文之法掮而隘，古文之法峻而寬，寬則隨其意之所之，或致大偭於法，於是言古文者，必以法爲主。然其時之能者，無論伯長太伯始事之倫，即歐、王、蘇、曾絶足相繼，力矯時文之弊，而卒不能盡。洎乎有明，利禄途歸，八比時文之法，較嚴於宋。（同上）

【樂山堂文鈔序（節録）】　有唐以來，遺文漸夥，而千三百年所盛稱者八家。是外雖名氏在人口耳，尚不翅數十家。而已若存若亡，其巍科膴仕，因乘資力，結集累卷帙盛剞劂者以萬數，世無得而稱焉，彼萬數者，豈不心勤没世乎？乃旋踵化爲糞壤。夫八家者，又豈敢必後來之竟莫比並哉？至所謂數十家者，文固不後於恒人，加以德業在當時，藉得留其文於若存若亡之列。噫！何其難耶！然而是八家者，則既千載如生已，士苟有志斯文，莫不尊之如父師，親之若椒蘭，而並時儕輩，幸得厠名焉，亦復托以不朽，始嘆文字之力，吹枯嘘生，功同造物矣。然吾聞歐陽爲文，脱稿即糊墻壁間，出入涂乙，至不存原文一字。夫歐陽之初稿，其超越尋常，豈顧問哉！而必涂乙至不存一字乃自慊。則知韓、柳、王、蘇、曾之造詣，亦必爾也。昌黎之頌李、杜曰：「流落人間者，泰山一豪芒。」則知古人，皆作之多而存之寡也。李、杜集有兩三稿並存者，則知古人雖再三改竄，而猶有未定也。（同上）

沈欽韓

【寄曾子固】「崔嵬天門山」，《方輿紀要》：天門山，在寧府奉化縣南六十里，一名蜃樓門。濱里港海，兩峰對峙，勢若插天。《宋志》所謂引頭門也。觀此，則公在鄞作此詩。上首所云：「嚴嚴中天閣」，非言祕閣也。（《王荆公詩集李壁注勘誤補正》卷一）

【寄曾子固】「誰可婿諸妹」，《揮麈後録》：「曾密公即不偶以卒，再娶朱夫人，年未三十，無以自存，領諸孤歸里中，南豐昆弟六人，久益寥落，與長弟曄應舉，每不利於春官，里人有不相悦者，爲詩以嘲之曰：『三年一度舉場開，落殺曾家兩秀才。有似簷間雙燕子，一雙飛去一雙來。』南豐不以介意，力教諸弟不怠。嘉祐初，與長弟及次弟牟、文肅公布、妹婿王補之無咎、王彦深幾，一門六人，俱列鄉薦，既將入都赴省試，子、婿拜別朱夫人於堂下，夫人嘆曰：『是中得一人登名，吾無憾矣。』榜出，唱第皆在上列，無有遺者。」案，此詩之作，子固猶未第也，故有「誰可婿諸妹」句。（同上）

【答曾子固南豐道中所寄】「四眄浩無主」，許慎《説文》：「眄，恨視也。」此疑「盼」字之譌。（同上卷二）

【寄曾子固】「斗粟猶慙報禮輕」，李注云：「漢有斗粟佐史」。案，《百官公卿表》作「斗食佐史」。注

誤。（同上）

【得孫正之詩因寄呈曾子固】《宋史·隱逸傳》：「孫侔，字少述。與王安石、曾鞏游，名傾一時，屢舉進士。及母疾革，誓終身不求仕，客居江淮間。安石爲相，過真州，與相見，侔待之如布衣交。初，王回、王令、常秩與侔皆有盛名，回、令不壽，秩爲隱不竟，惟侔以不仕始終。」案，孫侔，一字正之，亦載《姑蘇志》，蓋嘗寓居蘇州。（同上）

【户部郎中贈諫議大夫曾公致堯墓誌銘】「故今爲南豐人」，《獨醒雜志》：按，《千姓篇》，曾氏望出廬陵，自孔門點、參、元、西之後，至漢魏有尚書郎偉一人，而江西之曾，居廬陵尤多。「太平興國八年，舉進士中第」，《長編》：「八年正月壬戌，兩京諸道州府，貢士一萬二百六十人。甲子，命中書舍人宋白等十人，權知貢舉。三月丙子，上御講武殿，覆試禮部貢舉人，擢進士長沙王世則而下百七十五人。諸科五百一十六人，遂並爲定制。」「知淮陽軍」，《九域志》：「太平興國七年，以徐州下邳、宿遷二縣，置淮陽軍。」「至建安軍行漕」，《隆平集》：「大中祥符二年，升建安軍爲真州。」《真宗紀》：「大中祥符六年三月乙卯，建安軍鑄玉皇、聖祖、太祖、太宗尊像成。以丁謂爲迎奉使，升建安軍爲真州。」「兩浙轉運使」，《容齋四筆》：「曾致堯爲兩浙轉運使，上言：『去歲所部惟秋租，湖州郡督納及期。而蘇、常、潤三州悉有逋負。請各按賞罰。』太宗以江淮頻年水災，蘇、常特甚，致堯所言，刻薄不可行，因詔戒之，使倍加安撫，勿得騷擾。」「克畏，可畏也。語轉而然」，《唐書·音訓》：「外國可汗，『可』，亦讀作『克』字。」「楊允恭督楊子運」，《楊允恭傳》：「漢州綿竹人。乾德中，補殿承旨，改内殿崇班。時緣江多賊，命督江南水運，因捕寇黨，以功轉洛苑副使，江淮兩浙都大發運，擘畫茶鹽捕賊事。」「大臣議棄銀夏以解之」，《長編》：「至道三年十二月辛丑，先是，上訪宰相以靈武事宜，參知政事李至上疏言：『先帝厭代，陛下肇位，赦繼遷之罪不問，待之如初，以厚利啗之，以重爵悦之，安敢迷而不復。今靈州不可堅守，萬口同議，非臣獨然。皆以爲移朔方軍額於環州，且彼之户口四千有餘，今則不盈數百矣。彼之租課四十五萬二千有餘，今則無孑遺矣，安可復守之？』於是李繼遷遣使修貢，求備藩任。上從其請，復賜姓名官爵。甲辰，以銀州觀察使趙保吉，爲定難軍節度使。初，刑部郎中、知揚州王禹偁，準詔上疏言：『今北有契丹，西有繼遷。繼遷既未歸命，饋餉固難寢停。關輔之民，倒懸尤甚，宜下詔赦繼遷之罪，復與夏臺，此亦不戰屈人之師也。』疏奏，用其策，以夏、綏、銀、宥、靜、五州賜趙保吉。咸平元年二月乙未，吏部郎中田錫上言：『李繼遷不合與夏州，又不合呼之爲趙保吉，雖賜姓與名，已自先朝，然狼子野心，終是異類。昨以陛下登極，雖來進奉，錫之優詔，獎以來王，則可。錫之土宇，授以節旄，則非。以臣愚蒙，料彼變詐，必不肯久奉朝命，惠懷之而弗來，討除之而未得。臣謂關輔勞擾從此生，是時事舛誤之大者。』」按錫所言，與致堯正同。「議臣請棄靈州勿事」，謂張洎、田錫、（案，田錫不主棄。）李至、王禹偁、楊億等，而宰相李沆主之也。《沆傳》：「中外咸以爲靈州爲必争之地，苟失之，則緣邊諸郡，皆不可保。帝然之，訪於沆。沆曰：『繼遷不死，靈州非朝廷有也，莫若遣使，密召州將、部分軍民，空壘而歸，如此，則關右之民息肩矣。』」《長編》：「二年六月戊午，祕書丞何亮，往靈州經度屯田，及還，上安邊書曰：『臣竊料今之議邊事者，不出三途，以靈武居絶塞之外，宜廢之以休中國飛輓之費，一也。輕議興師，深入窮追，二也。厚之以恩，守之以信，姑息而羈縻之，三也。臣以爲靈武入絶塞，有飛輓之勞，無毛髮之利。然地方千里，表裏山河，水深土厚，草木茂盛，真放牧耕戰之地，一旦捨之，以資戎狄，則以梗中國，此戎狄之患未可量者。請城溥樂耀德二城，以通糧道，而扼其往還要害之路，靈武阻隔旱海，居絶塞之外，不城溥樂耀德，爲之脣齒，則戎狄之患，亦未可量，與舍靈武無異。今特城二城，而賊不敢動，則可建溥樂爲軍，耀德爲寨，禁其刁斗，堅其守備，募天都之貧民，營田於塞下，以益軍儲。然後謹擇將師，以恩信撫臨之，則數十世之利也。』四年十二月，陝西轉運使劉綜，聞朝議欲棄靈州，奏疏曰：『國家財力雄富，士卒精鋭，而未能翦除凶惡者，誠以賞罰未行，而所任非其才也。今或輕從群議，遂棄靈州，是縱賊之姦計矣。且靈州民純土沃，爲西陲巨屏，所宜固守，以爲扞蔽。然後於浦洛河建軍城，屯兵積糧，爲之應援，此暫勞永逸之勞也。况鎮戎軍與靈州相接，今若棄之，則原渭等州，益須設防，較其勞費，十倍而多，則利害之理，昭然可驗矣。』」案，浦洛即溥樂。「大臣或忌之」，《李沆傳》：「真宗問治道所宜先，沆曰：『不用浮薄新進喜事之人，此最爲先。』問其人，曰『如梅詢、曾致堯等，是矣。』」《長編》：「咸平三年十月庚午，以職郎中、直祕閣黄夷簡，爲光禄少卿，主客員外郎、直史舘曾致堯，爲户部員外郎。先是，宰相張齊賢，薦夷簡、致堯宜掌詔命，嘗有急制，值舍人已出院，即封除目，命夷簡草之。議者以爲不可，於是召試，詞亦不工，故但進秩而已。」「陳彭年議遣使行諸部，減吏員」，《陳彭年傳》：「太平興國中舉進士，在場屋間，頗有儁名，嘗跨驢出游構賦，自東華門至闕前，已口占數千言。咸平三年，屢上疏言事，召試學士院，遷祕書丞，知金州。四年，上疏，其事有五：『一置諫官，二擇法吏，三簡格令，四省冗員，五行公舉。』按，此云行諸部減吏員，蓋即所陳省冗員也。」「王均誅，命公撫蜀」，《長編》：「咸平三年正月己卯朔，神衛軍士趙延順等八人，殺益州鈐轄符昭壽，據甲仗庫，取兵器，知州牛冕，及轉運使張適，縋城出奔漢州。都虞候王均招安，即率衆踴躍，奉均爲主，均僭號大蜀，改元化順，署置官，以神衛小校張鍇爲謀主。辛巳，率衆陷漢州，牛冕等奔東川。甲午，以户部使工部侍郎雷有終，爲瀘州觀察使，知益州，兼提舉川峽兩路軍馬招安巡檢捉賊轉運公事。御厨使李惠，洛苑使石普，供備庫副使李守倫，並爲川峽兩路捉賊招安使，帥步騎八千往討之。至九月甲午，克其城，均領餘衆，出萬里橋門，突圍而遁。十月，王均由廣都略陵縈，趨富順監，所過斷橋塞路，焚倉而去。雷有終先命知蜀州，供奉官、閤門祗候楊懷忠，領虎翼軍追之。先是，朝廷每歲孟冬朔，詔富順監，具酒肴犒内屬蠻酋，是日纔設具，而均黨適至，皆就食焉。懷忠追騎入城，均方在監署，其黨多醉，均窮蹙縊死。虎翼軍校魯斌，斬其首以詣懷忠。四年八月，上以巴蜀遐遠，時有寇盜。丁卯，命户部員外郎、直史館曾致堯，太常博士王勗，供備庫史潘惟吉，原注：《雜記》云：「惟吉，周世祖子，太祖令潘美養之。」通事舍人焦守節，分往川峽諸州，提舉軍器，察官吏能否，致堯誤留詔書于家，惟吉教致堯上言，渡吉柏江，舟破亡之，以自解。致堯曰：『爲臣不欺其君，吾不忍爲也。』乃上書自劾，釋不問，其後惟吉又見，具言致堯所以自劾者，上嗟歎久之。」「丞相引公爲判官」，《長編》：「咸平四年八月庚子，李繼遷抄劫邊部益甚，上以邊臣玩寇，朔方餉道愈艱。辛丑，命兵部尚書張齊賢，爲涇、原、儀、渭、邠、寧、鄜、延、保安、鎮戎、清遠等州軍安撫經略使，知制誥梁顥副之，即日馳騎而往。」按，齊賢先以三年十一月罷相，此稱丞相亦誤。「王超既以都部署爲之主」，按，《長編》：「王超以四年六月己卯，爲鎮定高陽關副都部署。閏十二月甲午，復以超爲西面行營都部署，環慶路都部署張凝副之，領步騎六萬，以援靈州。五年正月甲辰，以右僕射張齊賢爲邠、寧、環、慶、涇、原、儀、渭、鎮戎軍經略使，判邠州。令環慶、涇原兩路，及永興軍駐泊兵，並受齊賢節度。」此所叙乃五年齊賢再爲經略時事也。「丞相敏中，以非功德進官」，《向敏中傳》：「咸平初，拜兵部侍郎，參知政事，爲河北、河東安撫大使，所至訪民疾苦，宴犒官吏。」《長編》：「咸平四年正月庚寅，以本官同平章事。」「清遠、靈武踵亡」，《長編》：「咸平四年八月丙寅，李繼遷率衆攻清遠軍，知軍劉隱，監押丁贇等，分兵拒守。九月庚午，先是，上遣使諭旨于靈環清遠十州軍駐泊副都部署、鄜州觀察使楊瓊，曰：『賊若寇清遠及青岡白馬寨，即合軍與戰。』於是繼遷頓積石河，長圍清遠。清遠屢遣間使詣瓊。請濟師，瓊將悉出兵爲援。鈐轄、內園使馮守規，都監、崇儀使張繼能曰：『敵近，重兵在前，則後無以繼，不可畢往。』乃止。遣副部署潘璘，都監劉文質，率兵六千人赴之，且曰：『伺我之繼至。』瓊頓慶州，逗留不行。乙亥，繼遷親鼓其衆，攻清遠南門，其子伊阿克，攻北門。堙壕橋以進，城遂陷，賊踰支子平泊青岡城下，瓊與守規、繼能，始出師，聞清遠陷，益怯。賊進至望梅原，知環州王懷普，巡青岡寨，謂瓊曰：『此寨水泉遠，不可多屯師，師少即不可守，願棄之。』瓊等合謀，焚糧廩器仗，驅寨中老幼以出，退保洪德寨。五年三月，李繼遷大集蕃部，攻陷靈州，知州、內客省使裴濟死之，濟在靈州凡二年，謀輯八鎮，興屯田，民甚賴焉。及被圍，餉道絶，孤城危急，濟刺指血染奏求救，大軍訖不至，城遂陷。戊申，西南部署司以聞，宰相等上表待罪。」「陳省華子堯咨受請，殿上爲姦，以第畀舉人，敗」，《陳堯佐傳》：「父省華，字善則，事孟昶，爲西水尉。蜀平，授隴城主簿，累遷櫟陽令，徙樓煩令。端拱二年，太宗親試進士，伯子堯叟登甲科，狀元占謝，詞氣明辨。太宗顧左右曰：『此誰子？』王沔以省華對，即召省華爲太子中允，終左諫議大夫。堯咨，字嘉謨，舉進士第一。授將作監丞，通判濟州，擢右正言，知制誥。」《山堂考察後集》：「景德二年四月丁酉，樞密直學士劉師道，責授忠武行軍司馬，知制誥陳堯咨，責授單州團練副使。先是，師道弟幾道舉進士，禮部奏名，將廷試，近制，悉糊名校等，堯咨爲考官，教幾道於卷中密爲識號。幾道既擢第，或告其事，詔落籍，永不預舉。」按，淳化三年，將作監丞陳靖，疏請糊名。「揚州守職田，歲常得千斛」，《職官志》：「唐制，内外官各給職田，五代以來遂廢。咸平中，定制，以官莊及遠年逃亡田充，悉免租税，佃户以浮客充，所得課租均分，如鄉原例，州縣長吏，給十之五，自餘差給，其兩京大藩府四十頃，次藩鎮三十五頃，防禦團練州三十頃，中上刺史州二十頃，下州及軍監十五頃，邊遠小州上縣十頃，中縣八頃，下縣七頃，轉運使副十頃，兵馬都監、押砦、主鹽務官、録事、參軍、判司等，比通判幕職之數而均給之。」《清波别志》：「初天下職田，無月日之限，赴官多以先後爲争，水田限四月三十日，陸田限三月十日，因著爲令，從翰林學士、權開封府，胥偃《宋史》有傳，其女嫁歐陽永叔。之請也。」《湘山野録》：「天聖九年二月，敕國家均敷職田，以厲清白。向因僥幸，遂行停罷，風聞搢紳之間，持廉守道者甚衆，苦節難守，宜悉仍舊貫。審官、三班院、流内銓，今後將有無職田處，均濟公平，定奪差遣，不得私徇。」《長編》：「寶元二年二月癸亥，吏部流内銓言，舊選人並以有無職田注官，而州縣所上頃畝多不實，今以諸路物物價貴賤，定爲三等，京東西、湖北、淮南、兩浙、河南幕職、令録，以歲收百五十石，判司主簿尉百石，陝西、河東、荆湖、福建、廣南，幕職令録。以二百石，判司主簿尉。百五十石，益、梓、利、夔路，幕職令録，以百石，判司主簿尉。五十石，並爲有職田。計諸路凡得六百八十餘處。其有職田處，即不許連任，從之。」慶曆三年十一月，詔限職田。熙寧六年三月，詔詳職田，比咸平所定減其半。「天子方崇符瑞，興昭應諸宫」，《長編》：「大中祥符元年四月丙午，詔于皇城西北天波門外，作昭應宫，以奉天書。二年四月己亥，以三司使丁謂爲修昭應宫使。七年十月甲子，玉清昭應宫成。八年正月朔，謁玉清昭應宫，奉表奏告，尊上玉皇大帝聖號，還御崇德殿受賀。」《容齋三筆》：「大中祥符間，姦佞之臣，罔真宗以符瑞，大興土木之役，以爲道宫。玉清昭應之建，丁謂爲修宫使，凡役工日至三四萬，所用有秦、隴、岐、同之松，嵐、石、汾、陰之柏，潭、衡、道、永、鼎、吉之梌、柟、櫧，温、台、衢、吉之檮，永、澧、處之槻、樟，潭、柳、明、越之杉，鄭、淄之青石，衡州之碧石，萊州之白石，絳州之斑石，吴越之奇石，洛水之石卵，宜聖庫之銀朱，桂州之丹沙，河南之赭土，衢州之朱土，梓、信之石青、石緑，磁、相之黛，秦、階之雌黄，廣州之藤黄，孟澤之槐華，虢州之鉛丹，信州之土黄，河南之胡粉，衛州之白堊，鄆州之蚌粉，兖、澤之墨，歸、歙之漆，萊蕪、興國之鐵。其木石，皆遣所在官部民兵，入山谷伐取。又于京師置局，化銅爲鍮冶金薄，鍛鐵以給用。凡東西三百十一步，南北四百四十三步。地多黑土疏惡，於京東北取良土易之，自三尺至一丈有六等。

起二年四月，至七年十一月宫成，總二千六百一十區。不及二十年，天火一夕焚爇，但存一殿。」「受添支差多一月」，《職官志》：「諸稱請受者，謂衣糧料錢，餘並爲添給，所謂差遣添支錢也。其知判諸路州軍府，有六十千至七千，凡八等，河南、大名、荆南、永興、江寧、杭、揚、潭、并、代州三十千。凡請受增給，從罷任之日停，或先探支，亦即追繳，此蓋受多一月添支錢而未繳也。」《長編》：「大中祥符六年六月辛巳，詔廣州知州，給添支錢。自今以七十萬爲添支，五十萬爲公用。時言事者云，廣州本無公用錢，而知州月給十萬，蓋兼備公費，而長吏以其名爲添支，但以自奉，宴設甚稀，故特爲定式。」「勳至騎都尉」，《長編》：「舊制，勳官自上柱國至武騎尉，凡十二等。五代已來，初叙勳即授柱國。淳化元年正月，詔京官幕職州縣官，始武騎尉。朝官始騎都尉，歷階而升，不得用以蔭贖。」「尤長於歌詩云」，《清波雜志》：「李虚己與曾致堯唱和，致堯謂曰：子之詩雖工，而音韻猶啞，李初未悟，後得沈休文所謂前有浮聲，後有切響，遂精于格律。」（《王荆公文集注》卷七）

【太常博士曾公易占墓誌銘】「中進士第」，《老學庵筆記》：「祖宗故事，命官鏁廳舉進士，先所屬選官考試所業，通者方聽取解至省試，程文紕繆者勒停，停其官。不合格者，亦贖銅放，永不得應舉。天聖間，方除前制，詔文臣許鏁廳兩次，武官止一次。按，《長編》：「景祐元年四月壬辰，詔鏁廳舉人所試不合格者，除其罪。」《考異》云：「天聖四年閏五月辛未，已有詔，鏁廳應舉者，下第免責罰，今復有是詔，當是前詔止爲下第，今詔並指取解故也。」按，此言取解被落。「鎮東節度推官」，《九域志》：「越州會稽郡，鎮東節度使。」「監真州裝卸米倉」，《食貨志》：「江南、淮南、兩浙、荆湖路租糴，于真、揚、楚、泗州置倉受納」。「得所以誣公者」，《長編》：「景祐四年八月戊子，太常博士曾易占，除名配廣南衙前編管，坐前知玉山縣，受賕事發，監察御史裏行張宗誼，按其罪，法當死，特貸之。」《揮麈後録》：「曾密公任信州玉山令，有過客楊南仲，文采可喜，氣概頗相投，公厚贐其行，會與郡將錢仙芝不叶，捃摭公以各所受爲賄，公引伏受垢，不復自辨，竟除名徙英州，以赦自便。「錢仙芝者，有所丐於玉山，公不與，即誣公，吏治之，得所以誣公者，仙芝則請出御史。當是時，仙芝蓋有所挾，故雖坐誣公抵罪，而公亦卒失博士歸」，《長編》：「慶曆四年三月癸酉，祠部郎中、集賢校理錢仙芝，貸命決配沙門島，坐知秀州，受枉法贓，罪當死，特貸之。」按，仙芝自以贓罪決配，非緣誣易占也。「至南京，病遂卒。」《能改齋漫録》：「易占閑居十餘年，執政憐之，諷令至京師，行次洪州樵舍僧寺，題詩屋壁云：『今朝才是雪泥乾，日薄雲移又作寒。家山千里何時到，谿上梅花正好看。』是時慶曆七年六月二十日也，人怪其寫景不侔，既而行次睢陽卒，其子子固，載柩還鄉，復過樵舍，乃臘中雪白梅芳。」「娶朱氏」，《長編》：「元豐五年，賜龍圖學士、知慶州曾布，母仁壽郡太君朱氏冠帔，從布請也。」「曅」，《元豐類稿·亡兄墓志銘》：「曅，字叔茂，皇祐五年，以進士試于廷，不中，得疾歸，卒江州。」《揮麈後録》：「謂曅乃子固之長弟，謬也。」（同上）

陸以湉

【徐敬齋明經（節録）】同里徐敬齋明經斐然。……其論宋文云：「……歐公得昌黎文於破簏中，登高而呼，學者嚮應，曾、王、三蘇輔而翼之，徂徠、涑水、河南、盱江、二劉、三孔潤色其間，秦、黄、晁、張、後山、方叔之流克承其緒，於是北宋之古文冠絶古今。嗚呼！觀止矣。」（《冷廬雜識》卷八）

姚瑩

【與徐六襄論五代史書（節録）】　至和二年，《與徐無黨書》云：「《五代史》昨見曾子固議，今重頭改換，未有了期。」則又經與南豐商榷而定之也。又皇祐五年《與梅聖俞書》云：「閑中不曾作文，祇整頓《五代史》成七十四卷，不敢多令人知。」蓋是書初成，人見其簡，必多疑議之者，故不欲輕以示人。及後，始從南豐説而自改定。然則此書以著五代之得失爲本，其事實繁瑣無關法戒，固非正史之所宜載。（《中復堂全集》卷之三）

【論詩絶句六十首（選一）】　文掩詩名曾子固，論才何與亞歐、王。《南豐類稿》從頭讀，遺恨何人比海棠。（《後湘詩集》卷之九）

吴應奎

【讀明人詩戲倣遺山論詩絶句三十五首（録一）】　相國門生日喪亡，詩壇誰問李東陽？獨留窮老滇南客，心仞南豐一瓣香。（《讀書樓詩集》）

黄式三

【讀韓子文集(節録)】宋歐、曾、蘇、王皆學韓子，歐、曾之文善用柔，不及韓子之剛，蘇、王之文善布虚，不及韓子之實，此其故不可思乎？(《儆居集·子集》一)

章廷華

段茂堂爲人作序跋多參小學家言，故序考據文最宜。王荆川之《周禮義序》、《詩義序》、《書義序》，曾子固之《新序目録序》、《禮閣新儀目録序》，均言言有本。(《論文瑣言》)

昌黎文，飛行絶跡，筆筆抱住一縮字；子固文，言言有本，揚抑皆得分寸。但韓文之佳處尚易見，曾文著意處難尋。蓋道德之言，淺人不易識也。(同上)

子固文如土山之中細草芊芊，群山亂錯，幽窣曲折，頗有西湖高峰景象，故其停頓轉折處最可味。(同上)

凡正面文字必有清靈活動之筆力，方不死煞，八家中惟子固、半山能之。(同上)

古今正當之文，惟昌黎、歐陽、子固，再上而《史》、《漢》、《左傳》。(同上)

北宋諸文字皆學韓，以歐公爲大宗，曾、王、蘇皆因以起，而經義時文亦萌芽焉，時文體出於宋，故由時文入古文者喜學宋文。(同上)

李元度

【平山堂重建歐陽文忠公祠記】(節録) 爲諫官，則稱歐、余、王、蔡；爲宰相，則稱韓、范、富、歐陽；詩稱歐、梅；文稱韓、柳、歐、蘇、曾、王，又獨以公配韓，稱韓、歐。(《天岳山舘文鈔》卷十五)

秦篤輝

東漢以下，迄于唐初，文筆每犯不快之弊，未可以先儒醇實之説彌縫其失也。其他浮藻，更無論矣。故必昌黎出，而始豁然軒天地，浩乎沛古今。子厚配之，歐、曾、蘇、王繼之。他美固多，總不離快之一言也。(《平書》卷七　文藝篇上)

桑世昌《蘭亭考》：歐陽記真州東園：「汎以畫舫之舟」，曾子固亦以爲疑。(同上)

曾子固下筆目無劉向，無論韓愈。夫子固豈能勝劉、韓？學者自立正當如此！不然，無以爲子固也。(同上)

《曲洧舊聞》：曾子固性矜汰，多于傲忽。元豐中爲中書舍人，因白事都堂，章子厚爲門下侍郎，謂之曰：「向見舍人《賀明堂禮成表》，真天下奇才也。」曾一無辭讓。但曰：「比班固《典引》如何？」章不答。語同列曰：「我道休撩撥。」蓋自悔失言也。子固路遇徐德占，迎接甚恭，子固卻立曰：「君是何人？」德占因自叙，子固曰：「君便是徐禧耶？」頷之而去。(同上)

韓之文，揚而明，乾也；柳之文，抑而奥，坤也。歐陽可悦，受以兑；老蘇可畏，受以震。離其大蘇乎？文而明；巽其小蘇乎？婉而章。百折不窮，王爲坎；守經不渝，曾爲艮。自荀卿以至于蘇、曾，皆經世之文也，去其駁者，而醇者不可廢矣。一例屏之，愚也。（同上）

謝章鋌

【答黎生（節録）】韓文徹上徹下，上可以通《史》、《漢》、六朝之消息，下可以括宋、元、明諸作者。今之所謂八家、十家等種中，惟柳與韓敵，餘皆分韓之一體，歐、蘇、曾、王無不在牢籠中，又何論震川、桐城乎？（《賭棋山莊文續集》卷二）

【跋昌黎所書鸜鵒賦後（節録）】唐文予最服膺韓、柳，竊謂二公文皆有峰，韓大柳小，然惟柳足以抗韓，故曰力與之角而不敢暇。自李文公以下，未嘗不見峰，然土山也，盤鬱漸高，非壁地拔起也。至歐、曾諸公，則水體耳，皆在瀠洄沖澹之間，而盪胸生雲，決眥歸鳥，無是也。（《賭棋山莊餘集》文一）

蔣湘南

【與田叔子論古文第二書（節録）】由宋逮元，有筆無文，弊與六朝反而適相等，蓋其去古益遠，不知古人文筆之分，且不知古人用功先文而後筆也。……熙甫之弊在于有筆無文，就歐、曾支派而論，其規行矩步，亦自成一邱一壑之山水。弇州老而懷虚，龍門已矗，又何妨自貶以揚之後人。盱衡往哲，當

據兩家之根柢，以定其規模，不當因一己之愛憎，以分其優劣。（《七經樓文鈔》卷四）

【唐十二家文選序（節録）】　唐以後之文主奇，毗于陽而道歆，此歐、蘇、曾、王之派所以久而愈漓。唐以前之文主偶，毗于陰而道忸，此潘、陸、徐、庾之派所以浮而難守。（同上卷六）

潘德輿

昔人恨曾子固不能詩，然其五七言古，甚排宕有氣。近體佳句，如「流水寒更澹，虚窗深自明」，「宿幌白雲影，入窗流水聲」，「一徑入松下，兩峰横馬前」，「壺觴對京口，笑語落揚州」，「時見崖下雨，多從衣上雲」，頗得陶、謝家法。七言如「濼水飛綃來野岸，鵲山浮黛入晴天」，「一尊風月身無事，千里耕桑歲有秋」，「微破宿雲猶度雁，欲深煙柳已藏鴉」，「一川風露荷花曉，六月蓬瀛燕坐涼」，「娟娟野菊經秋澹，漠漠江潮帶雨渾」，「入陂野水冬來淺，對樹諸峰雪後寒」。又七言絶句，如「亂條猶未變初黄，倚得東風勢便狂。解把飛花蒙日月，不知天地有清霜。」「紅紗籠燭照斜橋，複觀飛翬入斗杓。人在畫船猶未睡，滿隄涼月一溪潮」。「雲帆十幅順風行，卧聽隨船白浪聲。好在西湖波上月，酒醒還對紙窗明」。皆清深婉約，得詩人之風旨，謂其不能詩者妄矣。唐李文公翶，人亦謂其能文不能詩。其全集詩止七首，無一上乘語。（《養一齋詩話》卷四）

予讀陳後山集，而嘆杜之未易學，而不可以不學也。杜詩沈而雄，鬱而透，後山衹得其沈鬱，而雄力透空處，不能得之，故彌望皆晦僿之氣。然使假以大年，功力至到，則鋒鍛洞穿，其所造必在山谷上。

……山谷但稱其《温公挽詞》「時方隨日化，身已要人扶」，絶可怪也。然其累句，如《觀六一堂圖書》云：「誰爲第一手，未有百世公。」謂公論也，韻似歇脚。又云：「平生一瓣香，敬爲曾南豐。世雖嫡孫行，名在惡子中。」謂曾爲六一門人，己又師曾，如子之子爲孫也。稱謂殊太過，以「惡子」自謙尤不倫，門户之見深，不自知其言之卑矣。（同上卷六）

蘇惇元

【儀衛方先生傳（節録）】　自少力學，泛覽經史、諸子百家書，而獨契朱子之言。嘗學文於姚姬傳先生，爲文好構深湛之思，博辨醇茂，而言必有物。詩則沈著堅勁，卓然成家。詩文皆究極歷代源流，而文尤近江都、中壘、南豐、晦庵，詩尤近少陵、昌黎、山谷。（《儀衛軒文集》卷首）

彭藴章

【題元人詩十二首（録一）】　道園骨格劇清蒼，夕露春陽覓句忙。一代文人誰巨擘，歐曾已往數奎章。

（《松花閣詩鈔》）

鄭獻甫

【論諸家文集（節録）】　嘗怪唐一代文集韓、柳、李、孫而外，皆不甚傳；詩則李、杜、元、白以下，靡不傳，甚至女妓鬼物亦傳。宋一代文集歐、蘇、曾、王而外，亦不甚傳；詩則尤、楊、范、陸以下靡不傳，甚至四靈九僧亦傳。豈作詩者多而作文者少歟？抑傳詩者易而傳文者難歟？（《補學軒文集》卷一）

【答友人論文書（節録）】唐人不盡爲有用之文，亦不爲有格之文，故其善者如韓、柳、元、白，各自成家，其餘或駢枝麗詞小説雋語，其弊也雜。宋人務爲有用之文，又好言有格之文，其盛時如歐、蘇、曾、王，如出一手，其餘亦自取義理，不失法度，其弊也拘。總之，文不可以無用，而又不可以有格也。（同上卷三）

林昌彝

【養知書屋詩集序（節録）】六藝風衰，而騷賦變體，劉向條别其流有五，則詩賦亦非一家已也。第劉向九流之説，猶存《漢書·藝文志·諸子略》。分爲九流，每流著明分家之説。推其意以校後世之文，如韓出儒家，柳出名家，老蘇出兵家，王出法家，子瞻縱横，子固校讎，猶可推類以定。（《林昌彝詩文集》卷十二）

【公請陳恭甫先生入祀鼇峰名師祠（節録）】入堂者如窺馬帳，登座者謂陟龍門。羅翡翠於溟川，搜珊瑚於河汭。人觀北海，士祝南豐。白雲迎旌節之花，丹露沃文章之草。（同上卷十五）

道光壬辰仲秋，同里李蘭卿觀察彦章觴余於石畫園。……按，石畫園爲宋郡西園地，蔡忠惠、曾南豐皆有詩。（《射鷹樓詩話》卷十三）

德清許周生戌部宗彦(嘉慶四年進士)著有《鑑止水齋集》。《湖海詩傳》云:「周生穎悟非常,讀書目數行下,稍長,博通《墳典》,自經史詩詞而外,如小學、算術、醫方、梵夾,靡不涉獵,尤深於古文,本於宋之南豐,明之遵巖,理實而氣空,學充而辭達。」(同上)

張文虎

【答劉恭甫書(節録)】竊以爲所謂桐城派者,非桐城獨辟一法,蓋韓、柳以來大家名家相傳如此,實自古以來皆如此,特韓、柳諸家則有轍迹可尋。然韓、柳功深,蘇氏才高氣盛,介甫瘦硬奥衍,皆不易學,惟歐、曾平正,易於入手,故中材以下喜效之。桐城由震川以上溯歐、曾,固古文正規,然專以風神唱歎爲宗,此則望溪猶不如是,而惜抱啟之。蓋永叔之效子長者,未嘗無神似處,特後人功力不及,近於空疏。(《舒藝室雜著》乙編上)

曾國藩

《序越州鑑湖圖》謂湖不必濬者曰益隄壅水而已,湖不必復。前八説所無益隄壅水,刁約、張伯玉之言也。(《求闕齋讀書録》卷九《元豐類稿》)

《宜黄縣學記》「則其材之不成,夫疑固然」,「夫疑固然」四字似當作「固然無疑」。(同上)

編者按:《曾鞏集》爲「則其材之不成,固然。」

《越州趙公救菑記》末段文氣平衍。（同上）

《廣德軍重修鼓角樓記》氣體頗近退之，但少奇崛之趣。（同上）

【衡陽彭氏譜序（節録）】吾少時讀家譜，曾子十五世孫據以關内侯避王莽之亂南遷，爲南州諸曾之祖。私怪據事蹟不見於他書舊譜，於何取徵？後讀《歐陽文忠公集》，見其《答曾子固書》，亦以關内侯據爲疑，引史例以諷之，乃知曾氏本據爲始遷之祖，相沿且千歲，由來舊矣。……曩者不揆愚陋，嘗慨然欲重訂家譜，述其可知者，而差其可疑者，區爲別録，不求盡合於歐、曾大儒，但求慊於吾心，久困兵間，未遑執簡，感侍郎急於先務，故爲之序，以答其情，因抒余之夙懷。（《曾文定公詩文集》文集卷二）

【湖南文徵序（節録）】宋興既久，歐陽、曾、王之徒，崇奉韓公，以爲不遷之宗。適會其時，大儒迭起，相與上探鄒、魯，研討微言，群士慕效，類皆法韓氏之氣體，以闡明性道。自元、明至聖朝康、雍之間，風會略同，非是不足與於斯文之末。此皆習於義理者類也。（同上）

【送江小帆同年視學湖北序（節録）】學政下車之始，則牒各縣。……及其按郡，招諸生來前，果使背誦某經，説某史某卷，大指能誦説者，予以書院之廩資，尤能者倍之三之，尤能者牒送省會之書院，亦倍其廩資。其不能者，廩生削其餼，附生懲辱之。每縣試以三四人，則餘者懼矣。自六經外如《史》、《漢》、莊、《騷》、《説文》、《水經》、《文選》，宋五子及杜、韓、歐、蘇、曾、王專集之屬，每縣使習一部焉。（同上）

【聖哲畫像記（節録）】　西漢文章如子雲、相如之雄偉，此天地遒勁之氣，得於陽與剛之美者也，此天地之義氣也；劉向、匡衡之淵懿，此天地温厚之氣，得於陰與柔之美者也，此天地之仁氣也。東漢以還，淹雅無慙於古，而風骨少隤矣。韓、柳有作，盡取楊、馬之雄奇萬變，而内之於薄物小篇之中，豈不詭哉？歐陽氏、曾氏皆法韓公，而體質於匡、劉爲近。文章之變，莫可窮詰，要之不出此二途，雖百世可知也。……姚姬傳氏言：學問之途有三：曰義理，曰詞章，曰考據。戴東原氏亦以爲言如文、周、孔、孟之聖，左、莊、馬、班之才，誠不可以一方體論矣。至若葛、陸、范、馬在聖門，則以德行而兼政事也。周、程、張、朱在聖門，則德行之科也，皆義理也。韓、柳、歐、曾、李、杜、蘇、黄在聖門，則言語之科也，所謂詞章者也。許、鄭、杜、馬、顧、秦、姚、王在聖門，則文學之科也。顧、秦於杜、馬爲近，姚、王於許、鄭爲近，皆考據也。此三十二子者，師其一人，讀其一書，終身用之，有不能盡。若又有陋於此，而求益於外，譬若掘井九仞而不及泉，則以一井爲隘，而必廣掘數十百井，身老力疲而卒無見泉之一日，其庸有當乎？……文、周、孔、孟、班、馬、左、莊、葛、陸、范、馬、周、程、朱、張、韓、柳、歐、曾、李、杜、蘇、黄、許、鄭、杜、馬、顧、秦、姚、王三十二人，俎豆馨香，臨之在上，質之在旁。（同上卷二）

【書歸震川文集後（節録）】　近世綴文之士頗稱述熙甫，以爲可繼曾南豐、王半山之爲之，自我觀之，不同日而語矣。或又與方苞氏並舉，抑非其倫也。（同上）

蕭　重

【偶檢案頭國朝名人集及近人詩箋各題一截自竹泉觀察以下則又兼懷人矣(三十三首録一)愛才真有古人風，酒罷高吟氣吐虹。一曲蕪詞《妾薄命》，瓣香敬爲曾南豐。倪竹泉觀察(《剖瓠存稿》)

劉熙載

東坡《答謝民師書》謂揚雄「好爲艱深之辭，以文淺易之説」。子固《答王深甫論揚雄書》云：「鞏自度學每有所進，則於雄書每有所得。」曾、蘇所見不同如此。介甫《與王深甫書》亦盛推雄，如所謂「孟子没，能言大人而不放於老、莊者，揚子而已」是也。(《藝概》卷一　文概)

曾子固《徐幹中論目録序》謂幹「能考六藝，推仲尼、孟子之旨」。余謂幹之文非但其理不駁，其氣亦雍容靜穆，非有養不能至焉。(同上)

昌黎《答劉正夫》書曰：「若聖人之道不用文則已，用則必尚其能者。」曾南豐稱蘇老泉之文曰：「脩能使之約，遠能使之近，大能使之微，小能使之著，煩能不亂，肆能不流。」「能」之一字，足明老泉之得力，正不必與韓量長較短也。(同上)

王震《南豐集序》云：「先生自負似劉向，不知韓愈爲何如爾。」序内卻又謂其「衍裕雅重，自成一家」。噫！藉非能自成一家，亦安得爲善學劉向與？(同上)

曾文窮盡事理，其氣味爾雅深厚，令人想見碩人之寬。王介甫云：「夫安驅徐行，轥中庸之廷而造乎其室，舍二賢人者而誰哉？」二賢，謂正之、子固也。然則子固之文，即肖子固之爲人矣。（同上）

昌黎文意思來得硬直，歐、曾來得柔婉。硬直見本領，柔婉正復見涵養也。（同上）

韓文學不掩才，故雖「約《六經》之旨而成文」，未嘗不自我作古。至歐、曾則不敢直以作者自居，較之韓若有「智崇禮卑」之别。（同上）

王介甫文取法孟、韓。曾子固《與介甫書》述歐公之言曰：「孟、韓文雖高，不必似之也，取其自然耳。」則其學之所幾與學之過當，俱可見矣。（同上）

曾子固稱介甫文學不減揚雄，而介甫《詠揚雄》亦云：「千古雄文造聖真，眇然幽息入無倫。」慕其文者如此其深，則必效之惟恐不及矣。（同上）

朱子云：「余年二十許時，便喜讀南豐先生之文，愛其詞嚴而理正，居常以爲人之爲言，必當如此，乃爲非苟作者。」朱子之服膺南豐如此，其得力尚須問耶？（同上）

他文猶可雜以百家之學，經義則惟聖道是明，大抵不離天地之常經，古今之通義也。然觀王臨川《答曾子固書》云：「讀經而已，則不足以知經。」此又見群書之宜博也。（同上卷六　經義概）

戴鈞衡

【重刻方望溪先生全集序（節録）】　六經四子皆載道之文，而不可以文言也。漢興，賈誼、董仲舒、司馬遷、相如、劉向、揚雄之徒，始以文名，猶未有文家之號。唐韓氏、柳氏出，世乃捊以斯稱。明臨海朱右取宋歐、曾、王、蘇四家之文以輩韓、柳，合爲六家，歸安茅氏又析而定之爲八，而後數人者，相望於上下千數百年，若舍是莫與爲伍。自是天下論文者，意有專屬，若舍數人，即無以繼賈、馬、劉、揚之業。夫自東漢以迄於明，其間學士詞人蟻聚蜂屯，不可計數；一二名作先後傳誦宇内者，亦如流水之相續於大川；而其爲之數百十篇，沛然暢然，精光炤人間不可磨滅，則自韓、柳、歐、曾、王、蘇外，終莫得焉。嗚呼，蓋其難哉！……我朝有天下數十年，望溪方先生出。其承八家正統，就文核之，亦與熙甫異境同歸。獨其根柢經術，因事著道，油然浸溉乎學者之心而羽翼道教，則不惟熙甫無以及之，即八家深於道如韓、歐者，亦或猶有憾焉。（《方苞集》附録三　各家序跋）

朱景昭

八家中，歐、曾於經義體較近，蘇則策論之大資也。韓太大，柳太峭，王太奇大拗，不可不讀，不可妄學。（《無夢軒遺書》卷七論文蒭説）

嘗謂古文之源有二：其一出於左氏，變而《國策》，而《史記》，以至韓、柳、孫、李、歐、王、三蘇之屬，其傳最盛；其一出於《國語》，匡、劉以降，則南豐、新安而已。（同上）

昌黎《原道》諸篇，歐陽《本論》，眉山策略，曾、王學記，此類是八大家本領處。（同上）

鄧繹

羅有高云：揚雄之學見許於程子，以爲非漢儒所可及。考之《程氏遺書》可見。則昌黎而外尊信子雲者，不獨司馬君實暨曾子固而已。紫陽排斥之辭，在宋時自爲創論。（《藻川堂譚藝》比興篇）

視黄氏宗義所云，效歐、曾之一二折，而胸中無大卷軸者，蓋每況愈下也。孔門言文必兼學，晚近髦士乃舍學而言文。其所謂學者非學，而所謂文者非文也。有相隨波靡而已矣，豈不惜歟？（同上　三代篇）

唐彪

【論讀古文（節録）】　學人宗大家之文者，反輕視周、秦、《史》、《漢》，豈知昌黎之文出于六經、莊、孟，柳州之文出于《左》、《國》、《離騷》，永叔出于司馬、昌黎，老泉、東坡、潁濱出于《國策》、《南華》、鼂、賈，南豐出于班固、劉向。大家之文既有所自出，而後之讀其文者，反輕視其所自出，可乎哉？（《讀書作文譜》卷五）

馬國翰

【百花臺賦　以「風月全家上采舟」爲韻】　訪花痕於北沚，懷花詠於南豐。花渚之波遥映，花臺之徑斜通。二月花城絮飛，花白千秋，花國浪簇，花紅年年，花謝花開，鎮夷猶於花舫，日日花酔花唱，供眺賞於花叢。（《玉函山房文集》卷一　賦）

【環碧亭用曾南豐韻】　傑構千年水作堆，臨流不厭日銜杯。四圍摇影葦初合，幾曲飄香荷盛開。散緑方知漁艇轉，點青擬召鵲山來。闌前靜會澄清意，頓洗塵心却蔓萊。（同上卷一）

【謁南豐祠】　百花臺址蔓荒莎，人築新祠感興多。山谷曾分香瓣去，淵材未伴采舟過。天開圖畫猶環碧，地近城樓此會波。拜到元燈結遥慕，半階風影寫池荷。（同上卷三）

方宗誠

【古文簡要序】（節録）　今友人張君宗翰以爲文之法，學者亦不可不知也，而泛觀古人之文，則又博而寡要，而懼夫貪多務得，而遂溺於文，取韓、歐八家之文，命余簡取之，以爲初學法。余因取其晰理之明辨而不支者，紀事之詳簡而有體者，抒情之篤厚而不欺者爲一册，以復於張君。（《柏堂集》次編卷一）

【桐城文録序】（節録）　蓋自方望溪侍郎、劉海峰學博、姚惜抱郎中三先生相繼挺出，論者以爲侍郎以學勝，學博以才勝，郎中以識勝，如大華三峰，矗立雲表，雖造就面目，各自不同，而皆足繼唐、宋八家文章之正軌，與明歸熙甫相伯仲。烏呼盛哉！（同上）

俞樾

【唐宋七大家】　國朝錢大昕《養新録》云：李紹序《蘇文忠集》云：古今文章，作者非一人，其以之名天下者，惟唐昌黎韓氏、河東柳氏、宋廬陵歐陽氏、眉山二蘇氏及南豐曾氏、臨川王氏七大家。自注云：「明成化四年，江西吉安府重刊《大蘇七集》，紹爲之序。紹，廬陵人。」按：茅鹿門所定八大家本此，但增入老蘇耳。（《茶香室續鈔》卷十四）

【宋人藏書家】（節録）　宋周密《齊東野語》云：宋室承平，時如南都戚氏、歷陽沈氏、廬山李氏、九江陳氏、番陽吳氏、王文康、李文正、宋宣獻、晁以道、劉壯輿，皆號藏書之富，邯鄲李淑五十七類，二萬三千一百八十餘卷，田鎬三萬卷，昭德晁氏二萬四千五百卷，南都王仲至四萬三千餘卷，曾南豐及李氏山房亦皆一、二萬卷。……（《茶香室四鈔》卷十一）

張裕釗

【贈方子白翊元（節録）】　嘉祐文章盛，蘇、曾並絶倫。瓌才冠宋代，奇寶出歐門。（《濂亭遺詩》卷一）

《五代史宦者傳論》　叙事華嚴處得自《史記》，子固、介甫所稀。（《諸家評點古文辭類纂》評語卷八）

楊希閔

【曾文定公年譜序】《陳直齋書録解題》謂《南豐集》有年譜，今通行《元豐類稿》五十卷本無之，豈佚在《續稿》、《外集》中耶？丁丑初夏遂更作一年譜，與歐陽公年譜同爲補闕。文定文章，前人論之詳，不必説矣。獨生平受誣有二事：一則史載曾公亮對神宗言，曾某行義不如政事，政事不如文章，以是不大用。此元托克托等過采讕語以入史，非事實也。今考其居家孝友，四弟九妹教養婚嫁，獨立經營，其交友朋，虚懷下人，觀善規過，行義如何？當官戢盜，剔弊廉公，有威嚴而不苛，庶務修舉，政事又如何？舍實績而絢虚誣，此史官之失也。一則温公《日録》謂公父坐贜，編管英州因死焉，乃不奔喪，爲鄉論所貶，王介甫作《辨曾子》以解之。又好依德勢以陵州，依州以陵縣，依縣以陵民，説來子固不成人品。今考公父爲錢僊芝所誣，失官歸耳，非坐贜，亦未編管英州。介甫亦並無《辨曾子》文。其卒在南京，杜祁公爲之經紀，子固亦在側，有介甫《博士墓誌》，子固《謝杜相公啟》可覈。乃横造無根語誣死者或後人。一端如此，他可類推。此等書直可燒毁。《名臣言行録》亦載之，不可解。（原亦注明温公傳聞之誤，既知誤矣，何爲之載？）嗟乎！此幸有實證可以辨白，脱無册可稽，一任污蔑，著書如此，誠何心乎？歐公集存文多，又寓編年於分體，易檢校，故不記文字年月之目。曾文存文少，編次復凌雜，故於文字略考年以係目。既有目矣，前人有評論此文字，即小字記於下。是蓋因事爲體，初無成例，總期於先哲，有發明來學，有裨益而已。（《曾文定公年譜》卷首）

據陳伯玉《書録解題》：《南豐集》年譜，朱名所輯，想宋刻有之，而《建昌府志》又有朱子《南豐年譜序》一篇，又書後一篇糾譜載熙寧時舉陳師道爲檢討之謬。考朱子集，此二篇文字皆未見，豈佚之耶？抑依托耶？閔藏《元豐類稿》乃長洲顧氏刻本，實無年譜，或因其多誤而去之不可考矣。姑存此譜以俟訪得舊譜質證。後考《四庫全書提要》著録亦是。長洲顧刻稱年譜已佚，則此譜良不可不作矣。又元南豐劉起潛《隱居通議》論曾文猶及見《元豐續稿》四十卷，年譜亦存，並載朱子年譜及序後二篇。知《建昌府志》所載二篇即此出。但稱丹陽朱熹，丹陽字極可疑，朱子文集又未載，恐依託。今録二篇於譜末備考。（同上）

曾文定名鞏，字子固，謚文定，南豐人，有《元豐類稿》。閔案，文定詩有風骨，有韻味，但流澹隱秀之致多，縟采鏘音之篇少，故人多忽略耳。劉淵材遽有「子固不能詩」之論，信爲知言乎？頃見桐城姚石甫《後湘集·論詩絶句》云：「文掩詩名曾子固，論才合與亞歐、王。《元豐類稿》從頭讀，遺恨何人比海棠。」可見公論垂久定矣。（《鄉詩摭譚正集》卷三）

又案，《東坡集》卷六十八題跋云：「秦少游言：『人才各有分限，杜子美詩冠古今，而無韻者殆可不讀。曾子固以文名天下，而有韻輒不佳，此未易以理推之者也』」云云，此亦不盡然。論杜當，論曾不當也。試觀予所鈔者可見矣。此指予專鈔本不可以出東坡少游而信之。（同上）

又案，彭城陳後山名師道，字履常，一字無己，好學苦志，以文謁曾子固，子固爲點去百十字，文約而義意加備。後山大服，坡公知穎日待之厚，欲參諸門弟子間，後山賦詩有「向來一瓣香，敬爲曾南豐」之

語，其傾倒於子固如此。（同上）

曾詩別有專鈔本，今不在篋，古體詩全記不得，難舉，似止記近體一二。《丁元珍挽詞》云：「從軍王粲筆，記禮後蒼篇。謾有殘書在，能令好事傳。鵩來悲四月，鶴去遂千年。試想長橋路，昏昏隴隧煙。」丁死於四月，故用鵩事以對令，威切其姓，可謂高雅矣。《韓魏公挽詞》云：「堂堂風骨氣如春，衮服貂冠社稷臣。天上立談迎白日，握中隨物轉洪鈞。忽騎箕尾精靈遠，長誓山河寵數新。萬里耕桑無一事，三朝功德在斯民。」此詩氣象聲響肖韓公身分。首句勁節謙光，次句偉儀重望，三句調劑兩宮，四句宰割庶務，五句哀挽，六句贈卹，七句功在天下，八句並言受賜非一日也。《早起赴行香》：「枕前聽盡小梅花，起見中庭月未斜。微破宿雲猶度雁，欲深煙柳已藏鴉。井轤聲急推寒玉，籠燭光繁秉絳紗。行到市橋人語密，馬頭依約對朝霞。」音節高華，正恐少游輩未知誰後先也。（同上）

編者按：《丁元珍挽詞》二首，此處録其一。《韓魏公挽詞》二首，此處録其一，結句爲「三朝功德在生民」。

絶句如《夜過利沙門》（編者按：應爲《夜出過利涉門》）云：「紅紗籠燭照斜橋，複觀翬飛入斗杓。人在畫船猶未睡，滿堤明月一溪潮。」《城南》絶句云：「雨過横塘水滿堤，亂山高下路東西。一番桃李花開盡，惟有青青草色齊。」（編者按：二首録其一）《離齊州後》云：「文犀剡剡穿林筍，翠靨田田出水荷。正是西亭銷暑日，却將離恨寄煙波。」（編者按：五首録其一）《寄齊州同官》：「西湖一曲舞霓裳，勸客花前白玉觴。誰對七橋今夜月？有情千里不相忘。」西湖即齊州明湖，七橋在其上，文定曾通判齊州，此皆去任不

能忘情於其地而作。又有云：「千里相隨是明月，水西亭上一般明。」其摯情如此，此可見其人也。（同上）

佳語更略摘一二：「壺觴對京口，笑語落揚州」，「一經入松下，兩峰橫馬前」，「已應南陽氣，猶遲代邸來」英宗皇帝挽詞。「金殿夜寒消美酒，玉人春困倚東風」（編者按：《曾鞏集》作「金地夜寒消美酒」），「午夜生臨滄海日，半天吟看泰山云」，「兩印每閒軍市靜，雙旌多偃送迎稀」，「一時屠釣英雄盡，千里河山戰伐餘」彭城道中，「冠劍九重霄漢路，煙花三月帝王州」，「俗眼望來猶眩日，無顏回處自生春」迎駕。閔案：以上數聯堂皇典麗，少游乃謂「有韻者輒不佳」，此可謂諦論耶？（同上）

劉原父名敞，字仲，原父號公是先生。閔案：吾鄉詩文大家歐、曾、王外，當及二劉，其集外間罕見，故論詩文者罕及之。歐陽公草公知制誥，詔曰：「議論宏博，詞章爛然。」又誌公墓曰：「公學博，自六經百氏古今傳記，下至天文地理卜醫數術浮屠老莊之説，無所不通。爲文章尤敏贍，嘗直紫微閣，一日追封皇子公主九人，方將下直止馬却坐，一揮九制數千言，文詞典雅，各得其體。」全謝山曰：「廬陵、南豐、臨川皆心折於公，蓋公於書無所不窺，尤篤志經術，多自得於心。」（同上卷四）

李泰伯名覯，《四庫全書提要》曰：覯文格亞於歐、曾，其論治體悉可見於實用。王漁洋《跋李泰伯》云：「泰伯文章皆談經濟，其本領尤在《周禮》一書，范文正公薦之，以馬著書立言有孟軻、揚雄之風，在北宋歐、蘇、曾、王間別成一家。」閔案：宋初，人率尚崑體，泰伯爲能得玉谿佳處，江西歐、王、曾未出之前，李固巋然一幟，朱子實賞其經學及古文。當時則范文正公賞其學行而薦之，官太學助教。近代

王漁洋論宋人詩，賞其絶句，則亦實有所立，不可泯没者也，况南豐嘗受學於泰伯乎？（同上）

傅權字以道，南城人，學者稱東巖先生。曾子固嘗推以道詩文爲一時特出，今其集不可見矣。（《鄉詩摭談續集》卷二）

曾致堯字正臣，南豐人，子固之祖。有《山亭六詠集》。陸放翁《老學庵筆記》云：李虚己侍郎，字公受，少從江南先達學作詩，後與曾致堯倡酬，曾每曰：「公受之詩雖工恨啞耳。」李初未悟，久乃造入，以其法授晏元獻。閔案，李爲晏婦翁。元獻以受二宋，遂不傳。周煇《清波雜記》云：李虚己天聖中與同年曾致堯倡酬，曾謂曰：「子之詩致工，音韻猶啞。」李初未悟，後得沈休文所謂「前有浮聲，後須切響」，遂精於格律。（同上）

徐斯異

《書魏鄭公傳後》其言深切，足以感動人主，又繁復曲盡而不厭，此自爲傑作。熙甫愛之，非過也。

（《名家圈點箋注古文辭類纂》卷九評語）

陳衍

《有美堂記》中間言金陵、錢塘，皆僭竊於亂世，而錢塘獨盛於金陵之故，才思横溢，極似漢人文字。曾子固《道山亭記》，從淮南王《諫伐閩越書》脱化出來，正其類也。《峴山亭記》亦以一起特勝，中間抑揚處，正學《史記》傳贊。「豈皆自喜其名之甚」二句，爲道著二子心坎。姚惜抱以爲神韻縹緲，如所謂吸風飲露、蟬蛻塵壒者，絶世之文也。此皆知其然而不知其所以然之語，極似鐘伯敬《詩歸》之評唐人詩妙處，至譬之太過，抑無論矣。（《石遺室論文》卷五）

「蓄道德、能文章」一語，爲宋以來乞銘其祖父者循例之通詞。子固以此語推崇歐公，在既得碑銘之後，則尤爲非諂矣。蓋乞銘於當代作者，易爲過當之推崇，子固之推崇非不至，而歐公實足以當之。（同上）

大略宋六家之文，歐公叙事長於層累鋪張，多學漢人鼂錯《貴粟重農疏》、淮南王安《諫伐閩越書》、班孟堅《漢書》各傳，而濟以太史公傳贊之抑揚動盪；曾子固專學匡、劉一路；蘇明允揣摩子書，與長公多得力於《孟子》；荆公除萬言書外，各雜文皆學韓，且專學其逆折拗勁處。桐城人之自命學韓，專學此類。蓋荆公詩亦學韓，間規及杜也。（同上）

李慈銘

【隆平集】 下午閲曾南豐《隆平集》。自來文章家推歐、曾二公有史材。歐公《五代史》及《唐書》，人已議其踈略；若南豐《隆平集》所載北宋五朝事，尤一意主簡。至於諸帝，僅述其世次年歲，而另列名類以紀其事，雖落小樣，然可爲本朝臣子書美不書惡之法。咸豐乙卯（一八五五）二月二十六日。

（《越縵堂讀書記》三 歷史）

【明文授讀（節録）】 宋文最高者歐、曾、王三家，然已不能及唐之韓氏。歐、王毗於柳子厚，曾毗於李

習之，蘇氏老泉最勝，東坡次之，然僅畍於杜樊川，而筆力且不逮焉，子由則又次矣。(同上八　文學)

【唐荆川文集(節録)】　序記諸作，多簡雅清深，不失大家矩矱。傳誌墓表諸作，最爲可觀。其叙事謹嚴，確守古法，於故舊之文，尤抑揚往復，情深於詞，多造歐、曾深處。以有明而論，遜於震川，勝於潛谿，而齒於遵嚴、弇州之間，其名震一代，良非無故。……觀其《與王遵巖書》，謂文莫高於曾南豐，詩莫高於邵康節。此其詩文之優劣所分也。同治戊辰(一八六八)七月二十日。(同上)

【施愚山集】　閲《施愚山集》。愚山古文學永叔、子固，而詞氣太弱，僅得子固之迂緩，然自沖和肖其爲人。内有《張長史墓誌》，言山陰張氏爲衣冠甲族，長史之祖爲明顯官，乃吾鄉白魚潭張氏也。今則子姓廖落，皆編農籍矣。同治壬戌(一八六二)十二月初一日。(同上)

【惜抱軒文集(節録)】　惜抱以古文名天下，自謂由方望溪以上溯歐、曾，接文章正脈，近頗有訾謷之者，同人中若孟調、仲嘉及素人三昆排之尤力。今平情論之，其傳誌疎冗逼仄，奄奄有暮氣；論亦苦束濕，寡自然之致。序記間有病碎雜者，然佳處直逼廬陵，頗爲乾隆後文章家之俊。(同上)

古文自韓、柳、歐三家外，應推本朝魏叔子爲雲門嫡嗣，曾南豐爲臨濟别出。繼其衣鉢者，元有虞道園，明有歸震川，本朝則方望溪也。……道園、震川皆學歐，又極似歐，是吾謂其繼南豐，則以二家不免冗漫，而説理頗粹，又務主寬展，有不盡之意，其得失皆似曾也。又震川、望溪，俱不免有時文氣。歐、曾、蘇、王皆正宗，而予别爲三者，就其同而别之也，非謂曾、王爲旁門也。(同上十二　劄記)

【書淩氏廷堪校禮堂集中書唐文粹後文後(節録)】　五季宋初，人不知學，所爲駢儷，蕪累惢陋，規範莫存，厭棄者衆。子京、永叔倡言復古，大放厥辭，天下翕然矣。由是蘇、曾繼起，道學踵興，人習空言，以便枵腹，伸紙縱筆，遂成文章，不必排比爲功，徵引爲博，雌黄枚、馬，毛疵庾、徐，以齊、梁人爲小兒，呼《南》、《北》爲穢籍，謬種沿襲，大言不慚。雖亦廬陵諸公所未料，而持論太高，固噎廢食，追其弊始，厥咎奚辭？要之中唐以降，駢偶猷骸，謂爲文章之衰則可，謂非文章之體則不可也。（《越縵堂文集》卷六）

平步青

【宋文冗長】《古歡堂雜著》二十一史條云：「文弊於宋，奏疏至萬餘言，同列書生尚厭觀之，况人主一日萬幾乎？其爲時將相行狀、墓銘諸碑，皆數萬字。朱子作《張魏公浚行狀》四萬字，猶以爲少，流傳至今，蓋無人能覽一過者，繁冗故也。南豐《爲人後》、《救災》等議，誰能記誦乎？」庸按：繁冗故也。以上皆本升庵外集卷五十二。（《霞外攟屑》卷七）

【南豐《王容季墓誌銘》】《元豐類稿》卷四十二《王容季墓誌銘》云：「初，子直之遺文，深甫屬予序之。數年，又序深甫之文。復數年耳，而容季葬有日，其仲兄固子堅又屬予銘其墓，而且將叙其文。嗚呼！非其可哀也夫！」庸按，「仲兄」當作「叔兄」，容季兄弟凡五人：回，深甫；向，子甫；固，子堅；同，□□；冏，容季。固，次三，非仲也。且上文已有「仲兄向子直」句，則此句之誤可證。《義門讀書記》不言，或何所見《南豐類稿》本，尚未作「仲」。（同上卷七）

【以考證入文（節録）】 姚姬傳論文，謂義理、考證、詞章三端，皆不可廢。其門弟子陳石士侍郎時舉似以告學子。……勝石士云：「韓、柳、歐、曾、蘇、王、震川，皆不深於考據。」而又曰：「使韓、柳諸君子生於今日，亦必不薄考證，則亦知言也。」（同上）

常　安

《順濟王敕書祝文刻石序》 妙在若有若無間，一毫不著跡。（《古文披金》卷十八評語）

《齊州雜詩序》 和平安雅，讀之如飲醇醪。（同上）

《謝曹秀才書》 因其所已能，勉其所未至而已，以被召不得相從，非有心謝之也，情辭藹然。（同上）

《墨池記》 神遊象外，此之謂遠體。（同上）

《鵝湖院佛殿記》 此篇可與王荆公《長蘆寺記》參看，殫民財於無用之地，二公所爲發憤而增嘆也。（同上）

吴汝綸

《序越州鑑湖圖》 （頂批）案，下云：「疏爲二門，此朱儲斗門」句，擬脱一斗門。「夫千歲之湖廢興利害，較然易見」，精神旺，故能旁溢。（《桐城吴氏古文讀本》九）

唐文治

《送徐無黨南歸序》　此文極爲清淡，而豐神千古不滅，後一段精神更覺不磨，何者？以其脱胎於《史記》者深也。吾嘗論史公於數百年後，得門徒數人，韓、柳、歐、曾是也。韓、柳得其陽剛之美，歐、曾得其陰柔之美。譬諸弈棋，史公爲國手，韓、柳等則四手也，此文則駸駸乎入三手矣。《孟子》「尹士」章，一唱三歎，豐神摇曳，亦爲歐文之祖，宜熟讀之。（《國文經緯貫通大義》卷二一唱三歎法）

林紓

《戰國策目録序》　紓曰：所謂《戰國策》者，均策士之言。各國咸有其人，亦咸有其言。或一人論其本國之事；或一人周流列國，而各言其本國之事；或專存諸本國之史乘；或分見諸各國。自秦滅六國，燔夷其史，幸而存者，皆私家之紀載，其無利於秦，及毁秦之言，皆不存也。故高誘所注二十一篇，或言二十二篇，乃存者竟有三十三篇。則當日爲散失不完之書，經向手定，方始成序也。而吾有惑者，《説苑》、《新序》中多引戰國之事，諸子中尚錯綜有之何以不行編入？或且散佚無所附，故不入《國策》，而自入其纂著耳。此爲南豐審定向書後爲之序者，其所以表明向之用意所在，尤極精確。向謂謀士度時君之所能行，不得不然。南豐即用此二語，辯駁其非是。開手斥向之不篤於自信，即爲不知道；中言法可變，道不可變，可云一發破適。二帝三王何嘗不變法，然實未嘗變道；謀士不知道，但知苟合之計，是並道而變之矣。一一畫出急切近名之心緒。而論當時情勢，尤極切中。入手言春秋時，先王之舊俗舊法都已亡熄，而孔、孟不肯徇俗，度時君之所能行者以爲言。但欲變法者，不失先王之意。先王之意，即道之所在也。復以道與法相較，法可變，道不可變。立言既圓通，而又得體，可云載道之文。斥向之不篤於自信，所以不能昌明孔、孟之道，愈見孔、孟當春秋時真能篤信，所以不惑於流俗。伸明此一語，斥向之不知道本，意至此止。其下則痛詈謀士便詐譎敗之非，自是立言應有之旨趣。然既不衷於道，何必更序其書以病世？不知存之者，用以爲戒，非用以爲導也。此語不是回護，亦切確之言。此文東萊稱其從容和緩，有條理，又藏鋒不露。甚是。（《古文辭類纂選本》卷二　序跋類）

《新序目録序》紓曰：此篇與歐公《一行傳》同一用意。《一行傳》之五人，詫爲僅有；「僅有」者，凋敝之餘，幸而有也。本文言向之敘此書，於今爲最近古；言「最」，則以外無餘之意，亦僅存耳。皆幸得而含不滿之詞也。通篇主意，在「學之有統，道之有歸」字，即應開手「守一道，傳一説」而來。言「化之如此其至」，道體也；「防之如此其備」，衛道也。曰「至」，曰「備」，故百家衆説，未有能出於其間。此才算有統有歸之真際，作一少頓。周末一經衰亂，教化法度廢，餘澤熄，私智私學一昌，則道統已失。於是將學、道之統歸全失，作一結束。説此等流弊，實緣周末而來。向之書雖不全不備，尚有先正典型在内。無如前此既不之講，又經秦火一燼，懸以厲禁，則微言幾乎熄矣。在俗手爲之，此處宜入劉向所以成書之意，顧乃舍向而提出「漢」字。以向爲漢士，舉一「漢」字，雖肆意發論，轉入劉向，爲力甚易。惜劉向又不知道，不足以力挽頹墮，故怪奇可喜之論復衍於中國。復將周末一提，見得漢雖興朝，而道仍失統；借出揚雄，趁勢引起劉向。蓋言向之道力，實不足振頹而挽墮，由其不能折衷，所以至此。文勢至此，語氣完足，不能再有餘波矣。忽將孟子之言，破空作一希冀語，拈出「漢」字。言明先王之道者，未必即無其人。此不是推尊揚雄，亦並不是將劉向抹倒。惜向道力不及，不能肩絶學之統也。轉到劉向成書後，而聖賢之嘉言善行，往往而在，可見向書在暗而不明、鬱而不發之中，尚有一綫之光明。此即歐公《一行傳》中所謂「僅得」之意。此文初讀之，似甚平衍無味；然其語氣之醇，文氣之厚，筆路之嚴重有體，亦純學更生，蓋以步武勝者。細觀之自得。（同上）

《先大夫集後序》　紓曰：此子固爲其祖致堯作遺集序也。《宋史》本傳稱：性剛率，好言事，前後屢上章奏，詞多激訐。及佐張齊賢爲判官，復抗疏自陳，不受章紱之賜。姜塢先生謂切論大臣，指向文簡也。且云臣言丞相某事未效，不敢受章紱之賜。然傳中無言及丞相事，或集中有之耳。按，子固《上歐陽舍人書》言：「先祖之屯蹶否塞以死，先生顯之」，則滿懷牢騷，久不平於時宰矣。自「當此之時」起，至「不以禍福利害動其意也」止，一股勁氣直達。其云「必本天子憂憐百姓之意」，太宗固有此心；然致堯曾言：「去歲所部秋租，惟湖州一郡督納及期，而蘇、常、潤三州悉有逋負，請各案賞罰。」太宗以江淮頻年水災，蘇、常特甚，所言刻薄不可行，詔戒致堯勿擾。想其時致堯爲兩浙轉運使，遵太宗之旨，豁免其租，故南豐述其祖德，謂其能本天子憂憐百姓之意耳。實則致堯好言事，考其政績，轉不如其孫。至所謂「不以利害禍福動其意」，蓋指爲判官抗疏時事，詔御史府鞫其罪，黜爲黄州副使，奪金紫也。集中疏草，節目之大者，即罷筦榷，斥符瑞，黜姦臣，修人事等等。總結以「主聖臣直」四語，是文中遵王敬祖應有之言。文氣雄直中，却無抑塞不平之氣，自是南豐集中長處。茅順甫謂：子固闡揚先世所不得志處，有大體，而文章措注處極雄渾。「雄渾」兩字，可云切當。鄙意則謂子固述其祖之不得志處，亦正自形其牢騷。宋王銍《默記》：「曾子固好輕蔑士大夫。徐德占爲中丞，越次揖子固甚恭，子固問：『賢是誰？』徐曰：『禧姓徐。』子固曰：『賢便是徐禧？』禧大怒曰：『朝廷用禧作御史，公豈有不知之理！』其後子固除翰林學士，禧疏罷之。」呂公著，名宰相也；按，《宋史》鞏本傳，嘗告神宗，以爲曾鞏行義不如政事，政事不如文章。是以不大用。然鞏與王安石爲友，力斥安石所爲，亦可謂有祖風矣。此文盛道其祖直不見容，實自方也。讀者當能辨之。(同上)

《館閣送錢純老知婺州詩序》 紓曰：宋時重內而輕外，尤重館閣之選。朝紳恒以補外爲遷謫，故多不平之語。南豐以序，祝其歸仕王朝，而欲其無久於外，此何語也？夫居朝，固可與訪問，任獻納；在外亦可興利除弊，蘇民之困。何必輕外而重內？不知當時習尚如此，文中所謂「歷時寖久，以爲故常」，則知宋時習尚之不樂居外也。文用兩「久」字，欲其無久於外，偏不説是私情。一則「篤於相先」，表推讓之意；一則「以其彙進」，有爲朝廷得人之意，措詞至冠冕。婺州在當時爲荒寒，乃言其志節之高，欲自試於窮僻，是隱隱希冀將來宰相有調歸純老之時。用一「祝」字，應上「欲其無久於外」，以坐實其不久於外之盼望。文極雍容，無激烈語。(同上)

《寄歐陽舍人書》 紓曰：此書起伏伸縮，全學昌黎，妙在欲即仍離，將吐故茹。通篇着意在「蓄道德，能文章」六字，偏不作一串說，把道德擡高，言有道德之人，方別得公與是；別得公與是矣，又須用文章以傳之。精神一副，全注在歐公身上。然而說近歐公時，忽又縮轉，如此者再，真有力量，方能呑咽。入手把史體與銘墓之體對舉而互較，立將史字撇去，歸到銘文之有關係於死者，亦以觀戒乎生人。然勸戒之道，又近於史，又將史體與銘體紐緊，作一收束。以下專論銘體矣，顧銘一不實，則背公與是，故人人雖皆有銘，作者非人，傳者亦非人，有銘與無銘等。漸漸近到歐公及其先大夫之可傳可托者，非時流之比，高高揭出「人」字。其不系以道德文章鄭重之極，在俗眼觀之，似其下即當疾入歐公矣，顧乃不然，仍將道德二字擡高。說惟有道德者，方能傳信；傳信於人，方爲公且是。說得萬種難覓，又跌到文章不工亦不足傳，是難上增難，專爲歐公身分蓄勢。至此似其斷無餘語，必直捷撲到歐公身上矣。中間又說成兼此二美者，當世決無其人，果並世不能有者，又將如何？蓄勢愈厚，則跌落本位乃愈有力。此時始清出先生之道德文章，蓋亘古難遇者也。得公與是，又能傳後，則願望之美滿，至於極處。文到正面，只此數語，然不能動人，則正面之精神亦形蕭索。妙在連用兩「況」字，上「況」字，是述感激之意；下「況」字，是隱言己亦蓄道德能文章者，其感激當倍於常人。道出「犖」字，於感激中却帶出抱負。以下自謙，兼述祖德。把以上善人見傳，惡人知愧意作一復述，又述到子孫感激之意，此是應有之言。至結構之精嚴，實爲南豐集中有數文字。（同上卷五　書說類下）

《贈黎安二生序》　紓曰：此文重在「心」、「外」二字，信古志道，心也；合世同俗，外也。黎生之求序，實不知所謂古之宜信道之用志也，亦求解外人之譏評而已。故子固推而進之，豁而醒之，提出信古志道，是老師宿儒引導後進語。趁便發起牢騷，言不求吾言則已，一求吾言，益將使人增笑。違古離道，是合世同俗之正面，此不須求而得也；若不同俗且不合世，則古道自存，反求即是，貴在自擇而已。此歐陽子所云「修於身，無所不獲」也。文近昌黎，唯層次少簡，不及昌黎之能作千波萬瀾也。

（同上卷六　贈序類）

《送江任序》紓曰：臨川、豐城，均江西屬縣也。江任，臨川人，任豐城知縣，蓋不出江西地域者也。文不過言遠宦之到官，不習其民情風土，往往茫無頭緒；迨少習，而又移官以去，故不如各用於其土之宜也。入手氣派，大近柳州。一路突兀寫來，如崩崖墜石，賦色結響均佳。至「變難遵」、「情難得」，略略作一停頓，似萬萬無可着手。及漸漸與習，而受代者至矣，其下足成「不足爲後世可守之法」一語，把以上之意結清。其下專叙各用其土之便利，一直抒寫便利之道，至於「施爲先後，不待旁咨久察，而予奪損益之幾，斷於胸中」止，皆言各用其土之益處。此下始回盼到爲吏用遠人之非宜，此文中應有之照顧。至此始叙江君之爲縣於豐城，把臨川、豐城接近處極力稱便，愈見得各用其土之宜。收束處，言一縣治，則大府無左顧之虞，似一得江君，則豐城無不治者。不言縣之得人，而言州之無事，筆墨蕭閑，是南豐本色。（同上）

《宜黄縣學記》宜黄一小邑，李令一小官，忽然興學於邑中。其作用甚偉，其思力甚高，其措施甚至，然成效又甚不可知。若把昌明聖學之責任，加諸李君之身，言之太過，又屬不倫；顧題目如此之大，若不自冠冕堂皇出之，則萬非所謂學記也。若不本切實力量言之，則不能得學與教之真際。第一段自「古之人」起，至「素所學問然也」止。將學之關係説得極懇切，要語在「使人人學其性」及「皆可以進於中」二語，則大綱已攬，自有極大之效驗。既將「學」字總提一段，然無教亦無以成學，復由「學」字生出「教」字。其下俗成、材成等語，則均教之效驗矣。「及三代衰」句，則揭出不教無學之流弊，言皆切實。此時始提出皇宋之重學，然旋興旋廢，有學等於無學。而宜黄一縣，猶不能有學，此一句爲李君興學之引子。以下叙庀材構宇之事之易易，順便兜轉民之樂於興學。若在庸手，便説成宜黄一縣似一經立學，便成鄒魯之風矣。天下那得有如此之便宜！文之妙處，但作期望之辭，語語稱道其善，却語語皆含活着。「可考」「可求」四字，分明是期望意，不是謂其實能如此。以下推學之所至，由身而家，由家而鄉鄰族黨止，不便推廣及於天下者，立言有體。若過獎李君，則區區一縣令之力，又素非道學大儒，不過能稍明政體而已，胡能遽挽天下之頹風？文立義高，及收束到本位，又極恰好。惜抱謂有渾雄博厚之氣，信然。（同上卷九　雜記類）

《擬峴臺記》　此篇文氣極張，較平日曾文頗不可類。體近李華、杜牧，絶不近柳州。子固之《道山亭記》，頗有柳州風骨，蓋稍能凝斂，而融以古澤之筆。此篇則一力奔瀉而下，幾於一發莫收。然工夫在用無數「也」字，爲之一駐。讀者先領其氣，當留意於其收煞處，則不至於奔突如不羈之馬。（同上）

《元豐類稿》有《王君俞哀詞》：王官殿中丞，然卒時年始二十六；子固之叙曰：「夫爲人如前之云，而不享於貴且壽，曾未少施其所學，又負其所承之心，是於衆人之情不能泯哀也。」正以君俞有老母在，且孝而不昌其年，此所以可哀也。則亦仍守前人之法律。至於辭中之哀惋與否，則子固、震川皆不長於韻語，去昌黎遠甚。他若方望溪之哀蔡夫人，則文過肅穆，辭尤無味，名爲哀詞，實不能哀，亦但存其名而已。（《春覺齋論文》流别論）

至於《送廖道士序》，則把一座衡嶽擧在半天，幾幾壓落廖師頂上，忽又收回。自「五嶽於中州」句，直至「千尋之材，不能獨當也」句止，使廖師聽之色飛眉舞，謂此處定説到山人身上矣。「意必有魁奇忠信材德之民生其間」，廖師必又點首歎息，媿不敢當。忽然闖出「而吾又未見也」句，把廖師一天歡喜撇在霄漢。以下似無文章，乃用迷惑老佛之教，又以所説者皆指廖師，至「未見」云云，直隱於佛老而未見耳，不是全無其人，廖師似已死中得活。忽又有「若不在其身，必在其所與遊」，則並隱於佛老中者亦都不屬廖師身上。廖師考語但得「氣專容寂，多藝善遊」八字，與道字都無關涉。一篇毫無意味之文，却説得淋漓盡致，廖師亦歡悦捧誦而去，大類乳媪之哄懷抱小兒，佳處令人忽啼忽笑。神品之文，當推此種。其餘歐、曾、臨川、三蘇亦各有佳處，原當一一選采流别之中，以惜采流别之中；以惜抱盛推昌黎，故但即昌黎之文少加説論。（同上）

學記一體，最不易爲；王臨川、曾子固極長此種，二人皆通經，根柢至厚，故言皆成理。若遊讌觴詠，或有唱和之什，則冠其首者爲序，否則專記其事亦可。（同上）

數種中，書序最難工。人不能奄有衆長，以書求序者，各有專家之學。譬如長於經者，忽請以史學之序，長於史者，忽請以經學之序；門面之語，固足鋪叙成文，然語皆隔膜，不必直造本人精微。故清朝考據家恒互相爲序。惟既名爲文家，又不能拒人之請。故宜平時窺涉博覽，運以精思；凡求序之書，尤必加以詳閱，果能得其精處，出數語中其要害，則求者亦必饜心而去。王介甫序經義甚精。曾子固爲目録之序，至有條理。歐陽永叔則長於叙詩文集。（同上）

至若張養浩稱姚瑞甫才驅氣勢，縱横開合，紀律唯意，如古勍將卒率市人而戰，鼓行六合，無敵不破，似亦善道氣勢者。不知此爲野戰之師，非節制之勍旅。王遵巖初師秦、漢，亦取縱横，後乃知宗歐、曾，始斂才而就範。唐荆川初不謂然，尋亦歸仰其説。（同上　氣勢）

「庸絮」二字，見甯都魏伯子論文書。庸者，凡猥之謂；絮者，拖沓之謂。須知歐、曾之文，心平氣和，有類於庸，實則非庸。斂其圭角，不使槎枒於外；蓄理在中，耐人尋味。蓋幾經烹鍊，幾經洗伐，始得此不可移易之言，不矜怪異之語。乍讀似庸，味之既久，又覺其不如是説，便不成文理。知此，足悟庸中之非庸者矣。絮亦不止多言之謂。（同上　忌庸絮）

但觀歐、曾之文，平易極矣，有才之士，幾以爲一蹴而幾，乃窮老盡氣，恒不能得，何者？平易不由艱辛而出，則求平必弱，求易必率；弱與率類於平易，而實非平易。不由於學，則出之無本；不衷於道，則言之寡要：以無本寡要之文，胡能自立於世？（同上　忌險怪）

究竟痛詆歐、曾者亦不自西河始也。祝枝山作《罪知録》，且歷詆韓、歐、蘇、曾六家之文，謂「韓論易而近儇，形麤而情霸，其氣輕，其口誇，其發疏躁。歐陽如人畢生持喪，終身不披衮繡。東坡更作儇浮的爲利口，譁獷之氣，肆溢舌表，使人奔迸狂顛不息。曾、王既脱衣裳，並除爪髮，譬之獸鬣臘骨。至於老泉、潁濱、秦、黄、晁、張，則尤不足齒數。」枝山之意，唯尊柳州。尊柳州未嘗非是，謂一柳州足掩

此數家，且駕昌黎而上，直是粗心武斷語。凡此皆言論文謬也。（同上　忌狂謬）

何謂牽拘？牽於成見，拘於成法也。文之入手，不能無法；必終身束縛於成法之中，不自變化，縱使能成篇幅，然神木而形索，直是枯木朽株而已，不謂文也。譬諸由歐、曾入門，一步一趨，惟歐、曾是程，此於初學時可謂能自得師；乃久久而仍不變，勿論不能突過歐、曾，即能形似，使讀者疑若已見之成文，亦復成何趣味？（同上　忌牽拘）

曾南豐曰：「老泉之文，侈能使之約。」今觀《嘉祐集》中，佳文非多；然所謂反侈而成約者，固惟南豐能知之。不佞引伸其義曰：「侈」字不就文體言，當就作者言；在他手宜侈言之始盡，吾今約言之則不盡。且約言而能盡者，又不止主作者而言，在能使讀者不以吾之約言爲不盡，方稱能事。此尤當於篇法句法字法間講究，方足清人心目，非有他妙巧也。閻百詩曰：「惟簡可以救冗。」亦是此意。（同上　用筆省）

【贈林長民序（節録）】　事有充吾力以赴之，功有所止且得美酬，雖恒人亦往往能之。功有所止則可永釋吾終身之勞，憑盛年之力，席易爲之勢，故亦不能限，恒人以不止者，有美酬以爲之，鵠也。治制學之學而鵠於科名，千數百年以來，雖韓、柳、歐、曾匪不顛倒於是。然亦斂其鴻筆俯就有司之繩墨，而後可得，既得而始歸宿於古作者之言，而其先疢神殫精取決於庸俗之眼，求倖於蒙昧之獲於嚮道之心，不爲無間矣。（《畏廬文集》）

【與姚叔節書（節録）】　古人因文以見道，匪能文即謂之知道。蓋古今之境地高，言論約，不本於經術，爲言弗脥，不出於閱歷，其事無驗。唐之作者林立，而韓、柳傳；宋之作者亦林立，而歐、曾傳。正以四家者，意境義法，皆足資以導後生而進於古，而所言又必衷之道，此其所以傳也。（《畏廬續集》）

康有爲

韓昌黎論作古文，謂「非三代兩漢之書不敢觀」；謝茂秦、李於鱗論詩，謂「自天寶、大曆以下可不學」。皆斷代爲限，好古過甚，論者誚之。然學以法古爲貴，故古文斷至兩漢，書法限至六朝。若唐後之書，譬之駢文至「四傑」而下，散文至曾、蘇而後，吾不欲觀之矣。操此而談，雖終身不見一唐碑可也。（《廣藝舟雙楫》卑唐第十二）

言《造像記》之可宗，極言魏碑無不可學耳。魏書自有堂堂大碑，通古今，極正變，其詳備於碑品。今擇其與南碑最工者條出之。昔朱子與汪尚書論古文，汪玉山問朱子曰：「子之主人翁是誰？」對以曾南豐，曰：「子之主人翁甚體面。」今舉諸家，聽人擇以爲主人翁，亦甚體面矣。（同上　十六宗第十六）

李葆恂

【論詩絶句（七首録一）】　平生齒冷曾子固，只解論文不解詩。杜陵句法柳州筆，心折小長蘆釣師。（《紅螺山館詩鈔》）

吳闓生

《列女傳目録序》　子固經術湛深，文氣渾穆寬博，味之不盡，在宋諸家固爲傑出者。此二篇（編者按：另一篇爲《范貫之奏議集序》）皆涵泳意旨，於語句之外，尤得古人三昧，可稱妙遠。「可繕寫」，以上考定篇次。「風俗已大壞矣」，起便唱嘆有神。「向以謂王政必自内始」，先將本旨提出，堂皇正大。「顧令天下之女子能之，何其盛也」，借此發難，起議入題。「其教之者雖有此具」，跌出下文。「此所謂身修故國家天下治者也」，極言文王躬化之盛，以諷時君，而一以經義澤之，愈覺文情粹美。「後世自學問之士」，「自」字妙，已留出下文地步，意若曰：況人君之未嘗學問者乎？「豈獨無相成之道哉」，揚一筆，使聲情發越。「信哉」，忽就士人作一波折，以人主難於斥言，故略爲那展以盡意，而後折落君身，乃愈得勢也。「如此人者，非素處顯也」，吞咽之間，極見經營之妙。「況於南鄉天下之主哉」，一句拍合，詠嘆淫泆，韻味悠揚。「向之所述，勸戒之意，可謂篤矣」，以上發明向書大義，歸重躬化以諷切時君，爲一篇之主旨。「故爲之叙論以發其端云」，以上餘意。（《古文範》下編）

《范貫之奏議集序》　「公常以言事任職」，自此以下，曲折頓挫，而一氣舒卷，驅邁淋漓之氣，勃鬱紙上。「或辨别忠佞而處其進退」，處處分之也。「卒皆聽用」，排叠而下，文氣醇厚。「而不自用也」，極言仁宗之德化，以其適與當時相反，故津津言之以爲借鑒。復述一篇，氣愈寬博敦厚，所以爲淵懿也。「其所引拔以言爲職者」，再開。「海内乂安」，述此等語，詳切如此，亦以見時政非是，而今之不能然也。「夫因人而不自用者，天也」，再提。「至於享國四十餘年，能承太平之業者，繇是而已」，至此稍一停頓，然後再振作起來。「所以明先帝之盛德於無窮也」，感慨時政之非，追慕先代之盛，而嘆其迥不相及。雖前文已詳言之，猶自以爲未足再振筆，加倍摹寫，以盡其感嘆低徊之意。句句轉換，盤旋曲至，悱惻纏綿，使人反覆詠嘆，自不能已。而於譏切當時之旨，始終含蓄茹咽，未嘗稍露，文情高邈軒翥，敻不可及。（同上）

胡　煥

【論西江詩派絶句十五首（録一）】　南豐才筆九州横，坡語流傳欠定評。莫謂贛人情韻減，略嫌文字掩詩名。東坡語少游曰：「子固詩少韻致，惜爲文所掩耳。」趙歐北亦曰：「廬山合似西江人，大抵少肉多骨筋。」（轉引自《萬首論詩絶句》）

劉師培

宋代之初，有柳開者，文以昌黎爲宗。（……）厥後蘇舜欽、穆伯長、尹師魯諸人，善治古文，效法昌黎，與歐陽修相唱和。（……）而曾、王、三蘇咸出歐陽之門，故每作一文，莫不法歐而宗韓。（大抵王介甫多效法柳文，然集中所載論文之作，亦盛稱昌黎。東坡亦然，至稱爲「文起八代之衰」。）古文之體，至此大成。即兩宋之文，亦以韓、歐爲圭臬。（《論文雜記》）

試即唐、宋之文言之：韓、李之文，正誼明道，排斥異端，（如韓愈《原道》、《原性》及《答李生書》等篇，李翺《復性書》，皆儒家之言；而韓文之中，無一篇不言儒術者。）歐、曾繼之，以文載道，儒家之文也。（南宋諸儒文集，多闡發心性，討論性天之作，亦儒家之文。）子厚之文，善言事物之情，出以形容之詞，（如永州、柳州諸游記，咸能類萬物之情，窮形盡相，而形容宛肖，無異寫真。）而知人論世，復能探原立論，核覈刻深，（如《桐葉封弟辨》、《晉趙盾許世子義》、《晉命趙衰守原論》諸作，皆翻案之文也。宋儒論史，多誅心之論，皆原於此。）名家之文也。明允之文，最喜論兵，（如《上韓樞密書》等篇皆是，而論古人之用兵者尤多。）謀深慮遠，排兀雄奇，（明允最喜陰謀，且能發古人之陰謀，故其爲文亦多刻深之論，發人未發。）兵家之文也。（同上）

【南北文學不同論（節録）】宋代文人，惟老蘇之作，間近昌黎；歐、曾之文，雖沈詳整靜，茂美淵懿，訓詞深厚，然平弱之譏，曷云克免？（《國粹學報》第九期）

【論近世文學之變遷（節録）】望溪方氏，摹仿歐、曾，明於呼應頓挫之法，以空議相演，又敍事貴簡，或本末不具，舍事實而就空文，桐城文士多宗之。（同上第二十六期）

劉繩武

縣南境之山曰芙蓉，其高與軍峰並，而廣大十倍過之。由東北行爲白楊嶺，折而西爲盧峰。盧峰之陰，夢港水發源處也。盧峰西行爲禾嶺，又西爲繡毯峰。舊志先繡毬次禾嶺，誤。由繡毯峰折而北四、五里，矗起高峰曰應華，東西列嶂如翼，如屏，東盡於白馬山，西過北華山盡於龍岡。舊志謂縣脈經龍，誤也。由應華北落平岡四、五里，稍折而西，至石塘又西稍北至賽馬崗，亦曰殺馬。又西起高邱，曰風化山，又西四里折而北包八源，又北六、七里，皆峻嶺重複。折而東落平岡，過斯和岡，又東五里，過團箕樹，下連樊水，出於其陰，又東至黃岡，又東稍北至麻嶺，自麻嶺以西四十餘里，皆平岡也。麻嶺左右，群峰錯落，皆正榦纏護，自昔採石於此，地脈耗矣。由麻嶺落平岡折而西，至長嶺折而北，過磨下，又北稍折而東，分爲退錢嶺，其西一支過黃巢岡，至赤崗西濱連樊水。北際南湖爲唐寶應以前縣治。由退錢嶺稍東折而西北過金錢原，又西北爲瑶嶺山，宋元明官倉在其上。……又西北頓起高邱，以其東西横延，形如葫蘆，故俗謂葫蘆嶺。上有五阜，亦稱五老峰。……由葫蘆北落三丈許，高峰特矗，爲青雲峰，由青雲峰折而西北爲逍遥峰，峰之左爲舊城隍祠，其右濱於後湖，曾文定公祠址在焉。由桐林東出爲鹽埠嶺，王荆國故居在其間，一支東趨巖石叠出，東臨汝江，擬峴臺在其上。鹽阜嶺少北爲興魯坊地，折而西爲香楠峰，今縣學位焉。（《臨川縣志》卷三）

興魯坊，曾南豐兄弟讀書地。（同上卷四）

擬峴臺作於宋嘉祐二年，至熙寧二年，甫十三載。（同上）

編者按：擬峴臺謂其山溪之形，擬乎峴山也。臺成，曾鞏有《擬峴臺記》，見《曾鞏集》卷第十八。

【山川志】天地渾淪之理，不可見其氣，則可見山川天地之氣也。地在天之中，天即在地之中。天地之中，氣相爲融結，故可見焉。而有不可見者存，人能見其所可見，不能見其所不可見。見其所不可見，則無往而非天地之中，若畫若詩，非貌取者誰歟？曾南豐登擬峴臺，以得於耳目與得之於心，見

所寓之樂各殊，人能寓之以心，山川之樂可得而言矣。（同上卷五）

羊角山，在府治郡，脈自南來，東繞西出，突起州治，勢昂如首，有石笋出土，中如羊角，故名。（同上）

五峰，在府城。一曰青雲，二曰逍遥，三曰胡林，四曰香枬，五曰天慶，舊皆在城内。故曾南豐詩有「翠幙管絃三市晚，畫堂烟雨五峰秋」之句。（同上）

靈谷峰，在城東南四十里，山勢聳特，諸峰連抱，如障山半，曰洗墨池、瀑布泉、棋枰石、漉酒泉、南北井、文印峰、退心石、駐雲亭、石門關、古牛石。宋有隱直觀，王安石讀書其上。嘗有詩序云：吾州之東南有靈谷者，江南之名山。……（同上）

樜山，在城西北五十里，世傳徐孺子嘗讀書其上。山之東北諸峰連亘，名乾騰十二峰。（同上）

編者按：徐孺子，即漢代徐穉；孺子，其字也，豫章南昌人。曾鞏有《徐孺子祠堂記》，見《曾鞏集》卷第十九。

汝水在城東門外，發源於廣昌伏村血木嶺東北，流二百八十里，受南豐之水，又百二十里至建昌府城，東合新城水爲盱水。（同上）

府學鄉賢祠在大成門外西偏，祀晏殊以下八十二人，有曾鞏、曾肇……（同上卷七）

縣學鄉賢祠在大成門外西偏，祀晏殊以下八十二人，有曾鞏、曾肇……（同上）

【書院志】　興魯書院在香楠峰，今縣學明倫堂左，宋曾文定公就所居側建書院爲講學之所，後廢。（同上卷九）

喬億

《困學紀聞》曰：「李虛己初與曾致堯倡酬，致堯謂曰：『子之詩雖工而音韻猶啞。』虛己初未悟。既而得沈休文所謂『前有浮聲，後須切響』，遂精於格律。」愚謂古人詩固音節鏗鏘，有時調啞，又未嘗不妙，天趣足也。（《劍谿說詩》卷下）

李扶九 黄仁黼

《贈黎安二生序》 按，《觀止》云：文之近俗，必非文也。故里人皆笑，則其文必佳。子固借「迂闊」字曲曲引二生入道，讀之覺文章聲氣，去聖賢名教不遠。按，王念存曰：今之學者，無不言古矣，談道矣。然而模胡《史》《漢》，影響程、朱，未知其果合於古、造於道否也。按，林西仲曰：通篇拿定「里人笑爲迂闊」一語，步步洗發，就作文上攙到立身行己上去，命意正大無匹。其文似嘲似解，總言自信得過，不可移於世俗之毁譽。而以迂闊不迂闊兩路聽人自擇，嚴中帶婉，此有德之言也。（《古文筆法百篇》頂批）

二生蜀人，與子固不相知，何故以文來見而贈以序？此起之所以必從蘇君引入，非無故牽扯蘇君也。既以之起，少不了末後要照應一筆，此所以蘇君結也。二生同爲蜀人，同以文來見，題既云贈「二生」，而爲參軍求贈言者，單黎生也，故於黎生口中扯安生，此補法也。因其笑爲迂闊一語，即從「迂」

字生情，將己扯入，而又以己迂之大，高一層進之，極爲得體。稱爲「生」，大抵晚學後進輩也，立言當如此。至起首冒頭，以其文引入，猶爲親切。合着此文，無法不備，無處不切。雖遜韓、蘇之奇變恣肆，卻自醇穩質實。八家並稱，良有以也。（同上詳解）

昔貉稽嘗以不理人口問孟子矣，孟子以「無傷」答之，而即進以孔子、文王之所以見慍。但不知貉稽未見之初，亦嘗有人爲之稱道否？及進見時，亦嘗攜其文以自媒否？抑別有所可稱，而爲孟子所樂告否？不然，貉稽以素不相識之人，孟子亦安肯爲之盡言？即言，亦安肯引孔子、文王，而進其所以爲士之道哉？今者，黎、安二生之來於子固也，其友蘇氏子瞻遺書爲之薦；而其文又誠閎壯雋偉，才力放縱若不可極。則子固若不相識，初無一言以爲贈？及請言解惑，而又自顧而笑，不一引孟子之所引，以進二生於大且遠，而第以己之迂爲甚答之？將謂二生爲不足進於道與？而何以前此之稱若此也？將謂二生爲可進於道與？而何以後此之答若彼也？然則子固之不言，直以蘇君之所稱爲非是而後可，而又並示蘇君以爲何如，則其所以告黎生者，吾知非以不言外之，必其所得於心者深矣。得於心而無言，則孔子、文王之所以見慍者，不皆可於言外會之哉。若以貉稽之答而疑黎生之不答，則亦未免小視乎曾公矣。（同上　書後）

《寄歐陽舍人書》　按，朱文公《家禮》小注：誌銘有定式，用石二面：其一爲蓋，鐫朝代、官爵、姓氏；其一爲底，鐫諱字、州縣、父母、子女，及生卒之年月而已，此外繁文也。程子云：用誌石者，慮異時陵谷變遷，或誤爲人所動，而此石先見，有知其姓名者，庶爲掩之，原不爲闡揚先德起見。按，姚姬傳曰：誌者，識也。或立石墓上，或埋之壙中，古人皆曰誌。爲之銘者，所以識之之辭也。然恐人觀之不祥，故又爲之序。世或以石立墓上，曰碑，曰表，埋乃曰誌。及分誌、銘二之，獨呼前序曰誌者，皆失其義，蓋自歐陽公已不能辨矣。此與余所書《柳子厚墓誌後》，宜參看。按，《文醇》云：以蓄道德、能文章歸美歐陽，足見作銘之不易。以此一義回旋轉折，洒洒洋洋，極唱歎游泳之致，想見行文樂事。按，西仲云：蔡中郎猶多慚色之碑，韓吏部不免諛金之墓，銘實之失實，其所由來者久矣，況托之非其人者哉？按，沈確士曰：銘近於史，而今人之作，每不逮古人；須俟諸蓄道德而能文章者。逐層牽引，如春蠶吐絲，春山出雲，不使人覽而易盡。按，以一人一家之事，說得於世道人心大有關係，是子固爲人質實醇厚處，故文亦似之。至通篇一種感慨咽嗚之氣，博大幽深之識，溢於言外，較蘇長公《謝張太保撰先人墓碣書》特勝。（同上　頂批）

林西仲曰：是篇把誌與史分別異同，轉入後世之不實，無可傳處，歸到廬陵之道德文章，欣幸一番，感恩一番，頌美一番，見得此銘便是千秋信史，可以警勸，關係匪輕，與世人執筆不同。把自己祖父亦佔了許多地步，是善於闡揚先德者，不特文辭高妙，議論精確也。予謂古人不濫誇人，其誇人處，必是自佔地步處也。且人如歐公，誇之非濫，正足當此。前半紆徐曲折，轉入幽深；後半酣暢淋漓，言之有物，應爲《南豐集》中第一。（同上　評解）

余嘗讀司馬相如《封禪書》，及楊子雲《劇秦美新》諸篇，而歎文章、道德之判若兩途也。漢武以雄略之主，相如臨終，不聞遺言規諫，而復侈然封禪以大其心；王莽以篡逆之賊，子雲委贄，不聞密謀正誅，而復顯然劇秦以耽其寵。兩入身敗名裂，卒因此爲之厲階。此豈文章不足多歟？抑亦道德之器不足以載之也？子固感文忠之銘其大父，乃不惠誇其文章之美，而必推重其道德之藏，是蓋深知子雲、相如之爲人，而益信文忠之難遇也。故其篇中不必追美祖德，而細味其悠揚不盡之致，其大父之幽光潛德，不啻軒露而盡呈，斯亦可謂蓄道德而發爲文章者矣。此豈子雲、相如同工異曲所可得而軒輊之者哉！（同上　書後）

黄賀裳

俗傳曾子固不能詩，真妄語耳。「憑闌到處臨清泚，開閣終朝對翠微」，「詩書落落成孤論，耕稼依依憶舊游」，如此風調，不能詩耶！《齊州閲武堂》：「柳間自詫投壺樂，桑下方案佩犢行」，不獨循良如見，兼有儒將風流之致。「侯嬴夷門白髮翁，荆軻易水奇節士。偶邀禮數車上足，暫飽腥羶館中侈。師迴拔劍不顧生，酒酣拂衣亦送死。磊落高賢勿笑今，豢養傾人久如此」。説得奇節之士索然意消，不惟竿頭進步，亦其識見高處。然太史公云：「緩急所時有也。」爲士者不可不聞此言，求士者又不可不思此言。子固，介甫執友也。邵子，醇儒也。邵《無酒吟》：「自從新法行，常苦樽無酒。每有賓朋至，盡日閒相守。必欲丐於人，交親自無有。興來典衣買，焉能得長久！」子固《過介甫偶成》：「結交謂無嫌，忠言相有補。直道詎非難，進言竟多忤。知者尚復然，悠悠誰可語？」二詩之佳不必言，新法是非，即此可定矣。余嘗謂爲人辯謗者，正不當盡護其短，但言拗執而介甫之過自輕。如近世

王宗沐輩，事事疏其盡善，議論豈得爲公？不公則人不能平，真所謂欲蓋彌彰也。（《載酒園詩話》曾鞏）

賀貽孫

李易安云：「王介甫、曾子固文章似西漢，若作一小歌詞，則人必絶倒，不可讀。而歐陽永叔、蘇子瞻詞，乃句讀不葺之詩耳。」又嘗記宋人有云：「昌黎以文爲詩，東坡以詩爲詞。」甚矣，詞家之難也！余謂易安所譏介甫、子固、永叔三人甚當，但東坡詞氣豪邁，自是別調，差不如秦七、黄九之到家耳。東坡自言平日不喜唱曲，故不中音律，是亦一短。以詩爲詞，難爲東坡解嘲，若以爲「句讀不葺之詩」，抑又甚矣！（《詩筏》）

張泰來

竹坡周少隱曰：「吕舍人作《宗派圖》，自此雲門、臨濟始分矣。東坡寄子由詩：「贈君一籠牢收取，盛取東軒長老來。」則是東坡、子由爲師兄弟也。」今謂其説始於吕公，不幾爲論世尚友者所竊笑乎？矧江西宗派不止於詩，即古文亦有之；不獨歐陽、曾、王也，時文亦有之；不獨陳、羅、章、艾也，推之道德節義，莫不皆然。（《江西詩社宗派圖録》）

吴友松

【七十三泉記（節録）】 曾子固《齊州二堂記》：「齊多甘泉」，「顯名者以十數」。宋時固未嘗有七十二泉之目也。于欽《齊乘》始據名泉碑載七十二泉。（《小滄浪筆談》卷二）

編者按：《齊州二堂記》見《曾鞏集》卷第十九。此句原文是：「齊多甘泉，冠於天下，其顯名者以十數，而色味皆同，以予驗之，蓋皆濼水之旁出者也。」

梁啟超

【荆公之文學 上（節録）】 荆公之文，有以異于其他七家者一焉。彼七家者，皆文人之文，而荆公則學人之文也。彼七家者非不學，若乃荆公之湛深于經術而饜飫于九流百家，則遂非七子者之所能望也。故夫其理之博大而精闢，其氣之淵懿而樸茂，實臨川之特色，而遂非七子者之所能望也。抑八家者，其地位固自有高下。柳州惟紀行文最勝，不足以備諸體；南豐體雖備，而規模稍狹；老泉、潁濱皆附東坡而顯者耳。此四家者，不過宋、鄭、魯、衛之比。求其如齊、晉、秦、楚勢力足相頡頏者，惟昌黎、廬陵、東坡、臨川四人而已。（《王安石評傳》第二十一章）

馬汝舟

（宋）（如皋）縣屬泰州，隸淮南東路。（《如皋縣志》卷二）

【學制】大中祥符八年，縣令曾易占建大成殿教堂。（同上卷九）

【秩官】大中祥符，縣令曾易占，建昌南豐人，進士有傳。（同上卷十二）

【名宦】曾易占，字不疑，南豐人。天聖二年進士，大中祥符間以太常博士知如皋。值歲大饑，請於州，得越海轉粟所活凡數萬人。明年稍稔，課民賦如常。易占力請緩征。時他縣民多亡，皋獨安集。又創建學宮，海隅咸知絃誦，厥功茂焉。後以子布貴追封魯國公，祀名宦祠。（同上卷十五）

陳鍔

襄陽，荆楚之間，西接益梁與關隴，咫尺北去河洛不盈千里，土沃田良，方域險峻，水陸流通，轉運無滯，進可以盪秦趙，退可以保上流（庾翼疏）（《襄陽府志》卷三《形勢》）

襄陽去江陵，步道五百里，勢同唇齒，無襄陽則江陵受敵。自東晋庾翼爲荆州刺史將謀北伐，遂鎮襄陽。田土肥良，桑梓遍野，常爲大鎮，北接宛洛，跨對楚沔，爲鄢郢北門。部領蠻，左齊梁，並因之亦爲重鎮文獻通考。（同上）

漢廣亭在城南，群山環繞，漢水映帶，平陸萬里，望之使人感慨。一名北顧亭，唐襄州刺史徐商建，李騭

撰記，宋曾鞏有詩。(同上卷五)

王侍中家石井欄，宋曾鞏題跋。(同上)

曾鞏字子固，建昌南豐人。熙寧六年任。(同上卷十八)

孫永，字曼叔，趙人。爲宜城令，邑長渠，始白起攻鄢立隄，壅水以成，後賴其利，溉田三千頃。至宋至和二年久隳不治。永白其事於知州張唐公，理其湮塞，去其淺隘，遂完故隄。熙寧中曾鞏守襄爲之記。(同上卷二十一)

編者按：曾鞏《襄城縣長渠記》見《曾鞏集》卷第十九。

曾紘，字伯容，其先南豐人。父阜，字子山，於子固爲從兄弟。嘗將漕湖南，後家襄陽。紘子思，字顯道。父子皆有官而皆高亢不仕。紘撰《臨漢居士集》七卷，思撰《懷峴居士集》六卷。楊誠齋序其詩以附詩派之後。(同上卷二十七)

崔淦

峴山亭在城南七里峴山上，晉羊祜鎮襄陽，每登山置酒，謂從事鄒湛曰：「自有宇宙便有此山，由來賢哲登此者多矣，皆湮没無聞。」湛曰：「公德冠四海，當與此山並傳。」咸甯四年，公薨於京師，襄人感其德，立祠建亭於峴山之上。李興爲撰碑文，後亭與祠俱廢。宋時在峴山東三里許小山下，拓古桃林亭舊址建羊侯祠，復建亭於祠前。熙寧間，史炤守襄陽，廣而新之，歐陽修爲記。明正德中副使聶

賢重建。……賈澤遠藏稿(《襄陽縣志》卷一)

編者按：曾鞏有《和張伯常峴山亭晚起原韻》和《峴山亭置酒》詩，見《曾鞏集》卷第八。

許丙椿

【儀衛軒文集跋(節録)】自望溪方先生毅然以古作者自勵，海峰劉先生繼之，其後聞方、劉兩先生緒論者，姬傳姚先生最得其傳。故海内配其姓氏稱之曰：方、劉、姚，以比於古之韓、李、歐、曾云。(《儀衛軒文集》卷尾)

夏荃

【霧淞】甲午臘月十三日午後，忽大霧對面不見人，霧中屑屑微有聲，似霜雪，非霜雪，輕細如塵，著衣不濡溼。次日霧稍散，第見樹頭木杪皆作瓊林玉樹，槎枒森立，劇可觀。越日，日出，始漸消。鄉人云：「此甘露子，主來年豐稔。」攷《墨莊漫録》云：「東北冬月寒甚，夜氣塞空如霧，著於林木，凝結如珠玉，見晛乃消，齊魯問謂之霧淞。諺云：『霧淞重霧淞，窮漢置飯甕。』豐年之兆也。曾子固在齊州詠霧淞詩云：『園林初日靜無風，霧淞開花處處同。淞音鬆，又蘇弄切。淞去聲，此處當作去呼記得集英深殿裏，舞人齊插玉籠鬆。』詩特清婉，孰謂子固不能詩歟？」(《退庵筆記》卷九)

高步瀛

《唐論》「漢之亡，而强者遂分天下之地，晉與隋雖能合天下於一，然而合之未久而已亡，其爲不足議也。」以上自三代後至隋，皆不能復見先王之治。「以租庸任民，以府衛任兵，以職事任官，以材能任職，以興義任俗，以尊本任衆。」提六句作綱，以下兩次承接，而句法迭有變化。「其廉耻日以篤，其田野日以闢。」以上分承。「以其法修則安且治，廢則危且亂。」二句再總。「可謂有治天下之效。」以上皆褒，以下乃致不滿之意。「太宗之爲政於天下者，得失如此。」以上歷舉唐太宗之得失。「生於文、武之後者，千有餘年而未遇極治之時也。」筆勢跌宕。「非獨民之生於是時者之不幸也。」拗一句，使不平，愈見跌宕。「士之生於文、武之前者，」高瞻遠矚，氣象不凡。「雖太宗之爲君，而未可以必得志於其時也。是亦士民之生於是時者之不幸也。」宛轉低徊，神氣如生。「士之有志於道，而欲仕於上者，可以鑒矣。」微旨。何（義門）曰：「峻潔。」又曰：「此等議論，自曾、王以前，無人道來。」劉海峰曰：「後半上下古今，俛仰慨然，而潏淋遒逸，有百川歸海之致。」此文未知作於何時，味其語意，似在熙寧之時，疑爲介甫而發。新政咈民，故慨想乎唐太宗之盛，然太宗猶不得比於三代之治，則夫青苗理財諸政，當慎所從事矣。（《唐宋文舉要》甲編卷七）

《列女傳目録序》「此向述作之大意也。」以上揭明向作《列女傳》本旨。「向之所述，勸戒之意，可謂篤矣。」以上發明向書大意，歸重躬化，以諷切時君，爲一篇之主旨。「故爲之叙論，以發其端云。」以上

論所採之事，間有駁雜。（同上）

《戰國策目録序》「道者，所以立本也，不可不一。」議論精湛。（同上）

《先大夫集後序》「雖屢不合而出」，全篇關紐。「所試者大，其庶幾矣。公所嘗言甚衆，」言之大者，及已試者，既叙於前。此以包埽出之，叙事之法也。（同上）

《范貫之奏議集序》「公諱師道，其世次州里，歷官行事，有今資政殿學士趙公抃爲公之墓銘云。」以上略叙爲人從政，而歸重直諫。（同上）

《寄歐陽舍人書》　步瀛案《歐陽文忠年譜》曰：「慶曆五年八月甲戌，降知制誥，知滁州。八月閏正月乙卯，轉起居舍人，依舊知制誥，徙知揚州。」是慶曆七年永叔在滁州，明年始轉舍人也。然子固上歐陽舍人書，稱當世之急有三云云，在慶曆六年已稱舍人先生，豈因其嘗知制誥而通稱之邪？《宋史·職官志》曰：「中書省舍人，掌行命令爲制誥。」又曰：「中書舍人爲正四品。」「警勸之道，非近乎史，其將安近？」唐介軒曰：「拓進一步，反語束住。」以上言銘所係之重。「其故非他，託之非人，書之非公與是故也。」以上傳後之難。「故曰，非畜道德而能文章者，無以爲也。豈非然哉？」以上又言非道德而文章兼勝者，不能任。「其感與報，宜若何而圖之？」以上言己之感德。「此數美者，一歸於先生，既拜賜之辱，且敢進其所以然。」以上歸衆美于歐公。「所論世族之次，敢不承教而加詳焉？」附及一事。（同上）

《宜黄縣學記》「豈用力也哉！」以上古代教法之備，成材之衆。「其不以此也歟？」以上教法衰敝之

害。「何其周且速也？」以上宜黄立學始末。「十二月某日也。」以上致勉結出作記之意。（同上）

宋驤

曾鞏，字子固，南豐人，嘉祐元年以進士爲郡司法參軍，以能文名四方，召編校史館書籍，遷館閣校勘集賢校理，入祀名宦。（《太平府志》卷二十五）

編者按：曾鞏於嘉祐二年中進士第。

董秉純

【題詞（節録）】惟是名公大家，其一生肝血所注必別擇審慎，寧割愛而不惜。其實吉光片羽皆可珍貴。是以《六一居士集》纔數十卷，而今究國全部，纍然巨觀。《曾南豐類稿》至一二質實語亦備載。况先生之作皆枌榆掌故舊史所闕，無一不有補於文獻，非聊爾銘山品水，可聽其去留者。（《鮚埼亭集外編》卷首）

吴振乾

【唐宋八大家類選序（節録）】唐宋之有八家類乎？夫人而知其不類也。奥若韓，峭若柳，宕逸若歐陽，醇厚若曾，峻潔若王，既已分流而別派矣。即如眉山蘇氏父子兄弟相師友，而明允之豪横，子瞻之暢達，子由之紆折，亦有人樹一幟，各不相襲者。蓋古人採取百家要自成一家之言而止，必謂子面如吾面，則其文弗傳，傳亦弗遠，故曰八家大類也。（《唐宋八大家類選》卷首）

方棃如

陗塹之勢異而文之高下分焉。唐宋八家中，愚所以不愛子固、子由也。漢賈、晁之勝，董、劉亦以此定之，有以賈山至言配太傅者得毋無鹽唐突。（《偶然欲書》）

蔡上翔

【慶曆二年壬午年二十二】友生曾鞏攜以示歐陽修，修爲之延譽，擢進士上第。考略曰：曾鞏上歐陽學士第一書，在慶曆元年。至二年，再上歐陽第二書，及歐公《送曾鞏秀才序》，皆無一語及安石，而子固遂歸臨川矣。今曰介甫由歐公延譽擢第，是置子固稱道介甫於歐公與歐公傾服介甫之書，皆未之入目，而於二公相見之歲月，全未之考也。本傳一開卷而乖謬若此，則由元人修史，皆雜采毀者之言爲之，而六七百年來，從無有正其謬者。予因取歐、曾二公往來書牘備録於後，使知作僞者無之而不毀，而毀者之妄，亦無之而不敗也。據《名臣言行録》，是說也出於《温公瑣語》。（《王荆公年譜考略》卷二）

【慶曆三年癸未年二十三】考略曰：予嘗有言，詩話盛而風雅之道靡矣，至宋尤甚，而其品益下。惟荆公無有，即平日與人論詩亦絶少，其不好爲議論與言人短長，亦於此可見矣。此序（編者按：指《張刑部詩序》）因刑部與楊劉並世，故言其文詞染世學者迷其端原，然前乎此，石守道作《怪説》，則痛詆大年。後乎此，歐陽公以古學倡天下，而文體爲之一變，亦以楊、劉爲言云。刑部名保雍，曾子固嘗誌其墓。（同上）

考略曰：介甫《同學》一首，其言及於中庸，蓋本之子固《懷友》一首原文也。「中庸」二字，本出於夫子之口，而載於《論語》之書，其後子思作《中庸》，荀卿謂案飾其辭而祇敬之曰：此真先君子之言，子思唱之，孟子和之，則固以《中庸》爲子思所作。又其後孔叢子載穆公謂子思曰：「子之書所記夫子之言，或者以爲子之辭。」子思曰：「臣所記臣祖之言，有親聞之者，有聞之於人者。」則已不免有疑辭矣。自是由周秦以及漢唐，中間未有從事《中庸》專門名家者。唐李習之作《復性書》三篇，歐陽子以爲此《中庸》之義疏爾。而又曰：「不作可也。」又《送太原秀才序》，則猶若有微辭焉。蓋自韓、柳而下至北宋，若柳仲塗、穆伯長、孫明復、石守道、胡翼之、李泰伯、歐陽永叔、曾子固、王介甫，此皆言道術者，總之不離乎孟、荀、揚、韓。慶曆元年，子固初上歐陽學士書曰：「仲尼既没，觀聖人之道者，莫如孟、荀、揚、韓四君子之書。」慶曆二年，介甫《送孫正之序》，亦曰「以孟、韓之心爲心」。則今《懷友》、《同學》二文，雖作於慶曆三年，而曰：「望聖人之中庸而不能至」，則固非舉子思全書而言之也。其後二公作《洪範傳》，亦皆於子思《中庸》略舉其辭，尤非若後世言道統者必歸焉。且介甫有性情説，若甚爲習之下鍼砭者，子固《懷友》一首，最後見收於吴氏《能改齋漫録》，此自是子固少年之文，非其至者。然而二公立志之蚤，望道之卓，終其身能砥行立名於後世，至今六七百年，未有能繼之者，尤不能無重感於斯文也。文云：「予在淮南，爲正之道子固」，蓋在慶曆二年；「還江南爲子固道正之」，即在歸臨川時，别子固而復之官淮南也。江南即今之江西，前此皆稱江南云。（同上）

【慶曆五年乙酉年二十五】考略曰：子固《上歐陽舍人書》末云：「鞏之友王安石至」，庶知其言之非妄也，百餘字悉與致蔡書同，惟中多「嘗與鞏言非先生無足知我也」十二字。又云：「此數者近皆爲蔡學士道之，蔡君深信。」是致蔡書後，必已得報而後及於歐。蔡書首云：「慶曆四年五月日。」此書無年月明文，即分録於四年五月可也。（同上卷三）

【慶曆六年丙戌年二十六】考略曰：曾子固稱道安石於歐公，至於再，至於三，是時荆公年二十四。所謂「文甚古，行稱其文，其人爲古今不常有」，可謂終身不愧乎其言矣。乃近有刊《南豐集》，於所致歐、蔡二書未言王安石者，止僅録其一於此書，自「其略曰」以下至「書既達」「書」字止，删去一百零一字，且又自言其例。曰舊刻《再與歐陽舍人書》及《上蔡學士》，俱有薦王安石一段，事同而文不異，止於前書載之。夫前人重出者可删，則當時曷爲並存，而必待六百餘年後删之乎？原其意，蓋甚不悦荆公，若有傷於子固知人之明者。其實欲並一而删之，而又不得不存其一也。且於子固當日惓惓愛友之心，至是盡没，則亦誣子固甚矣。則又有「於古今不常有」句改爲「或亦不常有」者，即一句之中，不顧文之難通如此。（同上）

【慶曆七年丁亥年二十七】　考略曰：子固《與王介甫第一書》，在慶曆七年，蓋子固致歐陽舍人書後，是年至金陵，旋往滁上。又云：「今從泗上出，及舟船侍從以西。」又云：「此行至春方應得至京師」，及子固侍父疾於南京以至於卒，則猶在於是年，故介甫志易占墓曰：「卒時慶曆丁亥也。」當慶曆四年。子固上歐公書曰：「安石嘗與鞏言非先生無足知我也。」今書云：「歐公甚欲一見足下能作一來計否？」夫以兩人交相慕悦之情如此，猶遲十餘年，乃始相見於至和、嘉祐間。則凡介甫生平，其不肯妄交一人，又可知矣。介甫慶曆初年文字少開廓，亦間喜造語，誠有如歐公所云者。歐公云：「孟、韓文雖高，不必似之也，取其自然耳。」予謂此數語即歐公所以自道，而起衰之功，遂與昌黎並。以是得成其爲歐陽子之文也。（同上）

考略曰：據子固作《都官誌》云：「安石知鄞縣，慶曆七年十一月，上書乞告葬公。明年某月詔曰可。」考是年相府賈昌朝陳執中也，明年閏正月，文彦博同平章事，意潞公知安石實始於此。（同上）

【慶曆八年戊子年二十八】　考略曰：公父都官墓誌，本以此述請銘於子固。（編者按：指《先大夫述》）今獨録此，亦以述與銘其言質實如一，皆可並存不朽也。（同上）

【嘉祐元年丙申年三十六】　《韓子》附録「紛紛易盡百年身，舉世何人識道真。力去陳言誇末俗，可憐無補費精神。」李雁湖注：「觀公此詩，尚謂退之未識道真也。余在臨川聞之曾氏子弟載南豐語云：「介甫非前人盡，獨黄帝、孔子未見非耳。」譏其非人太多也，如此詩可見。（同上卷五）

今李注引曾氏子弟語，謂荆公平日毁人太多，果出於子固之言耶？則二公全書，其平日交相砥礪之言具在，曷爲與斯言全不相肖，非子固語耶？則吾謂曾氏子弟之言，不惟厚誣介甫，而亦自誣其先人甚矣。而李氏猶載此注，是既以曾氏子弟之言爲信，即其所注詩集甚詳，試以非人太多求之，豈果有合耶？（同上）

考略曰：李注，孫正之名侔，字少述，吴興人，文甚奇古，内行孤峻，少許可，非其所善，雖鄰不與通也。慶曆皇祐中，與王安石、曾鞏游，名聞江淮，屢舉進士不中，母病革，因嗚咽自誓終身不求仕。客居吴門吴興丹陽揚子間，士大夫敬畏之，知揚州劉敞薦之曰：侔之爲人，求之朝廷，吕公著、王安石之流也。授校書郎揚州州學教授，王陶、韓維等薦侔可備侍從，朝廷除官並不赴，安石少與侔友善，兄事侔，及安石爲宰相，道過真州，侔待之如布衣時。然侔晚年性卞急，至於駡坐怒鄰，論者以爲年耆而德衰。初，王回、常秩、王令，與皆有盛名，令行能尤異，諸公稱述之。令最早死，回亦不壽，秩仕差顯，惟侔以不仕終。始予考介甫與正之、夷甫、逢原，皆早年定交，而子固、正之尤爲最先者也。後來毁介甫者，凡其所與遊無不盡毁之，予於崔伯易、常夷甫論之詳矣。原父薦正之在知揚州日，故采其雜録並録於此。正之則别有林子中爲之傳，載於《宋文鑑》。（同上）

【嘉祐四年己亥年三十九】　公有《答子固書》曰：「方今亂俗不在於佛，乃在於學士大夫，沉没利欲，以言相尚，不知自知而已。世之不知命不能俟命者，大抵皆沉没利欲而然。」故公尤數數言之，而自治取友莫不由乎此也。（同上卷七）

【嘉祐五年庚子年四十】　考略曰：是年歐陽公薦布衣蘇洵，所撰《權書》《衡論》《機策》二十篇隨狀上進，舉章望之、曾鞏、王回等充館職，舉蘇軾應制科，乃於平甫下第後，猶云自慙知子不能薦，其惓惓於爲國進賢如此。宋世得人，嘉祐爲盛，歐公之力也。（同上卷八）

考略曰：真西山《書荆公推命對後》曰：「荆公之學問源流，不得而考。然於濂溪周子，蓋嘗接其餘論，退而思之，至寢忘食，不可不謂其不嘗親有道者。」而考其生平之言，無一與周子合，亦獨何哉？真氏蓋本之年譜所載，而詬厲又加甚焉者也。羅景綸《鶴林玉露》曰：「荆公少年不可一世士，獨懷刺候濂溪，三及門而三辭焉。荆公恚曰：「吾獨不可求之六經乎？」乃不復見。」嗚呼！一以爲不見，一以爲既見，是何其言之異也。豈荆公少年既恚其不得見，及年至四十，又及其門求見耶？抑濂溪始焉三辭之不見，而繼焉且復自往見之耶？吾竊以爲二子之言皆妄也，其羅氏之妄何也？濂溪生於天禧元年，荆公生於天禧五年，以爲少年則皆少年耳。荆公爲慶曆二年進士，年二十二。四年，曾子固《上歐陽舍人書》曰：「鞏之友王安石，文甚古，行稱其文，雖已得科名，居今知安石者尚少也。彼誠自重，不願知於人。嘗與鞏言，非先生無足知我也。」是荆公年二十四，見推於子固如此，且自言非歐公無足知我，安有求見濂溪至於三及門之煩耶？七年，子固《與介甫書》曰：「歐公悉見足下之文，愛嘆誦寫，不勝其勤。歐公甚欲一見，足下能作一來計否？」而介甫猶不一往見之。又十年，至至和、嘉祐間，乃始見歐公於京師。公贈以詩曰：「嘗恨聞名不相識，相逢樽酒盍留連。」何濂溪未見其人而即知其不賢，以至於三辭之決耶？吾是以知羅氏之説妄也。羅氏之説妄，則真是之説亦妄。荆公原本六經，學師孔孟，而曰無一言與周子合，則必周子無一言與孔、孟合而後可。宋自天聖、明道以來，歐陽公以通經學古爲天下倡，一時若胡翼之、孫明復、石守道、劉原父、曾子固、王介甫、蘇明允父子，或以道德，或以文章，皆爲所稱揚汲引甚衆，而不及濂溪，濂溪往來豫章甚久，是時豫章若李泰伯、劉原父、王介甫、曾子固，所交多一時賢者，及遍閱諸人全書，曾無一人及於濂溪，即濂溪生平，亦不聞與諸人講學，竊意後來諸儒所共推尊之周子，在當時猶未爲甚知名之周子耳。（同上）

【嘉祐八年癸卯年四十三】　曾鞏作《仁壽縣太君吳氏墓誌銘》。考略曰：畋，吳敏之弟也。畋之配黄氏，即慶曆四年安石所撰《外祖母黄夫人墓表》是也。女歸王益，即仁壽縣太君，是爲安石之母。敏之配謝氏，四子芮、賁、蕃、蒙，而以其孫歸安石。賁，一女；蕃，三女。既皆有所歸。孫公談圃曰：「吳蒙，荆公夫人之叔父。」據此，則荆公夫人其芮之女歟？嗚呼！以仁壽縣太君，愛異母之子，尤甚於己子，愛異母之子婦亦異甚，其家教如此，而後來謗安石者，謂使其妻斥逐娣姒。一人唱之，遂從而和者盡筆之於書，何其甚耶？子固有《答袁陟書》曰：「辱書説介甫事」，「或有以爲矯不矯，彼必不顧之，不足論之。」今誌太君善行，亦曰：「朝廷嘗選用其子，堅辭至數十，夫人卒不强之。」夫人固善教其子矣，而安石能安於命，屢見稱於子固如此，後之好爲議論者，曷不於安石諸疏狀而一覽之也。（同上卷九）

考略曰：世傳王介甫之姦，蘇明允能先見，故其作《辨姦》曰：……慶曆二年，介甫年二十二成進士，已踐仕途。四年，曾子固稱其人爲古今不常有。皇祐三年，文潞公薦其恬退，乞不次進用。至和二年，初見歐陽公，次年，以王安石、吕公著並薦於朝，稱安石德行文章爲衆所推，則年三十六也。而是年明允至京師，始識安石，安有臚列醜惡一至此極，而猶屢見稱於南豐、廬陵、潞國若此哉？且自慶曆二年，由僉判淮南，至嘉祐初，已十五、六年，無非在官之日，中間所交若曾子固、孫正之、王逢原、孫莘老、王深父、劉原父、韓持國、常夷甫、崔伯易、丁元珍、龔深父，皆號爲一時賢者，而無一人爲好名之士不得志之人也，唯吕惠卿後人以爲安石黨。……（同上卷十）

考略曰：蘇明允得歐陽修、曾子固誌其墓，可以立名千古矣，而安道復爲之表，與子瞻謝書，若專爲辨姦而作，豈明允一生大事爲歐、曾文所未備者，果無有重於此哉？嗚呼！吾於明允墓表，尤不免重爲安道惜矣！（同上）

【治平二年乙巳年四十五】 考略曰：此書（編者按：指曾鞏《與王介甫第三書》）作於治平二年冬，介甫年四十五，子固年四十七，介甫作《同學》一首在慶曆二年，至是已二十四年矣，中間書問之頻，相知之厚，其詩文具見於二家集中，而此書猶云何日得相從講學勗其所未及而盡其所可樂於衰暮之歲，則前乎此可知矣，從此治平四年，介甫出判江寧府，又二年爲熙寧二年，介甫參知政事，而子固出守越州，亦非由議新法而出也，自是轉走六郡，在外十二年。及元豐二年，子固上殿入對，則介甫致政歸金陵已四年，是其中間十一年，兩人未嘗相接於朝，故吾由治平二年子固致書介甫而後，至元豐二年，其歲月可考如是。吾不知世傳兩人始合而終暌者，顧在何年也？又元豐三年，子固移滄州過闕上殿疏，所稱道吾君吾相之美，相與有成，詳矣！「吾相」非介甫乎？設子固果有大不悦於介甫，即不直斥其過可矣，亦何至稱道其美若是，則吾不知世傳兩人始合而終暌者，又因何事也？惟子固《過介甫歸偶成》詩曰：「結交謂無嫌，忠告期有補。直道詎非難，盡言竟多迕。知者尚復然，悠悠誰可語？」似作於熙寧二年。是時，新法初行，舉朝譁然，子固安得無言？次年，韓、歐二公論青苗，亦皆見之章疏。然在朝言朝，其於交遊故舊何嫌何疑哉？（同上卷十二）

【治平四年丁未年四十七】　考略曰：……嗚呼！以歐公之《濮議》一萬五千言，曾子固之《爲人後議》二千五百言，其說亦已繁，而其爲言亦詳而明矣。而後之論濮議者，猶不以歐、曾二公之言爲是，則洵乎曲學偏見之士，未易以口舌爭，而予又何以云哉！（同上卷十三）

【熙寧五年壬子年五十二】　考略曰：自宋天聖、明道以來，歐陽公以文章風節負天下重望，慶曆四年，曾子固上歐公書曰：「王安石雖已得科名，彼誠自重，不願知於人」，以爲「非歐公無足以知我」，是時安石年二十四也。至和二年，歐公始見安石，自是書牘往來與見之章奏者，愛歎稱譽，無有倫比，歐公全書可考而知也。（同上卷十七）

【熙寧十年丁巳年五十七】　考略曰：公著《洪範傳》，廣大精微，觀於所書傳後及所進表，其志在垂世立教至矣。當時歐陽公、曾子固、王介甫以爲不然。「皇極」，子固遵前注曰：「大中」，而介甫曰「皇君」也。「庶徵」曰「肅時雨若」，曰「狂常雨若」，子固亦遵前注曰「若順」也，介甫曰「若如」也，且復見於策問尤詳，則知君子著書立言，皆欲傳信後世，必不以親昵同異爲嫌。（同上卷二十）

【元豐二年己未年五十九】　曾子固作《平甫文集序》，在元豐元年。此誌（編者按：指《王平甫墓誌》）尤在其後，試合而觀之，不特子固稱其孝友，即介甫爲其兄亦然，而今乃曰不相能，不惟非毁介甫，而亦誣平

甫甚矣。（同上卷二十一）

【元豐四年辛酉年六十一】　七月，詔曾鞏充史館修撰，專典史事。十月，史館修撰曾鞏乞收采名臣高士事迹遺文，詔從之。考略曰：子固專典史事，必使嘉言善行詳爲采訪，此固分所宜然，而其用意亦良厚矣。然宋之史尤大滿人意者，則惟南渡後最甚，前此景祐、慶曆間，朋黨之勢已成，然在朝多正人君子，故雖范、吕交惡，而歐陽公誌文正墓，必紀其實，其子淳父擅自增損，歐公猶力言之，以爲不足取信萬世。（同上卷二十二）

【元豐六年癸亥年六十三】　四月，曾鞏卒於江寧府，年六十五。考略曰：王介甫、曾子固定交甚早，相知亦最深，二家往來詩文，見於集中者多矣。子固《上歐陽公書》云：「安石文甚古，行稱其文，其人爲古今不常有。」是時，介甫年二十四也。介甫《贈子固》詩曰：「曾子文章衆無有，水之江漢星之斗。」又曰：「借令不幸賤且死，後日猶爲班與揚。」二人者可謂終身不愧乎其言矣。惟子固詩《過介甫歸偶成》一首，似確爲新法而作，然於交情何害也？自造謗者曰：「安石得志遂與之絶」，於是有始合終暌之説。介甫有《答子固書》，自道其爲學甚詳，不知作於何年，嚮以其無可附也，而今且附之。（同上）

【朋友考（節録）】　嘗考荆公生平，其交遊最厚者，自曾子固而外，則有孫正之、王逢原、孫莘老、王深父、劉原父、貢父、丁元珍、常夷甫、崔伯易諸人，此皆文學行誼見推於當世大賢者也。（同上雜録卷一）

【原黨（節録）】　考略曰：儒學莫盛於宋，而其學術源流至宋而大分，則尤莫盛於洛學。夫問其源則皆曰自孔氏，而及其流也，則經學道學之名以立。宋自天聖、明道以來，若孫明復、石守道、胡翼之、歐陽永叔、李泰伯，皆以經學鳴於世者也。同時若曾子固、王介甫、劉原父，其年輩稍後於諸君子，而其通經學古，自孔子後必歸於孟、荀、揚、韓，周叔茂、曾子固、王介甫年相若，而程伯淳正叔兄弟又後曾、王十餘歲，自二程師事周茂叔而道學興焉。然當嘉祐、治平間，知茂叔者甚稀，以故歐陽、曾、王皆以文學議論奔走天下士，而於茂叔不聞有往來竿牘之煩，彼此交相慕悦之言，蓋自道學諸儒，既以爲獨得千五百年不傳之祕自是，如荀卿揚雄猶不得與孟子同列，而韓愈、歐陽修亦並以浮華文士目之，則凡子固、介甫皆不得與於道學之數，又無論也。伯淳爲嘉祐二年進士，與子固同出於歐公之門，及考二程遺書，於歐、曾二公曾無一言相及，獨紀與介甫論學多至數十條。（同上）

考略曰：曾子固作老泉哀辭，其雄壯俊偉若決江河而下也，其輝光明白若引星辰而上也。今用修以爲半山稱老泉文，一誤矣。又與子固原辭大異，再誤也。（同上卷二）

【答汪豫年書 名世樟秀水人（節録）】唐自昌黎韓氏，於文有起衰之功，而生同時則有柳子厚。歐陽修崛起於宋，一時若王介甫、曾子固、蘇明允、子瞻父子，亦相繼並世，不可謂非天之有意於斯文也。自是六七百年，中間才大而學博者不可勝數，而其文終不能與諸君子相後先，則以學術至宋南渡後，一切議論源流本末，分門異户，其勢有難以復合，尤非言説所能盡於此，而欲使文與道合，其能言之者誰與？即言之其能聽而和者又誰也？（同上）

孫琮

【山曉閣選宋大家曾南豐全集目序】慈湖楊氏云：「爲人要有温柔敦厚之氣，對人主語言及章疏文字猶不可無。」吾讀此語，於南豐有感焉。子固少年即以文章名天下，其爲文慓鷙奔放，雄渾瓌偉，其自負要自劉向，藐視韓愈以下。晚年始在掖垣，贍裕雅重，自成一家。嘗師事歐公，歐公門下士多爲世顯人，議者獨以子固爲得其傳。比之東坡，其文較質而近理，讀者只覺坡公華艷處多耳。凡文字由粗入細，由繁入簡，由豪宕入純粹。曾湛於經術，義理精微，意味悠長，是自有用之文。坐而言，起而可行，不似書生弄筆，作畫餅觀也。嗟乎！文章之難久矣。識難於通融，氣難於充和，詞難於雅健，事難於綜覈。若浮聲切影，抽黄對白，雖極精工，行之不遠，識者無取焉。間讀《漢書》，見劉中壘奏對封事諸篇，文辭典雅，經術詳贍，得南豐文後先輝映，益知其淵源不誣矣。録文篇目如左。（《山曉閣南豐文選》卷首）

《移滄州過闕上殿疏》上疏之意，只是表揚本朝功德，超漢、唐而過三代，宜有歌頌以昭示來兹耳。起手提出大宋折入三代漢唐，二千餘年作數小段，轉到有宋一代百二十年，作數大段。其間有微文，有直筆，有頌美，有回護，有簡括處，有宕逸處，叙次一一盡妙，又將前世與宋興兩兩相較，見得宋治之盛，前世無比。而以「生民以來未有如宋」繳轉起意。以下一段，引《詩》見得昭功歸美，固作《詩》之旨一段，引《書》見得勸美昭戒，亦著《書》之義。有宋功業巍巍，而簡册金石，尚爾缺略，則知祖宗固有所待，而今日急宜表彰，後以成周履極盛而動以戒懼，唐虞處至治而保以祇慎，將寅畏兢兢，結出一篇主意，蓋頌不忘規，尤爲進言得體，不似《封禪》典引、《平淮碑》雅，概作諛詞，竟忘箴戒也。文章與時升降，似此出入古人，而能自運機軸，即於漢、唐之外，卓然高自位置，亦何不可。（同上卷一評語）

《福州上執政書》　子固遠守閩越，欲以將母就養之心告於時相。此書直述情事，只在中間老母寓食京師數行，前大半詳引《風》、《雅》，未曾實説養母心事，後一半歷叙治績，若竟不及養母心事，但其詳引《風》、《雅》處，先説得其歡心，後説即人之心，中歸到本其情而叙其勤，則雖未實説養母，要其爲引《詩》爲釋《詩》，純是爲養母地步。其歷叙治績處，先説閩有盜警，不敢繼請；又説邑有饑旱，不敢自陳。究説到遠近皆定，未期歲而富且安，則雖若不及養母，要其言方略言治平，總是跌出可以將母之心告於君相也。蓋中間直述情事處，寫得真摯，則前之詳引《風》、《雅》，後之歷陳治績，便都見真摯，一結收拾全篇，見得不但一人蒙賜，抑且可傳久永。説來娓娓入情，若不專爲自家陳乞者。子固之文，直逼《風》、《雅》，即此何減子政封事。（同上）

《與孫司封書》　宗旦職司户耳，而能先事慮患，致身死賊，其大節表表，所當亟爲闡揚以垂訓將來者。此書直述宗旦事實起，而以觀象進言爲一段，拒寇死義爲一段，則於宗旦之行誼爲已悉矣。接下一段説宗旦言不廢，則邕可無事，固不可不旌。一段説宗旦賊至死，即初無一言，亦不可無賞。今既言，而又死節，能死而又先言，反覆對勘，則于宗旦之當旌賞，又已悉矣。但就宗旦一人以言宗旦，不若合衆人以見宗旦，故又言南州之變，皆由衆人之隱而不言，則知宗旦之歷告無隱，可以驚動當世。

且就宗旦一時以言宗旦，不若舉素行以見宗旦，故又即力學之勤，以至盡孝而喜好節概，則知宗旦之所立非偶然，而世人之指目爲太過。隨以其全親，見先知之效；以其喜事，見先言之效，作雙收。而欲司封闡揚其事，以垂訓將來。識見卓越，筆力嚴毅，自是作史之才，不僅氣體同於西漢章疏也。（同上）

《寄歐陽舍人書》子固感歐公銘其祖父，寄書致謝，多推重歐公之辭，然因銘祖父而推重歐公，則推重歐公正是歸美祖父。起手以銘誌與史相較異同，説銘與史異，則曰「古人有功德材行志義之美者」，「則銘而見之」，是祖父爲有美可見人；説銘與史同，則曰「嘉言善狀，皆見於篇，則足爲後法」，是祖父爲言行可法人。但此處都是泛説歸美祖父意，尚帶含蓄，妙在借「銘始不實」一段，就勢跌到作銘者身上。見得作銘者，必蓄道德而能文章，銘始實而可傳，於是詳言蓄道德者所銘之實，帶出能文章者爲辭之工。隨應隨轉，見道德文章兼勝者，其人爲難得，而以道德文章推重歐公，以言行可傳歸之祖父。看他未出祖父，先作多少含蓄？未出歐公，先作多少曲折？及出歐公、祖父，則竟陡然接到自家身上，説出感恩致謝之意，一篇文氣大略已完，至抑又思一轉，因一人以推之當世，而以數美一歸先生，則推重歐公更覺特至，而歸美祖父意，亦已隱然言外，可謂文瀾特妙。蘇氏諸書，縱横奇傑，壓倒一時，似此辭致沉綿，筆情深曲，應推子固獨步。（同上）

《上歐蔡書》歐、蔡以直聲聳動一時，子固其以道自重，勿以一不合而遂止，故首借王、魏爲言，見王、魏之在貞觀，議論諫諍，爲古今所僅有，説得曲曲折折，深情遠想，有生不同時之慨。「自長以來」一段，言當世無王魏其人。「昨者天子」一段，言二公乃王、魏其人，一一與起手相應，説得亦曲曲折折，深情遠想，有幸與同時之慕。「未嘗不憂」一段，言二公爲讒謗所構。「君子於道」一段，纔説入上書之意，欲二公以道自任，勿以一不合而止，而引孔、孟以相勸勉，後述獻詩，説到爲天下計，不獨於二公發，既自占地步而推重二公尤極深至。子固之在當日，激昂氣節，不甚著聞，及讀此書，亦可想見其風概矣。(同上)

《戰國策目録序》　通篇扼要，只在「法所以通變，不必盡同；道所以立本，不可不一。」四語將古今治亂昇降之故，説得明白切當。有如此透闢之見，纔可駁倒子政。其駁子政處，在「惑於流俗，而不篤於自信」。孔、孟守先王之道而勿苟，是篤於自信；游士狥時君之好而致禍，是惑於流俗。子政不師法孔、孟，而猥取游士則去古聖賢已遠，後又言不絶《國策》之意，蓋古人於書，有因其可法而存之者，有明其當戒而存之者。《國策》之存，載其行事，而懲其流弊，所以爲戒也。子固之文，遠宗子政，今其持論如此，人固有師其文而不師其意者，合二字讀，當自得之。(同上)

《范貫之奏議集序》　是非予奪，歸之公議，太平盛事也。序范公集，通篇都是頌美仁宗，蓋下有進諫之臣，上無納諫之君，則言之不用，上之失也。若上有納諫之君，下無進諫之臣，則言之不盡，下之失也。今仁宗能納諫，范公能進諫，君臣相與以有成，則頌美仁宗，正是歸美范公，可謂立言特見大意。(同上)

《王子直文集序》　世治而教盛，則文與理合；世衰而教廢，則文與理遠。文章繫於治亂，亦概言其大略耳。若有志之士，以作者自任，則由今而進於漢，由漢而進於《詩》《書》，豈以時代爲昇降哉？子固序《新序》，提「道」字爲主，此篇提「理」字爲主，皆深識獨見之言，而其行文紆徐頓折，姿致宕逸，又屬餘事。（同上）

《先大夫集後序》　子固表彰先世直節，其提綱在「所學知治亂得失興壞之理」一句，其關鍵則在兩個「卒以齟齬終」中，後自相照應，蓋唯「所學知治亂得失興壞之理」，故所言皆切要務，而當時不悦以至於齟齬。惟其「以齟齬終」，故所謂「知治亂得失興壞之理」者。史或不載，而是集要不可不傳。提綱得要，關鍵分明，曲折無不如意。此子固經營匠心之作也。（同上）

《送趙宏序》　平寇之道，重在守身；守之平寇，重在信義。自是探本之論，人所易曉。妙在拈出「知書」一句，見得以信義而寇服，於書有之；失信義而寇擾，於書亦有之。今乃以書言爲迂，則是已試者不足信，而自用者爲得策也。語本切直，而行文特紆徐委曲，折出無數波瀾，使人一字一思，此等筆致，固可直參子厚。（同上）

《送李材叔知柳州序》　因南越僻遠，而陋其風氣，不欲久居，又小其官，不撫循其民，此俗情恒態也。子固述其道里，見不病於僻遠；寫其風氣，見不異於中州；著其物産，見可以久居；明其專制一州，見官亦不小；説「滌其陋俗而驅於治」，見撫循當急。是未出材叔，只將公翊來陪説。澹澹數筆，而以越人之幸，應民之不幸，悠然逕住。蓋不樂宦越者，世俗相習之情；而才堪治越者，子固勸勉之意。即俗情而破其見，即已十分透露，則入勸勉處，自不必費詞。此善於審勢也。格高調逸，迥然出

塵。（同上）

《送江任序》　江君仕於近，易以爲治，子固作序以美之，實勉之也。通首作兩半篇文字，前半説仕於遠者，道里艱阻，車馬煩費，風尚不習，故思慮不專，其以宣德意而惠民爲獨難。後半説仕於近者，無道里之阻，無車馬之勞，風尚所素習，故思慮得專，其以勤職事而澤下爲特易。今江君勢既處於易，而材行又所優爲，則宣德意而惠民，勤職事而澤下，其責自有不得而辭者，稱美之中具有規諷，可謂善於立言。（同上）

《贈黎安二生序》　俗人安知文？文之近俗者必非文也。故里人皆大笑，則其文必大佳。子固以古道自任，而不期合同於世俗，故舉所信者以告二生，起手言趙郡蘇軾，中言蘇君善知人，末言並示蘇君，以蘇之不爲俗人也。行文澹折雋永，洵序之極則。（同上）

《序越州鑑湖圖》　鑑湖一區爲東南水利之大者，自民盜爲田，則湖涸而田受其病。然宦越之吏莫肯留心。修濬則以費動衆，而功不可必成。故避怨避責，致使田日多而湖日廢。此爲法令不行，而苟且之俗勝也。是文於起手點出湖所由始，隨將全湖形勢寫得纖悉畢照。明乎爲利已久，而今廢之幾盡，因舉計説者九家，見時之建言者不爲不博，朝之用法者不爲不密。但請湖者多有力之人，當事者習因循之便，故謂湖不必復，是便於侵耕之言也。謂湖不必濬，是樂聞苟簡之言也。又將前議申結一番，要在兼收衆説，慎用而潤澤之，則功可成而利可復。其寫湖形勢則參差盡致；其舉衆説，則兼綜詳略；其洞悉利害，則明白切至；其條列二議，則如兩峰對峙；其後理前説，則又如風雨驟至，令人應接不暇。末則以參覈之而圖成，結前無數形勢；以熟究之而書具，結前諸家議論，可謂簡括高老。一篇之中，無法不備，似此煌煌大文，自可與歐、蘇争席而坐。（同上）

《宜黄縣學記》八家中，子固獨長於學記。此篇起手兩扼「學」字，氣概已自不凡，接下歷言學之爲教，有關係於風俗人材，極其詳悉，却將後世之失相形伴説，方入宋事。有宋慶曆間，天下立學，而宜黄不能有，及皇祐而其成周且速。此段點次明備，已盡作記正面，妙在因有司謂人情不樂於學，翻出波瀾，跌到歸美李君與宜黄學者，卒乃勉勵之，以進於教化道德經術。詳贍之中自有騰踔振掉之勢，得此一義，可廢諸家學記。（同上）

《越州趙公救菑記》前幅叙饑叙疫，條列井井，筆力直可作史。入後忽發議論，一氣數折，波瀾不窮，又是論家高手。一篇之中，兼有二美，趙公之仁政傳，此文當與之俱傳。（同上）

《歸老橋記》作記之體，有叙事，有寫景，有議論，子厚、歐、蘇，各有專美。此記「武陵西北」一段，是叙事；「維吾先人」一段，是寫景；「又曰」一段，是就「歸老」二字翻作議論。然皆是述柳侯書中語，則柳侯之書已是一篇絶妙好記。至自出己意處，只將上世之「兩得」、後世之「兩失」夾發，將來見得柳侯，未應歸老而志已恬退，可以風動當世。蓋前半叙述既詳，則後半只澹澹數言，而作記之意已足，自可於諸家之外，獨立風裁。（同上）

《尹公亭記》爲亭者，尹公也。增益其制者，李公也。若竟從李公説入，則忘斯亭所自始；若單説尹公，又似遺了增益其制一番，此處殊覺費手。看他開口以與人同行，虚籠尹公，以與人同好，虚籠李公。作兩對起法。以下「隨爲州」一段，詳尹公之爲亭，以暗應與人同行。「治平四年」一段，述李公之增益其制，以暗應「與人同好」，體製既周匝無遺，而神韻自澹宕高遠，洵極文家之能事。（同上）

《墨池記》 右軍之書，以精力自致，此題中所有也。因右軍學書，而勉人以深造道德，此題中所無也。既發本題所有，又補本題所無。尺幅之間，雲霞百變，熟此可無窘筆。（同上）

《道山亭記》 記之幽峭巉刻，首推子厚。雖其筆性近，然亦南中風土有以助其精思也。此篇前半詳閩中逕路，筆筆奇警，後人作亭，乃漸近坦塗。蓋前面寫得遠險，正逼出其地之不足樂，而程公寓其樂於是所爲抗思埃壒之外，而其志壯也。不但工於鑄詞，抑且善於審勢，自是作記高手。（同上）

《擬峴臺記》 寫臺之景，能集諸家之勝，已自不同凡響。入後，將撫之土風，與裴之治行，發出同樂議論，遂覺從前諸景都非虛設，是能於小題中出大手筆者。（同上）

《撫州顔魯公祠堂記》 魯公大節，見於死賊，此文起手却詳述公之歷忤權姦，而死賊只用輕點。至入議論處，仍就歷忤權姦作無數低徊感慨，將死賊反説得容易，蓋平時能忤權姦，豈臨難不能死賊？此即仗節死義之臣，當於犯顔敢諫中求之之謂也。是最善爲魯公佔地步處，亦即行文善於佔地步處。末幅以立祠美二君之有志，作法尤見完密。（同上）

《書魏鄭公傳》 臣能進諫，君能納諫，此盛德事也。鄭公幸遇文皇，得盡所欲言，君臣道合，千古僅覯。子固欲因唐事磨切後世君臣，故以諫諍不當掩立説。前幅，將太宗之怒，及其後之悔，寫出無限煙波，意似專美鄭公，但進諫納諫實相因而見。再引太甲、成王、伊、周爲勸，引桀、紂、幽、厲、始皇爲

戒，借證分明，題無餘義。「而或曰」以下，又作數層披剥，引經斷義，洗發盡情。韓、柳駁議，有此筆法，子固真與頡頏。（同上）

陳訏

南豐詩巉削遒潔，如孤峰天外，卓立萬仞，其氣格在少陵、昌黎之間。按彭淵材謂曾子固不能詩，竟與海棠無香同恨。明王元翰著《稗史類編》，博綜今古，然據詩話所見，亦止《多景樓》、《錢塘》、《上元》三詩而已。近世選本亦俱闕略。豈先生詩集昔晦今顯耶？按，先生嘗云：「詩當使人一覽語盡而意有餘」，固非深於詩者不能通矣。（《宋十五家詩》曾鞏詩按語）

顧崧齡

【曾南豐全集跋】　南豐先生《元豐類稿》五十卷，前明遞刻以傳，宜興令鄒氏乃刻於正統間，最先出，其中譌謬已多，況後焉者乎？崧齡喜誦先生文，苦無善本，又慮其愈久愈失其真，於是參相校讎，佐以《宋文鑑》、《南豐文粹》諸書，手自丹黄，謀重刻之有年矣。側聞屺瞻何太史焯每慨藏書家務博而不求精，故即近代通行之書多所是正，而先生集亦嘗假崑山傳是樓大小字二宋本相參手定，其副墨在同年友子遵蔣舍人杲所，因請以歸，於是復參相校讎。凡宋本與諸本異同者，僭以鄙意折衷其間。如第七卷脱《水西亭書事》詩一首，第四十七卷《太子賓客陳公神道碑銘》脱四百六十八字，諸本皆然，則據宋本補入。類此頗多，未易悉數。至於先生《續稿》及《外集》，南渡後已散軼，見於吴曾《能改齋漫録》、莊綽《雞肋編》與《文鑑》、《文粹》中者得十三首，擬附於後。舍人聞而韙之，因又出《聖宋文選》見示，復得七首。共二十首，分爲上下卷，題曰《南豐先生集外文》。刻既成，乃喟然而歎。蓋歎舍人不吝之雅意與太史是正之苦心，俾是刻得免踵譌承謬之誚，抑且搜取遺珠，幽而復光，以遂崧齡修瓣香之敬，於先生寧非厚幸哉？先生之文，自宋以來，序而頌揚者衆矣，以崧齡荒陋，即欲置喙，寧有加焉？因次王震以下序十二首，總冠簡端，唯自述其重刻緣起如此。康熙五十六年丁酉夏四月日，長洲後學顧崧齡謹跋。（《曾鞏集》附録）

王文誥

（蘇軾）《送曾子固倅越得燕字》　史載曾鞏判越州，則贍田野饑；守齊州，則平章丘盜；餘若滄河省驛，救疫儲藥，凡民便事，不可勝書；又能戢征南之師，不爲地方擾害，此皆政事之卓然者也。其廉潔自守，至於自入之利皆罷；又天性孝友，父亡，奉繼母益至，撫四弟九妹於委廢單弱中，宦學婚嫁，一出其力，此皆行義之卓然者也。且鞏素與王安石善，神宗問：「安石何如人？」則以「勇於有爲，吝於改過」爲對，是鞏之不敢朋比欺君，與韓維、吕公著之交相稱薦而至誤國者，賢不肖相去遠矣。史又云：吕公著嘗告神宗，鞏行義不如政事，政事不如文章，以是不大用。若如其説，則凡當日大小臣工史不載者，皆當出於鞏之上，而何以史家立傳諸人，其行義、政事、文章不及鞏者多耶？神宗素不喜鞏文章，公著特爲此語中之，故其視鞏行義、政事爲尤可吐棄，而因此流落不偶。夫以鞏之行義、政事、文章，卓然可見，人所信尚者，公著尚譏之如此，則如伊川、明道之學，當日天下之所驚疑而未盡信者，宜其激怒太皇，立時逐去也。跡其設心之毒，與其父夷簡之逐范仲淹、孔道輔一轍。然夷簡恣行姦利，尚不自諱，而公著則深中多數，不可測識，且以鞏與其弟布並論。人皆知鞏之賢而布之姦矣，公著何不亦一言去之，而竟以貽禍國家，究其是非之顛倒，雖公著亦不能自解也。（《蘇軾詩集》卷六）

趙惟仁

【碑紀嶺】在城南三里，有曾文定冢墓碑亭。（《南豐縣志》卷一　山川）

【僊君嶺】在北門外，舊傳宋曾密公讀書於此，忽有羽衣七人來訪，顧密公曰：君家自此興矣。須臾不見，疑爲僊，因號僊君嶺，今名朝僊坊。（同上）

南豐居江西上游，其風氣温厚和平，其土田衍沃，無毒霧瘴煙之虞，無機鬼衷僻之祀。其民務本力穡，其女勤於織紝，其爲士者崇理義，工文章。曾、朱以來，人才輩出，其俗冠婚喪祭，雖貧不廢禮。廌更世變，習氣改化，然遺風舊俗，猶有存者。（同上卷二風俗　引元《州志》）

南豐之文俊傑廉悍，英華自著。（同上引《府志》）

南豐之士好搜討文獻，表著幽潛，片善寸長足録者，百十年誦之不置，頗有汝南月旦之評。（同上）

【曾密公舊宅】在縣東廣慈寺側。宋密國公曾致堯世居於此，諸子宦達顯揚，有司表其地爲奉親坊，

即今前街。（同上卷三　古蹟）

【子固學舍】　在城東，即密公舊宅，鞏讀書其中，自爲記。（同上）

編者按：《學舍記》見《曾鞏集》卷十七。

【青雲亭】　在縣西七里岐山，宋曾文定公建。（同上）

編者按：《曾鞏集》卷一有《青雲亭閑坐》詩。

【瓣香亭】　在讀書巖側曾文定公祠後。明嘉靖十五年僉事趙葉建，取陳無己「向來一瓣香，敬爲曾南豐」之意。（同上）

【南軒】　在學舍旁，曾文定公燕息處，自爲記。（同上）

【多景樓】　在縣南二十九都甘露寺。（同上）

編者按：《曾鞏集》卷七有《甘露寺多景樓》詩。

【曾氏雲莊】　在建昌府麻姑山之南，旴江之北。宋曾致堯致仕歸，爲別墅於此，歲常遊憩焉。自爲記曰：「吾仲弟士堯，淳化中擢進士第，釋褐番禺户掾，歷滁州清流令。母老，上章乞解官就養，優詔從之。宜興縣太君周氏夫人，致堯母，士堯世母也，亦年將八十。士堯事之如母焉。癸卯年，余自尚書版曹員外郎，解海陵郡事，歸鄉里。明年春，士堯告予曰：兄往年漕運吴越時，數示家法，俾諸兒姪帶經而畊，而授墾土種樹之法，兒姪輩不獲師焉，而鄉里師之。旴江南北，地方千里，田如綺繡，樹如煙雲，原隰高下，稍涉腴美，則鮮有曠土，皆兄教人謀生之術也。今土膏脈起，農人始畊，欲俟兄命駕觀焉。時巴江進士黄琮麻，僊山進士賁輔之，進士何玄齡、金嶂山、王漿源，進士瞿仲康，皆詞場之秀，因不遠而至。弟宗堯、戴堯，子易從、易知、易占洎士堯皆從行。厨人驅羊，僕夫載酒，花坡柳郵，時復駐馬。長郊遠野，亦或命酌，境土田畝，人家園林，罔不周覽，馬夫前引，賓客後擁，兒姪中載酒肴，而吾與群弟緩轡從容其間，亦太平時幸事耳。自仲春二月十有二日發軍山，季春三月四日至雲莊，莊亦吾家之别墅，在麻姑山南盱江之北。翼日置酒其間，酒闌客醉，因即席志之。時大宋景德元年。（同上）

【南源莊】　在四都。（同上）

編者按：《曾鞏集》卷一有《南源莊》詩，卷二有《舍弟南源刈稻》詩。

【讀書巖】　在縣南對河南山下，宋文定公曾鞏讀書處。舊傳「書巖」二字，朱文公書，蝕於苔。石額題「聽月」。石壁下有池，文定洗硯所，文公爲題「墨池」字。巖之巓，文定手植二樟，名「書巖樟」。歷七百年枝葉猶勁，有古意。明景泰間訓導汪倫建曾巖祠亭；清光緒間，祠圮。邑令吴鳴麟復即巖爲亭。（同上）

【曾文定公祠】　凡三。一在十都查溪，宋乾道八年建，祀曾鞏。明萬曆間增修，羅汝芳記。清康熙二十五年知縣鄭釴重修，併詳請永遠伏免祭田差徭。一在邑西隅，宋寶祐間建，陳宗禮記。一在南門外河東讀書巖前，明景泰間訓導汪倫即巖爲亭。顔曰：「曾巖祠亭。」成化十年知府陳夔復即巖東建祀，李東陽記。（同上卷五　壇廟）

李常安

【穆堂別稿序（節録）】自宋以來，其學則有陸、吴、鄒、羅、草廬、弋溪，文則有歐陽、曾、王，詩則有山谷、誠齋。（《穆堂別稿》卷首）

光墺

【穆堂初稿序（節録）】記憶伯兄文貞公在日，偶招公遊一山亭，酒半，顧公言古文一事，亦五百年必有名世。今溯自歐、曾來六百載，未有嗣音，其復由西江乎？子力勉之，歐、曾可至意。蓋以歐陽公文與道俱，曾文定文衷於道，望公繼其絶業耳。（《穆堂初稿》卷首）

鄭文泰　王雲萬

曾鞏前任蘇頌，後任鄧潤甫。（《亳州志》卷九）

南豐一傳，備載全文，因其意美法良，可作政經也。（同上卷十）

程文海

【南豐縣志原序（節録）】南豐，盱水之上游。初，隸撫，宋割撫之南城縣置建昌軍，遂隸建昌。壯哉，

縣也！稱爲江右最人物，有曾子固文章名天下，而南豐益以重。（《南豐縣志》卷首）

丁福保

《艇齋詩話》一卷，宋曾季貍。季貍字裘父，自號艇齋。曾鞏之弟曰宰，宰之孫曰晦之，季貍其子也。多從吕居仁、徐師川遊，盡得其詩學。（《歷代詩話續編》目録）

趙爾巽

鼐工爲古文。康熙間，侍郎方苞名重一時，同邑劉大櫆繼之。鼐世父範與大櫆善，鼐本所聞於家庭師友間者，益以自得，所爲文高簡深古，尤近歐陽修、曾鞏。（《清史稿》卷四百八十五　文苑二）

胡藴玉

【中國文學史序（節録）】　藝祖革命，首用文吏，而奪武臣之權，宋之尚文，端本乎此。……君子之出辭氣必遠鄙倍，語録行而儒家有鄙倍之辭矣。有德者必有言，語録行則有德不必有言矣。嘉定錢氏語道學日盛，文字日衰。故名節相高，廉耻相尚，盡去五季之陋；而發言爲論，下筆成文，遠遜兩漢之風。廬陵輩出，力求反古，臨川、眉山、南豐起而和之，以成一代之文。……明興，以八股取士，而文學遂衰。一時講學之徒，高談德性，耻言文章。……王慎中、唐順之復近法歐、曾，以救其弊。……滿州入關，假託文學，藉收人心，以固皇位：纂六經，兼收諸儒之説；開四庫，網羅歷代之書。……方苞、姚氏之徒，尸程、朱之傳，仿歐、曾之法，治古文辭，號曰宋學，明於呼應頓挫，諳於轉折波瀾，自謂因文見道，别樹一幟，海内人士，翕然宗之，至謂天下文章，莫大乎桐城。（《南社》第八集）

姚永樸

國初楊億、劉筠，猶襲唐人聲律之體，柳開、穆修志欲變古而力弗逮。廬陵歐陽修出，以古文倡，臨川王安石、眉山蘇軾、南豐曾鞏起而和之，宋文日趨於古矣。（《文學研究法》卷上　運會）

弘正之間，李東陽出入宋元，溯流唐代，擅聲館閣；而李夢陽、何景明倡言復古，文自西京，詩自中唐而下，一切吐棄，操觚談藝之士，翕然宗之。明之詩文，於斯一變。迨嘉靖時，王慎中、唐順之輩，文宗歐、曾，詩倣初唐。李攀龍、王世貞輩，文主秦漢，詩規盛唐。王、李之持論，大率與夢陽、景明相倡和也。（同上）

夫人之精力有限，勢不能兼衆美，故杜子美之文掩於詩，曾子固之詩掩於文。（同上　派别）

歐、曾、蘇、王四家，可誦者（編者按：指書説類）多不過三四篇，少止一二篇，而蘇氏或過馳騁，而少餘味。（同上　告語）

哀祭類自《詩》之《頌》，《楚辭》之《九歌》、《招魂》外，莫如韓公。……此種宋惟介甫與之近，歐、曾、蘇皆不能爲。其用四言少，用長短句多以此。（同上）

太史公八書，以感時憤俗之懷，運於縱横變化之中，氣之雄奇，非班固十志所能及，而固之詳贍過之。是後惟歐陽子《唐書》諸志，《五代史》諸考，差可頡頏。若文家，則自曾子固《越州趙公救菑記》、《序越州鑑湖圖》二篇外無聞焉。（同上　記載）

及廬陵出，而宋之文章又極盛，雖云再復於古，然永叔與南豐曾氏、眉山三蘇氏皆變退之之奇崛爲平易，惟臨川王氏差近退之，要亦不過峭折而已，未能雄渾也。（同上　奇正）

邵叔武

【元豐元年戊午，二十五歲】　是年夏，曾南豐奉勅移知亳州，道山陽，先生謁之。南豐約先生溯汴而西至永城，纜舟陸行至亳，爲旬日會也。南豐行後，先生病兩月，至永城猶未瘳，不能騎，遂失約。按本集《曾子固集書後》作元豐二年，誤。（《張耒集》附録一　年譜）

引用書目

輿地紀勝　宋王象之
四朝詩　清張豫章
江西詩徵　清曾燠
甘竹胡氏十修族譜
建昌志　上海古籍出版社影印天一閣藏明代方志選本
南豐縣志　同治十年刻本
建昌府志　正德十二年刻本
武溪集　宋余靖　成化九年蘇韡刊本
宛陵先生集　宋梅堯臣　四部叢刊上海商務印書館縮印明刊本
國朝二百家名賢文粹
歐陽文忠公文集　宋歐陽修　四部叢刊上海商務印書館景印元刊本
清獻集　宋趙抃　四庫全書景印文淵閣本
三希堂法帖　中國書店一九九一年三月第一版
祖龍學詩集　宋祖無擇　四庫全書景印文淵閣本

金氏文集　宋金君卿　四庫全書景印文淵閣本
南陽集　宋韓維　四庫全書景印文淵閣本
古靈先生文集　宋陳襄　宋刻本
涑水記聞　宋司馬光　上海書店一九九〇年九月第一版
公是集　宋劉敞　四庫全書景印文淵閣本
蘇魏公文集　宋蘇頌　四庫全書景印文淵閣本
南豐先生元豐類稿　宋曾鞏　四部備要本
南豐先生元豐類稿　宋曾鞏　正統十二年鄒旦刻本
曾鞏集　宋曾鞏　中華書局一九八四年十一月第一版
隆平集　宋曾鞏　四庫全書珍本二集
元豐九域志　宋王存　光緒八年五月金陵書局刊本
元豐題跋　宋曾鞏撰　明毛晉訂　津逮秘書本
王文公文集　宋王安石　上海人民出版社一九七四年七月第一版
臨川先生文集　宋王安石　四部叢刊上海商務印書館景印明嘉靖三十九年撫州刊本
祠部集　宋强至　四庫全書景印文淵閣本
名臣碑傳琬琰集　宋杜大珪　宋刊本

忠肅集　宋劉摯　四庫全書景印文淵閣本
雲巢編　宋沈遼　四庫全書景印文淵閣本
重編東坡先生外集　宋蘇軾　明萬曆刊本
集注分類東坡詩　宋蘇軾撰　宋王十朋纂集　四部叢刊上海商務印書舘景印南海潘氏藏宋刊本
蘇文忠公全集　宋蘇軾　萬曆丙午茅維原刊本
蘇軾詩集　宋蘇軾撰　清王文誥輯注　中華書局一九八二年二月第一版
蘇軾文集　宋蘇軾　中華書局一九八六年三月第一版
仇池筆記　宋蘇軾　上海書店一九九〇年九月第一版
東坡志林　宋蘇軾　上海書店一九九〇年九月第一版
東坡七集　宋蘇軾　宣統刊本
蘇轍集　宋蘇轍　中華書局一九九〇年八月第一版
清江三孔集　宋孔文仲　孔武仲　孔平仲　四庫全書景印文淵閣本
宗伯集　宋孔武仲　豫章叢書本
朝散集　宋孔平仲　豫章叢書本
陶山集　宋陸佃　四庫全書景印文淵閣本
曲阜集　宋曾肇　四庫全書景印文淵閣本

參寥子詩集　宋釋道潛　四庫全書景印文淵閣本
節孝集　宋徐積　四庫全書景印文淵閣本
淮海集　宋秦觀　四部叢刊上海商務印書館縮印海鹽張氏涉園藏明嘉靖本
楊龜山集　宋楊時　國學基本叢書本
鷄肋集　宋晁補之　四部叢刊上海商務印書館景印明詩瘦閣仿宋刊本
張右史文集　宋張耒　四部叢刊上海涵芬樓景印舊鈔本
張耒集　宋張耒　中華書局一九九〇年七月第一版
後山居士文集　宋陳師道　上海古籍出版社一九八四年六月第一版
後山詩話　宋陳師道　歷代詩話本
後山談叢　宋陳師道　四庫全書景印文淵閣本
景迂生集　宋晁説之　四庫全書景印文淵閣本
後山詩注　宋陳師道撰　任淵注　四部叢刊上海商務印書館景印高麗活字本
龍雲集　宋劉弇　豫章叢書本
曾公巖記　宋劉誼　北京圖書館藏拓片，各地九四九八
灌園集　宋吕南公　四庫全書景印文淵閣本
冷齋夜話　宋釋惠洪　中華書局一九八八年七月第一版

石林詩話　宋葉夢得　歷代詩話本
石林避暑録話　宋葉夢得　上海書店一九九〇年九月第一版
石林燕語　宋葉夢得　中華書局一九八四年五月第一版
鴻慶居士集　宋孫覿　光緒乙未刻本
獨醒雜志　宋曾敏行　四庫全書景印文淵閣本
河南邵氏聞見後録　宋邵博　叢書集成初編本
彦周詩話　宋許顗　歷代詩話本
李清照集校註　宋李清照撰　王學初校注　人民文學出版社一九七九年十月第一版
曲洧舊聞　宋朱弁　叢書集成初編本
風月堂詩話　宋朱弁　寶顔堂祕笈本
竹坡詩話　宋周紫芝　歷代詩話本
童蒙詩訓　宋吕本中　宋詩話輯佚本
紫微詩話　宋吕本中　歷代詩話本
宋朝事實類苑　宋江少虞　上海古籍出版社一九八一年七月第一版
猗覺寮雜記　宋朱翌　知不足齋叢書本
能改齋漫録　宋吴曾　宋元筆記叢書本

續資治通鑑長編　宋李燾　中華書局一九八五年十一月第一版
石林燕語辨　宋汪應辰　中華書局一九八四年五月第一版
捫虱新語　宋陳善　上海書店一九九〇年九月第一版
欒城遺言　宋蘇籀　四庫全書景印文淵閣本
彝齋文編　宋趙孟堅　四庫全書景印文淵閣本
容齋隨筆　宋洪邁　上海古籍出版社一九七八年七月第一版
老學庵筆記　宋陸游　叢書集成初編本
渭南文集　宋陸游　四部叢刊上海商務印書館縮印江南圖書館藏明華氏活字印本
劍南詩稿　宋陸游　四部備要上海中華書局據汲古閣本校刊
二老堂雜志　宋周必大　學海類編本
默記　宋王銍　學海類編本
揮麈録　宋王明清　叢書集成初編本
玉照新志　宋王明清　四庫全書景印文淵閣本
誠齋詩話　宋楊萬里　歷代詩話續編本
烏臺詩案　宋朋九萬　叢書集成初編本
晦庵先生朱文公文集　宋朱熹　四部叢刊上海商務印書館景印明嘉靖本

朱子語類　宋朱熹　石門吕留良寶誥堂刊本
三朝名臣言行録　宋朱熹　四部叢刊本
經進東坡文集事略　宋郎曄　四部叢刊本
江湖長翁文集　宋陳造　萬曆刻本
宋文鑑　宋吕祖謙　光緒丙戌蘇州書局刊本
古文關鍵　宋吕祖謙　叢書集成初編本
止齋先生文集　宋陳傅良　四部叢刊上海商務印書館景印吴興劉氏嘉叢堂藏明刊本
陸象山全集　宋陸九淵　中國書店一九九二年三月第一版
苕溪漁隱叢話　宋胡仔纂集　人民文學出版社一九六二年六月第一版
水心先生文集　宋葉適　四部叢刊上海商務印書館縮印烏程劉氏藏明正統本
習學記言　宋葉適　四庫全書珍本二集
野客叢書　宋王楙　上海古籍出版社一九九一年五月第一版
昌谷集　宋曹彦約　四庫全書景印文淵閣本
王荆文公詩箋注　宋王安石撰　李壁箋注　清綺齋據元本重印本
韻語陽秋　宋葛立方　歷代詩話本
舊聞證誤　宋李心傳　函海本

清波雜志　宋周煇　叢書集成初編本
澗泉日記　宋韓淲　武英殿聚珍版叢書本
文章精義　宋李塗　乾隆五十年刊本
西山先生真文忠公文集　宋真德秀　四部叢刊上海商務印書館景印江南圖書館藏明正德刊本
鶴山先生大全文集　宋魏了翁　四部叢刊上海商務印書館景印宋刻本
東軒筆録　宋魏泰　中華書局一九八三年十月第一版
藝苑雌黄　宋嚴有翼　宋詩話輯佚本
梁谿漫志　宋費袞　學海類編本
鶴林玉露　宋羅大經　上海書店一九九〇年九月第一版
脚氣集　宋車若水　上海書店一九九〇年九月第一版
後村先生大全集　宋劉克莊　四部叢刊上海商務印書館縮印賜硯堂鈔本
後村詩話　宋劉克莊　中華書局一九八三年十二月第一版
宋宰輔編年録　宋徐自明　敬鄉樓叢書本
魯齋王文憲公集　宋王柏　金華叢書本
可齋雜稿　宋李曾伯　四庫全書景印文淵閣本
荆溪林下偶談　宋吴子良　寶顏堂祕笈續集本

古文集成前集　宋王霆震　四庫全書珍本二集
杜工部草堂詩話　宋蔡夢弼集録　歷代詩話續編本
桯史　宋岳珂　唐宋史料筆記叢刊本
直齋書録解題　宋陳振孫　叢書集成初編本
黄氏日鈔　宋黄震　四庫全書珍本二集
鷄肋編　宋莊綽　上海書店一九九〇年九月第一版
困學紀聞　宋王應麟　四部叢刊上海商務印書舘印景印江安傅氏雙鑑樓藏元刊本
玉海　宋王應麟　光緒間浙江書局刊本
齊東野語　宋周密　叢書集成初編本
浩然齋雅談　宋周密　叢書集成初編本
愛日齋叢鈔　宋葉寘　叢書集成初編本
文獻通考　宋馬端臨　萬有文庫本
東坡先生年譜　宋施宿　日本大阪市立大學西野貞治贈顧易生影印本
詩林廣記　宋蔡正孫　中華書局一九八二年八月第一版
潛溪詩眼　宋范温　宋詩話輯佚本
却掃編　宋徐度　叢書集成初編本

西塘集耆舊續聞　宋陳鵠　知不足齋叢書本
懷古録　宋陳模　中華書局一九九三年二月第一版
聞見近録　宋王定國　學海類編本
楓窗小牘　宋袁褧　寶顔堂祕笈本
木筆雜鈔　宋闕名　學海類編本
閑閑老人滏水文集　金趙秉文　四部叢刊上海商務印書館景印湘潭袁氏藏汲古閣精寫本
遺山先生文集　金元好問　四部叢刊上海商務印書館景印烏程蔣氏密韻樓藏明弘治戊午刊本
桐江集　元方回　宛委别藏鈔本故宫博物院委記商務印書館景印
瀛奎律髓　元方回　康熙庚寅長本
秋澗先生大全文集　元王惲　四部叢刊本
隱居通議　元劉壎　叢書集成初編本
剡源戴先生文集　元戴表元　四部叢刊影印明萬曆刊本
修辭鑒衡　元王構　叢書集成初編本
金石例　元潘昂霄　四庫全書景印文淵閣本
静修先生文集　元劉因　四部叢刊本
清容居士集　元袁桷　四部叢刊本

國朝文類　元蘇天爵　四部叢刊上海商務印書舘景印元刊本
吴文正公集　元吴澄　乾隆萬氏刻本
道園學古録　元虞集　四部叢刊本
宋史　元脱脱　中華書局一九七七年十一月第一版
柳待制文集　元柳貫　四部叢刊上海商務印書舘景印江陰繆氏藝風堂藏元刊本
麟原文集　元王禮　四庫全書珍本初集
宋學士全集　明宋濂　康熙四十八年己丑彭始摶刊本
誠意伯文集　明劉基　四部叢刊上海商務印書舘影印烏程許氏藏明刊本
墓銘舉例　明王行　四庫全書景印文淵閣本
白雲稿　明朱右　四庫全書景印文淵閣本
清江貝先生集　明貝瓊　四部叢刊上海商務印書舘景印烏程許氏藏明初刊本
東山存稿　明趙汸　四庫全書景印文淵閣本
皇明文衡　明程敏政　四部叢刊上海商務印書舘景印無錫孫氏藏明嘉靖盧焕刊本
密庵集　明謝肅　四庫全書景印文淵閣本
蘇平仲文集　明蘇伯衡　四部叢刊上海商務印書舘景印江寧鄧氏群碧樓藏明正統壬戌刊本
王忠文公集　明王禕　叢書集成初編本

頤山詩話　明安磐　四庫全書景印文淵閣本
歸田詩話　明瞿佑　歷代詩話續編本
遜志齋集　明方孝孺　四部叢刊上海商務印書館景印明嘉靖辛酉王可大台州刊本
文章辨體序説　明吴訥　人民文學出版社一九六二年八月第一版
抑菴文後集　明王直　四庫全書景印文淵閣本
兩谿文集　明劉球　四庫全書景印文淵閣本
彭惠安集　明彭韶　四庫全書景印文淵閣本
讕言長語　明曹安　寶顏堂祕笈本
何文肅公文集　明何喬新　康熙三十三年何源濬重刻本
椒邱文集　明何喬新　四庫全書景印文淵閣本
一峰文集　明羅倫　四庫全書景印文淵閣本
楓山集　明章懋　四庫全書景印文淵閣本
楓山章先生語録　明章懋　叢書集成初編本
定山集　明莊㫤　四庫全書景印文淵閣本
懷麓堂集　明李東陽　四庫全書景印文淵閣本
井觀瑣言　明鄭瑗　學海類編本

震澤集　明王鏊　四庫全書景印文淵閣本
丹鉛雜録　明楊慎　函海本
升菴詩話　明楊慎　歷代詩話續編本
升菴集　明楊慎　四庫全書景印文淵閣本
詩話補遺　明楊慎　四庫全書景印文淵閣本
文簡集　明孫承恩　四庫全書景印文淵閣本
方齋存稿　明林文俊　四庫全書景印文淵閣本
震川先生集　明歸有光　四部叢刊上海商務印書館縮印康熙本
文章指南　明歸有光選評　清許佐重輯　光緒二年許氏皖江節署刻本
歐陽文忠公文選　明歸有光　清刊本
荆川先生文集　明唐順之　四部叢刊上海商務印書館縮印明刊本
文編　明唐順之　明刻本
遵巖集　明王慎中　四庫全書景印文淵閣本
文脈　明王文禄　學海類編本
茅鹿門先生文集　茅坤　萬曆刻本
唐宋八大家文鈔　明茅坤　康熙四十二年雲林大盛堂刻本

四友齋叢説　明何良俊　中華書局一九五九年四月第一版
文體明辨序説　明徐師曾　人民文學出版社一九八二年九月第一版
宗子相集　明宗臣　四庫全書景印文淵閣本
弇州山人續稿　明王世貞　崇禎刊本
讀書後　明王世貞　乾隆壬午天隨堂重刻本
藝苑卮言　明王世貞　歷代詩話續編本
續藏書　明李贄　中華書局一九五九年十月第一版
史綱評要　明李贄　中華書局一九七四年十一月第一版
福州府志　明潘頤龍　林爊　萬曆七年刊本
澹園續集　明焦竑　金陵叢書本
由拳集　明屠隆　萬曆刻本
湯顯祖詩文集　明湯顯祖　上海古籍出版社一九八二年六月第一版
少室山房筆叢　明胡應麟　中華書局一九五八年十月第一版
詩藪　明胡應麟　上海古籍出版社一九七九年十一月第一版
學古緒言　明婁堅　明刊本
太平清話　明陳繼儒　寶顔堂祕笈本

讀書鏡　明陳繼儒　寶顔堂祕笈本
朱舜水全集　明朱之瑜　中國書店一九九一年景印本
白蘇齋類集　明袁宗道　明代論著叢刊第二輯　臺灣偉文圖書出版社有限公司印行
月峰先生居業次編　明孫鑛　明刻本
袁宏道集　明袁宏道著　錢伯城箋校本上海古籍出版社一九八一年七月第一版
四六法海　王志堅　載德堂藏板
炳燭齋文集續刻　明顧大韶　鈔本
古文奇賞　明陳仁錫　萬曆金閶安少雲刻本
宋史紀事本末　明陳邦瞻　中華書局一九七七年五月第一版
天傭子集　明艾南英　康熙己卯家刻本
曆城縣志　明宋祖法修　明葉承宗等纂　崇禎十三年刻本
通雅　明方以智　立教舘刊本
天問閣文集　明李長祥　南林劉氏求恕齋刊本
牧齋初學集　清錢謙益　四部叢刊上海商務印書舘縮印明崇禎癸未刻本
牧齋有學集　清錢謙益　四部叢刊上海商務印書舘縮印康熙甲辰初刻本
列朝詩集　清錢謙益　順治刻本

寒夜録　清陳宏緒　學海類編本
梅家村藏稿　清吴偉業　四部叢刊上海商務印書舘縮印武進董氏新刊本
金聖嘆全集　清金聖嘆　江蘇古籍出版社一九八五年九月第一版
南雷文案　清黄宗羲　四部叢刊上海商務印書舘縮印無錫孫氏藏初刻印本
宋元學案　清黄宗羲　光緒五年重刊本
思舊録　清黄宗羲　昭代叢書道光本
金石要例　清黄宗羲　昭代叢書道光本
論文管見　清黄宗羲　昭代叢書道光本
明三百家尺牘　清周亮工　上海雜誌公司一九三七年版
因樹屋書影　清周亮工　明清筆記叢書
尺牘新鈔　清周亮工　海山仙舘叢書本
賴古堂集　清周亮工　上海古籍出版社一九七九年景印康熙刻本
兼濟堂集　清魏裔介　畿輔叢書本
歷代詩話　清吴景旭　中華書局一九五八年版
歸莊集　清歸莊　上海古籍出版社一九八四年六月第一版
壯悔堂文集　清侯方域　宣統元年中國圖書公司本

尤西堂全集　清尤侗　順治刊本
西堂雜組三集　清尤侗　順治刊本
施愚山先生全集　清施閏章　乾隆刊本
船山遺書　清王夫之　同治四年湘鄉曾氏金陵節署刊本
論學三説　清黄與堅　鉛印本
堯峰文鈔　清汪琬　四部叢刊上海商務印書館縮印林佶寫本
西河合集　清毛奇齡　康熙間刻本
魏叔子文鈔　清魏禧　康熙刊國朝三家文鈔本
魏叔子文集　清魏禧　易堂藏版
魏叔子日録　清魏禧　易堂藏版
山曉閣選宋大家歐陽廬陵全集　清孫琮　康熙刊本
晚村先生八家古文精選　清吕留良選　吕葆中評點　康熙四十三年吕氏家塾刻本
曝書亭集　清朱彝尊　四部叢刊上海商務印書館縮印元刊本
靜志居詩話　清朱彝尊　扶荔山房藏版
讀書堂全集　清趙士麟　雲南叢書本
唐宋十大家全集録　清儲欣　松鱗堂藏板康熙刊本

唐宋八大家類選　清儲欣　乾隆四十九年甲辰刊本
帶經堂詩話　清王士禛　人民文學出版社一九六三年十一月第一版
香祖筆記　清王士禛　清代筆記叢刊本
池北偶談　清王士禛　中華書局一九八二年一月第一版
邵子湘全集　清邵長蘅　青門草堂刊本
圍爐詩話　清吴喬　清詩話續編本
榕村語録　清李光地　四庫全書珍本九集
唐宋八大家文鈔　清張伯行　叢書集成初編據正誼堂全書本排印
通志堂集　清納蘭性德　上海古籍出版社一九七九年影印康熙刻本
唐宋八大家文分體讀本　清汪份選　康熙五十八年遄喜齋刻本
立雪軒評注古文集解　清程潤德評注　康熙間聚文堂張心所刻本
義門讀書記　清何焯　四庫全書珍本二集
存研樓文集　清儲大文　乾隆九年刊本
方苞集　清方苞　上海古籍出版社一九八三年五月第一版
鳳池園文集　清顧汧　上海古籍出版社一九八〇年影印本
古文觀止　清吴調侯　吴楚材　中華書局一九五九年九月第一版

明史　清張廷玉等　中華書局一九七四年四月第一版
穆堂初稿　清李紱　乾隆刊本
穆堂别稿　清李紱　乾隆丁卯刻奉國堂藏板
歸愚文鈔　清沈德潛　乾隆刊本
碻士文續鈔　清沈德潛　乾隆刊本
評注唐宋八大家文讀本　清沈德潛評點　日本吉田利行評注　福岡書鋪林磊落堂刻本
説詩晬語　清沈德潛　清詩話本
增訂歐陽公年譜　清華孳亨　昭代叢書本
王荆公年譜　清顧棟高　南林劉氏求恕齋刻本
古文雅正　清蔡世遠　雍正三年刻本
柳南隨筆　清王應奎　中華書局一九八三年十月第一版
青溪文集　清程廷祚　道光東山草堂藏版景印本
宋詩紀事　清厲鶚　上海古籍出版社一九八三年六月第一版
鄭板橋集　清鄭燮　上海古籍出版社一九七九年十二月第一版
施愚山先生年譜　清施念曾　乾隆刊本
道古堂文集　清杭世駿　清刻本

古文評注　清過珙　黄越選評　粵東順邑馬岡鄉馮積厚堂刊本
古文評注補正　清蔡鑄補正　上海商務印書舘民國七年鉛印本
劉大櫆集　清劉大櫆　上海古籍出版社一九九〇年十二月第一版
論文偶記　清劉大櫆　人民文學出版社一九五九年十一月第一版
唐宋八家文百篇　清劉大櫆　道光刊本
陳太僕批選八家文鈔　清陳兆崙　紫草山房家塾本
援鶉堂筆記　清姚範　道光十五年刻本
鮚埼亭集外編　清全祖望　嘉慶重刻本
御選唐宋文醇　清愛新覺羅·弘曆　乾隆六年直督孫家淦奏准翻刻本
雅歌堂文集　清徐經　清刻本
小倉山房文集　清袁枚　隨園三十種光緒壬辰重刊本
小倉山房尺牘　清袁枚　乾隆己酉隨園藏板
隨園詩話　清袁枚　人民文學出版社一九八二年九月第二版
隨園隨筆　清袁枚　嘉慶戊辰鐫隨園著述本
讀歐記疑　清王元啟　食舊堂叢書本
福州府志　清徐景熹修　魯曾煜　施廷樞等纂　乾隆二十一年補刻本

抱經堂文集　清盧文弨　中華書局一九九〇年六月第一版
唐宋詩三千首　宋方回編　清紀昀批點　中國書店一九九〇年三月第一版
袁陶村文集　清袁文典　雲南叢書本
十駕齋養新録　清錢大昕　四部備要上海中華書局據潛研堂本校刊
潛研堂文集　清錢大昕　四部叢刊上海商務印書館景印潛研堂全書本
續資治通鑑　清畢沅　上海古籍出版社一九八七年五月第一版
惜抱軒文集　清姚鼐　嘉慶江寧劉文奎家刻本
古文辭類纂　清姚鼐　四部備要上海中華書局據滁州李氏求要堂校本校刊
山木居士文集　清魯九皋　道光十四年桐華書屋重刊本
拜經樓詩話　清吴騫　清詩話本
復初齋文集　清翁方綱　道光丙申開雕光緒丁丑重校本
南昌府志　清陳蘭森　謝啟昆　乾隆五十四年刻本
樹經堂詩集　清謝啟昆　嘉慶刻本
壽藤齋詩集　清鮑倚雲　嘉慶十三年刻本
賦話　清李調元　叢書集成初編本
文史通義　清章學誠　道光壬辰刻本

國故論衡　清章學誠　章氏叢書本
燕川集　清范泰恒　嘉慶己巳重鐫本
二林居集　清彭紹升　光緒辛巳刊本
四庫全書總目　清愛新覺羅·永瑢　中華書局一九六五年六月第一版
翁注困學紀聞　清翁元圻　四部備要上海中華書局據通行本校刊
古文一隅　清朱宗洛　重刻道光三十年本
大雲山房文稿初集　清惲敬　嘉慶二十年刻本
大雲山房文稿二集　清惲敬　嘉慶二十年刻本
大雲山房言事　清惲敬　嘉慶二十一年刻本
蠡勺編　清凌揚藻　嶺南遺書本
小滄浪筆談　清阮元　叢書集成初編本
揅經室二集　清阮元　四部叢刊上海商務印書館縮印刊本
茗柯文三編　清張惠言　花雨樓叢鈔本光緒四年蛟川張氏刊
茗柯文補編　清張惠言　四部叢刊上海商務印書館景印上元宗氏藏刊本
初月樓古文緒論　清吴德旋　人民文學出版社一九五九年十一月第一版
初月樓文鈔　清吴德旋　光緒癸未刻本

初月樓文續鈔　清吴德旋　光緒壬午刻本
儀衛軒詩集　清方東樹　同治戊辰刻本
儀衛軒文集　清方東樹　同治七年刊本
昭昧詹言　清方東樹　人民文學出版社一九六一年十月第一版
崇百藥齋文集　清陸繼輅　清光緒四年興國州署重刊本
崇百藥齋續集　清陸繼輅　清光緒四年興國州署重刊本
魯賓之文鈔　清魯繽　道光十四年桐華書屋重刊本
劉孟塗文集　清劉開　道光六年同里姚氏檗山草堂刊本
惕甫未定藁　清王芑孫　嘉慶甲子刊本
困學紀聞參注　清趙敬襄　叢書集成初編本
吴學士文集　清吴鼒　光緒壬午刊本
古文辭類纂評注　清姚鼐選　沈伯經等評注　上海文明書局民國八年鉛印本
金石例補　清郭麐　叢書集成初編本
歸田瑣記　清梁章鉅　清代筆記叢刊本
退庵隨筆　清梁章鉅　清代筆記叢刊本
因寄軒文集　清管同　光緒己卯重刊本

藝舟雙楫　清包世臣　光緒十年羊城翠琅玕館校刊本
王荆公詩集李壁注勘誤補正　清沈欽韓　揚州刻本
王荆公文集注　清沈欽韓　揚州刻本
冷廬雜識　清陸以湉　中華書局一九八四年一月第一版
中復堂全集　清姚瑩　同治六年刻本
後湘詩集　清姚瑩　道光十三年刻本
讀書樓詩集　清吴應奎　嘉慶七年刊本
儆居集　清黄式三　光緒十四年續刻本
論文瑣言　清章廷華　雲在山房叢書無錫楊氏鉛印本
天岳山館文鈔　清李元度　光緒六年刊本
平書　清秦篤輝　湖北叢書本光緒辛卯三餘草堂藏版
賭棋山莊文續集　清謝章鋌　光緒壬辰刊本
賭棋山莊餘集　清謝章鋌　一九一八年刊本
七經樓文鈔　清蔣湘南　道光二十七年刊本
養一齋詩話　清潘德輿　清詩話續編本
養一齋李杜詩話　清潘德輿　清詩話本

濂亭遺詩　清張裕釗　光緒壬午查氏木漸齋刊本
諸家評點古文辭類纂　清徐樹錚　都門印書局一九一六年版
松花閣詩鈔　清彭藴章　光緒六年長洲彭氏家集
補學軒文集　清鄭獻甫　咸豐刊本
林昌彝詩文集　清林昌彝　上海古籍出版社一九八九年八月第一版
射鷹樓詩話　清林昌彝　上海古籍出版社一九八八年十二月第一版
舒藝室雜著　清張文虎　覆瓿集本
曾文正公詩文集　清曾國藩　四部備要上海中華書局據元刻本校刊
求闕齋讀書録　清曾國藩　光緒二年丙子冬傳忠書局本
剖匏存稿　清蕭重　清刊本
藝概　清劉熙載　上海古籍出版社一九七八年十二月第一版
無夢軒遺書　清朱景昭　一九二一年刊本
藻川堂譚藝　清鄧繹　光緒刊本
讀書作文譜　清唐彪　藻文堂刊本
玉函山房詩集　清馬國翰　光緒十年甲申繡江李氏補刊本
柏堂集　清方宗誠　光緒刻柏堂遺書本

茶香室續鈔　清俞樾　光緒乙酉刊本
茶香室四鈔　清俞樾　光緒戊戌刊本
曾文定公年譜　清楊希閔　十五家年譜叢書本
鄉詩摭譚正集　清楊希閔　宣統間夏敬莊刻本
鄉詩摭譚續集　清楊希閔　清宣統間夏敬莊刻本
名家圈點箋注古文辭類纂　清徐斯異　上海廣益書局民國二十二年石印本
石遺室論文　清陳衍　無錫國學專修學校叢書本
越縵堂讀書記　清李慈銘　商務印書館排印本
越縵堂文集　清李慈銘　清原刊本
霞外攟屑　清平步青　上海古籍出版社一九八二年四月第一版
古文披金　清常安　清家刻本
桐城吴氏古文讀本　清吴汝綸評選　光緒二十九年鉛印本
國文經緯貫通大義　清唐文治　一九二五年石印本
古文辭類纂選本　清姚鼐原本　林紓評選　上海商務印書館民國十一年鉛印本
春覺齋論文　清林紓　人民文學出版社一九五九年十一月版
畏廬文集　清林紓　商務印書館排印本

畏廬續集　清林紓　商務印書館排印本
廣藝舟雙楫　清康有爲　世界書局藝林名著叢書本
紅螺山館詩鈔　清李葆恂　民國五年刻本
古文範　清吴闓生評選　上海朝記書莊寧波文明學社鉛印本
萬首論詩絶句　郭紹虞　錢仲聯　王遽常編　人民文學出版社一九九一年第一版
論文雜記　清劉師培　人民文學出版社一九五九年十一月第一版
南北文學不同論　清劉師培　《國粹學報》第九期
論近世文學之變遷　清劉師培　《國粹學報》第二十六期
臨川縣志　清劉繩武　道光三年刊本
劍谿説詩　清喬億　清詩話續編本
古文筆法百篇　清李扶九　黄仁黼　岳麓書社一九八四年四月第一版
載酒園詩話　清黄賀裳　清詩話續編本
詩筏　清賀貽孫　清詩話續編本
江西詩社宗派圖録　清張泰來　清詩話本
王安石評傳　清梁啟超　世界書局一九二五年印行本
如皋縣志　清馬汝舟　嘉慶九年官刊本

襄陽府志　清陳鍔　乾隆二十五年刊本
亳州志　清鄭交泰　王雲萬　乾隆三十九年本
襄陽縣志　清崔淦　同治十三年官刊本
退菴隨筆　清夏荃　海陵叢刻第一種
唐宋文舉要　清高步瀛　上海古籍出版社一九八二年版
太平府志　清宋驤　光緒重刊活字本
偶然欲書　清方桑如　昭代叢書道光本
王荆公年譜考略　清蔡上翔　上海人民出版社一九七三年八月第一版
山曉閣南豐文選　清孫琮　山曉閣選本
宋十五家詩　清陳訏　四庫全書珍本五集
南豐縣志　清趙惟仁　民國十三年鉛印本
歷代詩話　清何文煥　中華書局一九八一年四月第一版
歷代詩話續編　丁福保　中華書局一九八三年八月第一版
清史稿　趙爾巽等　中華書局内部發行本
中國文學史序　胡蘊玉　《南社》第八集
文學研究法　姚永樸　上海商務印書館民國廿二年三月印行本